K INK INK INK INK INK INK IN
INK INK INK INK INK INK INK
K INK INK INK INK INK INK IN
INK INK INK INK INK INK INK
K INK INK INK INK INK INK IN
INK INK INK INK INK INK INK
K INK INK INK INK INK INK IN
INK INK INK INK INK INK INK
K INK INK INK INK INK INK IN
INK INK INK INK INK INK INK
K INK INK INK INK INK INK IN
INK INK INK INK INK INK INK
K INK INK INK INK INK INK IN
INK INK INK INK INK INK INK
K INK INK INK INK INK INK IN
INK INK INK INK INK INK INK
K INK INK INK INK INK INK IN
INK INK INK INK INK INK INK
K INK INK INK INK INK INK IN
INK INK INK INK INK INK INK
K INK INK INK INK INK INK IN
INK INK INK INK INK INK INK
K INK INK INK INK INK INK IN
INK INK INK INK INK INK INK
K INK INK INK INK INK INK IN
INK INK INK INK INK INK INK
K INK INK INK INK INK INK IN

INK文學叢書 012

龔鵬程四十自述

龔鵬程◎著

龔鵬程（Kung Peng-Cheng）

江西省吉安縣　民國四十五年三月十五日生

學歷：國立臺灣師範大學國文研究所博士

經歷：學術——淡江大學中文系講師、副教授、教授
中正大學歷史研究所教授
教育——淡江大學中文系主任、中文研究所所長、文學院院長
南華大學創校校長
中央、成功、中興、清華、高雄師院兼任教授
政治——行政院大陸委員會文教處處長
中國青年民主聯盟副主席
臺北市政府顧問
宗教——中華道教學院教授、教務長、副院長
國際佛學研究中心主任
中華佛光會常務理事

天帝教極忠文教基金會董事

文化——國文天地月刊總編輯

學生書局總編輯

中國晨報總主筆

聯合報、民生報、中時晚報主筆

社團——中國古典文學研究會祕書長、理事長

中華兩岸文化統合研究會理事長

世界中國哲學會副會長

藝術行政學會理事長

當代思潮研究社理事長

歷史文學學會副理事長

武俠文學學會理事長

賢志文教基金會董事

愛盲文教基金會顧問

榮譽：中山文藝獎

中興文藝獎章

教育部教材改進甲等獎

行政院傑出研究獎

現職：佛光大學教授兼校長

著作：一九七九，孔穎達周易正義研究，文史哲出版社，一九七頁

一九七九，春夏秋冬：中國古典詩歌中的季節，故鄉出版社，二一六頁

一九八〇，采采流水：古典小品文選析注，蓬萊出版社，二五五頁。

一九八二，重樓飛雪：詞選釋賞析，聯亞出版社，二五五頁

一九八二，千古詩心：東坡詩賞析，惠施出版社，二〇八頁

一九八二，宜蘭張氏族譜（與申慶璧、白惇仁、唐羽合纂），二五三頁

一九八三，江西詩社宗派研究，文史哲出版社，五二〇頁

一九八四，歷史中的一盞燈，漢光文化事業公司，二〇五頁

一九八四，中國小説史論叢，學生書局，四六五頁（與張火慶合著）

一九八四，少年遊，時報出版公司，三一九頁

一九八五，文學散步，漢光文化事業公司，二六六頁

一九八五，淡水鎮志，臺北縣淡水鎮（與申慶璧、白惇仁合纂）

一九八六，詩史本色與妙悟，學生書局，二六八頁

一九八六，文學與美學，業強出版社，三一四頁

一九八六，思想與文化，業強出版社，二二六頁

一九八六，藝概釋解，金楓出版社，二三八頁
一九八七，大俠，錦冠出版社，二七七頁
一九八七，我們都是稻草人，久大文化公司，二九九頁
一九八八，文化文學與美學，時報出版公司，五二二頁
一九八九，傳統、現代、未來：五四後文化的省思，金楓出版社，三三一頁
一九八九，現代與反現代，幼獅文化事業公司，二三三頁
一九八九，經典與現代生活，新未來出版社，二四〇頁
一九九〇，文學批評的視野，大安出版社，五〇八頁
一九九〇，俠骨柔情，社會大學基金會，二一〇頁
一九九一，時代邊緣之聲，三民書局，二四四頁
一九九一，豪賭族，大村文化事業公司，三四八頁
一九九一，道教新論，學生書局，三三四頁
一九九二，兩岸文教交流之現況與展望，行政院大陸委員會，三九八頁
一九九二，走出銅像國，三民書局，三二二頁
一九九二，文化符號學，學生書局，四二六頁
一九九二，近代思想史散論，東大圖書公司，三三五頁
一九九三，猶把書燈照寶刀，小報文化公司，三〇六頁

一九九四，人在江湖，九歌出版社，二二〇頁
一九九四，晚明思潮，里仁書局，四五四頁
一九九六，佛教與佛學，新文豐書局，五〇八頁
一九九六，人文與管理，佛光大學南華管理學院，二四二頁
一九九六，當代文化論評，幼獅文化事業公司，三〇〇頁
一九九七，臺灣文學在臺灣，駱駝出版社，二〇五頁
一九九七，龔鵬程1996年度學思報告，南華管理學院，六〇〇頁
一九九八，生活美學，主緒出版公司，三二〇頁
一九九八，道教新論二集，南華管理學院，五〇八頁
一九九八，龔鵬程1997年度學思報告，六五三頁
一九九九，漢代思潮，南華大學，六二八頁
一九九九，龔鵬程1998年度學思報告，南華大學，六五三頁
二〇〇〇，雲起樓詩，學生書局，一九八頁
二〇〇〇，知識分子，聯合文學出版社，二六二頁
二〇〇〇，知識與愛情，聯合文學出版社，二五一頁
二〇〇〇，經典與現代生活，聯合文學出版社，二四八頁
二〇〇一，遊的精神文化史論，河北教育出版社，三四九頁

二〇〇一，龔鵬程1999年度學思報告，佛光人文社會學院，六九八頁
二〇〇一，龔鵬程2000年度學思報告，佛光人文社會學院，六六〇頁
二〇〇一，書藝叢談，佛光人文社會學院，二三四頁
二〇〇一，唐代思潮，佛光人文社會學院，八四九頁
二〇〇一，儒學反思錄，學生書局，五八三頁
二〇〇二，經典與生活，健行文化出版公司，二五一頁
二〇〇二，中國文人階層史論，佛光人文社會學院，六四四頁

（編著圖書百餘種，不備載。舊版改編再版，亦不錄）

新版序

此書曾經亡友周安托幫我刊印，行世已久，且亦售罄。今承初安民好意，重校再版。謹略陳數語，以弁卷首：

一、四十即撰自述，某些人甚不以爲然，認爲我過於張揚。實則孔子就曾説過：「後生可畏。四、五十而無聞焉，斯亦不足畏也已！」人生在世，四十餘載了。當然該有些表現可供評述。故四十歲而作自述算不上是驕矜自是的行爲。反而是自述平生，較近寫眞，比嗣後老耄昏聵時所記或他人揣摩測度之揄揚與訶詆好得多。近人所作，如胡適《四十自述》、牟宗三《五十自述》，均屬此類。其中自道功過、自省自勵之處，更非他人所能爲。

其次，自序之體，古多附於書傳，如〈太史公自序〉、《文心雕龍・序志篇》之類。後始單行，又與傳記相混，近則與回憶錄近似。但自序自述，主要是談人生旨趣，跟傳記回憶錄重在敘人事經歷者頗有不同。我這本自述，不像一般傳記回憶錄瑣記家世、親族、愛情、人事等等，而以學道求道證道行道之歷程爲主，即緣於此。但世人不太了解此中分別，往往來詢我爲何不寫那些東西，或以爲我有所避諱。其實不是的。我久歷人事，所涉江湖恩怨，是非曲直，相關者多，未來若另做一書，誌學林、文壇、官場、情苑之隱，想必也會很好看，足供談助。但本書之宗旨，則不在這裡。

再者，當初原本計畫四十自述是要寫四十篇的。上半部，稱爲「問道」，述爲學求道之歷程，計分詩、思、事、史四卷，每卷各五篇，共二十篇。下半部則爲「述學」，也有二十篇，細說我學問的各個方面及創獲之所在。因恐篇幅太多，刊印不易，後來就只寫了上半部。至於述學嘛，待我五十歲再來寫好了。

這本書從前刊印時，安托在封面寫道：「來，看這個人，讀這本書！追風少年要讀，才曉得什麼是眞正叛逆。狂飆青年要看，才明白什麼是自負的定義。尚有壯懷的人更不能錯過，才清楚什麼是當前最眞情無悔的取捨」，又說我是俯仰天地、感時憂國的大學問家，豪情萬丈的俠客，溫婉多情的詩人。謂我之狂放疏野，令某些人痛恨而無可奈何；我的智慧與多情，又令另一些人驚嘆傾服。張夢機師則有詩寄我，云：「託郵書史到閒軒，風雨連朝信手翻，健筆時時申博議，前塵一一入詳言，含情零夢能生憶，破寂秋晨每及昏。知汝摶扶有雙翼，高飛萬里杳無痕」。師友獎飾勸勉之言，見之彌增感觸。因仿懷素〈自敘〉之例，併錄於此。安托逝時，我另有詩哭之，就不再多說了。

庚午，端午。正時世錯牾之時也

自序

這本書是我的四十自述。自記生平，以代歌哭，既無意做爲勵志典範，也沒有資格當成警世的榜樣。

幾年前起心動念寫這部稿子時，曾破題謂：「自傳有許多種寫法，如尼采《看哪這人！》一開頭除自序外，第一章叫〈我爲什麼這樣智慧〉、第二章曰〈我爲什麼這樣聰明〉、第三章是〈我爲什麼寫出這樣的好書〉。眞是石破驚天，傲然不可一世。但這又有何不可呢？怕的是瑣敘生平，細擤肚臍眼兒，除了自我沉迷於爛芝麻舊穀子的回憶之中，感慨不已外，對別人一點意義也無。因此，述往事、數生平，爲的是談問題」。

這代表了我對這篇自述最初的預想，其志甚偉，豪情可羨。

惜乎凡事實踐起來總不免七折八扣。且世情難料，人事多歧，這篇東西起了個頭，就閒置了好幾年。巨頭症的嬰兒已結了胎，卻總不能將之順利生產下來，讓我煩惱不已。

虧得胡正之學棣常來促勵，並幫我清謄，才逼得我逐步寫完。雖然潦草，畢竟可以塞責了。

猶記我初在淡江大學任教時，因遠住在桃園龜山，每周都有一天得留在臺北過夜，就住在正之家。其母待我甚厚，正之也得放下功課陪我聊天。雨夜茗話，輒過中宵，冬寒則領我去吃狗肉。彼此談諧，如在昨日，而年光已杳，倏忽十幾二十年了。

人生有多少十幾二十年呢？這些時間，無論曾經做過什麼，都是値得感念的，因爲人僅有這麼些資本，玩完了，人生也就結束了。世或以爲只有老年人才喜歡回憶，其實誰不喜歡？嘗有科學家做研究，發現那些死後還魂復甦者，幾乎都有些共同的經驗，大抵在初死時多有「脫離現象」，感到自我與軀殼分開了，其後則有一「隧道現象」。彷彿通過一個黑暗的甬道，眼前出現一花園或樂土，在其中看見自己的一生，並碰到已故的人和事。這稱爲「全景式回憶」及「相會」，與過去重逢。最後則有人告訴他「還不到你來的時候」，或忽然想起現世什麼事，而動念要回來，才翩然復返，還陽復甦。科學家們以此詮考靈魂之有無，我卻認爲這正是人都耽於回憶的證明。與其說這是什麼死後還魂，不如說此即是「回憶」本身。偶或怔忡，人便脫離現世，滑翔到舊日的園囿裡，與老友共話桑麻，久久始歸。生人如此，死了大概也仍是如此。

不過，雖然人人都喜歡回憶，其回憶卻未必都能筆之於書，也未必都有書寫的價値。這也就是我在前面說自傳須談問題的緣故。我人雖然渺小，但在人世這幾十年，多少也有所見有所感。某些見聞思慮，野人獻曝，未嘗無益於人，談談又有什麼關係？

然自述若眞要談問題，也是不容易的，那勢必會寫成論文集，人生遭遇到的各種試煉、誘惑、內在的困頓、外在的難題，一一申而論之，以個人閱歷經緯組織之，則其篇幅，恐將充百棟而汗千牛。且強聒不已，恐亦將遭人厭鄙。縱我仍有此雄心，人生在世的許多限制，也令我不可能馳騁此等奢想。何況，問題該怎麼談，又可談到什麼程度呢？老聃著作，不過五千文。孔子且欲無言。至於世尊說法，固然是經藏如海，窮極於言說，卻也是悟者寥寥，而世尊則自稱未始有言。故說與不說，或許並無太大的差別。我的境界造詣，既不能盡言，又不能無言，那麼，便淺言以盡興、藉事以言理好了。

所藉之事，就是我這個人以及我所經歷的事。這是我最熟悉的，也是我一切思省感受和探索的起點。論他人他事，必不能如此親切，當然也必不能如此痛切。在書寫時，不但滿足了我沉溺回憶的樂趣，又擁有刳骨剖肝之痛楚，實在是很過癮的。只不過，親切與痛切仍有其限度。所謂淺言以盡興，就是說此中尚有不深刻、不究竟、不詳明、不切要之處。此亦人世之限制，無可奈何。

這樣的論述形態，自然也決定了這篇自傳的文體。半散文、半哲理、半史述，不町不畦，若有結構，若無章法。雖不鋪陳事蹟、計較恩怨、揭祕扒糞，以備掌故，但一切自傳的毛病，例如自吹、自擂、自憐、自嘆，這裡也都有了。

幸而我尚不敢以自吹自擂自憐自嘆爲宗旨。藉事言理，本來就是我的習慣、我的哲學形態。重視生命存在及存在的感受，則是我的方法與內涵。人受命於天，天生我才必有用，但此才德性命各有各的方向，也各有各的問題。生命存處在不同的時與世裡，與境相發、因機相推，遂不能不各有感會。把這些感觸與領悟，拿來和他人相互討論印證，並藉此感謝那些曾令我生發感會、增益內涵的人們，又有何不可？

只是，回顧往往使人感傷。時間如大盜，偷走了我們一切熱情、理想與體力。在時間中，我們彷彿藉著自述來表示我們已經成就了些什麼，卻其實眞得到什麼？所有的榮耀與哀辱，都歸於時間，成爲歷史。我們則變成了憑弔者，撫此碑文，輕喟那一切喧詬與喝采。

在以下這份碑文中，鐫刻了一些亂七八糟的事、稀奇古怪的想法和說法，紀錄了我這樣騷亂的靈魂，在文化生命成長的過程中之一些遭遇。「志於道、據於德、依於仁、游於藝」的期許或嚮往，於此遭際間，僅能表現爲「游藝以問道」，其理由與答案，大抵亦銘誌於斯。觀文憶往，讀者或許也會各有感發吧。

歲在丙子，鼠輩橫行之年，三月十五日自記於佛光大學

目次

新版序 009

自序 011

卷一 詩

逆俗 019

用情 037

失鄉 053

遊學 071

問道 085

卷二 思

窺機 109

從師 125

交友 141

樹異 159

主智 175

卷三 事

因境 195
執教 211
涉世 227
試劍 247
感興 265

卷四 史

困知 285
得法 301
歷事 319
藏史 337
返本 359

卷一

詩

逆俗

我初入小學未久，即得識黃燦如師。讀一年級畢，便轉入三年級她的班上。當時她家在南投中興新村，僅一人住臺中國小宿舍中。夜間每召我去她宿舍讀書做功課，並教我書法。暑中酷熱，則讓我下午去。

師豐腴善睡。遭我打門喚起，坐藤椅上，執大蒲扇，鼻息猶呼呼微響。取《孟子》一卷，逐段教唸。次日來，則先背誦昨日所讀，再講解文義，教唸新課。同時亦教《論語》《唐詩三百首》《千家詩》等，然皆不及《孟子》親切。因孟子開卷即辨義利，我初次接觸到這樣的思路與文章，格外感到興趣。且孟子與梁惠王齊宣王談，又都有情節故事，曲折入勝。其論事析理，善於即物設譬，層層剝釋，尤耐咀嚼，益人神思。故每坐夏風蟬鳴中，誦之忘倦。

但此時並非沐化聖賢教誨中那樣端嚴莊重，而是新鮮好玩的。有時同學二三友人，在背了一段以後，也會胡猜孟老夫子到底講的是啥。例如一次背到「老吾老以及人之老，幼吾幼以及人之幼」一節，我們即想：老吾老者，那很老的我老爸也，此必為孟子的父親。既如此，則幼吾幼，當指孟子的母親了。說給黃老師聽，把她笑得打跌，伸出胖手，在我腦門上敲了一個爆栗。……。

這個經驗對我非常重要，至今腦海中還經常浮漾著長夏讀經，師長期我以遠大的圖像。但少年心性，喜恢張而不喜靜攝，對孟子盡心養氣之說，畢竟無法深入體會，所喜讀者，乃前半論王道仁政的部分。摩挲日久，亦輒使我有三代聖世王道的嚮往。藹然仁風，暢我經世之懷，閎裕恢博，慨然以天下自期。

但我對孟子並不佩服，也不崇拜。他像我小孩子時期即已熟識的玩伴，雖說性氣相接、情志相摩、而思慮亦相熟近，卻總喜歡鬥鬥口、抬抬槓、撩撥撩撥他。對他的論調，我是不情願佩服的。雖然我從他那裡學到了誇飾大言、好辯、行事灑落等等習慣，可是待我找到了一點時間，我即搜羅史乘，爬梳了許多事例，對他「行仁義者得天下，不行仁義者失天下」的宏論，展開了一些批判。我由歷史事蹟的歸納中發現：政治上的成功與否，往往不是經由仁義的手段，而是靠著權謀與實力。這時，我用來與孟子鬥口的材料，是史事；理論，則是由李宗吾的《厚黑學》一類書中得來。

我讀厚黑學、學鐵筆子易卜、搜羅祕術一千種、呼嘯朋輩、練拳學藥，都是初高中時代的事，佚蕩恢奇，很有點邪氣。那是因爲生命流蕩無所歸，對世界充滿好奇，渴欲窮賾探隱而乏師友調護教習，日困於考試升學補習的環境與氣氛中，故常以索隱行怪來表現自我，並以此滿足好奇。

那時，生命如游騎泛騁，既無定向，亦無內容，但順著我所播弄的物事而日漸習熟，也不能說是毫無所獲。

例如學易知卜，略諳經文，益覺聖賢教示神祕幽遠，不難親近。偶摭一二斷句，便可使浮囂玩愒之心獲得一點沉穩安舒的感覺。又如練拳打架，不能不讀刀經拳譜。我自己用販賣糖果得來的錢，陸續輯得武術書刊近百種，參稽比對，不僅逐漸了然中國武術之發展、門戶派別之源流，且輯佚訂補、推陳比較，亦得以略窺爲學門徑。以此會通我曾熟讀之中國俠義故事、現代武俠小說，旁及黨、派、會、幫之發展史，亦甚便利。易卜雜學及江湖祕術等，與這些尤其容易聯結起來，表現出一付異端之士的姿態。再緣飾以厚黑學，憤世嫉俗遂又有了理論基礎。我以此自喜，正如我以能讀古書寫古文自矜。事實上是幼稚荒誕的，然生命即在此流蕩馳騁之中漸有所積。俗謂：「凡走過的，必留下足跡」，一點兒也不錯。

當時，我又每日皆於報端剪存易君左先生的回憶錄《海角滄桑十八年》。易先生的文體很駁雜，談掌故、記吟詠、臧否時事，描述時代流離的悲劇。這個悲劇感，是我所熟悉的。父親那一輩人飄泊來臺，含辛茹苦撫育我等，我雖頑劣不曉世事艱虞，那種時代滄桑之感，則是我成長時期的空氣，我無時不沐浴於這種氣氛中。

父親的友人，那些撿破爛的老鄉、賣酒釀的老友、退伍軍人、落魄士紳、流浪漢、道士等等，每來我家麵攤子旁閒坐，也無非是追憶鄉里故人往事、臧否時政、談掌故、記吟詠發感慨。所以我極熟悉易先生回憶錄的調調，讀其生平，感同身受，竟有點置身離亂衰世之感。雖然易先生之簪組世家，非我所能有；但順著他的描述，我也看到了晚近文人知識分子的活動狀態，熟悉了近代文史掌故。

這種時代的痛感，漸漸喚起我對孟子的記憶。孟老夫子那一套眞能治國嗎？中國現在搞得一團糟，要歸罪於孔孟，非我所能、亦非我所忍，但我眞懷疑用什麼仁義之道便能解決今天的問題。

事實上我對具體的時世並無所知，只有一種傷惘滄桑的感受。這些感受若要具體化，就只能緣附於像易先生這樣的史述中。藉著歷史論述，我才可以將這種傷痛表現爲憤世嫉俗的態度。於是我用類似厚黑學的講法，羅列史事，說明獲勝成功的都是權詐之士，批駁了孟子的言論，也譏刺了世俗。

寫這篇長文時，剛考進淡江大學。刻意逆俗激矯，以異端自喜的生命，流蕩至此，並未稍得安頓。因爲順著我對孟子的批評，除了在歷史事件的解釋上我還得深入充實外，孟子的人性論更是整個爭論的關鍵，在心性問題上我也必須再花氣力來處理。當然，我並不是爲了要與孟子鬥口而做研究的，只可說是在我生命流蕩之中，觸處生感，感而動思，孟子常成爲我思與感中之一線，牽引攏束離散諸端罷了。也不是說我眞是爲了想深入理解孟子而費力追索中國心性論傳統、充實歷史知識。只是流蕩之才性，順此途向，不斷展開而已。

當時同住宿舍中有鄰班之萬榮麟君，貌奇古，瘦黑而好肆談。我曾與彼及其班中萬愛珍君同遊雙溪山中，聽彼等談《文星雜誌》及中西文化論戰事，述柏楊李敖之軼聞，都是我所不知道的。因我僻處臺中豐原山間，文化資訊頗爲隔膜，故對於五○六○年代臺灣一切文化發展可說全無參與也全未受影響。存在主義曾風行一時、保釣運動曾引起軒然大波、「現代詩是否惡性西化」曾發生激烈之論戰、「中文系應否開設現代文學課程」曾使中文學界幾乎分裂……等，都是出現在我入讀大學前一兩年或當前的大事，而我竟幾乎全無所知亦無所感，故我可算是一個鈍於嗅感時代文化氣氛的人。生命之成長，自成邏輯，如野草、如雜花，自得雨露，亦可自成姿態，原與大庭園花木亭閣之布局無大關係。所以當時聽他們談文化界掌故，雖頗感興味，也曾因爲慚愧，而效法新文藝青年，翻讀了一點「新潮文庫」「文星叢刊」之類；終究未能隨人作隊，投身於熱烈的時代文化討論洪流中。仍然依著我自己的才性，流蕩於逆俗激矯的途徑中。

淡江中文系原係宮殿式建築，有圖書室數大間，藏藝文印書館百部叢書、商務印書館四部備要、四庫珍本及廣文書局書籍等甚多，皆未曾見者。大合我見獵心喜、喜新好奇的脾胃，乃日夕搜尋於其中[1]。不久，獲章太炎《國故論衡》《菿漢微言》等書，喜其奇僻激矯，遂更廣蒐《章氏叢書》，倚爲談助。

太炎先生文筆崛奇而立論頗爲悍恣，徵引宏富而旨趣卻極鮮明。彼早期固以經學小學專門，然其思想實有一極爲曲折之歷程。大抵早年以老莊反儒，謂孔子之學，玄遠不及老莊，用世不如荀韓。其後研究佛學，又常以佛理闡發莊子。晚年則謂孔子境界能綜佛與莊。他論學術，推原於道；以老莊高於孔子；辨儒與儒家含義不甚相同等，對我影響都很大。

由於他好論莊子，一再修訂其《齊物論釋》，使我也對莊子大生興趣。但以當時之學力，豈能讀得懂《齊物論釋》？因此，我採取了一種最笨的方法，拿出我研究拳術的精神，逐篇注解莊子。先去圖書館蒐輯所有的莊子版本、注解、論釋、研究、參據眾說，並就本文前後立證，偶有所得，一一旁注摘抄於錢穆先生《莊子纂箋》中。然後再錄出，參稽考辨，斷以己意，自成一家之言。

其時根本未受過文字聲韻訓詁及版本校勘之基本訓練，純依比對揣摩、前後互證的土工夫，逐字逐句解讀。記得大一結束那年暑假，弄了一大木箱《莊子》書回臺中，用火車託運，準備好好鑽研一番。書太重，送到臺中時，木箱全爛了。足見我當時蠻勁確實不小。

如此奮鬥了一年多，莊周書卅三篇，大約前後注了廿篇左右，一篇又往往四五易稿。體例或兼釋義、注解、譯白等，總名《莊子義例抉微》，每篇前更撰有小序一則，則約七八百字，自矜、自憐、自喜、自傷，並闡孔老同源、儒道一體之意。前後釋注，積稿達數十萬言。

這個時候，用功是用功極了，無奈尚未開竅，一心想為《莊子》覓一定解，以正諸家之是非。這個願望是永不能實現的，因為定解既不可能亦無意義。但這是很多年以後我才悟得的道理，自不能要求於此初學自習之際。除此之外，當時之用功，尚有一個盲點，即枝枝節節餖飣考辨於一字一句一章一節一篇之微，對莊子感覺極為熟稔，但又極為陌生。因為莊子思想的整體脈絡結構，我並不能詳予勾勒。所以漸漸就放棄了這項工作。

可是在這趟勞作中，我窺見了莊子學的堂奧，莊周閒闊的思想空間、恢宏的精神蘊含、高超的生命境界與恣縱瑩美的文學審美趣味，潤澤我身，益我骨血。使我一窮鄙椎魯之小子，能跳脫塵垢，長保心靈之超脫灑然，不姝姝以一隅自限者，此也。

從治學的角度說，則我也從這一段工作裡獲得了難以描述的各種實際操作文字、聲韻、訓詁、版本、目錄、校勘、輯佚之經驗，掌握了通讀古典的能力，培養了鑒別與判斷的眼光，熟悉了解莊的各種路數與著作，得益匪淺。

我本有歷史癖，考據證古，可謂適符所好。經此鍛煉，其癖愈深。輯掇文獻、整理箋注，竟成習慣。後來著手弄的黃山谷詩編年校注集釋、陰符經集釋，替學生書局編史學叢書、替金楓出版社編經典叢刊、主持國際佛學研究中心整理文獻、欲幫道教協會成立文獻館等等，殆皆發軔於此。學界許多朋友都以爲考據非我所長。因我性情恢廓，好談宏觀大勢，不奈煩瑣，故往往以此譏我之爲學如乘雲駕霧，不能輕車慢步腳踏實地。這是被我後來的學相所惑，不知我於考據一道，曾用苦心，有眞實體驗，亦長期積累文獻，留心於掌故也[2]。

不過，我之考據，因由章太炎啓發，且係獨力摸索，取徑迥異於受五四新文化運動及胡適考證學風所影響之正統學院派。這些人以考證爲學問之手段，並以考證爲目的，認爲歷史的眞相唯有經過考證才能豁露。我當時雖亦通讀《古史辨》，且上溯姚際恆胡應麟，卻總不能效法他們。我從太炎先生處學來的考證訓詁方法告訴了我：考證係爲了發明某一種特殊的講法。例如章氏《膏蘭室札記》卷二〈朋友恩重於族人〉條云：

《大戴禮・曾子制言篇》：「父母之讎，不與同生。兄弟之讎，不與聚國。朋友之讎，不與聚鄉。族人之讎，不與聚鄰」。〈曲禮〉則云：「交遊之讎不同國」。〈調人〉則云：「從父兄之讎不同國，主友之讎視從父兄弟」。然則其恩且踰於從祖兄弟矣，況無服之族人乎？蓋友與主並言，則與相知者有異，其合以義，與師同道。爲師心喪三年，與君父同其尊親，爲朋友與從父兄弟等，不亦宜乎？故朋友死無所歸，則曰於我殯。古人重友道如此，所以居五倫之一也。後世先生假館，不過爲利，師道且掃地矣，而況于友道乎？

考證古禮所述處理朋友之讎的方式，其實是爲了闡發後面這番議論。故考證與議論是合一的，沒有這種見解的人，不會注意到古人視朋友恩重於族人；沒有這種學力的人，不能徵引文獻來闡明自己的見解。因此，考證不是孤立、客觀的。太炎先生這一條考證，應該和他排滿、主暗殺、論報讎、重視友朋交道及師道等等合在一塊看。如此，則考證便與史論無異，虎虎有生氣，而非僅是堆垛資料的工作了。

再舉一個例子。《莊子．齊物論》有云：「滑疑之耀，聖人之所圖也，爲是不用而寓諸庸，此之謂以明」。下句既說聖人不用，則滑疑之耀（顯露圓滑多智的樣子）應該是莊子所批判的。但爲何又說此乃聖人之所圖？語意似有矛盾。前人於此，是將「圖」解釋爲：「謀去之」，如王先謙即如此說。曹受坤則說：「《說文》：圖，計畫難也」。意思都是說不圖。因爲圖是講不通的。我的注，也引《說文》，但謂「啚，嗇也」。亦即以圖爲啚字，啚是鄙的本字，段注云：「凡鄙吝字，皆當作此，鄙行而啚廢矣」。把聖人之所圖，讀爲聖人之所鄙，問題就解決了。

這純是訓詁工夫，但它與考證發現歷史眞相沒什麼關係，乃是藉著考據在進行一種解釋。這種解釋，實有兩層，一是我們對莊子的基本了解。這種了解，是在進行章句訓解之前即已具備的，我們是依據這樣的了解來讀《莊子》，才會發覺這一句似乎不通。因爲據我們的了解，莊子是不可能謀求圓滑多智的。所以我們才會想把「聖人之所圖」解釋成「聖人之所不圖」。

換言之，並不是章句訓詁明而後義理明，乃是倒過來，義理已明而後乃能發現有待解釋之問題，再施以訓詁之手段，使能符合我原先已理解之狀況耳。具體訓詁工作，即是這第二層次的解釋。如王先謙把圖謀解成不圖謀，這也是一種訓讀，但尚缺乏文獻依據。於是曹受坤徵引《說文》，我也引《說文》。這種文獻「依據」，顯然是爲了滿足解釋而找出來的「帶生物」，事實上並不是證據，只是說明的輔助。

而且，大家都引《說文》，但所引並不一樣，也可見文獻或訓詁資料是可以隨人撿擇的。當時我常用《經籍籑詁》。深知一字一辭，有許多解釋可以任我擇用。有時實在講不通了，尚可以運用通轉、假借、衍奪、錯倒等說，以曲折通之。

因此，考據一道，由其與解釋議論合一的情況說，是「似實而虛」的。考證的好壞，其實不在材料熟不熟或訓釋知識精不精，而在見識高不高及解釋技術巧不巧。由其解釋時可以用版本錯衍奪乙、音韻通轉、文字旁借等方式爲之來說，則考證事實上也是「似難實易」的，彷彿須讀過很多書才能從事，其實不然。像我就是在根本沒讀過什麼書，腹笥甚儉的初學階段試做考證的[3]。注莊之稿，若依清人著作之例錄出，也有創獲數百則，在當代學林未必不能占一席之地、未必不比現今在大學裡講考證解莊子的先生高明。可是那又有什麼意義呢？治學之道，見識難，記誦書本子、搬弄材料、徵文考獻，實在容易得很。不幸學界中人在這一點上弄不明白者大有人在。我則在初讀太炎先生考據文章時便略有所悟了，後經注解《莊子》這一番鍛鍊，腳跟當然就立得更穩啦[4]。

我受益於先生者，不只於此。如其解莊，乃用唯識學思想，這是我從未接觸過的東西，古人雖亦有以佛理解莊者，但無以唯識學爲說，故讀其書甚爲苦惱。於是找來熊十力的《佛家名相通釋》，藉以略明唯識法相諸名詞與觀念，又找到熊氏《新唯識論》，想弄清楚唯識學之是非。看了一陣，發現熊氏歸宗大易，好言六經，乃更求其《讀經示要》讀之，並圈點馬一浮《復性書院講錄》《爾雅臺答問》。曲徑通幽，居然從章太炎的議論考證聯繫到這條講理學心性論的近代新儒家路子。

這樣的走法，極爲怪異，但在我則甚自然。吳怡曾謂牟宗三之進入康德學，取徑甚爲特殊，「是從後門闖進去的」。我也常覺得我接近新儒家，類似於此。不過，新儒家中我只對熊馬有興趣。對馮友蘭，我不以爲他是新儒家；對梁漱溟，則其書每本我都讀之不能終卷。這可能是因爲熊與馬畢竟仍有書卷，馬一浮尤其雅贍淵懿。對我這個有點文獻歷史癖氣味的小考據家來說，他們講的那一套我尚能欣賞，梁氏便不免村野單薄了，感覺其學問無甚根柢。但不管如何，對於這一派思路，其時我仍無力發明，僅能依幼年所學的一點孔孟知解與之相孚應喁和，逐漸薰習而已。我眞正大有感會的，是另一種路數的學問。

熊先生是革命黨人，後以革命仍需學問，故折節爲學。其學力主積健爲雄，謂唯識不免於虛寂，乃倡新唯識，以乾元健動爲主。但這種健動乾剛只是精神的，這套學問畢竟仍以自家心性修持爲著眼，欲有以安頓人心、以正性命。對於世界的安頓，較爲根本，然亦較爲間接。熊先生同時諸革命健者則不爾，慷慨悲歌，投袂擊劍，以國事天下事爲己任，而尤致力於文化保種，如《國粹學報》之類，呈現了另一種典型，旨在經世救國，激揚民氣，勵我則多。

我才性駁雜，飛揚跳脫，喜生事，好玩耍，因此晚清民初知識分子某種衝抉軼蕩的生命情調，頗能與我孚會。但這種佚蕩不軌的氣息，並非生命之盲動與嗜欲之流泛而已，歷史知識及雜學之積漸、時代亂離的悲愴感受，使得我很能契合於章太炎那一輩人經世救國的俠情，有一種朦朧模糊的族類意識和想爲天地立心爲生民立命的感覺。讀《國粹學報》以及同一時期之相關著作，如梁任公、康有爲之書，皆能激發我這類的感情。而這種感情，又與讀報紙社論或教科書上的教示不同，它依附於章太炎劉師培康有爲梁啓超等人的學術研究與文化論辯中。就如章太炎的考據係與其議論合一的那樣，康有爲辨今文、劉師培論古文，也都與其經世議論不可分割。我喜歡這種形態，它既可安頓我的情感，又能滋養我的學識。我從他們幾位身上，幾乎學到了我所要的任何東西。

那時我已點讀過康有爲的《孟子微》《春秋董氏學》，並由其《孔子改制考》《新學僞經考》，配合皮錫瑞之《經學通論》，略諳今文學之門徑。又從章太炎劉師培處，知道了古文經派的意見。大一的國文老師李鍌（爽秋）先生恰好又指定我們寒假期間應讀羅常培筆記的劉師培《漢魏六朝專家文研究》。遂趁此因緣，大讀劉氏之書。

劉師培主六朝文，章太炎也是，我既循其軌轍，自亦宜仿其文字。於時不惟服膺其理論，也逐篇模擬葛洪《抱朴子》，鍛鍊筆力。更從清人儷體文中揣摩法式、摘選字句。蓋劉氏作文實法汪容甫，〈甲辰自述詩云〉：「我今論文主容甫，采藻秀出追齊梁」。故我亦仿之，薰香掬豔，以駢儷來說理論議。每出，必攜一小紙片，遇有佳辭麗藻及特殊構句法，即一一錄存，以供玩索。這段歷程，不僅使我對文字工夫深有體會，漸具自信，也影響到我的運思。當時我仍不會寫「白話文」，但即使後來常寫通俗文體了，我的構句形式以及排比對襯的說明方法，都是學爲駢文階段烙下的痕跡。當代人多無此歷煉、亦無此工夫，故往往不通文章體式、不知文字輕重淺深、不能接續中國文字之傳統，「我則異於是」！

汲挹於劉氏者，尚不只此。時學校有《劉申叔先生遺書》四版合拼影印本，也有各種單行的本子，我都借來詳閱，間有摘抄。有時一大段需用參考，也常割剪下來。這自然可算是敗德的行爲，於今我亦深感慚愧。但讀其書者本不甚多，與其飽蠹，似猶不如餵了我哩。我對其著作，幾乎本本精熟，無不喜歡。

在那獨學少師友教益的情況下，劉氏七十四種著作，爲我展開了一幅國學百科全書的規模，靠著它，我乃能觸探中國學問諸領域，優遊百官之富，得窺學術門庭。它與《章氏叢書》不同，章書悍銳激昂，議論駿發，能高大心志；劉氏書則博雅明通，易得矩矱。因爲其中本有一部分是教科書，一部分又屬劉氏家學，循之上溯清人詁經之法，似亦較章氏書爲佳。不過，錢玄同所編的這部《劉申叔先生遺書》，因刪去了劉氏在《天義報》《衡報》的某些文字（有些是失收，有些則有刪節，如《衡報．發刊詞》中「顚覆人治，實行共產。提倡非軍備主義及總同盟罷工。紀錄民生疾苦。聯絡世界勞動團體及直接行動派之民黨」等宗旨，皆刪去），所以我並不甚了然劉氏主張無政府共產主義的狀況，對劉氏之理解仍以《國粹學報》爲基準。先生有詩曰：「斜陽衰草氣蕭森，學界風潮四海深，天下興亡匹夫責，未應黨禍慮東林」，我讀其書，感此氣氛，孕茲懷抱，實與先生有同情者焉。

但此並非以章太炎劉師培等人的時代悲情及經世見解，移來做了我的感情與思維內容，而是說我從他們那兒學習到一種面對人生的態度、一種面向世界的姿勢。他們的憂世憫亂之情，也強烈撼動著我。

這種撼動，與純理性之辨析不同，例如康有爲所常說的「不忍」，當然是從孟子所說「不忍人之心」來的，意思略亦近似。然而孟子云人皆有不忍人之心、皆有乍見孺子之入於井時的驚惕惻隱之心。我讀之便想和孟子抬槓，因爲我立刻就會想到人亦有好逸惡勞、偷生怕死、苟且趨避……等劣根性，這些「劣根性」能不能也運用和孟子一樣的論證方式，論證人亦皆有此惡劣之性，而說「性惡」呢?康有爲之書，讀來就不會令我產生此類反應。

他的《孟子微》，開卷即發明孟子不忍人之心與政之意，我曾有眉批痛駁，力主老子自然之性之說。可是，他寫〈不忍篇〉、辦《不忍雜誌》，曰：「康子燕居，目若營、神若凝、心若思，眉間蹙蹙，常若有憂者」，這種不忍之情，卻能深深觸動我。

因其憂，非一般文人之憂老邁、嗟微賤，亦非屈子放黜而憂思行吟，乃不忍同世父老之不能樂其生也。這樣的不忍，常令人憂居不樂，「沉飲聊自遣，放歌始愁絕」，有何可羨？但康有爲視此爲一種天生的擔負，他說：「我有血氣，於是而有覺知、而有不忍人之心焉。以匹夫之力、旦夕之年，其爲不忍之心幾何哉？余固知此哉！無如有不忍人之氣、有不忍人之欲，只知所就有限，姑亦縱之」。不忍，竟成爲人生之所無可奈何者，且一往不回，長願耽溺此境。此時，不忍人之心，已非孟子所講的超越之善，而是血氣、是欲嗜、是我才性中不能割捨的部分。我的學問，就只在盡此不忍而已：「吾何所學也？曰：盡余心之不忍，率吾性之不捨者爲之，非有所慕於外也，亦非有所變於中也」（皆見《康子內外篇．不忍篇》）。

這個時候的康聖人，實已不再像一位救世教主，不像以聖賢自居、高高在上、要誦說眞理待人俯首聽教的大師，而是纏綿膠固地受他自己內在不忍之情折磨著的一個人。這個人努力地想平撫他自己的悲情，也努力地想促使那令其不忍的世界合理化，卻又耽溺於此不忍之情中，徘徊戀執，無法棄捨。這種「癡頑」狀態，才是康有爲最動人的地方。其迂拙、其固執，俱可由此見之。而所謂經世濟民之心，也不必從什麼知識分子的責任、或具體的衰世稗政方面去理解，因爲那根本就是「未免有情，誰能遣此」的。不是外加的責任，也不是對時局理性思維的結果。正是這種無可救藥的態度，令我大有感會，遠勝過理性知識的辨析，在生命內部大生孚應，以致俯仰多哀，惻惻不已。

在學問上，我自不能與諸先生比肩，但在心境上，我自覺與彼等乃同一時代之人，亦爲同一心靈層次之人。下瞰茲世，實深傷憫之意。

記得蘇東坡官鳳翔時曾作〈鳳翔八觀〉詩，其序曰：「鳳翔八觀詩，記可觀者八也。昔司馬子長登會稽、探禹穴，不遠千里；而李太白亦以七澤之觀至荊州。二子蓋悲世悼俗，自傷不見古人，而欲一觀其遺蹟，故其勤如此……」。這八首詩，皆寫鳳翔附近的古蹟，而寓悲世悼俗之意，如〈秦穆公墓〉，翻案爲詩，謂非穆公用三良殉葬，實三良自殉：「乃知三子殉公意，亦如齊之二子從田橫。古人感一飯，尚能殺其身。今人不復見此等，乃以所見疑古人。古人不可望，今人益可傷」；又，〈眞興閣寺詩〉也藉王彥超建高閣之事，說：「古人雖暴恣，作事今世驚」。凡此等等，都是在觀覽往哲遺蹟時，想見其風徽，而興發了思古幽情。這種幽情，對當世，都是批判的、傷悼的。傳統之所以能成爲一種批判的力量、成爲提昇一個人超拔於時代流俗之上的力量，大體即起於此一狀況中。故古代儒者，往往遊觀山川文物，謁見當代名流賢達，藉以恢拓胸宇、超拔流俗。

我生樸鄙，無法如司馬遷、李白或東坡那樣，「身行萬里半天下」，游觀崇山大澤、人情物理；又少機緣獲接當世賢豪名流，以見人物之典型。可是我從書籍上尙友古人，亦得以接聞謦欬，感受相俱，與之揖讓進退。這樣的體驗，當然更強化了我悲世悼俗的態度。逆俗激矯的生命，由與時代對抗，轉爲俯瞰悲憫、傷憐生民。感性流蕩的歷程，亦因此而由感生悲。在才性感欲中充廓此不忍人之心，思開不忍人之政。

注：

1四庫全書，我曾讀過的，為文淵閣、文瀾閣、文津閣。文瀾閣本於杭州見之，文津閣本曾訪諸承德避暑山莊，後乃於北京見之。然皆為民國七九年以後事。我讀大學時，文淵閣本四庫全書尚未印出。

2掌故之學，放失已久。我之好掌故，受啓發於龔定庵。而當代談掌故之名家，如高拜石《古春風樓瑣記》《南湖錄憶》，以及彭國棟、李漁叔等人之書，影響我也很大。後來與高陽先生熟，他亦喜言掌故。掌故者，考辨故事如在指掌也。此所謂故事，非通俗意義，亦非泛稱舊事，乃指舊日因人或因事而形成之典制。此等典制，如高陽所曾寫過的〈上班考〉之類，因非宏綱大法，故正史往往弗錄；然其雖事微細，亦可以見世變、覘機隱。如《夢溪筆談》卷一〈故事一〉有一則說：「禮部貢院試進士日，設香案於階前，主司與舉人對拜。此唐故事也。所坐設位供張甚盛，有司具茶湯飲漿。至試經生，則悉徹帳幕氈席之類，亦無茶湯。渴則飲硯水，人人皆黔其吻。非故欲困之，乃防氈幕及供應人私傳所試經義。蓋嘗有敗者，故事為之防。歐陽文忠有詩：『焚香禮進士，徹幕待經生』，以為禮數重輕如此，其實自有謂也」。這種考場中的小規矩、小慣例，即稱為故事。故事之起，必有來歷，考其來歷、辨其訛誤，便是掌故之學。當代如莊練、郭立誠、高陽等皆為此道高手，然非正式學院文史科系所重，故均不免於抑鬱。我亦因濡染於掌故之學較久，所以治史往往先稗官札記叢考而後讀正史。廿四史並未通讀，即連四史亦不熟，但新興書局的《筆記小說大觀》正續編卻是熟的。這種可笑的讀書法，在正式學院派史學系科班出身者看來，亦當屬野狐禪，其實自有好處，非不諳此道者所能知也。當然，若僅偏於掌故而荒忽正史，也是不對的，我並沒有文過飾非的意思。

3我與考證辨偽這套方法學纏搏甚久，反覆思量，入乎其內，出乎其中，才逐漸發展出有關方法論的思考，並以此旁通史學方法與西方方法學之各種理論。這一點，與當時中文系的朋友殊不相同。因為在我之前，中文系尚沈浸於兩大系統中：一為臺大及中研院系統，上附胡適、顧頡剛、傅斯年之考證辨偽學，如屈萬里先生《古籍導讀》所代表者，即為此派之治學方法。另一派則為林尹、高明諸先生所主持之師大、政大系統，上附於章太炎、黃侃，而實以小學為主，謂訓詁明而後義理明。而他們雖各主張其方法，卻只能遵循前輩規矩，視其理證為當然而已，並未反省其方法之是非短長，故皆不足以語方法論。在我同時，中文系中另有部分朋輩因不滿其迂固，又遭西洋文學理論、比較文學研究風潮之刺激，乃反思治中國學問之方法，而亦漸發展出有關方法論的思考。可是他們因情感上厭棄這些考據辨偽，所以並不擅通這套方法，其方法論思考亦多借徑於西方。大概只有我能真正從面對考證辨偽訓詁之方法，逐步探索人與歷史、文獻與詮釋等問題，而發展出一套方法論，以徹底摧毀乾嘉與五四兩類考證方法的典範地位。

4有關方法論的問題，後文會再申述，此處只能指出：這個問題在我治莊子學時即已構成我的中心困惑，不解決不行。因為古來論莊，或目為老子學之後勁，或視為孔顏嫡胤，或以佛義解莊，或云莊子即楊朱。後兩者可以不太理會，前兩種看法各有理據，如何處理？若這一點無從確定，整個莊子的文句解釋都無法進行。但從這一點上，就使我發現了詮釋觀點與詮釋角度，會影響整個文義字句之理解。其次，關於莊子之定位，我是會通二說的，謂莊子既為老學之闡發者又是孔學的後裔，因為孔子本來也就從老子問學，孔老儒道，二學本一。這個講法，在考證上不能承認老子晚於孔子，只能想辦法證明老子及老子書確實在孔子之前。而要維護這個立場，即不能不在考證上與主張老子書為偽書、老子乃孔子以後甚或莊子以後人者硬碰硬大辯一場。恰好有關老子的爭論，是近代辨偽史上一大公案，相關文獻幾百萬言，各種考證法全用遍了。我即於此反覆鑽研，比勘按據，仍堅持老子其人其書不在孔子之後。對於我所堅持者，現在我已可以不再如此堅持（倒不是懷疑我的理據，而是此一問題對我之重要性降低了），事實上亦可以不必堅持。但經過這種方法學的反省後，我發現主張老子在孔子之後的任何考證方法，都是成問題的；這些考證，也根本不能證明什麼。我大三開始寫的《古學微論》中尚收有〈辨老〉一篇，即是對此而發。倘非經此一役，我是不敢肆口亂出狂言的。

用情

我入大學，在民國六十二年秋天。剛從成功嶺受完軍事訓練回來，便扛了一包鋪蓋，搭火車去淡水。

在去淡水時，我正盤算著重考的事，想先讀一年再做打算。搭上了火車，一路晃呀晃地由臺中到臺北，再從臺北轉車，搖頭晃腦路迢迢，氣悶不已地過了北投、忠義、關渡。忽然，火車穿過了一個不太長的山洞。光線乍暗復明，我忽感覺天地驟然闊大了。急忙趴在車窗上一看，呀！河水汪汪，從車身邊上一直漫到與天接壤的地方。鐵道沿著河，繞成一條弧線，也一直沿伸到天邊。河面上立著一座山，山不甚高，亦未見得多麼雄奇秀麗，可是襯著水光，青綠浮漾，雲就鑲在山腰上，河面顯得分外靜定幽美。我愛上了這河，也喜歡這山，重考的事，就不再去想了。

生命中美感的判斷，往往決定了許多事。

我到淡水以後，尋路上山。學校乃在山上。石階有一百多級，以青石塊疊成。往上一看，石階頂頭上只有白雲，沒見到什麼黌舍棟宇。階梯旁蒼松蔓藤雜草叢生，厚厚一層苔蘚，雖有花花綠綠的迎新海報四處張貼著，也掩不住那種鄉野的拙稚的表情。費力扛著鋪蓋，揮汗爬完臺階，才看見校園。

先是一排宮燈道路，兩旁舊式的宮殿式平房。燈柱漆成白色，減去了俗豔的感覺。房屋在花叢樹木裡，只露出灰色瓦頂和一些暗赭色的牆面，木條窗櫺、紅色的廊柱。整個校園之全景雖然還不清楚，但我已很滿意了。就是這樣一座校園，這樣的山、這樣的河，以及山河邊上的海，讓我留了下來，而且一待就是二十年。

我當時自然無法逆料到這些，我先要解決我的學籍問題。因爲我考上了德文系，但我想轉讀歷史。恰好我國文分數甚高，依規定可以轉入中文系，也只能轉入中文系。於是便去註冊組找主任。他要我坐在房間裡等著，他替我直接辦好了一切手續，我便逕入中文系就讀。

中文系主任是于大成先生，他也是先考上淡江外文系後轉讀中文的，獲臺大文學博士後才返校任教。清癯彬雅，但博聞強記，多藝自負。新生訓練第一天與我們見面，即說：「歡迎各位，我叫于大成，想必各位對我的名字都已如雷貫耳了吧！」我大吃一驚，既震於其自負，也深爲自己孤陋寡聞感到羞愧。

因爲我生長僻鄉，每日來往所見，無非校園與書本。雖偶讀雜誌報章，但耳目仍極隘陋，心胸見識亦不能到某一層次。對于先生當時正在中華日報與人大打筆仗，談中文系之前途，以及他正主持華視國文教學節目等等，均一無所知。而且不只是對于先生無所知，對整個中文學界、中國文化研究及發展等，實亦毫無了解。于先生甚自負，我也覺得我很不差。然而于先生自負是有道理的，我一無所知而竟猖狂自負，豈非無聊？

這種體認，當然也仍是感性的，是意氣受了激盪，才有所感發。但感性鼓盪的生命，並未因此而沉潛入理性領域裡去收束，而只是繼續表現著負氣恃強的脾性，又同時背負了自慚自懼的感受，在生命內在形成緊張，造成壓力。以致面對人群時，我刻意顯得任性使氣，騁才自喜；面對知識、世界和眞實的生命，則局促不安，自愧淺薄渺小。這種緊張，壓擠著我，把我推向一個荒遠幽邃的境地，讓我去感受存在的痛苦與衝突，又使我有了不斷探索前進的驅力。

此生命之「興於詩」而不能「立於禮」也。我入淡江，在校園中獲得了生命的滋潤與開顯者，便是此詩的感興。無論是長河、落日、宮燈、瀛苑草坪、牧羊池、或生活中的各種觸接，都帶給我詩的美感。例如早晨起來，校園中露氣液澤的薔薇花叢；清夜雨後大樹底下彈撥古箏的女子；夕陽斜照的瀛苑樹幹上，不斷往上爬，準備爬上去蛻殼的蟬蟲，均使我沉浸在某種氣氛中，漸有芳芬悱惻之懷。

淡江中文系的師友又優容放縱我，讓我在此中生長。這就像草木，自然的生命，獲得了陽光、水和土壤，便自然生長起來，倘無風災蟲害，漸漸就有了姿態、漸漸就長成了大樹。這些樹木自具體格，枝幹槎枒，橫斜怒立。當然未必均足以爲棟梁，因爲它畢竟缺乏剪伐修治。但其自然清新之趣，亦不可掩。這時，我剛從考試的體制中勉強竄脫出來，「病梅館」中羈絡綑束太久，全憑天生一點清氣、剛氣甚或戾氣，才挺住了生命，乃竟恰好淡江的感性世界與我孚應了，我遂從此得到了恣性生長的機會。

興於詩的生命，在表現其生長時，當然也將表現爲詩。

其時中文系在宮殿式建築中占有一棟，共三間。中爲辦公室，旁隔一小間爲工友住處；右爲教室，左一大間又隔爲一研究室一圖書資料室。蓋當時正準備辦中文研究所，故系中立了一個研究室。聚了許多書，也集體注譯了《文心雕龍》。我幾乎每天都鑽進這個研究室去看書，與工友混得極熟。他是位老榮民，口音很重，一般人聽不懂他說啥，我能跟他扯扯，他自然很高興，常開門讓我看書，也允許我把書搬回去讀。後來我發現他房裡才是寶，裡面藏了一套藝文印書館的百部叢書。

我在大一時主要就是啃這些，幾於飢不擇食。過了寒假則開始注解《莊子》。在研究室裡坐的主要是王仁鈞、韓耀隆、王甦幾位老師。王甦老師似正在校《宋書》，王仁鈞老師是研究莊子的，他們都對我很優容，任憑我胡搞。我注的莊子稿，想要印刷，王老師還讓我以他的講義爲名義向學校申請。他們知道，這個時候我所需要的是鼓勵和寬容，所以並不強加指導，除非我自己覺得需要他們幫助。

就這樣恣性蠻幹了一陣，我的感性生命漸漸集中到詩這方面來了。所謂「聾人也唱胡笳曲，好惡高低自不聞」，沒事就試著謅幾句，也試著整理我對詩的意見。在大一時寫了篇論李白的文章，翻案抬槓，硬說李白是愛國詩人云云。大二時則發表了〈笑庵說詩〉一文。笑庵是相對於哭庵易實甫而來，彼以人生爲可哭，我偏要以人生爲可笑。這樣命名本身就很可笑，亦可看出我那種少年恃強激矯的性格。不過詩論與哭或笑並沒有關係，乃是綜合我當時對詩的理解而成。許多見解，係摭拾古今詩話詩論編織融裁，但亦有心得語。

例如我說：《詩經》以後，詩之流別甚廣，錦句瑤章，絡繹間出，變化甚多，今後作詩者應何所取法呢？我主張：「處於今日，當獨只隻眼，溯流而上，循末返本，以通其源，以達其理」。然則，詩之本源是什麼？依我看，就是情感。所以我說：「哀樂之心感，而歌哭之聲發。喜怒之情瀉，而傾抒之篇作。……詩者，緣情綺靡，本吾人心靈感情之表見」。由此觀點，我一方面強調詩應該是「必先有所觸以興起其意，而後措諸辭、屬爲句、敷之而成章」，不能爲文造情，更不能騙人，寫出「舍弟江南死，家兄塞北亡」這樣的句子。情要眞，不能妄想揣摩。另一方面，我也明白只有眞情也還不夠：「有其情焉、具其感焉，質直敷陳，絕無蘊蓄，以質木無文之篇，而欲動人之感，難矣！」所以我又主張用暗示與象徵等手法，去達到含蓄緜邈的意味。同一種感情，可以有很多種寫法，而重點在於刪汰陳言。如何去除陳言淫辭以及膚淺的思想呢？依照我循末返本的觀念，那當然只能從作者多讀書多思考處著手啦。如此，詩發乎性靈，而其成就則在乎學力，故文章末尾以才學結合爲說。

此文刊於《淡江文學》第六期，約七千字。文字華贍，理論上也還能自圓其說。當時教我們詩選課程的，本是劉太希先生，因憚於跋涉，辭去，繼任者爲張夢機先生。夢機師看了這篇文章，很喜歡，對我多所鼓勵，我也從他所寫的《近體詩發凡》中獲益極多。

事實上，夢機師的教學，雖以講授詩法爲主，但感發之處，乃在性氣而非理論。先生豪爽詼諧，理平頭，壯碩如橄欖球員，菸癮很重，吞雲吐霧，望之殊不類「詩人」。然其氣質、其生命，實爲一不折不扣之詩人，纏綿易感，悱惻多情。晚近病發，中風數載，又遭父喪，並賦悼亡，歷人世之苦痛，口瘖足痺，談諧俱歇，但洗盡一切，還歸詩人本色，作《藥廬詩稿》數百首，讀之肅然。如此人物，本身即爲詩也。故其教學，彷彿坐談，沉浸在一種詩的氣氛中，知此即爲詩，但不確知詩法爲何。夢機師學生很多，均能知詩之美感、得詩之趣，然能循其法度，作詩，成爲詩人者則甚少，殆以此故。

實則夢機師之詩法，承自李漁叔先生，具詳於其碩士論文《近體詩方法論》中，後出版易名爲《近體詩發凡》。大抵係歸納整理古來傳統詩法而成，似修辭學之條例法格，而實另有淵源。如以「桃李春風一杯酒，江湖夜雨十年燈」爲實字健句，謂其多用名詞字，可令句法健實；「時方隨日化，身已要人扶」則爲虛字行氣，謂其句意靠虛字騰挪，詩意可顯得較爲曲折流蕩。凡此等等，對我幫助很大，使我得以具體分析詩句寫法的不同，知烹字煉句之法。參照著夢機師送給我的他之《師橘堂詩》，讓我不只能純從感情層面去討論詩歌，也能具體探討詩句的文字構成。故又試著寫了《雙照樓談屑》等幾種詩話。現在偶爾從舊篋中撿出翻閱之，還能感覺得到那疏野縱放的氣息，還能令我追味那擁鼻高吟、自命爲詩人的歲月。

夢機師時仍主持大專青年詩人聯吟大會。我也在學校組織了一個淡江詩社，參加者有書國符等人，我們辦演講、參加詩會，好不熱鬧。偶上陽明山參與中華詩學研究所之吟席，得親近文壇長者，與聞老輩掌故，擊缽射虎，更增添了不少詩興。

六四年參加聯吟大會時，適逢蔣中正總統之喪。前一晚，震雷暴雨，爲平生所僅見。清晨坐車往臺北，始得知其噩耗。詩題本是「陽明山賞花」，當然也就改爲悼念了。這樣的題目，我們小孩子怎麼作得好？所以詩會乏善可陳。但下午辦了一場演講，我談黃鶴樓詩、師大由簡錦松代表，他也講了一題。講畢，有一人來找我，跟我談王船山的《薑齋詩話》。隨後他來淡水山中找我，另邀了李瑞騰來。瑞騰正在文化大學讀書，也是夢機師的學生，但以浸淫現代詩爲主，與我之路向原本差異甚大。然他一眼即看出我論詩語多受《文心雕龍》之影響，遂相與論文學批評事，使我大開眼界，始知有「文學批評」這門學問。有關比較文學及傳統文學與現代文學之間的關聯等問題，大概也都是通過他們而有所接觸的。

因此，以詩會友，既使我能參與老輩詩人文宿的燕集，增益聞見，深入體會他們那一代人的思維性氣以及對文學的態度，進入那個傳統之中；又讓我得以結交文學事業上的朋友，一同奮鬥，實在是難得的收穫。站在人生旅行車前徘徊的少年，終於摸著了一把鑰匙，打開車門，駕著車子，向前奔馳了。

此時課業導師是申慶璧先生。申老師號完白，又號申如。是雲南的國大代表，並任校長張建邦先生之祕書，負責文稿，乃極肫厚極誠篤之長者。對於三民主義有眞實之信仰，對地方自治曾積極地推動，對教育極爲認眞負責，對學生至爲關愛，是我所曾見之完人。爲人與行事，無一毫可議。他愛護我，憐我家貧，除鼓勵我寫稿，幫我發表外，並要我向學校申請一種特殊的獎學金。

這個獎學金不是以課業成績申請的，而是提出論文大綱，由學校同意後撰寫論文。得過學業獎的人也還可以申請，所以我可以再得到一份獎助。當時學術論文寫作還未形成風氣，直到民國七十二年，教育部調查全國私立大學教師，尚有七六．四％的人從未發表過論文，何況是大學生？何況是在民國六四年？故此獎學金一向較少人申請。但申老師鼓勵我寫，他擔任指導教授，題目是「謝宣城詩研究」。我大約寫了六七萬字，搜集了許多版本與資料。有問題則去城區部校長辦公室或新莊他的寓處找他。論文當然寫得不好，因爲缺乏經驗，尚不能處理大篇幅的論述。然此經驗甚可寶貴，申老師也很保護我，使我以後對於論文寫作不致望而生畏，有勇氣進行更艱鉅的論文嘗試。

不過，研究謝宣城，使我認清了我對詩的理解其實還很膚末。我所能掌握的，只有從夢機師那裡學來的一些近體詩詩法而已。漢魏之高古、齊梁之選體，我都難以措手。只零星選讀過一些名篇，想探索一位詩人，也尚欠本領。這時，我遇到影響我極深的張之淦老師了。

張師字眉叔，號遂園，湖南長沙人。在蔣中正先生侍從室秉文事甚久，後出，任職於中央黨部。才華高騫而識解明達，久歷官場卻不失赤子之心。非今日之所謂黨工所能望其項背。在淡江兼課，講授《戰國策》及歷代文選有年。我升大三時，老師忽擬開講《呂氏春秋》和李義山詩。學長諄諄告之，囑我們一定要去上。然因與其他課程衝堂，我僅選了李義山詩。後來才陸續又修了老師的東坡詩、六朝文等課。

張老師上課，準備極周詳，說解極深入，引經據典而趣味橫生，所以縱使聽不懂也十分歡喜。聽懂了，那就不是懂得了有關李商隱或蘇東坡的某句詩某件事，而是懂得了一種做學問的方法、一種觀察事理的角度。所以他教學能隨人性分心量而令其皆有所得。他本身詩文造詣又極高，故聽他講書，便如他和東坡義山等人談詣論藝，而我侍坐聽之，其感受自與一般泛泛講說不同。

在第一次期中考過後，老師找我去談，並命交詩文來看。我遵囑抄繕上呈。老師說：「很好，但可以再動一下，你下禮拜再來一趟」。下周課間我便去教師休息室找他。只見我的詩稿已遭大紅批勒，竄易刪改，幾無餘字。老師並有長篇批注，教示作詩法門。我很羞窘。因爲向來老師們都說我了不得、有才華、詩文出眾，不料在張老師面前竟是如此不堪。張老師詳細替我看病，開導解說一番，然要我拿回去修改，改好後，下周再來複診。我拿回詩稿，回家苦苦翻修了一個星期，才再送給眉叔師看。老師說：「有進步。放我這兒，你下周再來。」下禮拜去，又已改得一塌糊塗。然後告訴我，爲何如此改、爲何此處仍不妥穩、應如何運筆、如何轉換思路等等。有些地方我仍不明白，但我相信他必有道理，遂回去繼續苦思其理，一再試作。如是者，數載。

這是我在課堂之外獲得的額外指導。眉叔師待我，則如子侄。我很慶幸能有此伐毛洗髓之機緣，也慶幸當時自己沒有狂妄自是，而能誠心接受指導。自然之生命與才情，經此整束，始能歛才就範，始略知爲學之規模及成學之甘苦。

後來我也常想以眉叔師栽培我的方法，用在一些學生身上。可惜這些朋友，無我之才華，性氣兀傲則勝於我，以致承教者往往不堪教誨，堪教者又往往不願承教受訓，我實深感遺憾。由我的體會來看張老師，我乃漸能了解他爲何在我身上花這麼大的心血。有次他曾對我說：「我非有愛於你，實是感到人才難得。我爲國家惜人才。也希望你善自努力，不要自己糟蹋了」。令我聞之瞿然。

從眉叔師處，不僅錘煉了詩文，也懂得如何深入去理解一位作家。這並不是件容易的事。平日我們講「了解作者」，講得很輕鬆，好像不是什麼難事，但眞正做學問可不是如此。《孔子家語・辨樂》曾記載孔子跟師襄子學琴的經過。孔子學了一段時間後，師襄子說：「可以學新的了。」孔子說：「不行，我只學得曲子，拍子還不準確呢。」又過了些時候，師襄子說：「拍子行了，可以學新的了。」孔子道：「不，我還沒把握其中的主題哩！」再過了些時日，師襄子說：「可以了吧？」孔子答：「還不行，我還沒能深刻地理解作者呢。」再過了一陣，孔子才說：「我現在摸索出來了，這是個有深邃思想的人，難道是周文王嗎？不是他，還有誰能作這樣的曲子呢？」我不是孔子，但現在學詩，似乎也經歷著同樣的進境。

除了能深入理解作者之外，我對唐宋詩的風格也有較多體認，後來我對宋詩風格的研究，主要奠基於此。但眉叔師告訴我，要學詩，不必從唐宋學，由晚近詩家入手較易見功，因爲時代太遠、境界太高的作品並非初學所宜，因此借給我許多晚清名家詩集，如鄭海藏、陳散原諸先生詩。這些詩集上都有他的眉批，指點詩法、度人金針，我從中得益匪淺。後來我主編《國文天地》時曾摘抄了一些刊出，足證我之所言，並非阿私所好。這些晚清民初詩家，本身詩文就很值得研究，而其來往蹤跡、出處進退，亦關涉時事朝局，頗饒掌故。我對他們當然也大感興趣。鑽研下去，實有意想不到的收穫。

因爲張老師當時已把我的詩稿拿去大華晚報發表了。主編大華晚報〈瀛海同聲〉詩欄的，是江絜生先生。江先生爲世家子，曾獲交朱彊村。來臺後，每周在西門町「夜巴黎」聚會，邀人談詞，前後凡十數年。辱蒙他賞識，認爲我的筆性若作詞會更好些，曾託張夢機老師帶我去峨嵋街他寓所，意擬收我爲徒，教我塡詞。

我甚感其盛意。但記得眉叔師曾告誡我，他早年學詞，曾經嘔血，我深於哀樂，作詞恐損年華，故不准我塡詞。只好婉謝先生盛情。可是，類似江先生這樣，欲將其獲授於朱彊村者轉授於我輩身上，這種心情我是了解的。我與這些老輩交往越多，越能感受這種心境。當然，也因爲這樣，我對朱彊村他們那個時代也就越有感情。

這樣的情形很多。例如眉叔師有次命我去拜訪王開節符武先生。王先生與陳蒼虬家世交好，又任俞大維先生記室甚久，坊間所見俞先生之題署，多出王先生手。我去與王先生談後，王先生把許多資料借了給我，也把他抄的周棄子先生詩送給我，並索我詩文交給周先生看。我因此得識周先生，亦較了解晚清及僞滿一段史事。王先生與俞大維家族交非泛泛，俞先生家與陳寅恪家又數代姻婭，因此我也頗得聞俞恪士與散原翁等之事蹟。眉叔師很喜歡散原詩，曾擬作注。當時商務印書館的《散原精舍詩》則是周棄子作的序，俞大綱先生亦曾景刊一種散原詩稿的手寫本，俞先生本身的《寥音閣集》則頗深於義山冬郎……。這些，編串在一起，形成一種特殊的網，史實、掌故、人物、詩文，左穿右斜，串組在一起，然後旁涉到陳寅恪的史學、陳衡恪的文人畫、鄭海藏沈子培的書法之類的問題，滾成一團。從每一點切入進去，都可以旁交錯午地勾聯結合起來。

這對我的吸引力太大了。這是具體的、整體的歷史，而此歷史又非純由理智知之，乃是在各種親疏遠近人情交會中逐漸浮顯出來的。所以它們對我而言，都不是理知的客觀存在物。我讀陳寅恪或其他某某，會想起許多事，會有許多情誼感會生於文字之間。

何況我對晚清本來就格外熟悉，康有爲章太炎等人之學術，對我實有說不出的親切感。而康氏爲嶺南詩家鉅子，章則代表當時力追漢魏之風氣。其他每個學人的詩也都很可觀。因此整個晚清詩壇，不但糾纏著我個人的師友情誼、感性聯結。也可以跟我對彼時社會政局學術思潮的關切緊密結合起來，形成一個整體的了解與感知。這種感知，不是從排比資料、輯葺文獻上客觀考證史事，或從思想體系、觀念與邏輯方面討論學術及思潮的人所能知的，也非純粹賞玩詩篇俊語者所能夢見。實際上，當時學院裡研究近代史的，沒有一個人研究過詩；講晚清文學史的先生也只曉得幾本小說。此等境界，自然是無人能到的。

我既以特殊機緣而對晚清詩與詩家大有感知，乃發憤寫一部《近代詩家與詩派》。大四開始寫，寫了一年多，成稿二十萬字，後來又重寫了一次。收集及經閱之詩集史料，自謂並世罕儔，有些材料從未被學界發現使用。如《樊樊山集》數十冊，本係東北大學委託國立師範大學收藏。我想法子借出，再請王開節先生交文海出版社影印出版。《今傳是樓詩話》也是不知從何處覓得，再設法出版的。這些詩集詩話，在近代不獲重視，故多佚散，也乏人研究。我四處搜討訪求，有時以單篇論文董理，如陳蒼虬的詩集有幾種刻本，我做了些比較，刊於《學粹》雜誌。有時我會做點敘錄，如劉師培《左庵詩錄》、溥儒《寒玉堂詩集》、巴壺天《玄廬賸稿》……等，均有敘錄，以〈靈香偶拾——啜霞堂讀詩記〉為名刊布。這些東西，零零碎碎，但對我的總體論述甚有幫助。

這部稿子，對晚清詩壇的理解，太受陳石遺、汪辟彊的影響，於今視之，並無太大價值。不過，它也並非沒有可資參考之處。十五、六年後，我曾摘錄其中一部分，刊於《中國學術年刊》，可見它還是有點「學術」價值的，現在又過了五、六年了，學術界在此，亦無太多進步可言。

但這並不重要，我所看重的也不是這篇習作的什麼觀點、論證或考訂；而是在書寫著這些人物時，我的許多感受。

晚清詩人處在一種特殊時代場域中，感國族之淪胥，傷文化之裂滅，茫茫沉哀，流漾於其詩詞之中。而他們，無論是佯狂玩世的湘綺老人、被慈禧斥廢的陳寶箴散原父子、任溥儀師傅的陳寶琛、當溥儀后婉容師傅的陳蒼虬、為偽滿州國總理的鄭海藏、長歌當哭的易順鼎、不見容於國民黨的革命元勳章太炎、保皇復辟尊孔的康有為、忠君自沉的王國維、遯身黃冠的清道人……。他們多是遺老，對民國缺乏認同。而他們的人與詩，也迅速地在民國和五四新文學運動中被遺忘。在自我放逐與遭受放逐之間，銘刻著一段淚痕斑駁的歷史與一些詩篇。它們壓在時代的底層，就像昆明湖底的劫灰，訴說著天火劫燒，萬念俱灰的悲哀。翻動這些歷史的劫灰，我可以看到國族離亂崩析的痛楚，可以感受到文化淪滅的驚恐，也可以體驗人生存在本質的哀感。這些都震盪著我。尤其是生命無端的哀感，王國維所說的那種「人生過後唯存悔，知識增時轉益疑」，觸動了我少年易感的靈魂。我本是個哀樂無端的人，會無端莫名地傷感，而這些詩家慨痛國家亂離、文化淪滅的言辭，乃又恰好提供了我傷感的材料。所以生命本質性的悲哀，和時代文化衰亂的感受，滾動扭合在一塊，充脹胸臆，憂生念亂，感時傷逝，傍徨痛苦不已。

我沉浸在這種痛苦之中，品嘗著痛苦的折磨，晚清詩人的沉哀，漸漸化爲我生命的一部分，他們的文化態度，也構成了我面對我自己時代的姿勢。如陳寅恪所詮釋的王國維一般，擁有一種文化遺民蒼涼之感。我當然不會自沉於淡水河，但我對這個時代是憤激不滿的。對世俗是難以苟同的，對文學和文化，我所認同與精擅者，也正是與這個時代背道而馳的東西。

因此，我乃成了個文化上的遺少，與晚清這一批詩人有著複雜的、深沉的同體感。也就是在這樣的感受中，逐漸形成了我的理解，也形成了我的方法論。

容我對這幾句話再做些解釋：

在自然生命之成長期，我雖稍就礱冶，但不僅未喪失我的性氣感情，反而是藉由詩歌，條鬯暢發了我這種情性，也深化了它。情感從自然生命的層次，貫連於總體人文及存在領域。個人才質性氣，與文化相感互應，融爲一體。所以形成了文化的同體感。對文化的護惜，就與面對自己一樣。我對文化的理解，即建立在這個基礎上。對許多具體的歷史文化事務，我並不見得十分清楚，但我自信自覺最能了解它。那是一種對老朋友老狗式的了解，極其熟稔、極有感情，而且也是生命中不可切割的部分。我講說、應會之，不需要什麼道德勇氣、文化使命、責任擔當、知識學問及其他一切理性法則。那些，正是外界用以認識或稱許我的，而我從來即明確地知道，我與它們了不相干。

但詩人的生命並不只是文化的，他還經常處在非理性的境域中。要在其中畸裂、在其中沉淪，在其中感受人天破解、神魔同在的痛苦，要體會生命的存在與不存在，要試探罪惡邪妄和道德的邊界，要體現原始性氣的欲求，要傾聽一切生活世界微細的聲響，心境往往蒼涼，情緒輒多惘惘，偶或清狂，實則憂傷，踽踽獨行，在寂寞之鄉。

這是不可排遣的孤寂，也是最深沉的自我。我的詩歌就多半顯現了這種氣息，如「苔痕未許尋行跡，茗榼寧能慰惋傷」「徘徊聽襯冥冥雨，寂寞回添悄悄燈」「深杯微影忽成幻，入水枯魚不擇流」「我爲傷春眞惘惘，猶來三界落花中」「自喜清狂成久客，莫教惆悵負新醅」之類。溺耽於這種惆悵寂寞中，少年的我，遂顯得格外老成、格外孤傲、格外陰沉。而這個地方，也是我與他人不能溝通的最私密部分。在此中俯仰歌哭，自喜、自憐、自嗟、自傷、自負、自怨，孤往獨尋，並與遙遠的古代某一孤獨之靈魂相契會，即是我所品嘗得到的最大人生樂趣。

佛家論修證，如達摩所云，有所謂「二入四行」。二入者，謂有行入與理入兩種途徑。我則如上所述，既非行入亦非理入，乃是感入。感此生涯，哀此時世，遂即以我之所感，感昔人之感，又以昔人所感，應和我之所感而已。因此，我論歷史的理解，完全不相信客觀及史料之方法論，強調歷史的解釋會與解釋者存在的境遇感相結合。

這一點，在我後來的學術論述中發揮甚多。說明其理據時，有時會參用西方詮釋學等各類講法。但我並不是受到誰的影響才這麼說的。我的理論及理論之所以提出的原因，更與其他人都不相同。甚至於，我也可以說：感生涯、哀時世，隨吾所感，發爲詩歌、寫成文章時，爲說明我之所感，這些文章當然要尋求理證、鋪陳體系，但基本上仍是緣情、仍是興於詩。理論未必周圓，說解不免掛一漏萬，可是這其中有眞實的力量、有感興，而不是講形式、套理論、裝派頭、湊聲口、賣弄身段。這才是我的長處，以及本領之所在。在要求客觀理性的場合、在講究儀度規格的學術論文中，我也從不忌諱表現我的情好愛憎，或用理性的方法去抒情、以抒情的態度來講理。這樣，當然會替我引來許多懷疑和批評，可是那又有什麼關係呢？在「眾人皆欲殺」之際，也正是我「我意獨憐才」的時候哩。

興於詩而又表現爲詩的歲月，就是如此才華騫舉，意氣感盪。我不曉得是否別人讀詩學詩也會弄得如此複雜，但我常感到我的許多行徑在冥冥中契合了一個聲音，那就是：「子曰：小子！何莫學夫詩！」

是的，我聽到這聲誥命，也在這場學詩之旅中開啓了生命的初航。若不學詩，我眞是要「猶正牆面而立也」。

失鄉

世上有許多好地方，臺灣即不少。可是人與土地的感情與關係，恰如人與人的交往。某些人，世所共許，我獨不喜之；某些人，畸行偏性，人所嗤議，而我獨與之相得。土地也是如此。

我生於臺北，稚齡嬉弄於南機場之情狀，雖常在眼前，對其地實無感受。三四歲隨父母遷居臺中，生活困頓，輾轉徙移了幾十次。情形就如但丁在他自傳性的《宴饗集》中所寫：「像一隻沒有船舵，也沒有風帆的扁舟，苦貧的焦風任意地把我吹向不同的港口和海岸」。搬家既然成了生活的常態，跟居處環境根本無暇發展出什麼太深厚的關係，因爲地址和回家的路才剛剛熟悉，差不多又準備搬家了。新交之不能如老友，實在毫不稀奇。因此，我不但從籍貫上認識到我是個異鄉人，具體的生活也無法讓我有鄉居的感覺。

異鄉的漂泊生涯，從血緣聯貫到地緣上。父親從江西，走廣西，入海南，來臺灣，營生失敗，乃移居臺中，又不幸爲洪水漂沒，隻身孑走，妻孥幾乎不保。借賃擺個攤子在街頭賣麵，何處是眞正可以落腳之處？就在那街頭，車輛和行人揚起的風沙中嗎？十字街口，就是我們安身立命的地方、展望前途的所在嗎?他每天坐在麵攤子前，看著陽光和暴雨，等待著飄忽不定的旅客。迎來春夏秋冬，送走陌生不知名的客人。他當然無法認識或認同這個社會，因爲社會對他來說，本來就是飄動游移的。他的生活世界及生命依托，自然仍只能在他所曾眞正具體、落實地生活過的家鄉上，那個「江西省、吉安縣、値夏鎭的龔家村」上。

我從血緣上繼承了這個地籍，也從認識上認同了這個地籍。父親曾繪我龔家村地圖，指而教之，何處有湖、何處是山、何處爲祠堂、何處乃老宅……，我認識了，也想像了自己如何在那房舍穿弄中玩耍、如何去祠堂中見識祭饗飲射。它們遠比我實際生活但經常必須重新熟悉的臺中市更眞實。何況，我實際生活的處所又是臺中市的什麼地方呢?

我們租住過鐵路局堆煤渣的廢鐵道邊之違章建築。並無廁所，亦無浴室，每周提著水桶、挾了衣服，循鐵道找著糖廠圍牆的缺口，翻進去，混入它的公共浴室去洗澡。

也租過國際戲院附近的一間樓屋。那是個風化區，戲院邊一間間房子，夜裡便閃著粉紅色的霓虹燈，蒼老憔悴與稚嫩青澀的女人們，站在或坐在門口招著手，喊：「人客來坐哦!」周邊則是殺蛇的、打拳的、賣藥的、變魔術的，魚龍曼衍，地痞流氓的語言與刀光，一齊在夜色中閃爍著。我們住的那一家，隔不久也勒令我們搬走，改裝成了酒家。有次我經過，往裡面瞧，也見到一排排女子穿了旗袍，站在樓梯邊、粉紅色的燈光下。

我們又租過一家鐵工廠裡的樓梯間。搬進去時，屋主家人曉得我們是「外省人」，竟攔住房門，堅持要我們立刻滾蛋。幾經哀求，始准暫住五天，以便找房子搬家。我們只好在鐵工廠嘈雜鏗鏘的打鐵鑄造聲中擁被倉皇……。

住得最愜意的地方，則是吳鸞旂的公館。這個地名，是我現在才知道的。當時沒有人曉得，都以爲是廟，或云爲孔廟。內中庭臺樓閣，有山水廳殿、有曲廊花園，建築極爲精美。我們當時僅知臺中有吳家花園、林家花園，而不知此亦吳家之花園或宅第。因爲它已經廢圮了。

一個廢園，自然瀰漫著一股滄桑與頹廢的氣氛。其所以廢頹，或因吳家已沒落，或因被大陸湧入臺灣的大量流民占住了。總之，我們住進去的時候，裡頭有軍隊、也有社會各種流品。例如擔糞的、賣酒糟的、做臭豆腐的、教書的、醃臘肉的、打鐵的、以及像我們這樣的賣麵人……。大家住在那裡面，事實上只是把花園廊廡隨意隔出一家一戶。沒房間，就加木板砌土磚隔出來；不夠大，就打了牆或加上一層；沒水用，立刻召鄰人來打井；沒電，便自己爬到電線桿上去接電；沒茅廁，則我們一群小孩會跑到花園牆邊去溲拉。夜裡車燈照過我們蹲在牆角溝邊的屁股，看著影子不斷移動，引爲大樂。

諸如此類。我們住的，正是臺中市這個政府遷臺後的首府、號稱「文化城」的臺中市之社會底層與邊緣地區。我們在此社會中本爲飄浮的邊緣人，也活在邊緣人的社會中。吳鸞旂公館那個流民大雜院，相當動人地顯現了我們生存的處境。我們其實不是住在臺中市，而是住在那個邊緣人團體中。在此團體裡，沉淪於社會底層的外省流民，固然是異鄉人；漂泊於社會底層的歌女酒姝、流浪藝人、苦力，他們的家鄉又在哪裡？

父親每在麵攤子生意清淡時，或有友人來聚會時，就取出他的胡琴，伊伊呀呀地拉唱起來。

天涯淪落，漂泊失鄉，原不是江州司馬與京城琵琶女專有的故事。我在初中二年級時，曾用橡皮擦刻了一枚小印，文曰：「江州司馬」，大概也就是聽琴而有的感傷。

而這，其實也是失鄉者共有的符號。茫茫大地，不知何處方爲眞能落腳之所。臺中市的文教聲華、日據時期以來臺灣文化協會之士紳風雅壯猷，與我們殊不相干。我們既無緣參與其歷史，事實上也只苟延殘喘於其社會現實之邊緣。我五歲時，夜裡曾走一公里地去給父親送飯，暗夜土石路上，沒有人、沒有電燈，絆了一跤，把飯菜全打翻在地上了。我哭著爬起來。撥攏飯菜，提到父親麵攤子附近的江西同鄉會館裡去洗。滿以爲可以把砂石洗掉，飯還可以吃。這是小孩子的呆想，也是害怕挨打罵而有的反應。可是，這就是土地給我的感覺。它沒給我豐饒的感覺，也沒有載負著我生命的感受，只有沙礫、只有堅硬，碰得我膝蓋發麻、生痛、紅腫、流血。我雖也是「吃臺灣米大漢的」，但飯裡卻有著砂石，令人難以體會其香美。

失鄉者自然要思鄉。我知道故鄉有歐陽修、有文天祥、有我龔家村之文采遺徽，我也曉得我的譜名「祖渤」是指漢朝龔遂治渤海的故事。是以懷鄉者亦遂有了文化上的思念與認同。由於故鄉我並未眞正去過，因此，思鄉事實上也是以此文化歸屬感來烘托或坐實的。是文化、情感與想像，構築了我的鄉里，安住著我的街坊鄰居。

異鄉人的生涯、和土地無所附依的關係，要到上了大學才有新的變化。

從住了十五年左右的臺中市，隻身負笈臺北縣淡水鎭，應該稱得上是遠赴異鄉了。特別是鐵路尙未電氣化，我又沒錢坐快車，由臺中到淡水，連轉車時間，可以長達八、九小時。淡水又遠比臺中荒僻，鎮上只有兩條街。學校則在山上，四周皆是榛莽，旁僅一小徑，土石雜草間有兩條牛車輪輾過的轍痕而已。循路入山，林竹蓊鬱，輒恐迷途。可是，說也奇怪，我對此殊不覺其爲荒僻，也不覺得我是離了鄉背了井。

或許，在我周遭的人們都是從各地來此就學的。沒有誰眞正在地，大家都是異鄉人，所以我就特別不覺得自己是個異鄉人吧。

我也是在這個時候才第一次對於屏東、二水、鹽水、臺東、宜蘭、鳳山、南投等地名有了具體的認識。同學們談起各人家鄉不同的風土與人情，帶來各樣的土產，說著腔調互異的閩南語客語，和腔調也頗不同的各式國語混雜在一塊兒，頗令我有又重回流民團過著異鄉客旅的熟悉感。他們常相來往的各種同學會，其實也有些類似我自幼廝混的同鄉會館。故鄉來的朋儕聚在一起，以鄉音及故事來串組生命繼續前行的軌道，撫慰初翔者失去母親翼護的心靈。我熟悉這些感情，也理解這一切，更常參與他們。因爲我本無鄉，故不妨隨之入境，相與問俗。我對金門、花蓮等地的理解與感受，即是由這樣的觸接和參與而曲折得來的。我後來頗熱衷過一陣子民俗研究，也喜歡整理地方文獻，實皆肇端於此。

淡水是偏僻的小鎮，河海交接於山脈連脊之處。大屯火山群、七星山、陽明山構成一條巒組，觀音山、林口、龜山構成另一組巒帶，淡水河的滾滾濁流從中橫截衝斷，經關渡口而達於海。位於這山涘河口的小鎮，住著的，乃是樵於山、耕於野、漁於江海、旅於黌舍的人們。在港邊，斜陽殘照，船民張曬著漁網，船楫雜陳，空氣中散發著腥澀和慵懶的氣味，旅客閒坐或散步於河堤上，偶有野狗及醉漢躺在岸邊。這，正是流浪者最好的休憩所，自然美景，襯托著一個沒落的漁港。

小鎮的歷史當然極其煊赫。清朝曾把整個臺灣北部劃稱「淡水廳」，可見淡水即是北部臺灣的重心與代表。當時艨艟縱橫、商賈雲集，海輪直達於艋舺，軍事上又爲臺灣海峽之鎖鑰，其盛況雖僅存於史料及傳說中，卻是不難想像的。因爲淡水鎮就像我幼時曾經住過的吳鸞旂公館，花事已歇，曾經滄海。繁華如舟楫駛過歷史的波流，現在只剩下斑駁的船身以及風霜的刻痕，擱淺在沙灘上，等待夕陽、月光和詩人畫師的眼睛前來憑弔。

鎮上有英國的紅毛城，有中法戰爭時的炮臺，有西班牙的教堂，有荷蘭人的鐘樓，有洋行的街市，有閩南人械鬥的義民祠，有汀州人的會館，有與三峽祖師廟競爭的清水巖落鼻祖師，也有閱世滄桑的老人茶室。無所事事亦無聊賴的老人們，在有粉頭或無粉頭的茶座上，消磨其晨昏，談講其古。歷史感，猶如小城的霧氣，氤氳迷漫，把每個人都裹入其中。

我的朋友李利國曾寫過一本書，叫做《我在淡水河兩岸進行歷史的狩獵》。我不會打獵，只能在岸邊徜徉，沉浸於歷史的廢園中，去感受繁華與落寞。在小鎮崎嶇的石板街上，品味出特殊的土地感情。

爲什麼特殊呢？淡水是歷史性的城鎮，關聯著臺灣史，然而它的風格是雜糅的。第一是漢番雜糅。原本該地除了採硫磺的工人以外，並無漢人居住，後來漢人漸盛，原住民歸化，遂成一特殊之世界。其次是華洋雜糅，洋人來此爲漢番治病、宣教、經商，乃至建立埠口，闢地領事，又使淡水成一特殊地域。第三則是古今雜糅。古城今鎮、舊樓新街，完全混糅在一塊兒。我從這裡捫摸到歷史，而這裡也就是我生活的現實場界。在這兒，古的、洋的、番的東西，也格外顯露了它異於現世的情調，讓我居處遊息於此，宛若置身異邦。

而這樣的地方，才使我有了鄉居之感。它的歷史感、頹廢勁，呼喚了我早年的記憶，令我對之異常熟悉，亦頗爲迷戀。何況，海口河港向來即是旅人的驛站，事實上也是他們的宿命。港口的燈火、旅棧的酒飯、月下旅人隨興而發的歌聲、船孃漁父的溫慰笑語，便是流浪者棲住的夢鄉。而羈泊暫宿，亦不妨即此是鄉。

我大一時住在學校宿舍裡，是間大四合院，十個人一間房，極其窄仄。同學們多窩在床上看書，因爲只要有人下床，走道就堵住了。屋子裡既然擁擠難堪，我自然就四處亂跑，或坐校園樹下看書看雲，或遊山涉水，肆余狂誕。大二開始賃屋住在學校後面相思樹林中的農舍裡。農宅老舊，住其中，如生活於十七世紀。磚屋椽瓦，燒柴火、煮大灶、點油燈、引泉水，夜則掩柴扉。

除了幫我們接了電燈以便攻讀外，房東可謂信而好古。他們清早即牽牛下田，或挈斧斤入山，或操漁舟泛去，日暮乃歸。穀熟，則曬之於庭前，以打穀機軋軋踩打之，穀屑飛揚。婦女在宅操持農食，並飼豬畜。我們住的房間，也就是由豬舍改裝而成的。豬舍前貯一大陶缸子水，我用這缸水漱洗，牛也是。牠每日耕作倦返，常把頭嘴整個伸進去嚼水洗臉。舍前另有老榕一株，根幹奇古，我常蹲坐其下，一小獮猴則踞坐樹幹上，或與我相耍。

我在此間住了三年，歲月靜好，日與房東熟稔。同其作息，共其憂樂，觀察他們的稼穡，欣賞他們的祭讌。這是生平住得最久的一個地方、也是住得最像、最接近鄉人的地方。田渠河溝、野林荒陬，方圓數里地幾乎一一踏遍。有時飢饞了，也會去掘些山芋或摘些蔬筍瓜果來吃。山中之蛇鼠燕雀，當然也是熟悉的。

這時我的感性生命正在成長發舒，我的理性知識也在擴張精益。鄉居之豫逸、溫暖與安定，使我激狂的才性，有了逐漸靜攝收束的機會。羈旅漂盪的心，乃如落葉，落在鬆濕的土壤裡，漸漸就沉了進去，和土地化爲一體，等待著抽芽。

土地不再是堅硬的砂礫，只會碰痛碰傷我的膝頭了。土地與我的生命相互濬發。山、水、雲、鳥，不知添了我多少詩料，啓發了我多少感性。遊子客途，而竟在客途中獲得了養晦居隱的快慰、生長出一種家鄉的感情，實爲始料所不及。爾後我出往臺北讀碩士博士學位，重回淡水任教，戀戀不忍遽去，淡水幾乎成爲我生命中一種質素與標記。不僅每次回到淡水都如返鄉，實際上從來也不覺得我曾經離開過。昔有詩云：「征塵莽莽客衣單，卻禁春風作小寒；柔櫓夜來多嫵媚，平生即此是鄉關」。講的就是這種感情。

不過，有家鄉之感情處，仍舊可能無法安居。李白不是說過了嗎？「蘭陵美酒鬱金香，玉碗盛來琥珀光，但使主人能醉客，不知何處是他鄉」，中酒之際、笑語溫慰之頃，他鄉即是故鄉。然而，客途秋恨，對月興感，方其沉吟：「舉頭望明月，低頭思故鄉」時，玉碗美酒、主人盛情，又安能慰其寂寥哉？王粲登樓，未嘗不咨嗟於其地之「信美」，但人生的悲哀，正在於「雖信美而非吾土」，故總不能不懷其鄉。

對我而言，現實意義的故鄉，淡水確實可以滿足我了，甚至於可以像東坡所說：「我本無鄉更安往？故鄉無此好湖山！」原本失鄉者，得此鄉里，實可說是喜出望外。但問題就在於「我本無鄉」。本來就無，如何貌似已有？這是本質性地失落了故鄉，本質性地成爲異鄉淪落之客。因爲喪失了，所以希望擁有；因爲不曾擁有，所以永遠懷念。在這裡，故鄉已經不是現世意義的了，它體現的乃是一種生命存有的感受與理解。故鄉，其實是歷史文化意義及存有論意義上的一個詞彙。

讓我引用幾首舊作來說明吧。一是某次去淡海訪王文進，有詩示諸友人，云：「寒波月穩天聲靜，夜色東南冷墨中。鄉夢慣隨春雨濕，冰心仍作酒痕紅。少年肝膽搖書幌，淡海煙塵著舊風。等是清狂成惘惘，鵾絃閒與說空濛」。末句謂聆李雙澤遺曲事。全詩固不足觀，但鄉夢慣作於酒邊燈下、海隅歌中之景象，略可概見。可見我即使在淡水朋儕詩酒歡愉的時刻，仍不能免於鄉愁。

而此鄉愁，其實亦顯示了我逸離此世的姿態。對這個當前的現實世界，我是拒斥的、鄙薄的，自覺不適應也不該適應於這個社會。因此鄉夢關情，實亦託寄我之心情於歷史、於另一世界中，如我另一首給朋友的詩所說：「燈底人前但說狂，愁將清曠掩憂傷。祇今積鬱支皮骨，剩遣餘歡醒肺腸。時世休誇眉黛好，春心還託卷葹長。家山感與滄桑事，哀樂無端儻自忘」。家山，是空間睽隔的另一地；滄桑，是時間變異所生之另一景。當此時世，既不能用世媚俗，自然只能託心於異地異時了。此即所謂之鄉愁，具有文化上否斥現世的意義以及歷史性的追懷。

可是時世究竟如何，其實非我當時所能知。我只是本質性地否拒它、鄙夷它，並以「時世不靖」做爲我存在的基本場境。我對時代並無具體、眞切、入乎其中的了解。故不是因時世已不可爲而去國懷鄉，乃是我本無鄉。從人存在的本質上斷定了我的異鄉人性質。

此一性質，或許借用存在主義的某些講法，更容易懂些。因爲生命存在著憂懼，每個人其實都是卡謬所說的「異鄉人」。於存在中，沒有一個可以逃避的巢、可以洗罪的牢、可以克服焦慮的酒店，「狐狸有洞，空中的鳥有巢，而人子，卻沒有地方安放他的頭」。人被拋擲於此世之中，離開了生命的原鄉，我們不斷質疑、不斷發現這趟生命之旅的意義，也不斷爲生命之短暫、荒涼而感到無奈。正是這種存在感，時時撩撥我們、時常刺激我們的心靈，才讓我們對人生感到俯仰歌哭，棖觸無端，此即詩人之「憂生」也。存有論意義上的懷鄉，顯露的即是這樣一種狀況，我詩有云：「獨上高樓看紫霄，月華如練卷冰綃，分明愁思秋來劇，莫道家山隔水遙」。詩人之感興，哀樂無端，實本於生命之不得不然，出諸憂生。是以，傷春悲秋，對此茫茫，不覺涕下，原不必是眞正由於家鄉路遠或時世衰亂而然。

換言之，因血緣、地籍以及現實生活上的異鄉人處境，陶養了我的現世疏離感。而此種失鄉漂泊之感，又因浸潤、醞藉、酵發於才性情氣之中，竟又成爲我生命的基本情調，使我有文化上的和存在上的鄉愁，以此憂生，並以此傷世。淡水四載攻讀，雖從小鎮生活中獲得了鄉居的樂趣，也慰撫了羈泊的靈魂，卻無法變更這種生命態度。甚且由於我的少年性氣興於詩又表現爲詩，憂生念亂的情結反而更得以加強了。就像我曾經談過的，如晚清詩人那種滄海潢流，一切都盪抉喪棄了的哀痛，沉浸入了我的骨髓之中。獨行天壤，爲文化之遺民，甚或爲天地之棄嬰。孤子一人，悵望千秋，前不見古人，後不見來者，露立蒼茫，不唯無鄉，抑已無侶。就是這種孤獨、孤絕與孤寂，攫住了我。我亦融入其中，與孤獨爲一。

孤獨的人生觀，我另有長文申述，收入散文集《少年遊》中，不必贅陳。此處所要說的，主要是這種生命情調對我學術路向上的影響。

由於我是如此地孤獨失鄉，我與現世自然就有若干距離。生命關懷歷史文化以及人的生命本身，憂生甚於憂世。即或傷世，也是爲了能更深刻地憂生。因此我在大學到碩士班這個時期，事實上很缺乏社會學的向度，主要是從生命內部和生命本身的存在狀況兩方面去探索。

例如我曾寫過〈由鮑照詩看六朝的人生孤憤〉，從挽歌談起，講憂生之嗟；寫過〈從華山畿談起〉，講愛情之癡與頑；寫過〈說龔定庵的俠骨幽情〉，講劍氣簫心的心靈狀態；也寫過《春夏秋冬》，講四季變轉和詩人情感表現的關係。這些，都不從人與具體社會的關聯處談，而是從普遍的人生存在情境上立論，例如人都面臨著死亡的威脅，都有情愛的慾求，都必須隨著時間之流而動作，都可能幽恨或清狂，都會遭遇到理想及生命在現實社會中的挫折等等。討論這些，材料固爲文學作品，探問的其實是人生哲學上的大問題。我必須不斷剖釋此類作品與問題，因爲我亦有憂，只有解答了這些疑難或理解了這種種人生基本存在情境，我的憂傷才能釋然（憂傷是不能清除的，但理解了憂的狀況，差可免於惶惑，而安於憂傷），而且也可更深化我對生命的憂慮。

這是非常特殊的路子。彼時文學研究界尚罕見此一路數，人亦不知我在幹什麼。而我則因爲研究乃基於理解我自己生命的需要，故在選擇論論題、解析方向、使用文獻等各方面都與學界其他人之做爲無甚關係。我也不必參考旁人的論述及研究，自然就與俗異趣。在解析過程中觸及到的一些東西，例如對六朝挽歌的研究、小說中男女殉情模式的比較、陶淵明所彈是否爲無弦琴的質疑、以四季物色結合神話原型理論解釋詩人情感的變化……等，反而是在許多年後才漸次成爲學界討論的課題。後出者之論析自然較爲精密，並係專門針對上述各題而發，但要旨實不出乎我當年所談。

且如黃景進先生論挽歌、黃維樑先生論四季爲原型、呂興昌陳怡良先生辯淵明之琴是否有弦等等，都是把它們當做一客觀的學術對象來研究的，我則非是。並不是爲了要研究這些問題，所以去寫那些文章的。我關心的乃是人的生命問題，以及我個人內在的問題。寫研究論文，猶如抒情寄寓，所以每篇篇末，往往可以看到我抒情的後記，像談華山畿故事，說：「余檢《古今樂錄》，見華山畿者，愛其音吐淒梗，爰稽前文，略舉數端甚似而異者，備考鏡焉。去歲冬已成稿，於葉元禮事遍索群書未得，今春忽得之，思爲寫入，補此因緣之證臺。乃爲二稿。秋冬風寒，以事觸懷，復爲補述，成此瑣瑣」。談鮑照，說：「切切挽歌之思，用窺六代才人之隱，蓄茲意者匝歲，而流塵莽莽，卒未屬筆。都門苦熱，校《中原音韻》竟，聊綴遺文，布此膚說，供君子之采云」。論韓翃柳氏傳故事，說：「丁巳中，久旱忽雨。披蓑坐花間老樹下，誦唐傳奇。遂於雨中疾書數紙。入京試歸，燈下補成此稿。窗外雨聲猶相接續也」。論青溪小姑事，說：「吳均《續齊諧》所載青溪小姑事，唐人傳奇之所昉也。惜其事多不爲人所曉。偶助塵談，錄爲札記，或可比觀焉。是夕，有所謂耶誕者，與佛誕同，都人爲之狂歡，非華俗也」。文章都有酸腐氣，但顯然可以看出：我正以易感之靈魂，在古籍中搜尋可以與我相印發者而相發明之。

這是孤獨失鄉者僅存的慰藉。淡水的嵐風漁火，能在生活層面慰撫我的失鄉感；可是心靈層面的失鄉感，只有進入幽敻的歷史場域中，去觀察人類永恆的悲哀，方能得到慰解。淡水的歷史性質、也提供了從生活現實到心靈到歷史的一條絕佳橋梁，讓我可以順當地跨進歷史場域，去體會那些生命的哀挽、畸裂與沈淪。住在這烽火邊緣的小城，它又提供了一個疏隔於現世都市紅塵的環境，讓我在此發展我越世高談的性格。想來實在是太幸運了。

也就是說，我越貼合了淡水的土地，便越疏隔於現實。精神越來越超然冥舉，專注於生命之本來處，探索於生命在歷史的流轉處。如此發展，自亦深刻影響著我的人生觀。

我以爲，人生在世，雖爲「一個」現實世界，但此世界仍然是立體的，有其品級。如人飲食，飲食這種現實生活之中就可以分成許多品級，故我們總是希望生活能過得好一點，吃得好一點、穿得好一點。這種生活上的品級，同時也就顯現爲社會地位高下的品級。某種地位的人吃什麼樣的東西，穿什麼樣的衣飾，基本上有個社會共許的認定標準。人生營營，所追求者，無非即是從較低的品級位階慢慢攀爬上去，例如由辦事員、組員、組長、主任、經理、總管這樣的一級一級洊升。每升上一級，社會地位、衣食住行各項待遇也就上升一級。人生的追求，大多數便是如此。我稱此爲「社會品級的追求」，視爲外向的追求。

對於別人追求這些，我沒意見。但像我這樣缺乏社會性的人，對社會本乏認同，要我熱衷這些，引爲人生之志業，我做不來。社會邊緣人，原本即流蕩於社會版圖的底層或邊疆。漂泊的生涯，也並不想入厝華堂。因爲旅行已由習慣成了性情。伴隨著我、感動著我的，不是崇爵高位的花光、排場與儀注，而是客途上不知名旅店中掩燈獨坐的淒清和寂寞。我的心，游走於此人世之邊、之上、之下。社會沒法子給它安定，也不是它的歸宿。因此，外向的社會品級追求，對我來說，無甚意義。兼以我當時未諳世味，亦不能知世間榮華究爲何物、究竟有何可羨。故我乃是先於經驗地、本質性地否拒了它，不曾從社會性追求上去安立我人生的意義。

既然如此，我便只能由內在追求方面去樹建我人生的理想。認爲人的內在也可分爲若干品級，例如古德所云，人有庸人、俗人、賢人、聖人、眞人、神人之類不同的境界等級。這些人，其爲圓顱方趾一也，其不同，是內在的不同。這樣的不同，不僅在人與人之間存在著；一個人在不同時地也可能會顯露出差異來，所以我們會說某人「墮落」了或「提昇」了。

由這些異同中，我們可以發現，但凡庸人俗士，內在品級越低者，其社會性外向追求也越熱切，莊子所謂：「其嗜欲深者天機淺」，正由於此。反之，內在品級越高者，他們越不會考慮社會品級的問題，故顏淵飯蔬食飲水，人不堪其憂，而他不改其樂，故孔子說：「士志於道，而惡衣惡食者，未足與議也」。蓋此類追求內在品級之上升者，都不是現世的追求，而是超越的追求。有另一種理想、道，做爲他們的目標。其人生即以求道體道爲事，故內在充盈，不假外求。

我這時並不曉得什麼道，也尚未能志於道。可是我有超越的嚮往。我那飄忽浮游於現世之外的生命，常爲其飄忽浮游而憂傷。可是此種憂傷並未使我試圖落入現實去定下來，而是就其飄忽蜉蝣而思此飄忽者究竟有何意義。

例如依我憂生的性格，我特別會感受到死亡的威脅。這不是說我怕死，而是說我常會想到人總是要死的。一旦逝世，功名得喪，俱成泡影，而其震耀顯赫於一時者，轉瞬也將如輕風吹過夜空，不再有人記得。古往今來，世上生人若干？廿四史中能獲記載的，又有多少？故人生一世，即使不談它存在的意義爲何，我們也可發現事實上大多數人均如荒野上的雜草，方春怒生，未嘗不各具姿態，可是轉眼就枯死了，不會有人記得，也不會有什麼遺跡。此爲生命之無常、歷史之無情、天道之不仁。對此無常，我甚悼傷，但我不是虛無主義者，我發現無常中仍有機會，因爲不是所有的人都如野草，生過就生過了，什麼也沒留下。廿四史所記錄的人雖然不多，畢竟仍有不少人是死而不朽的。對了！就是這個「不朽」的觀念，對我產生了靈魂的撞擊。

那是大三時某次乘火車去臺北。我坐在車裡往外看，秋天的鄉野，略見蕭瑟，黃蘆白葦一片。我怔怔地看著，想到春天的繁花盛草已經不可見了，眼前這一片秋色，很快也要凋零。草枯萎了，就像人一樣。人活著若都這樣，活著又有什麼意思呢？在傷感中，我想到了「不朽」，震得跳了起來。

我從小就讀過三不朽的故事，這兩個字說與寫也不曉得說寫了多少回，可是這一次我才有了眞實的體悟，才開啓了我超越的追求。我知古人之所以不朽者，或立功或立德或立言，我既無現世社會品級的追求，則欲求不朽，自然須由立德或立言處下手。我之德不足稱，憂生感世的人，也難以在德業上有什麼成就，故欲不朽，唯在立言。不過，立言垂遠，我並無此雄心，只求藉著書寫來安頓生命，並使人知道曾有一個這樣的生命罷了。就像一位旅人，獨自來到深山中，對著山谷，唱出他對生命的感懷。這位旅人走了或死了以後，山谷中也許還會迴盪著一些餘響。

這種追求，是超越現世社會品級的。其可以不朽，安撫了我憂生的惶惑；其超越現世，又可滿足我越世高談的興趣；而且，因其爲超越，更可讓我昇入宗教性的領域中。

不朽，本來就是宗教性的觀念；超越也是。因超越而帶來的「神聖／凡俗」之分，正是宗教存在的基礎。我沒有固定的宗教信仰，可是我的精神揚舉或契入超越界的探索中，卻使我對宗教事務備感親切。我於大二時即常參加學校的佛學社團正智社，去他們的圖書室看書，加入他們的訪寺遊參活動，如去看慈航法師的肉身像等，也在他們的社刊創刊號上發表過文章。大三更花了許多時間研究禪宗，通讀《禪宗集成》，寫了〈莊學與釋氏之聯絡〉〈禪說王維詩〉〈玉溪生與佛教〉等文。後來這些文章都再擴充發展到博士論文討論「學詩如參禪」等處。迄今海內外論莊與禪、詩與禪的，似乎也沒有誰能超過我。

但因當時我之學佛論禪，只出於性情之契會。是禪的情調，那種不著不滯的態度吸引了我，可以使我應世而無所住，而並非眞正對於佛教的無生宗旨有什麼理解或認同。且無人指導，全賴文字感會，對佛教義理之源流脈絡，殊不分明。雖曾於唯識下過一些功夫，不幸唯識之知識主要也僅得自熊十力。可謂入門路頭稍差，故至今於天臺華嚴及印度諸學，仍多懵然。幸而這些都不甚要緊，我非學問僧，亦無意爲學問僧。徵文考獻，涉深梵藏，成爲佛學專家，我並無興趣。事實上，後來的許多經驗也可以說明我對「宗教」本身的關注，高於一宗一派。各宗教探索生之苦樂、死之斷續，對於我這樣憂生易感的人來說，實在是再親切不過了。

何況，我乃失鄉者。各宗教往往號稱它們才能提供人類眞正的歸宿或原鄉，例如六朝道教的仙鄉傳說、羅教的無生老母眞空家鄉、基督教的伊甸樂園等等，人類活在這個世界上，常被視爲失去了樂園家鄉的旅人。這種對人生的解釋，異常貼合我的脾胃、契符我的感性存有。我雖不知我眞正的家鄉與樂園何在，但我正是這樣一位異鄉人，在漫漫寒夜的寂寞旅途中，樂於聽聽各種家鄉的傳聞，不也是人之常情嗎？

遊學

做爲一個文化上的遺少，淡水，既是涵茹我生命的地方，也是形成我文化觀的所在。前者滋養了我感性的存有，後者則漸開我學識思辨之途。若依孔子所說：「繪事而後素」的道理，前者當然是一切的基底，我一切知識理性都是在這個基底上構飾繪采的。

但是，感性的應機觸發，著在當下。於時間之流中，留下來的，只是一種情懷。少年清狂，皆成惘惘，詩之生涯，如是而已。知識理性的成長則或能與時俱進。故在淡水，除了俯仰歌哭之外，我當然也同時要鑽故紙堆、要沉思入冥。

故紙堆豈好鑽也哉？今人受五四新文化運動之影響，動不動就「極高明」，而不屑於「道中庸」，更不齒於「務沉潛」，總是說古法不可因仍、舊籍徒成束縛。不知五四諸公說那些話，是飽饜珍羞者亟思反璞歸眞，而不是胸無點墨的人有資格學舌的。古法爲何，茫然不曉，乃竟大言古法不必守、凡事貴乎創新；孔孟老莊李杜之境界門庭，一步不能到，居然開口閉口說要超越古人、舊法不宜墨守。此類妄人，世上多有。謂故紙堆不可鑽不必鑽，而實際上任何一冊故紙他也鑽不進、啃不動。懶人多半有一張勤快的嘴，這原也怪不得他們，他們實在是欠缺一點讀書的本事呀！

我則別無所長，就會讀書。此語我常講，自謙，亦自負，此爲我之風格。不過，老實說，我也不是天生就會讀書的。三折肱始成良醫，故紙堆鑽得久鑽得熟了，總會摸出一點門道，思之生涯，亦如是而已。

人生眞能用功之時間至爲有限，小時知識未開，受父母師長鞭笞箠楚以就學，怨怒惶苦不已，讀如未讀；中年入世，隨俗流轉，生活迫人，救死之不暇，哪有餘閒攻堅？老而欲讀書進修，則桑榆晚景，殊難有所期待。因此鑽研攻苦，俱在年少，其後不過隨時溫息，用免遺忘罷了。除非是命世雄才，才能在吃老本之餘還能有新的進境，否則一個人的學問能做到什麼地步，大約在少年時期便已確定了。這也是人生的悲哀，無可奈何的。我現在這點兒學問，大抵也就是在大學時期打下的基礎。

我習慣黎明即起。五點半天色乍明、曉雞初動時便開始漱洗，然後袖一卷書往露氣濕重的校園跫一圈。在瀛苑草坪、紫藤花架邊打一趟拳。大汗淋漓，氣喘吁吁。然後循花徑散步，坐石間樹下讀一陣子書。再吃了早餐回來，準備上課。如不去上課，便坐讀至午。出購午食。返，午睡。二時起，坐老榕下，稍待清醒，再讀。六時許方出晚飯。飯畢與友人聊天後即點燈夜讀，十點半就寢。除非有事或出遊山水，日日如是，生活極爲規律刻板。每日總有十到十二小時的讀書時間。書如遊仙之枕，只要一打開，我的魂魄就鑽進去遊歷了。秦漢唐宋明清，任我遊賞，有時玩得興起，還不肯回來哩。

有次因家中伙食費用接濟未到，生活至爲困窘，我跑到後山去摘些蔬果來吃。有些還不甚熟的木瓜，便切了準備熬糖來製成蜜餞備飢。我坐在屋裡看書，忽有友人來訪，入門大叫：「你房子失火啦！」我才抬起頭來看。呀！不得了，滿屋子黑煙，門窗幾乎都看不清了。煮糖的鍋子仍在火爐上。但糖是碳水化合物，水燒乾了，就成了炭，所以煙熏得很厲害。空氣中濃重的糖煙味，也刺鼻得很。我們連忙取水來澆熄爐火。鍋底因燒成了炭塊，也不能再用了。還被房東臭罵了一頓。

這種經驗，其實時時都有。我又曾因看書，忘了正在燒水煮茶，結果白鐵水壺竟然燒成黑色，差點變紅融解了。我的室友林明峪更硬是讓茶壺熔化在瓦斯爐上，幸而熔鐵也封住了瓦斯口，才未釀成大禍，使讀書種子變成了罪魁禍首。可是，忘了正燒著水是常事，對於我竟能完全不曉得屋內濃煙蔽目、糖香刺鼻，我實深感訝異。有此呆氣，我是感到既得意又恐怖的。

因經常旅遊書鄉樂不思歸，屁股不堪承荷，竟長出淤血膿塊來，痛不可忍。每天要擠膿放血，也無法安坐，只得斜倚或靠臥，繼續讀書。古時白居易讀書勤奮，口誦生瘡、肘磨肉破，我能追繼前賢，殊感榮幸。何況久坐漸成習慣，便不復病痛，只是眼睛近視越來越厲害罷了。

當時與我同住農舍的有書國符、陳文虎、林明峪諸君，各讀各的，也各有讀法。如書國符喜用女生常用的那種髮夾把額前頭髮夾住，以便埋頭讀書。我也學他。有次班上女同學來訪，未及取下，被她們著實取笑了一番。後來我與林明峪同住較久，他喜歡戴一斗笠坐在屋子裡開燈看書，屁股下必須墊一本硬皮精裝本《說文解字》，而且必須打開小收音機，聽調頻音樂，方能凝聚精神。

我是鄉下小孩，自幼只見媽媽聽廣播公司的歌仔戲，從不知還有調幅調頻之分。林明峪從家中攜一小收音機來，即置我桌上，放大了音量聽音樂。他在另一端，他自己的桌上，危坐，戴笠，讀書，覺得不亦快哉。說這是音「樂」，快樂的樂，他這樣讀書非常快樂。讀倦了，把斗笠一扔，躺在床上「挺尸」，也還要繼續聽著音樂，繼續快樂。

他快樂，我當然也很高興，但我不懂他爲何要把收音機放我桌上。而且讀書時聽這些吵死人的流行音樂、熱門音樂、廣告，亦不知究竟有何可樂。不過我懶得和他爭，又覺得他或許正在藉此教育我，要我熟悉一下臺灣的新時代流行文化，所以並不計較，只努力與他一齊快樂地聽著音「樂」讀書。

如此讀了幾年。現在，我在任何吵雜的地方都能隨時沉靜下來，進入書中世界；而周邊的話語聲響，則像當年聽收音機一樣，也仍能曉得它在講些什麼。後來我出而面世任職，無論在嘈雜的辦公室、發言盈庭的會議場或有人演說的聚會所，都能一面聽受，一面讀書寫稿，實拜林明峪音「樂」教育之賜。

林明峪讀書之怪，不僅如是。他喜聚書，又喜攻堅，例如把《辭海》拿來，從頭至尾讀一遍。這樣讀法，我只聽張佛千先生說他在抗戰赴渝時，因旅中無書，只得把《辭海》翻讀一過。其餘則未曾見也。他在大三時，對禪宗起了興趣，又把《禪宗集成》也讀了一遍，後來畢業時寫了一冊《禪機》，即爲當時讀書之心得。我既是他的朋友，只好陪公子讀書，也把禪宗讀了一通。大四時，他忽立志要做小說家，寫了一本十幾萬字的《少年遊》，也交我恭讀，害我平白浪費了不少眼力。

除此同居二三友人外，我班上同學入大學即組成讀書會，每週推一人演講一題，以相切蹉。初肆談鋒，不免得意忘形。以爲古人亦不過如此。但談來談去，後來學思路向漸漸分歧，竟難以聚談了。例如馬叔禮長我七歲，老成人而喜談新文學、論電影；我則年最幼，卻著長衫，手拿一柄摺扇，一付老夫子模樣，談經說史，古貌古心。所以不得不各自辦自己的讀書會。通常我是邀朋友來我農舍共談的。有時煮酒、有時備粥，若新獲毛蟹，便烹蟹持螯論學，樂也融融。間也赴馬叔禮等人的講會去參觀，覺其議論也甚新穎有趣。

有時蔡英俊等師大友人會來淡水訪我，遊山玩水，講談詩詞，甚爲快意。時師大有詩社名「南廬」，本以敲詩鐘爲主，簡錦松任社長後戮力革新，發展社務，也常跑來我山中小住。討論復興傳統詩歌之道，然後相與唱和嗟賞而別。

獨學時的奮苦，有了友朋情誼及理想之滋潤，自是備覺前途光明，可以讀出名堂來。

當然，整體校園氣氛及師長的教誨也是很重要的。淡江在大學排行上雖非第一流的大學，然實有其特殊誘人之魅力，校風自由開放，即其一端。我中文系之教師們，寬縱栽掖學生，全無所謂權威宰制諸習氣。如張夢機師上課，先在黑板上寫杜詩兩句：「自來自去堂上燕，相親相近海中鷗」。說是上課不點名，學生可自來自去，毫無束縛；但師生關係則如海鳥之忘機。他的課是這樣，其他課亦多如此。且能縱任學生發舒才性，僅從旁指點之、欣賞之。這都不是其他學校辦得到的。臺大號稱自由，距此境界，殆仍甚遠。

當時我們不懂事，學校寬容我們，我們也就眞地狂誕起來了。我大一校注《莊子》，竟用王仁鈞老師的講義名義去印刷。大二上文學史課，上了一陣，覺得我也能教，便要求胡傳安老師讓我著長袍立講臺上講書。學校社團辦活動，覺得邀名人來講也不過爾爾，故多是自己開講，作大師狀，過過癮頭。而且非我一人如此，馬叔禮、李利國等等，無不皆然。個個桀驁不馴，人人高視闊步。學長張爾廉更主辦過收費演說，師長教官來聽，照樣收錢，還聲明聽不滿意可以退費。在這樣的學校裡，出現許多骨鯁狂俠之士，出現了鄉土文學、校園民歌運動，實在毫不意外。

校長張建邦先生，時正提倡未來學，大談「知識爆炸」「成長的極限」，辦《明日世界》，又宣稱要把淡江辦成東方哈佛。我們對此，因爲無知，所以頗致譏誚，覺得今日世界尙弄不清楚了，談什麼明日世界？而且以淡江的條件，恐怕只能成爲「東方的哈哈」。但張校長談此，確實啓發了較活潑開闊的思路。《明日世界》月刊社也培養了不少校園菁英。他所主導的一場「大學的質與量」爭論，更使學校處在熱切的思與辯之風氣中。

我記得有年冬天，校長宴請各社團負責人及校園中的「才子」「才女」，用車子把我們載到臺北，在信義路中心餐廳吃西餐。這是早期臺北有名的西餐店。也是我生平第一次進入西餐店。厚厚的地毯，令我如行走於雲端。校長及各級主管列座，靜聽我們大放厥詞，也不免使我等有受寵若驚之感。因當時並沒有什麼特殊的事情，也並非學生有抗爭活動而校方擺此陣仗來疏解，只是要聽聽學生的意見，認識一下校內「優秀」的學生罷了。當時校長對學生甚至對年輕老師如王津平寬容愛護之情，令人印象深刻。席間有一學生指出學校不應審查學生刊物，李子弋師解釋道該刊確實有不妥之圖文，恐刊出後有政治問題。學生不服，抗辯。李先生有點恚怒，說：「那你就去刊好了，我們不管，有事你自己負責。」張校長聞之，輕輕說：「不能這樣，學校應該保護學生的。」李先生亦哈哈大笑。緊綳的氣氛登時便鬆緩了。

這種愛護，並非管制性的另一說詞。而是眞正尊重學生，鼓勵學生發揮他的創造力，也容許他孟浪，容許他出錯。出了錯，則保護他。

這種典型，在申慶璧老師身上表現得也很明顯。他知我恃強好勝，故幫助我時，從不讓我覺得是受了惠，而總說是我在幫他。例如他訪查得知我家貧，所以常幫我發表文章在他的刊物上，給我較高的稿費，然後謝謝我供稿，「光其篇幅」。他要教我文章的做法，也往往是寫了示範，然後找我說：「鵬程賢弟，你幫我看看有什麼不妥的地方。」我們嫌十三經廿五史佛書道經太多，讀不完；他就每天用毛筆棉紙抄經，訂成線裝本幾百冊。令我們玩其墨瀋、賞其裝幀，而實際上是在用他極有限的時間、極寶貴的精力，以行動的典範告訴我們這些小孩子：「老夫抄都抄得完，你們會讀不完？——『未之讀也，豈爲多哉？』」我在大三時寫《古學微論》，寫畢送給他看，他立刻替我向張校長要求給予獎勵。張校長允以私人經費特案獎勵我之後，他才告訴我：……。

這類例子太多了。後來我隨他在張校長辦公室辦公，照拂獎掖之處更是難以盡述。此固爲其個人之盛德，然實亦淡江之一種精神。如我前面提到的李子弋、張建邦諸師長，其實也都具有這樣的精神。吾友王樾，讀大學時爲狂飆少年，曾衝進李子弋冷楓先生辦公室，罵他們是：「豬！」可是他碩士班畢業後，冷公立刻延攬他到自己的單位來。後來他一度離開淡江。張先生競選北市議長時，請他來幫忙文宣。他又不願苟同於工作人員的做法，拂袖而去。後校方寄奉車馬費，亦遭退回，且附一函予張先生，有「你知道你爲什麼越選越差嗎？因爲你不能得到知識分子眞心的支持」等語，措辭甚爲伉烈。張先生居然絲毫不以爲忤，仍把他當成自己得意的子弟。這就是寬容。胡適說過：「容忍比自由更重要」，其實自由的精義即在容忍，只有寬容才能成就自由。張先生在這方面，表現得極有品味。我辭去祕書工作時，他便找王樾回來接手，負責草擬他對外的文稿。後並將《明日世界》交王樾去辦。結果王樾竟將月刊結束了。張先生也不怪他，仍請他主持學校的機關報《淡江周刊》。如此寬容、如此惜才，其他各大學的校長們，或許也辦得到，但我不曾見過。

因此，我從淡江得到的，不是某一門課枝枝節節、零零碎碎之知識，而是一種氣氛、一種態度。在自由探索與開放的言談對話空間裡，從學者依自己喜歡的方式，學習著、發展著自己的學識。而且，我們不會因此而憂懼，擔心自己所搞的這一套會遭到師友之嗤議、蒙受學校的敵視。只要持之有故、言之成理，在校園裡便可各占一隅，自成風景。若對於成爲風景、吸引目光不感興趣，亦可自居化外，與學校不發生關係，過著閒雲野鶴的生活，體悟自己的人生。

在此天地中，我方能隨興地讀寫，任性發展出我自己的學問路向。蓋爲學不易，成學實難。

要不太笨、有點資質；然後還要懂得用功，並懂得拿捏發揮揮灑才性和斂才就範以就沉潛之間的微妙分際。而這仍不夠，尚須有師長涵養之、環境陶成育化之、友朋切磋砥礪之。勉強而成，實非一人之力。在這方面，我是深有體會的。

其次，就是我剛剛談到的「隨興」。隨興，是隨自己的感興而學之，以事觸情，由情生感，感而學之，此吾興於詩之為學途徑也。與孔子所說：「吾十有五而有志於學」的志學並不相同。夫子至聖，早知為學之塗向與宗趣，故能志之而學，以迄於樹立。我則為一浪蕩流佚於世法情緣中之小子，生命存處於這個時空中，觸境生感，感而思之，此思或又觸動某感，或則騁構某境，步步追索，躡虛游心，漸覺悲喜莫名，哀樂無端。詩之感興和思的辨析，交融互構。

而且也不是有了一個固定的學思目標，並非懸一鵠的以志之並按部就班循秩為學。我的情與思，它們本身的抽繹以及它們和外物之間的振動，就是我所學的內容。故讀書、撰文以凝構思慮，對我而言，非職業，非志業、非工作、非休閒，且根本非一身外之物。對此事亦無所謂好之或樂之，更不必以造就出什麼來為目的。它只是如此。有此生命，有此呼吸飲饌，便有此學。

在我生命的幼期，束於體制與課業，我的感受和思慮無法肆性地發展，只能逸落在體制外，流湎於「課外書」中。如果手邊沒有書，我會去借、去租、甚或去偷來看。為了租書，曾被打個半死，跪著端舉小板凳和臉盆水，也不曉得跪了多少回；為了偷書，曾被逮著罰跪在街上受盡羞辱。可是我仍四處找書來看，如野狗四處流浪覓食般。讀書不是誰叫我要去讀的，也不是冀望書中會有白玉姑娘黃金塔。我不知讀書有何好處、有何用處，只知不讀書我就會餓、會渴、會暈眩空虛。這是生命自然的需要，自然如此讀書進學。只不過這些學都不被承認，都被學校及教我們讀書求學的人視爲不務正業，都謂我爲貪玩不好學（我研究所畢業返校任教後，還有一位初中時的老師來我家麵攤上吃麵，問起我的情況，我父親告訴他：「現在大學裡教書。」他竟嗤之以鼻，當眾嘲笑我父親是大言掙面子。可見我之不受教、不好學，曾是如何著名了）。

直到進了大學，此種生命方能暢遂地發展，隨吾感興，興到即學之。因此，其無宗旨無目標、流蕩泛濫如故，生命卻是充實的。如人飲饌，斷斷乎沒有人只揀一種蔬果或肉類吃。只有什麼都吃，營養才會均衡、身體才會健康。可是現在的教育卻常是要人擇定一個方向一個領域，專營修鑿，以迄有成。認爲如此才能成爲某某專家、學問才能做得好。我向來不喜歡此說。因爲只有隨興讀書，隨興做學問，才是生命的，是自然的。我走到菜市場，就吃碗蚵仔米線；進了大飯店，便吃紅爛蹄膀、魚翅羹；若在寺廟，當然茹素；造訪清眞教區，正好大啖牛羊肉。此即爲隨興、隨緣。興之所之，思維之、讀誦之，興盡則返。生命於此優游，亦在此成就，漸漸地就有了內容。

這些內容既是感性的也是理性的，是詩也是思。許多美學家哲學家刻意從「詩性直覺」和「邏輯思維」的區分處立論，強調感性和理性的不同。我明白它們確實是有不同，但生命本身卻是情理合一的存在，於茲感之，亦於此思之。而聯結通貫它的則是文字。

因爲生活中純粹的感覺本來就不多，聽到看到或感覺到的一些小觸動小片斷，又在生活中不斷移動著，只有靠我們添加進記憶形象和思想等因素，才能連綴黏合起這些斷片，構成意義，而令我們咀嚼體味。又惟有運用語言文字去描述這種經驗，它才能使感情得以明確清晰，得以辨識。許多我們所未曾身歷之人生經驗以及感情，如喪失親人、被貶謫之類，更是由文字帶給我們的。讀過子夏喪明、孟姜女哭牆、屈子懷沙、賈誼傷鵩鳥等故事，我們的感情便有了深度和厚度。可見脫離語言文字的純感覺或純思維，都是模糊、單薄且不穩定的。語言文字一方面從理性上激盪並啓發了感覺世界，一方面又從感覺上激起並啓發理性世界。

所以，我的思與感，既要在不斷讀書，摩挲語言文字中鍛鍊成長，也要不斷試圖用文字去書寫我的思與感。在閱讀與書寫中，模糊者清晰，混亂者秩定，零散漂沫者漸漸聚合、擴大。

我不能如某些朋友那樣，樂於體驗生活，強調生命之實感，而疏於向書本子文字世界去叩問人生。也無法如我某些友人那樣，據說很有學養很有體會，卻不擅且不樂於書寫。我的思與感，只有在讀與寫的邏輯中才能構成意義、形成內容。因此，當我隨興而學的時候，一大堆的札記、筆錄、論文便隨我浪跡而飄灑四野。

現在我手邊還有不少這些心靈軌跡的草圖，如〈老子證義〉〈五行闡詮〉〈壺中猥談〉〈公羊學與晚清〉〈封禪考故〉〈冷紅簃夜話〉〈宋學稽源〉〈西施沉江辨〉〈說楊朱〉〈詩與釋氏之關鎖〉〈宮體之流行與李義山詩〉〈啞響補義〉〈九辯解〉〈孔門遺說考〉……等。青春嫩稚之氣，糅合了悍銳駁雜的知識配備，在進行著思維的冒險。

其中許多講法是非常特殊的，如考證《論語》，謂「六十而耳順」，耳字爲衍文。即五十而知天命，六十而順。「七十而從心所欲」，乃是縱心。又辨越王沼吳後，沉西施於江。認爲楚國是夏王朝的後裔，《楚辭．九辯》的淵源，就是夏啓所作的九辯九歌。又說荀子之術語「類」（如批評孟子「僻違無類」，說「禮者，法之大分，類之綱紀」等），本指一種祭禮，故凡依禮法而行者即稱爲知類。

凡此種種，心靈在書本子中優遊，同時也如遊戲。我喜歡綜合拼湊，如堆積木般，建立起我的城池堡寨。但建好後，我是不會搬進去住的。我會留下它，隨時觀玩。更會暫時丟開它，另外再去造一處花園林囿。造了這個堆那個，或糅水、或堆沙、或砌磚、或燒瓦。把一個心靈的花圃弄得團花簇錦，處處都有我的構建。

這就是「遊戲」。讀書不是工作，也不是休息，是一件最好玩的事。任性而動，隨處遊賞。沒有什麼目的。遊戲中獲得的快樂、自由中擁有的生命充盈之感，就是我之目的。這裡面，當然是任性興感的，但它本身也是理性的，就如小孩子玩跳繩或打球一樣，自己約束自己，自己遵守規則，彷彿其中有目的似的。所以這是在遊戲中把理性消納了，因此也就超越了實用的追求目的之理性。使整個讀書求知用思的活動，變成了審美的活動，有一種無關心的美感。

自由、隨興、遊戲，便是我讀書求學的基本狀態。反覆進行的遊戲活動，則是閱讀與書寫。不斷讀、不斷寫，在此興感，也在此沉思。詩與思，交融爲一體，理性與感性，難以析別。吾以此爲養生主，亦以此爲逍遙遊。

說這幾句話時，我是很有感慨的。因爲我在學界中，常常遭到「不是某某領域的專家」之質疑，我也向來不重視現代學界所流行的那一套規格、技術、形式。我強調學以養心，鄙夷地盤意識、專家隘士心態以及工具理性。可是我所講的學以養心，雖可擴大心量識見，卻又不是傳統儒家所講的涵養性情、進德潤身。而是因情爲理、用氣爲性。雖日日存察慮省，然生命恆在哀樂興感之中，徘徊往復。所存思體察者，即是體察這悲喜與哀樂，並順此感興而思構理境。所以道德修養也是談不上的。我之逍遙遊，其實正是因爲我乃天地之畸人，兩無掛搭，故只能超世獨往。

就在當時的校園裡，也是如此的。我淡江同學才子們發起校園民歌、鄉土文學運動時，我都沒有參與。事實上我也沒有參加一切校園內部的論題，亦不關心他們對讀書爲學能如何貢獻於國族社會之討論。我讀書爲學，就是讀書爲學，不爲什麼。而此種超越了追求目的之理性，也保障了我讀書爲學的純粹性。使我讀得比較好。

每每想起昔年校園中熱血激昂的議論，想起那些才氣豔發、豪情萬丈而漸漸飄散流失在莽莽紅塵中的友人，我就會輕輕撫摸我飽經風霜刻鏤的皮膚，喟然而嘆。我是逐漸老大了，但自由、隨興、遊戲的心情與精神，仍活跳在我的皮層底下。也只有這種精神，才能讓我比別人坐得更久，走得更遠。豈不聞屈子之「遠遊」乎？吾之爲學，亦遊也。不是求學，而是遊學。優遊戲浴於學問海中，游心騁思，不亦快哉！

問道

遠遊，可能是失意者不得已的放逐。理想破滅，以致流落江湖，故去國懷鄉，憂思惘惘。從屈原的貶謫，到〈古詩十九首〉所謂：「行行重行行，與君生別離。……浮雲蔽白日，遊子不顧反」「人生天地間，忽如遠行客，驅車策駑馬，遊戲宛與洛」「迴車駕言邁，悠悠涉長道，四顧何茫茫，東風搖百草」，遠遊者無不是力言行旅之苦，傷別離、敘憂情。如此遠遊，遊雖甚遠，心情其實仍然依附在某一定點上，因爲遠行只是爲了回歸而做準備的。若遂去不反，不但自己情感上無法負擔，別人也不能接受，如《列子》就說：「有人去鄉土，遊於四方而不歸者，世謂之爲狂蕩人也」，古詩也有云：「蕩子行不歸，空床難獨守」。家鄉有溫暖的床、有溫柔的手，在爲遊子招魂呢！

這樣的遠遊，當然不是莊周式的。莊周以天地爲逆旅，人生本來就是一場旅行，誰非遊子？何處才是生命眞正可以安頓的家鄉？因此他不認爲遠遊只是失意時的放逐，而主張生命本來就該在這場旅行中做一次豪壯的遨遊。〈逍遙遊〉中大鵬沖舉，直上九萬里；列子御風，去以七日。

尙且被莊子認爲不夠逍遙。可見生命應超拔到什麼境界！遠遊應遙遠到什麼地步！

我之游心於學，自然與屈子遠遊不同，但也距莊子之神化境界甚遠。既非無待逍遙而遊，亦非如鯤之化鵬，羽翼已成，故遂沖舉扶搖。我是藉遊以成學的，不是成學而後遊之。

從前黃山谷有詩說：「從師學道魚千里，蓋世功名黍一炊」，以魚游於池中爲喻。說學者以功業爲黃粱一夢，所以專心問學；而問學之勤則如魚，在水池裡繞著假山游呀游，游行不止，算路程恐怕也有幾千里，但或許游來游去仍僅在一方小池塘甚或小魚缸裡。此喻曲折而深刻，故後人往往襲用，夢機師的老師李漁叔先生即有《魚千里齋隨筆》。以魚千里自喻，既說明了自己的精勤，也表示大道茫昧，莫可窺測。自己忙了半天，究竟是否得見天地之大美、游觀滄海之波瀾，誰也不知道。

我之從師問道，即似於此。如魚之游行，悠悠忽忽，不知幾千里矣。水石藻荇，頗有聞見，然此即爲道乎？不可知也。所可知的，就是自己一直在游，一直在游行中從師問道。此亦遠遊，但跟莊子比起來，實在寒傖得很哩。

初入大一時，系主任于大成是專治《淮南子》的，斠理淮南王書，妙契王念孫父子心法，而師承則爲王叔岷先生。王先生著有《莊子校釋》等書，以校勘學名世。但當時王先生仍在南洋未返國，于先生在校勘學上遂稱獨步。然而，校勘之道，其功力實不在校勘之技術面，而是在於校勘者的判斷面，故載籍須極博極熟，且須有神思妙悟，始能在各種版本錯綜紛紜之中，奏刀析理。因此，于先生雖以校勘著稱，本人卻是個才子型的人物。象棋爲大國手，十幾歲便在報端鬭專欄談棋林掌故；書畫師事陳定山翁，後以學米南宮爲主，俯視顏柳。而這種才情洋溢且充滿藝術氣息的形態，其實又不僅表現在于先生身上，整個中文系幾乎都是這樣的。

例如當時每位老師幾乎都寫得一手好字。申慶璧先生書如孫逸仙，渾樸厚實。丁龍垲、白惇仁兩先生學顏魯公，矜重古雅；白師的章程付稿，更是妙絕天下。王仁鈞先生流麗婀娜，用筆至巧。戴培之先生，通和硬媚，亦不可多得。王久烈先生則教過我們一年書法。其他如汪中、劉太希諸先生，詩書也都是久著盛名的。這些老師們授課，常用自寫的毛筆手稿付印，文采爛然，墨瀋淋漓。他們著長衫、啣煙斗，談詩論藝，橫案作字，我輩小子，望之皆覺其飄飄若雲中仙人。上課時捧讀其彩箋墨寶，翫其筆勢，實在欽羨不已。偶於其黑板板書中，窺見其用筆之法，更覺欣欣然，若有所會。

但這種欣賞，正如魏晉人欣賞其時人之清談一樣，「共嗟二家之美，而不辨理之所在」。所欣賞到的，是談辯者在談論中顯現的風致、巧思、韻度、語言辯麗的機鋒以及氣氛。這種美的欣悅，可以把人裹入其中，使人沉浸進去，感到醰醰乎有味。然而，這種美，不是分析的，也不是知識的。

就像我們大一上李鍌（爽秋）師的課，他講書如話家常，道說人情世事，書法又極秀麗。所採之教材爲石印本林雲銘《古文析義》，也是傳統的文法修辭評點，並非現代化的標點排印白話注釋翻譯教科書。爽秋師對文章內容具體的解析，大抵不出林雲銘書上所說，可是同學們喜歡的，則是他由文章上引申出來的談話及其板書。在聽其講談和欣賞其板書之中，我們即獲得了很大的樂趣。但仔細想想，從知識上、從文章分析之方法上、從文藝學的角度看，並不曉得學到了什麼。

這不是批評李老師，而是藉此說明當時我們整個教與學的互動，特點並不在知識性的客觀面上。相較於其他業已「現代化」的學門，中文系所體現的，乃是傳統性的學問形態。學問不顯示在論文上，而是表現在人身上。教詩的人，不是來爲我們分析詩如何構句、如何謀篇、如何塑造意象、如何處理感情，他們本身就向我們顯現出一種詩的生活、詩的氣氛、詩人的生命形態，然後寫出一首首詩來。我們看了，若有所悟，沉沉浸潤於此一詩之世界中，便也懂了。不但懂了，更讓自己也在浸潤中染上了詩人的脾性、學習到了詩人的態度，不禁也要作它幾首。知識的、客觀的學習，轉化爲主觀的、實踐的，而且也是美感的、表現的。

如汪中（雨盦）先生講詩，講了什麼，我全忘了。但我永遠能感受到、能在腦海中浮盪起一個個詩的情境。簷前細雨燈花落，夜深只恐花睡去，宮燈教室裡，黃暗的燈火，詩人曼聲吟哦，墨箋娟美，夜霧低迷。那一句句的詩語，都不是古人古書上的意象，而就是我們讀詩時親身體驗的情境。靈魂於此，彷彿正彳亍於魏晉唐宋詩人之園林書案間，應目觸心，理解即在當下。至於對詩的知識性理解究竟如何，並不會去想，想也想不起來。

又如萬心權老師的杜詩，在深廣的G教室曲角子上課。傍晚時分，黃昏的大教室顯得格外幽深。萬老師操其鄉音，誦老杜沉鬱蒼涼之詩，我輩十數人靜坐聽之。回聲盤旋於宛如荒山深谷的教室中。這是歷史的回聲。在誦念和回聲中，我們若有所會，彷彿也都懂得了安史大亂後的蒼茫悲戚。所以也不曉得要記什麼筆記，不曉得老師教了我們什麼。似乎就在那一聲聲誦念詠嘆之中，萬老師和老杜契會了、冥合了，而我們小心領神會，目擊道存了。

並不只是詩詞文藝性課程如此，整個教學都是這樣的。像沈亮先生教《史記》，一學期可能只上一篇〈項羽本紀〉，或〈伯夷叔齊列傳〉〈信陵君列傳〉。用木刻《史記評林》本，凡所析論，亦大抵不出書中所述。但上起課來，輿會淋漓，生氣勃發，指天罵地，歷詆時賢。他身量短小，但聲若沉鐘。罵人時滿面紅光，一口黃陂土腔，格外動人。且性氣乖亢，上課時必要求女生坐前排，男學生往後坐。批分數，則女生多九十分以上，男生上了八十分便算難得。蓋憤世嫉俗之極，遂不免以世間男子爲濁物，不願汙其眼目。他最佩服的，是其黃陂老鄉徐復觀，及沈剛伯的岳父徐子明。徐子明，世或以之爲老怪物，曾著《胡禍叢談》，痛罵胡適之，謂中國正因先有胡禍，所以才有赤禍。徐復觀先生之批胡，也是有名的。沈公所欣賞的人物既是如此，其本人之反對新文化運動、瞧不起新文化新時代新社會，便不難想見。他上課，非知識之分析，而只是顯其牢騷憤世之感，亦不難想見。故所選講者，才會都是項羽、信陵君、伯夷叔齊一類人物。講書，並不被認爲是一件客觀性的活動，而是藉由講書，顯示了他本人實踐性的態度。我們則是觀賞者，坐在講臺下，欣賞他罵人的風姿、氣力，欣賞其一肚皮不合時宜而已。

如此目擊道存，是用不著分析的。有時甚至連語言都顯得多餘，當下證道，即此便是。我徜徉於此一氛圍場景之中，如飲芳醪，頗以入道見道且亦證道自喜。

但這樣見道證道，既契會於當下，時過境遷，情景俱變之後，仔細思之，便覺空空然彷彿一無所有。感動與體驗當然都是眞實的，可是與夢中的所見似無不同。有時想要把這些夢中體驗講出來，也不知目擊道存之道究竟爲何。渾淪恍惚，甚爲飄渺。

而且審美的藝術性美感把捉，雖然極爲動人，也能激發主體實踐的態度。但觀玩的方式並不能成就知識，也不能眞正去實踐。就像欣賞繪畫的人，能感其美而未必能知其美，且亦不能因此便成爲一位畫家。要當一位畫家，事實上仍須由此進一步轉觀玩爲創造才行。而此創造活動，並非只仰賴其實踐性態度即可達成，必須有其實踐性的能力，也就是他的創造能力。此類能力包括才氣、學力、以及實踐性的努力。不斷創造，又不斷在創造中進行知性反省，以修正改進其創作活動。純美感的欣賞與沉醉、藝術性的氣氛、機鋒式的禪悅境界，恐怕並無法提供這些。

故如此見道，其實如蹈虛空。我要鑿開混沌，成爲有能力的創造者，就需要從知識上去求索、去分析，不能再耽於此一才情美感的世界。

背離這個世界以便更深入這個世界，是痛苦的，也是艱難的。因爲情感上我既眷戀於此，無法割捨，又因缺乏分析的訓練，所以當時雖也有唐亦璋老師文學概論之類講理論的課，但乍讀王夢鷗《文學概論》這樣的書，如墮五里霧中，根本無法進入。故分析的知識與方法，若要建立，仍得靠自己一步步慢慢來。

我之知識化與方法化，是由練拳打架開始的。

在此之前，我當然已有知識，但那是才子炫學式的、掌故談助式的，駁雜零碎，不成統緒，缺乏組織。把所學到的東西系統組織起來，通過對比互勘去思索知識與知識的關係，我在正式教育體制中並未學到這種方法。因爲考試所要求我們的，都是些零碎割裂飣餖的知識。大學聯考，甚至連問答題申論題都廢掉了，只要求我們用2B鉛筆去塗框框，作選擇題，以便適應電腦閱卷。發明出來輔助人腦的電腦工具，反倒成了宰制我們命運、限制我們思維方式及表達方法之上帝，想來就使人沮喪。而我正是在此令人沮喪之情境中求學的。教育，只是使我那些知識更形散漫、更形零碎、更加無關痛癢。

幸而叛逆的浪蕩生涯拯救了我。好勇鬥狠的青少年經歷，讓我必須練點武術。習武時又無老師指導，只能去偷拳，或依訪得的刀經拳譜閉門苦練。故一招一式，得來不易。學來的這些南拳北腿，凌雜不堪，也勢必要予以統合系聯起來，否則根本要弄不開，手腳也無法協調。金庸武俠小說中曾描述日月神教教主任我行精擅化功大法，但吸取各派高手之內力以後，卻可能發生各種功力在體內矛盾衝突的病況。我之練武，只初入門，未達任我行的境界，但修習各種不同功法，亦曾經脈錯亂、鼻血狂噴，令我深爲懍惕。所以這才試著把所知組織化，並由比勘舊知，融鑄以創出新的招式。

這些嘗試當然是極粗糙的，而且本與治學無關。可是在我開始覺察到淡江的美感世界需要鑿開一隙，引入知性分析之光時，我很自然地就運用上了這些粗淺的知識化經驗。

例如注解莊子書，取古今各家箋注釋解雜糅調停其說，漸漸融會通貫之，而成爲自己的一套講法，便是這個時期很重要的試煉。此時，對於《莊子》，已不再是審美的品味，賞其逍遙、玩其俊語，以恢廓性情，涵養生命情調而已。乃是從知識的角度去把捉，執其筌蹄，窮其色相，追問「逍」字怎麼解、「遙」字怎麼釋；齊物論，究竟是齊「物論」，還是「齊物」之論。

這種解析，把莊子完全知識化、對象化。它成爲我的認知對象。針對這個對象，歷來之箋注認知，也自成一個個具體的認知對象，供我一一認取。然後我再將它們和《莊子》一一比勘對證，以形成我自己的知解。如「逍遙遊」，我即解爲「消搖遊」。每一字、每一句，我都有我自己的訓詁、自己的解釋。

可是這些訓詁與解釋，其實並不是「我的」。一部分係折衷摘選古代箋釋而成，一部分則是從《經籍纂詁》《說文》《釋名》等書中摘取選用的。所謂心裁，只是稍微用了點裁量、選擇、搭配的心思而已。裁百衲以成衣，實非眞有所見；依憑各種知見以成說，亦非眞能自鑄偉辭。

此等知識化與方法化，不僅用在詮解古籍方面，在練習文章書寫及創作詩歌上，也是如此。不再是任憑才情以馳騁文辭，也不是感性地抒發胸臆。而是以知識性的態度，去理解命意構辭之活動；裁剪古人佳句麗藻，鑲組串融變化以成文。

此知識化與方法化之做爲，使我增益知見不少，不唯熟於典籍、廣知餖飣，亦自行摸索稔驗文字、聲韻、訓詁、版本、校勘之道，具備了所有漢學家的本領。藉徑於章太炎、劉師培、康有爲，上溯《皇清經解》及清初三大家，根柢厚富，亦自深有所獲。

然此或能滿足我知識上的虛榮感，實質上卻形成了生命逸離於自己的發展。因爲一切知識化都會出現莊子所說：「以有涯逐無涯」的情況；一切客觀化對象化，也都會使所讀之書不再與自己生命相連。「不哭，不笑，只是了解」，對我這種興於詩、感意氣的人來說，實在是太困難了。才情與知識、理性與感性的衝突，乃漸漸滋生。考據訓詁之學，並非純然客觀化知識化之體認，也更加明晰。以才性感興爲基底的爲學形態，並未放棄。

但這時我既已意識到純感性純欣賞的態度是不夠的，此種知識化方法化的路子便不能不走。走上這條路子，固然有逸離生命自己的憂懼，但也有知識日益充實的快感。對於中國文化內容，本已能感，今且能知，自是喜慰異常。越知越多，亦越發自信自尊，生命亦彷彿因此而愈有內涵、愈有價值。對一個以才氣縱橫而自負自喜的人來說，博古多知，也正是顯示其才情轢凌朋儕之道。這，都吸引著我，令我無法在知識化的道路上停轉不前。何況，求知本如採礦，越挖越深，越採越多，它會積累、會生殖，知以成知，不斷構築，不斷滋長，眞是索之難窮，繹尋不盡。一旦熟練於知識的探究，便如吸毒的人，陷溺越來越深，一日不窮理致知，就一日嗒然若喪，忽忽若有所失。

我這時的知識，是博古而不通今的；形態則是雜糅的。無家法門風可以遵守，所以便成不了專門名家之學，所學也不以複述傳習古代某家某派之說爲務。拳法如百衲之衣，更如金庸筆下陳家洛的「百花錯拳」。因爲未盡諳熟古今學術之淵源流別，也不管這些，如海蓄川，雜採兼收，貪多務得，一口吸盡千江水，對各門各派藝業，在有意無意間，不免有扭曲、誤解、唯取所用之處。工夫所在，端在串組編織以使其自成理致。故尋眾說之竅隙，察各家之異同，找到它們可以縫合、類比、推證、銜接之處，至爲重要。此，我由才性美感世界逐漸走向知識化方法化的第一階段也。

事實上，這一階段充滿了凶險。因爲許多成名學者，都是從一門一派的口訣功法開始練起的，積學漸熟，才試著旁通其他各派。漸積漸博，又再進一步將之融會貫通，自成一套，便足以名家。其間工夫之難，眞不可爲不知者道。多少人苦學了一輩子，連一門一派本領都學不周全、學不好？多少人博有知聞，然而稗販轉售，一輩子也無法自成格局？還有多少人雄才大略，欲融攝古今，折衷眾藝，而終不免左支右絀，自我矛盾？百花錯者，雜收百花而成，又須與原花不同，非天池怪叟之類奇人，殊難臻此境界、創此武功。乃我小子，竟在混沌無知瞎摸亂撞間，憑無上機緣，乘氣性感通之力，藉由章太炎劉師培等人之隔體傳功，跨越了到達這一步的許多關卡，「一超直入如來地」。雖仍功法散渙、氣脈不充，但僥倖尚未走火入魔。下視一門一戶、枝節稗販者，眞有雲泥之感。

因此這時我亦貌似大師了。自謂即此是道，輒欲論道。

那時我正與眉叔師學詩。眉叔師亦正在講授《戰國策》《呂氏春秋》等課，我也許是害怕他摧毀了我日益膨脹的大師意識吧，反正說不清楚什麼理由，我明知他講得極好，卻不曾去選讀這些課。以致在興於詩的美感發展途徑上，我反而獲得了指導；而於理性知識探究這方面，本應有人協助教導的，倒全由自己摸索得來。此亦可謂老天眷顧，凶險已極。然當時夷然不覺，只一心一意地構造我的《古學微論》。

《古學微論》起草於大二時。初稿寫成，隨時增刪訂補。大三時又重寫了一次。全書約二十萬字。但翻來覆去，約莫寫過五十萬言。每天坐在農舍豬圈改裝成的宿舍中寫，或帶了稿子去圖書館裡寫、歪在校園瀛苑草坪中間的大樹幹底下寫。寫不出來就發呆，看樹下的螞蟻打仗，或靜對牧羊池綠油油的池水。有時往後山去，爬上慈修禪寺闃寂無人的小徑，在含笑花和蘋果花下參悟。大道杳渺，花氣氤氳。一霎時，彷若神遊太古，物我俱冥。

成書後，分成〈辨始〉、〈原儒〉上下、〈明道〉一二三四、〈詮法〉上下、〈述陰陽〉共十篇。附錄有〈儒學之流變〉〈齊魯楚三教辨〉〈莊學碎義〉〈莊學與釋氏之聯絡〉〈辨老〉〈說仁〉〈荀卿考〉〈釋性〉〈釋墨〉〈後王解〉〈說行人〉〈太一考〉〈檢荀〉〈小說解〉等文。

從目錄上，便可發現該書主要是討論先秦諸子學術。稱爲微論，意指其中多微言大義。與現今教科書或學界習見之說相較，本書亦自多非常可怪之論。

例如學界一般均認爲孔子首先提倡「仁」，這個字，在古代本無；「仁義」連稱，更是在孟子時才如此。因此可以由仁字的狀況及其涵義之演變，來推斷古籍的年代早晚。自傅斯年至屈萬里先生，對此均有闡發。我則舉了一大堆反證來辯駁。如謂《說文》有古文仁，寫作「𡰥」，與丁福保《說文古籀補》所錄古印璽的「忎」相近，即忍字，可見仁忍相通，故《釋名》曰：「仁，忍也」，《呂氏春秋・去私篇》高注也說：「忍讀爲仁」。老子所謂：「天地不仁，以萬物爲芻狗」就應解成「天地不忍以萬物爲芻狗」。這是仁的古義，與孟子等人把仁解釋成「人也」全然不同。但古書中也經常有人仁互通的情況，如漢韓敕碑：「四方士仁」，仁就是人的假借。古書中不常見仁字，可能即是因爲用人字便可通假的緣故。何況，古時仁義的義，都寫作誼，義字一般只做禮儀的儀用，到漢朝人才以當時的用法來改寫，今人怎能據現存文獻來判斷古代之狀況？據《史記》所載周初謚法，已云：「仁義之所往爲王」，《逸周書》文政、大戒、謚法諸篇同。《墨子・兼愛》所引，亦有「仁人」字樣。可見最少在周初，仁德仁人這樣的觀念已然形成並且廣獲認同了。所以孔子在周遊列國時，和各地人士談仁論義，並不需要重新界定字義，即能溝通無礙。今人據有限的記載，去推斷仁字在古代複雜的字形與字義問題，並主張仁字是經孔子界定其意涵且予以推廣之，始漸獲學界認同的，無論從方法上或知識上說，都有嚴重的缺陷。

這類考辨太多了。我認爲老子姓老。又認爲老子在孔子前，舉三十五證以明之。主張荀子壽至一百六十歲左右。謂荀子所稱法後王，即指夏商周三后。且謂荀卿學術，多與道家相通。墨子則姓墨，取義於墨刑。……。此類議論，旁徵博引，穿穴經傳，而宗旨則在於論證九流諸子均出於古道術。

其說大略謂：古代官師合一，典要皆在百司之史，此即莊子所云之古道術，也就是後來道家之學的基本面貌。九流均出於古道術、均出於史，因此也均與道家有深厚的淵源。尤其「儒以道得民」，儒又是術士之稱，它其實就是學習古道術者的通稱。我們不能用後世儒家經生的概念去理解它，而應明白儒道同源同質之事實。

整部書便是如此，一方面考證九流諸子之淵源，一方面說明這些分流競走的派別其實內在是可以相通的。所謂道通爲一，其道則爲古之道術，以道家老莊爲基本模型也。

這樣的論述，顯然深受章學誠、章太炎及江瑔《讀子卮言》之影響，但也不妨說是我前此注《莊》經驗的擴大。我在前面已說過，我這時期的知識化與方法化，本領在於找到各家學說中可以縫合、類比、溝通、銜接、通會的地方。我在注《莊》時，所面對的，只是歷代解《莊》之各種說法。現在所處理的，則是九流十家宗旨各異之說，要使之道通爲一，自須運用更多材料、更複雜精巧的講法才能奏效。而事實上我也確實發現了不少諸子可以溝通合會之處，對於更深入地掌握諸子學說，不無貢獻。

如老子主張絕聖棄智、反對禮治，是大家都曉得的。但若把老子所說：「禮者，忠信之薄，而亂之首也。是以大丈夫處其厚不居其薄」（卅八章），和《禮記・禮器》所說：「甘受和、白受采，忠信之人，可以學禮。苟無忠信之人，則禮不虛道」合看，便可能有新的理解。

因爲顯然老子並不是反對禮，而是採取一種類似孔子言：「禮乎禮乎，玉帛云乎哉」的講法，強調禮應以忠信爲其本。所以他又說：「輕諾必寡信」（六三章）「信言不美，美言不信」（八一章）「忠信不足，有不信」（七七、廿三章。上下兩句末，王弼本都有焉字。但二焉字應屬衍文，帛書本、御注、邢云、慶陽、樓正、磻溪、顧歡、高翿諸本均無二焉字）。這種態度，若再考慮到老子所常主張的卑、讓，那麼豈不正符合《左傳》昭公元年叔向所說：「忠信，禮之器也。卑讓，禮之宗也」嗎？由此來看，老子豈非一眞正懂禮、也主張禮的人？孔子向他問禮，豈非理所當然？而老子是史官，禮本來又是史官所掌理的，《周禮・條狼氏》注：「大史小史，主禮事者也」，《儀禮・既夕禮》注：「公史，君之典禮書者」，都是例證。由這樣的考據與推論，我可以證明儒道通一、史禮合會。讀者即或不承認我這番議論，這些分析，不也仍有助於理解老子學嗎？

然而如此論道，且自以爲知道，實有極大之問題。何以故？讓我舉個例子來說明：

周秦九家，世之所稱，各有號繫。推其所自，亦皆有故。惟儒道名法，並非以姓氏立名，而獨厚於墨者何？爲墨子之學者，稱墨者。而學於孔子者，不曰孔者顏淵、孔者子貢何也？

推審厥故，蓋墨爲道名，翟亦非墨姓也。斯義倡於江瑔，《讀子卮言》曰：「墨者非姓氏之稱，乃學術之稱也。周秦以前，凡言某子之學，皆不繫之以姓。〈漢志〉九家，莫不各舉其學術之宗旨，以名各家。無以姓稱者。且墨子前後，亦絕無墨姓之人」。其識卓矣。

然斯說亦不自江瑔始，元伊世珍《瑯環記》已云墨子翟名烏。自謂引自《賈子說林》。惟彼云墨子母夢日中赤烏入室，驚寤而生翟，遂名烏。語涉神異，故孫詒讓〈墨子緒聞〉斥之曰：「其說妄謬，不足辯說。《說林》古亦無是書，蓋即世珍所杜撰也」。清周亮工《因樹屋書影》亦云：「以墨爲道，今以姓爲名，以墨爲姓，是老子當姓老耶？」

按：老子蓋老姓也。周說失言。然謂墨爲道名，甚是。雖然，古非無墨氏也。《潛夫論》云：「故志曰：禹師墨如」、《尚友錄》云：「夷齊之父爲墨臺氏」、《元和姓纂》亦云：「墨氏，孤竹君之後，本墨臺氏，改爲墨氏。戰國時，宋人墨翟著書號墨子」。翟豈夷齊之後歟？又按：《史記索隱》曰：「伯夷名允，字公信；叔齊名致，字公達。解者云夷齊謚也；伯仲，少長之字」，《論語皇疏》同之。《釋文》曰：「允字公信，智字公達。夷齊，謚也。」智致音同。劉寶楠曰：「案〈謚法解〉，古人無以字居謚上者。《困學紀聞》引胡明仲曰：『彼已去國，誰爲之節惠耶？』蓋如伯達仲忽，亦名而已矣」。其說良是。且後漢有墨臺氏，邯鄲淳《笑林》：「平原陶丘氏，取渤海墨臺氏女」。故應劭謂：「蓋夷齊之國君姓墨胎氏」。明爲懸揣之辭也。《元和姓纂》仍其說，而坐實以爲墨子改墨爲氏。今按覈而知其非然。論語《疏》文又云夷齊姓墨胎，名智允。一云姓墨胎，一云氏墨。其羌無實據也可知。謂墨翟爲孤竹君之後，竊所不敢苟同矣。矧古之姓可呼爲氏，而氏不可呼爲姓（見《通志・氏族志略》序）。今孫詒讓〈墨子傳〉逕言：「墨子名翟，姓墨氏」。是以氏爲姓，亂矣。

今墨既爲氏，而又須兼道名，則得氏之來，尚資玩味。考其本因，可爲梗概：夫古專家之學藝，皆爲世業，因即以業名官。如太史氏、職方氏、虎賁氏是也。而《書・呂刑》曰：「臣不匡，其刑墨」，傳：「臣不正君，服墨刑，鑿其額、涅以墨」。又按《周禮・秋官》云：「墨者使守門，劓者使守關，宮者使守內，刖者使守囿」。墨子書有〈備城門〉。曰墨，蓋取義於刑之名也。然何以以刑名爲氏哉？

竊考之，史佚爲宋之祖，史角爲墨子之前師，爲清廟之守，實古史之列（伊佚亦清廟之守，〈洛誥・逸祝冊〉可證）。《呂覽・當染篇》云：「魯惠公請宰讓清廟之禮於天子。桓王使史角往，惠公止之。其後在於魯，墨子學焉」（梁玉繩云：「桓當作平。惠公卒於平王四十八年，與桓王不相接。《竹書》請禮在平王四十二年」）。則墨子所學，亦史官之事也。古者祝史之職甚尊，〈曲禮〉曰：「天子建天官，先六太。曰太宰、太宗、太史、太祝、太士、太卜」。周之史佚史角，始以天官世守清廟，傳其家學，墨子受之。清廟者，明堂也。史角爲史，墨翟受其家學，亦當以史自任矣。《左》昭二年，韓起適魯，觀書於太史氏，則以官爲氏也。古者誓小史曰墨，《周禮・秋官・條狼氏》：「誓邦之太史曰殺，誓小史曰墨」。故《左》昭公二十九年《傳》載蔡墨曰：「物有其官，官條其方，朝夕思之。一日失職，則死及之」。蔡墨，晉史也，可爲明證。曰殺曰墨，古史自勉之詞也。故《大戴禮・保傅篇》曰：「太子有過，史必言之。史之義不得不書過，不書過則死」。《詩・衛風・靜女》毛傳亦云：「古者后夫人，必有女史彤管之法。史不記過，其罪殺之」。知古史自誓之重也。史書或名檮杌。「檮杌狀如虎，長三丈，人面虎爪，口牙一丈八尺。人或食之，獸鬥終不退，惟死而已。甚哉！史官之宜死於是職也」（陳繼儒《偃曝餘談》）。墨子學於史角，爲小史，誓曰墨，因以爲氏。其學派亦號墨焉。此顓蒙所見，淵雅君子，或所願聞。

又，近賢侈言墨子爲平民，以爲貴族平民之爭，實儒墨之分際。然墨子嘗仕宋爲大夫矣，謂之平民，可乎？《史記》、《漢書・藝文志》並言墨子爲宋大夫。《史記・鄒陽列傳》又云：「宋信子罕之計，而囚墨翟」。墨子弟子三百人，持守圉之器以待楚寇（〈公輸篇〉）；又墨子出曹公子於宋，使家厚於始，處高爵祿。斯豈皆無位者所能致？果其爲平民、爲賤人、爲刑徒，皇喜專政劫君而囚墨子者何？墨子又能仕弟子於衛（〈貴義篇〉）。此非平民所能辦。且魯陽文君言於楚惠王曰：「墨子北方賢聖人，君王不見，又不爲禮，毋乃失士？」（余知古《渚宮舊事》二）既號墨子爲士，其非刑徒氓庶可知。至若穆賀語墨子曰：「子之言誠善矣，而吾王天下之大王也。毋乃曰賤人之所爲而不用乎？」（〈貴義篇〉）無位者曰賤，見《論語．皇疏》。墨翟時已非宋之大夫，故云如此。非即刑徒之稱也。且考於古誼，亦未有以賤人爲刑徒之稱者。《周禮．小司徒》注：「賤謂古今販賣者」。《儀禮．士虞禮》注：「賤者謂庶孫之妾也」。《釋名．釋言語》：「賤，踐也，卑下踐履也」，俱無奴隸罪人之義。故錢穆云：「童僕奴隸，成由罪人得名。墨家乃以奴隸之道，唱於一世，衣食操作。一以刑人苦力之生活爲準。曰賤人猶云刑徒」（《先秦諸子繫年》）者，蓋失言也。

本文名〈釋墨〉，曾摘出刊於民國六五年《淡江文學》第七期。文筆及論述，皆可以代表我當時的風格。博綜古籍，與古今漢學考據家爭鋒，而持論多奇恣，不乏獨見語。

但從我的考辨中，不難發現我整個思辨的重心，在於辨析史源。例如墨家何以稱爲墨家？我從兩方面來說明：一是創始人即爲氏墨的墨翟！二是墨翟的學術是一種墨者之學，因爲他受學於史角，爲小史，對自己的職掌，有墨刑之誓詞，所以以墨爲氏，且即以墨爲該學派之名。這是我對墨家及墨子來歷的說明。墨字，在我的解釋系統中，既爲人名又兼爲道名，並考出古代所謂墨家之學出於清廟之官的具體狀況，實是超越古今所有論墨子及墨家名義之文的地方。

可是，把墨子是否姓墨、墨子本是小史之官等等考證清楚了，對於墨子兼愛非攻貴義等學說內容是否也即一併解釋明白了呢?來源的問題，替代了內容的問題；甚至常認爲要解決內容上的爭論，最好方法便是釐清來歷，正是彼時我主要的錯誤所在。因此，我這部稿子雖在各派與諸子之關係間，探明發現甚多，整個講法畢竟是不能成立的。

其次，便是論道論源僅溯及各家皆出於史，便以爲已足。未考慮到史有許多種，學也可能即有許多種。例如清廟之史，和小史、記太子之過的史，必不相同，和老子這樣掌圖書之史也不會一樣。把所有諸子學推源於古史官，然後論斷其同源故亦同質。忽略諸史有異；忘了古所謂史，有時實即指吏。所謂古代官師合一、學在史官也者，實乃學由百官吏員職掌之謂。竟認爲史官之學均爲古道術。殊屬妄謬。考辨古史、探論道原，意在鑿破混沌者，乃亦因此而仍處於混沌之境，萬物無精粗大小，雜然並列，通之爲一。其爲先天易也，不足以言分析與知識也。

由於以同源爲同質，故我對諸子學的內容缺乏深究。經由清學考據而建立起的知識化與方法化本領，也還沒有辦法辨析名相、詮解概念、建構理論。更由於對源的理解甚爲籠統囫圇，遂亦無法超跡上溯，跨越章學誠「六經皆史」說的局限。這都是我的悲哀。數年勞苦，功竟唐捐！

然而，在寫作當時是甚爲快樂的。我的知識逐漸積累、思辨能力漸漸養成，在各種典籍各種說法之中穿梭往返，更有無窮的快感。彷彿面對一層層霧障，撥開、掃除之後，人竟又進入更深密的榛樹林莽、沐浴在更厚重的霧氣中。在煙嵐霧氣裡，有或持戟或舞刀的敵人倏焉掩至，施展各種武功向我殺來，我須凝神於雲霧迷蘊之中辨識其刀法、判斷其武技家數、測察其優劣、揣探其破綻所在，以便收伏他或擊敗他。這些人，都是高手，我與之對敵，往往不支，俄而肩脅中劍，俄而踣地不起。但我知道哪些地方是致命的，哪些地方雖被傷破，尚無大礙。遇到殺手，只好認輸，回去閉關苦思，再練絕技，或者乾脆向對方偷招。若只受傷，不致斃命，則裹傷將息，略事調整後，再戰。

已放棄練武的我，從文章寫作和參辨道術之中，乃又獲得了習武搏擊時的快感。充其想像，甚至比眞正的搏擊更好玩、更刺激。看見某一種特殊的講法或獨到的見解，就像猝然遇上高手那樣，瞳孔會收縮，喉頭會哽塞，呼吸一時急促起來，脊梁微聳，準備看清其招式來路，捨命一搏。寫完一篇考辨，廓清摧陷了古今賢達之說，亦如劍士殺敵完畢，輕收其刃。把筆插回筆管裡，聽到那輕輕地「卡」一聲，便彷彿收劍入鞘了一般。帶著點淡淡的疲憊、喜悅和惆悵，爲之怔忡。

我頗沉溺於這種情緒之中，在古籍裡優遊，問道於玄古。泛濫經傳，旁蒐博采，以構建己說。什麼九宮八卦陣、誅仙陣、萬仙陣、四方五斗陣，千精萬靈，一齊喝破，斬將搴旗，好不神勇。

但眞正深刻的快慰又不止於是。因爲從分析方法和態度上看，這固然是一種知識性的活動，但是我的精神狀態卻近乎宗教性迷狂。信道求道，一路追索，漸漸進入神祕高玄的上古渾樸道域。我覺得我窺見了道源、掌握了道本、通達了道體，我內化爲道之言說者，是大道在此漓駁世界的聲音，用來說明它自己。在這個道我混同的情境裡，我簡直悲喜莫名，手足無措。唯一能做的事，就是寫、寫、寫，讓自己陷入更深的書寫中去體道、證道，爲大道辯護。

依照我當時的想法，是孔老同源、儒道通一，因此意在綜攝，欲使人知道通爲一。要達成此一企圖，用上了不少考據方法。但綜貫之功、融攝之力，恐非清儒所謂漢學考據所能爲。因爲這是有意圖、有宗旨的論道之作，並非單純地考證古史。其論雖尚不成體統，但朝向一思想家類型而發展的架勢，已隱然具現，也成爲我日後論學的基本風格。與一般考文辨史之學者頗爲不同。

且我求學問道，本取途於晚清。但入機雖由清末，探源卻直叩先秦。上古神話、經傳、諸子學說，摩習漸熟。崑崙頭與尾閭墟，下貫上溯，兩端合攬，首尾畢舉。故能通觀整體，徹上徹下，見國史學術之大全。又與一般劃疆定域，只懂得埋頭在某一朝代某一家數中的學者不同。

可是此時生命終究是割裂的。騁才使氣的一面，興於詩感於物，歌哭無端，繼續在美感世界中俯仰自樂。逐知索道的一面，則如此不斷運思構知，知以感知，輪轉相生。只因爲運思構知本也是乘興爲之，因此尚不覺其爲矛盾。可是學詩與問道，在此刻總是分裂成兩種行爲，不相統屬，一偏於感而一偏於知，一偏於詩而一偏於思。

在這兩方面，由感而知的部分，發展得較好。偏於知的部分，則一往難返。混沌既破，天眞漸漓，又未能用知融情。故在知性行爲不斷增強、方法意識不斷深化之後，竟或漸趨於執理斷事，走向純理辨析與知識建構之路。對於感興的一面，不免抹殺、隱藏之，或只視之爲論理的存在基底，可以存而勿論。影響到日後我在碩博士班時期的作爲。

因爲從純理主智的一面來看，整個中文系當時的教育及學術形態，可說尚未知識化、現代化，一切都是含混的、美感的、倫理的、實踐的。可以目擊道存，當下即是；但無法明言論道，亦無方法示人以規矩，教人如何求道。只能體而察之，默而識之。我知識化的程度越深，對此當然便越發不滿，覺得它應做些調整，否則便不足以言道。

從整個中文系的大環境說，中文學界意識到需要進行知識化與方法化的調整，乃是受到當時大學內部其他學門知識化的壓迫，以及外文系比較文學研究風潮的衝擊。然就我個人而言，對那些衝擊雖亦有所感應，實屬枝節。所有知識化工作，都是我個人生命的體驗，在一本書一本書、一個字一個字之間黽勉刻苦建立的。所有方法意識，也都是從鑿山探銅的經驗裡，摸索獲得的。故後來中文系裡許多朋友起來反抗傳統時，都不免援引西方哲學與文論爲方法利器，我則是「我用我法」。而我法即由中國傳統學術中變化而出，似洋似古，乃又不洋不古。

然此均爲日後之發展。正翻滾於知識海中鼓浪而前者，未能預知此也。我志在求道，索之於玄古儒道墨法混沌未分之際，似乎也表示了我和素樸世界仍然相去不遠，道通爲一的渾化境界仍然是我所嚮往的，故生命之畸裂尚不嚴重。問道用智，因仍有許多悲情與感興托住，亦尚未盡支離。這都是我幸運之處，每讀《世說新語·俳調篇》所引「盲人騎瞎馬，夜半臨深池」的故事，總會莫名地聯想起這一段冥行盲索的求道旅程，不知不覺，驚出一身冷汗。

卷二

思

窺機

漢光武在當上皇帝以前，志願不過是娶妻陰麗華、任官執金吾而已。人皆難以逆料其未來之際遇，我也不例外。

但一般人對於其未來又均不免有些預期，故亦不免有些圖畫經營。如現今頗爲盛行的「生涯規畫」云云，即是針對這一需要而設計的。我則無此觀念與習慣。眼前事，好好把握，未來能怎麼樣或會怎樣，只能任運委順，無從規畫，也無法預期。且性好野戰，往往不耐煩寫戰鬥計畫書。這種態度，當然有好處更有壞處，可是委順任運之人，何暇顧念及此？在我大學同學一進學校就懂得尋找「出路」，知道如何選修課程、充實職能，以備將來畢業進入社會之需時，我可是一點兒也沒想到任何有關未來就業之問題的。

現在我當然能理解我同學們的心情。在那個社會經濟仍不發達，人仍掙扎以求溫飽之年代，歷經十六載寒窗苦讀，荷負鄉里父老之重望，好不容易熬到大學畢業，所爲何來？無非期望畢業後能謀個好一點的差事，在社會上有點競爭立足的本錢。因此讀書便不止是讀書而已，乃是學習一種能在社會競爭中立足且致勝的技能。大學聯考時選擇科系、塡具志願之重要性也即在此。因爲一旦選擇了什麼科系、考進了什麼科系，其實也就決定了你此後大半生的榮枯。如果所讀科系、所學技能並不符合未來社會之需，那人生可就灰黯了。

依此標準來說，讀「社會組」的學生，基本上都是成績較差、數理不好而無法入讀理工「自然組」的。在社會組中，若能考上外文科系，將來尙可憑其外語能力，進入外商企業發展，其社會競爭力自然又大於只懂得中國文史知識的人。

這是社會的現實。所謂大學教育，其實即建立於此基礎上。縱使是臺灣大學畢業，若讀考古、讀哲學，也是前途茫茫，不知學此屠龍之技究竟有何作用、有何意義。當時曾流傳一則笑話，說某臺大哲學系畢業高材生，畢業後找不著工作，只得往動物園謀職。該園見他可憐，給他一件工作，乃是要他披上熊皮，假扮成熊的模樣，表演給遊客觀賞。一日，正表演時，不愼跌落隔壁老虎檻內，他大驚，剛要站起來喊救命。孰料那老虎向他低聲道：「不要叫，我也是臺大哲學系畢業的！」可見臺大哲學系畢業生，在當時被認爲只能去動物園假裝老虎或狗熊，其淡黯淒涼，可想而知。直到後來我擔任中文系系主任了，仍有聯合報駐淡水記者來校訪問，詢我文學院二百位女生，將來願嫁何種科系畢業者；結果沒有一人願意嫁給文學院學生。令我文學院各系男生備感沮喪，久久不能治癒此心靈創傷。

在這種社會現實與風氣之中，讀中文系的學生，特別是男生，當然格外窘迫徬徨。展望未來，不知將如何規畫其人生。因此其中有些人消沉了，因爲他們已經預見了無甚前景的灰黯人生。有些人憤激了，覺得學這些聖賢經傳、文學作品，根本無裨實際，儒冠空誤，除了能唱點高調外，百無一用。另有些較能切應於現實的朋友，則身在曹營心在漢，知道未來要在社會上立足，就必須在中文系之外再想點辦法、學些東西，或者乾脆轉系，以便追求較爲美好的人生。

我鈍於感受時代氣息的生命，兀自遊處於自己的世界，對此殊乏體會。非但不懂得挑選較爲熱門的科系，考入德文系以後，竟又轉入中文系。進了中文系，也不曾考慮到將來能做什麼、會做些什麼、或要爲即將畢業的生涯做點什麼樣的安排。我只是在此求師、問道、學詩、用思，把握當下，享受眼前，只覺風光無限，遊賞不盡。

但花事將歇，大學也總歸是要畢業的，畢業後該怎麼辦呢？

我別無所長，只會讀書，所以當然就只希望能再繼續讀書。可是淡江本身要辦的研究所一直未被教育部核准，我勢必要去考旁的學校研究所。

因此對於大學的社會性格，我雖然能夠漠無感知，對於研究所的社會性格，我已不能再避開不予面對了。因我若要再繼續升學，即必須進入此一結構之中。這道進入的程序，對我來說，大概就等於成人禮的「生命過關儀式」吧，對我有著社會化洗禮的作用，幫助我成長、刺激我成熟，影響至爲鉅大。

我之所以要考研究所，原只是純稚地想再讀點書罷了。或許這也是一種逃避立刻進入社會、拖延著不肯面對社會生涯之策略。可是由於要考研究所，我乃被迫逐漸理解到研究所本身即具有的權力意涵。

有些學校有研究所，有些沒有。沒有研究所的學校學生，必須去那些有研究所的學校報考，求取深造之機會。俯仰既已由人，形勢上當然就矮了一截。有研究所的學校，彷若名門大派。我等雖亦號稱爲大學，實乃支宗庶孽。因爲有研究所的學校，能培養博碩士，其門徒分布既廣，學說流布自然也較具影響，勢力當然要遠勝於沒有研究所者。這就是學術政治的權力問題。沒有研究所，就沒有學術發言權。

由此權力意涵，遂亦逐漸培養出一種地盤意識。因每一學校研究所培養的人才，由其本校先行吸收消化之後，自然也就分散到其他本身並無研究所、無法培養師資的學校去。去了之後，亦往往汲引同學師友去任職，漸漸人丁興旺，該校便成爲那個有研究所的學校之另一地盤，宛如少林寺的達摩下院或某一幫會之分舵。新近畢業的博碩士，常被介紹分發到這些分舵來練歷一番，有所表現或本部總舵有職缺時，才有可能返歸本山。而研究所與研究所之間，也是有所不同的。有的研究所，即類似另一學校研究所之分舵。例如文化大學中文所，不但由師大出身者主政，大部分的課根本也就都在師大上。老師往往不上陽明山去。在師大上課時，文化的學生下山來聽講，陪同師大研究所的學生一道上課，老師則兼領文化的鐘點費。故二所一家，然其勢顯然頗有抑揚。

這些權力意涵和地盤意識，都是我所陌生的東西。生命沉浸在詩歌的感興和問道求索的遠遊之中，逆俗超世，何能切知此人世之機栝？故等到我大四準備考研究所時，面對此一情勢，反而覺得徬徨了。

當時各校中文研究所的考試科目，大概都是國文、英文、小學、專書、文學史。只有專書可以選考。我學詩正勤，隨眉叔師讀李商隱詩止有心得，便擬選考李商隱詩，可是各校均無此科。後聞汪中（雨盦）先生在臺大及師大開此課，我若要選考此科，就必須再去旁聽。

這就是所謂權力意涵了。有研究所的學校，握有學術上的霸權，我們要去考它，便只好俯而受教，去聽課、抄筆記、讀考古題，進入它的知識脈絡中，否則根本不可能考得上。汪老師是魏晉名士，毫無權力觀念，但這是個結構問題。汪老師因能在臺大師大開李商隱詩，所有欲選考詩歌者都麕集於其門下，故亦非其所始料所及地自成一大勢力。經常有一大群弟子在其身邊，號稱「汪門」。

我在大二即與相熟的簡錦松，就是汪門健者。他曾把我的詩稿呈給汪老師看，也拉我去參與汪師府上之聚談。我覺得汪師是可親近的長輩，更堅定了選考李商隱詩的決心。但淡水到師大上課實在是太辛苦了，早晨六時即須下山，趕搭火車，到臺北後再轉公車。來回須花費七小時。冬天淡水又冷，與幾位同學在夜色初褪時裹寒而行，星斗方殘，人聲尙寂，蕭瑟之感，遠遠超過了讀書求學的快樂。

像我第一次去師大聽課，因路況不熟，找著教室時，已然開講了，慕名而至者擠滿廳堂。我後到，揮汗進入，不但找不到座位，且因打斷了上課的節奏與氣氛，遭獲不少嫌憎之眼神。結果所有人都坐著，唯我一個人貼著教室後壁冷冷的紅磚牆，站著聽了兩節。當時一同聽課的，多是師大的同學。但聽了一年，不曾認得其中任何一位，因爲我本不屬於他們。故其後雖每次都能有座位，坐在教室中，依然如處於荒島。幸而張夢機師及陳文華、顏崑陽諸位也常去聽汪老師的課，令我不致太覺孤寂。

我本耽於寂寞，因此並不會因在師大聽課遭到冷淡而有什麼不快。可是這些聽課的感覺，使我不安。我清楚地體察到這和我歷來讀書的經驗不同。不再是爲了理解詩歌、了解詩人，也不再是爲了我的興趣或我的困惑而讀詩，讀起來亦毫無樂趣，只是爲了考試，爲了揣摩汪老師可能出題的方向。來師大上課，是來此求敲門之磚、尋入門之徑。抱此覬覦之心，匍匐於師大國文研究所的權力臺階底下，仰望殿堂，敬慕感和猒鄙心竟是同體共生的。

對於李商隱，我太熟了，不只韋編三絕，而且我眞正能夠了解他。可是多聽這一年課，我對他反倒疏遠了。不是汪老師講得不好，他其實說得很精采，但就學的心情阻礙了我。我覺得我是以出售我最熟悉的朋友，來換取入學研究所的機會。所以我越想工具性地借用他，我就越不了解他。

到師大聽課的感覺既是如此，臺大我便不想去聽了。簡錦松另外替我借得該校聲韻學文字學筆記，我讀了一些，卻更強烈地感受到宗派、地盤與權力糾結的意象。

蓋師大國文系所長期由林尹景伊先生主持，以章太炎黃季剛嫡傳爲號召；但魯實先先生亦在所內任教多年。林先生治小學，重點在於《說文》條例，且以聲韻學爲樞紐。對六書分類，採戴震四體二用說。魯先生聲韻學並不專擅，重在通過甲骨金文以原造字之本，發明章太炎以「建類一首」之「類」爲語根之義，而說六書皆造字之法。二者不盡相同，學生兼聽并受，各有依違，但大體上都重視《說文解字》和《廣韻》，是傳統小學的發展。臺大小學課程則由龍宇純、杜其容伉儷負責，對六書的解釋和魯先生等殊爲不同，對中古音、古音、等韻圖之理解亦輒與林先生等頗多分歧。這些分歧，原本是學術研究上的常態，然而門弟子推尊師說、不容異端，竟漸使此類學術意見染上了意氣的成分。再加上考試甄才，凡欲入臺大者，須如此說；欲入師大者，則須如彼說。學術到此，幾無是非可言。

臺大與師大，是當時中文學界兩大勢力，開宗立派最久、門弟子也最多。傳承既盛，壁壘自成，兩者之間，若有芥蒂。主事者矚目高遠，或不以我此處所述爲然，但當年從學者之感受確實就是如此。我越去聽課，越讀其筆記及考古題，對於我將來準備就讀的研究所便越無敬意。在尚未考試時，我即已明瞭：準備考試所讀的書，是無意義的；未來考上研究所而讀的書，恐也是無意義的。蓋學已爲禽犢、學已爲祿利之途，讀研究所，不過歷經一個過程、謀一份資歷而已，與學問無關，或許也根本與讀書無甚干係。

這種感覺，在考臺大時最爲強烈。我讀龍先生杜先生著作及講義甚熟，稔知其學問底蘊，亦頗敬重其學養，答其考題，本應毫不費力。但我一看見考題就寫不下去了。龍先生的考題簡直是從他的《中國文字學》書上抄下來的，問某事「郭某」之意見爲何，「唐氏」對某事之看法又如何。此郭某，指郭沫若：唐氏指唐蘭。請問考題宜如此嗎？非其弟子生徒，又怎知郭某唐氏究爲何人？杜先生所出考題更妙，云中古音之聲韻，說法各異，近有人主張有若干聲調者，請述其說。此所謂有人主張者，就是她自己新發表的論文，不是親承音旨的課堂學生，對此必然莫名所以。我一向認爲研究所考試應當測驗學生對該學科之基本知識，而不是試探學生是否了解出題者個人的獨特見解，更不能利用這類考題來區分出誰是自己的學生。這樣的考題，令我覺得臺大似乎不歡迎我們這樣其他門派的帶藝投師者，所以就擲筆而出了。

赴師大考試時，較無此等感覺。那年師大考題出得十分平正，外校考上的也很多，單我淡江，便有林敬文、簡松興、陳正榮、童黛虹和我五人，占了三分之一。師大本身畢業的蔡英俊、簡錦松反因考上臺大而放棄了師大，以致那一屆倒是以外校學生爲主的。在各研究所血統主義普遍盛行的時代，這不能不說是極爲幸運的事。

更幸運的，是在生活上，我雖負笈於市廛，但友朋之樂、師友調護翼掖之情，仍使我有還活在淡江的感覺。

師大在臺北鬧市之中，門口的和平東路車水馬龍，側邊的師大路龍泉街也是人車雜沓、店貨橫陳。校舍局促於街市之間，如人的五官被壓擠在一塊兒，皺成了一團，極其醜陋，幾乎沒有呼吸的空間。所以另闢了一個分部在公館側邊蟾蜍山對面，鄰近河堤。地甚荒僻，建設亦毫無美感可言。分部以理工科爲主，只有一棟樓房供我們幾個人文學科的研究所用。因與學校其他部門缺乏任何有機之聯結，故其勢甚孤，我們與學校的關係近乎兩忘。每日只到所中上上課、找點資料或尋人閒扯幾句，其他時間則各人各自隱沒在市聲街塵裡，彼此同學之關係，也近乎兩忘。國文研究所只有一層，除辦公室與教室外，有幾間書房，各有木書櫃數大櫥。我們就坐在這裡閒扯、看書。但大部分時間是沒人的，氣氛沉靜而古舊。偶有日影射入，更覺幽深。

我先是賃屋和簡松興同住在學校邊的武功國小附近，後來又搬去師大本部對面的金山街巷內。日本式老房子裡庭宇幽深、花木扶疏，頗便讀書。時金山街尚未拓寬改建，盡是老舊眷舍違章建築，用木材板、鐵皮及塑膠板，隔出一間間狹弄窄屋。魚龍混雜，亦大合我之脾胃。每日我去買份「不一樣饅頭」，吃點水餃牛肉麵。林明峪也騎了他的摩托車來找我鬼扯淡。他的摩托車名叫驢子。每逢他小說寫不出來或我無聊時，即跨此毛驢雲遊於新店烏來、基隆宜蘭東北角上，飲山泉、啖海鮮，飄飄乎若仙。

當時蔡英俊簡錦松等雖去讀了臺大，仍常回師大來玩，並替我介紹了一大批師大的學長學弟學妹。我有時和林明峪一道拉他們去鸕鷀潭夜宿撈蝦，有時則獨自跑到學校宿舍去找他們廝混，穿房睡鋪，一點也不生分。

我淡江時期的許多師長，本來又就不少是師大出身的。如黃錦鋐、周何、李鍌、戴培之、張夢機、張文彬、曾昭旭、王邦雄、沈秋雄……等都是。我久預簡錦松所辦師大南廬吟社之會集，又認得師大教師不少。另因眉叔師之介，得謁魯實先先生，對師大「魯門」一脈，聞見親切，頗不隔閡。故來到師大上課，有時亦彷彿如在淡江。

可是師大畢竟與淡江不同。這樣的環境、這樣的形態、這樣的氣氛，當然和淡江大異其趣。我因幸而能得師友翼護，減低了異鄉人的感受；對未來亦矇然不曉規畫展望，不曾考慮到以一個外地人身分，在今後升學考博士班或就業時曾有什麼困難；兼且秉性乖張，異鄉為客，正好符合了我某些生命律動，反有鄉居適性之感。故對此師大新環境，並不難適應。其他幾位同學可能就不如我這麼幸運了。尤其是童黛虹。

她是由屏東女中考入淡江的。來自陽光充盈之地，行走之處，必帶著一串銀鈴般的笑聲。但她與師大素無淵源，驟然進入這個新世界，不免惶惶，需要我們幾位老同學調護。可是我們幾人都是男生，自顧亦且不暇，故無法理會、也不懂得如何照應她。又一直以爲她大一時就擔任過我們的副班代表，並非柔弱女子，似乎也無庸刻意協助之。以致她獨自承受著獨學無友的荒寂。想在新環境中尋找新的友情，卻發現這時的同學已不再如大學時期那樣單純。不但大多已兼職就業，其行爲亦頗社會化。與師友應對時，嫻熟得體的酬酢禮儀和語言，其實正是人與人相處時有效的隔幕。使每個人都望得著、談得來，卻又彷彿不甚相干，各自活在各人的圈子裡。生活上有這樣的感覺，也就罷了，學業上竟也不再能相扶持相溝通。因爲每個人所選擇的課題與專業都不相同，共同關心或能相商兌的論域極小。因此整個研究所構成一種封閉性，使人的靈魂瑟縮於其中，靜待枯萎。更不幸的，是權力意涵也浸透在所有的人際關係之間。人與人相處，往往會捲入有關權力的論述或角力場，使人身心俱疲。

她太敏感了。感受到這一切正壓擠著她的生命，使她幽閉，令她沮恐。而她又無法掙脫出這種氣氛和這種結構。致使一位總是帶來銀鈴般笑聲的陽光女孩，竟漸漸產生了厭世的傾向。有天她向我提及，說想休學。我大吃一驚，憬悟到事態嚴重，忙找同學來設法安慰照顧她。但並未奏效。不久她便服毒了。救治後，返鄉療養。一年以後才再復學。然亦不能卒業，再次休學。而且，永遠休息了。

現在，童黛虹墓木已拱。憶事懷人，徒增吁唏。她是彩虹，可惜被刷上了黛色。或許這是命吧，或許她之終究輕生，別有因緣。但師大國文研究所的生涯，會不會也是使人靈魂幽閉萎縮的原因之一呢？

我不像童黛虹那麼敏銳，可是我也會有不快樂的時候。例如同學相處時一些社會化的動作和言詞，我就很排斥。學生幫老師做壽、抓公差去替老師搬家，或提公事包、看家等，也覺得沒大必要。爲了祝壽，我們同學間還鬧了些意見。我是反對的。因爲學生尊師，本屬至情，然而或替之祝壽或否，爲什麼？眞是由於被祝者德望俱尊、教導特別費心嗎？有時並不見得。那麼，祝與不祝之間，考量的是什麼？不常是權力嗎？師生情誼，而溷於權力意涵，我便無法接受。何況，師生相處，本於人情之互動；學問的攝受，也有才性之不同。每個人對老師的感情和獲益之處，是不一樣的。眞有感受獲益時，去拜壽祝賀，怡然泰喜，不在話下。若無此感受與獲益，勉強攤派，湊分子去講些恭維祝賀語，豈不痛苦？當時我們每個月，僅有獎學金九百元，租房子尚且遠遠不夠，不能不想法子打工兼差，糊口枵腹以讀書，又何能經常解囊替這位老師賀壽、向那位老師祝遐齡？

此皆可言之成理者，然在所中公然倡言此類言論，便彷彿是對某位老師不滿故不願爲之祝嘏。謠諑斯起，謗議蝟集。人事之難處，可見一斑。

所裡當時還謠傳某些老師要求另外拜門。亦即要在課堂之外，另外到老師家磕頭，遞門生帖，稱弟子，才能獲授祕技。又傳說倘要想進博士班，須去拜某某老師。老師叫你去考，意思就是說准你來讀了。若告訴你明年再來試試，那今年便不消白費氣力。還有人說某些老師有辦法，能幫學生介紹工作；某些老師則「不夠力」，不必再找他指導論文。諸如此類講法，繪影繪聲，令我困惑，難以置信。高等學術機構，招我來此讀書，而讀書乃竟與做買賣相似。老師投資學生，以擴廣其權力勢力與地盤；學生投資老師，賀壽送禮噓迎叩首以謀求未來好出身。這是什麼世界？學問還講不講呢？傅青主說得好：「脂韋跪拜以貪其利祿，曰治世之禮當如是。禮喪世，世喪禮，禮與世交相喪也，悲夫！」（《霜紅龕集》卷三一〈禮解〉）

浮漾在這些權力意涵之中的，還有一種血統主義的幽靈。這種血統主義有兩個方面，一是從學術傳承上說，臺大自認爲接續了北大的衣缽，師大則歸宗章太炎黃季剛。由於林尹高明潘重規諸先生皆出黃門，故由之上溯於章太炎，再上溯於孫詒讓、俞曲園，以接清朝樸學之脈，自命爲樸學正宗、學術眞脈，即成爲所中某些人據以標榜之口實。彷彿系出名門，血統純正，言必稱「本師」林先生高先生、乃至季剛先生太炎先生。

另一種血統主義的面相則表現於地籍上。猶如一位江蘇人，少小來臺，迄今居處歌哭於斯四十餘年，行亦將埋骨於此。可是，才二十來歲的臺籍小青年，動不動就指稱這些「臺臘」（我仿「傖臘」而杜撰的名詞）遠多於他的人是外省人。縱使這位江蘇人閩南語說得很流利、娶了本省籍老婆，也一再強調「哇嘛係臺員郎」，他還是永遠被定位爲外省人。爲什麼？本省外省的省籍區分，其實眞正的分判點並不是土地。與在地之久暫，毫無關係。所謂在地人，是依他的血統來衡量的。故省籍地籍情結，其實只是血統主義。而研究所，正是這樣一種血統主義滋長的地方。

大學部就是師大者，是生下來就是臺灣人的臺灣人；外校畢業考入師大研究所的，則是外省來臺，聲稱「哇嘛係臺員郎」的臺灣人。出身異地，血統不純，想要留校任教或分享利益，當然就要困難些了。

一切血統主義之態度，皆爲我所不喜。對此風氣，或傳言所構築起來的氛圍，我不像童黛虹那樣默然承受，以自消殞，我憤激，我要反抗。

反抗，當然還不到揭竿而起的地步，因爲事實上老師們對我都很好，同學相處亦無大矛盾大衝突。故反抗其實只表現爲一種謔諧嘲諷、滑稽以玩侮之的方式（如當時所中多尊稱林景伊先生爲林公，我們便彼此同學也互稱某公某老）。要不然，則採取一種逃避的方式，不參與此權力競逐之遊嬉。蕭然自處，寂寞自甘。

我這種不合作的態度，顯然又引起了不少議論。因爲玩侮往往使人難堪，不參與又彷彿不屑。在我考博士班時，華仲麐師甚至引用《論語》曰：「雖有周公之才之美，使驕且吝，其餘不足觀也矣」來訓誡我。重點當然不在吝而在驕，以爲我是恃才傲物，故輕於狎侮，又不屑與師友往來。

有一年，汪中老師特別差人來找我。我以爲有什麼事，急忙晉謁。原來汪老師是聽說了我許多不符社會化要求的行爲後，很擔心，基於愛護我的立場，告訴我要善於處人、要常去師長家問候，勿孤峭自清、才華自恃，而絕乎朋類。我敬謹受教，也感謝老師們的關心。我知道我之所以令老師擔憂，定是背後的批評太強烈了。研究所不是如我當初所想像的，一個讀書的地方、一個還不必進入社會中去權謀廝殺的高級研究機構。它就是社會，也是整個社會的縮影。一個不能充分社會化、熟悉社會行爲模式的人，在這裡是難以立足的。汪老師並不曉得童黛虹的事，但他深恐我這個學生僅憑仗著一點性氣書卷，便來闖此社會之虎穴龍潭，會弄得屍骨無存，所以才溫言勸我「好好做人」。

對此，我當然是感激的。不過，來不及了。我之違逆世俗、時與社會相齟齬，到這個時候已經超越了天生才性的層次，而有屬於價值選擇的意味了。不再是因不通世故，以致不嫻禮數、不達人情。

從前我是個書呆子，因性氣兀傲、逆世獨尋，故游心玄古，問道杳冥，而其實是對世俗一無所知。由於要繼續讀書，所以上了研究所，也才讓我逐步體會了世界是怎麼回事，知道社會是什麼。權力意涵、地盤意識、血統宗派主義，即是我所初步了解的學術界實況，也是我所了解的社會深層結構。不論什麼樣的社會團體，表面上是學術社群或政治的、經濟的、公益的、服務的團體，其內裡，皆無非此等結構。故在眞正進入社會之前，我已經把社會完全看穿了。

這些了解，並不由知識上來，乃是從一些具體的感受上獲得的，所以格外深著痛切。把這些了解，跟我在古書上所讀到的宮闈鬥爭、王朝血戰、社會詭詐、人情冷暖之故事文獻相比對相印證，我對社會之機制，可以說業已瞭若指掌；人情世故，靡不畢悉。

我本非方正之人，生命大有邪氣，少小即熟讀《厚黑學》一類書籍，對權力運作未必無知。一旦在與世相劘相切之中，體會出社會原來即是這麼一回事，我心中的權力意識便常被勾牽而出，蠢蠢欲動。可是，我讀書讀了幾十年，聖賢經傳也不全是白讀的，知道在知機之外，亦尚有忘機等境界，也曉得權勢競逐終非了局。

體會至此，身心實甚痛苦。拆碎一切假面，洞視一切僞飾，面對社會上種種尊卑上下貴賤排場文飾等等，都如佛家所謂「白骨觀」一般，見美人則見其爲骷髏膿血，但覺腥穢不堪。久之，始漸能悲憫體諒之，理解此中各種權力傾軋，其實也自有其不得已處。人情世故，有時也不得不如此，否則乾坤恐怕反而難以維繫。這時憤激之心漸平，亦漸能隨俗俯仰。

方吾隨俗之際，我那幫有潔癖的朋友們甚至要疑我已遭雜染、即將變節、世故太深、機巧太多。可是，通權應機、隨俗俯仰，畢竟只能是暫時的、偶爾爲之的。眞正在立身處事的大方向大原則上，必須有個決斷、有個抉擇。我究竟要利用我已精嫻審知之人世機栝，去表現爲一人情練達、世事洞明之人物；抑或有所不爲，依自己的性氣，去進行反世俗的追求呢？

爲了準備考研究所，花了我一年時間；就讀師大國文研究所，前後又有六年。我的生命事實上即轉折於此：始則驚異，已而惶惶，繼以憤懣，格諸理事，漸能釋然，而終本性情，歸於價值之選擇，確乎不疑，復返於逆俗。

逆俗者，當然要被批評其行爲不符社會化之規範，當然要承擔社會異樣的眼光，要被譏爲少不更事、不通人情世故。當然也無法獲得權力與利益。但這不正是我所追求的嗎？「一自祖師傳道，至今確然不疑」，研究所的生涯，所獲傳之道，即此是矣。我後來在社會上的遭遇，以及我的對應方式，大抵也可說就是這段生涯的各種翻版或擴編而已。應世於未曾入世之前，窺機見道於不可道不可道之處，撫今追昔，不覺惘然。

從師

爲學重師教。

雖然豪傑之士，可以「無文王猶興」，但若在做學問的路子上，能得到師長的教益、同學友朋的扶持，進德修業當然會更容易有所成就。

我考上研究所後，張眉叔師很高興，立即要我去晉謁魯實先先生。我對魯先生慕仰已久。大學時周何及沈秋雄師講授文字學時，同學或苦於摸不著頭緒，書國符偶赴師大，得聞魯先生之教，大爲驚異。據他回來向我形容：魯先生乃湖南寧鄉人，一口家鄉土音。他自己雖也是湖南零陵人，可是幾乎完全聽不懂魯先生在說啥。但見魯先生堂上擠滿了人，魯先生則喜怒唱做，淋漓酣暢。滿堂爲之傾倒，隨情爲之喜怒。書國符聽不懂他在講什麼，但覺如入狂人國中，四座都是瘋子，宛若中魔，或如被催眠一般。上了一節，他倉皇遁出，並問師大學生：魯先生之說究竟爲何？師大學生也懶得向他解釋，介紹他買一冊魯先生弟子李國英所寫的《說文類釋》來看。他看了大喜，因爲周何及沈秋雄兩師所講，基本上也與李書相同。因此他回來後便介紹給我讀，讓我省卻不少抄筆記的工夫。

從李氏的書裡，我發現魯先生的弟子都對他極其崇拜信慕，言必稱「寧鄉魯先生曰」，而且形成一種氣氛。魯先生的話語，在其中瀰漫烘染，產生了彷彿咒術般的魔力。似乎在文字的本源處，眞理即在那兒發聲，讓人獲得依止歸向的力量。我雖不曾如書國符般眞正聽聞魯先生授課的情境，但從書本子裡一樣可以領受到此種氣氛與力量，對他自然也就格外好奇。開始搜羅了他的著作來看，如《史記會注考證駁議》《殷曆譜糾譎》《曆術卮言甲集》《說文正補》《轉注釋義》《假借溯源》等。覺其文字遒麗，奧衍之中，特顯華贍，爲歷來講文字、證金石之學者所無，而曆法淹通，亦可稱爲古今獨步。乃知師大學生對他的崇拜，雖或欽其寶而莫名其器，未必眞能知魯先生學問之底蘊，但亦未必徒由感性激揚而生。故對魯先生，我自有一番敬意。經眉叔師指點，曉得他們原係至交好友，便不揣冒昧，逕去叩門了。

魯先生住在和平東路安東市場後面的師大舊宿舍中。我常於夜飯後去拍門。有時眉叔師也會到，談諧論學於此昏燈老屋中。兩老之鄉音土語，我均不隔膜，反而有了越世高談的意味。

有一次，周五晚上才由魯先生寓所回來，過了幾天，下周二早間上課時，周何老師來，沉痛地說：魯先生腦溢血猝逝了。舉座震動。我急忙通知眉叔師，老師大哭。我中午去校本部探消息，看見學校裡國文系各年級學生全部掛出輓聯，痛悼致哀，人皆矜泣。整個校園，即如一大靈堂，人人都在弔喪。校方覺得不妥，學生還和管理人員吵了起來。校方無奈，只得聽由學校變成靈堂喪宅。魯先生在臺無兒女，其弟子均服重孝。師生情誼，如同父子，號咷涕泣，一切發乎自然。各種紀念文字、喪葬禮儀、身後經紀，都不是動用關係去安排去講究的，自然地構成這樣一種氣氛，使人覺得泰山其頽、梁木其壞、哲人其萎，覺得喪失了依止歸向，茫然若天地將閉、乾坤將息。

公祭時，魯先生的事略是眉叔師寫的，文字工力，足以盡其生平。弟子們臨窆送行，且在墓地建一碑，曰：「功並史皇」，而後返。

功並史皇，是魯先生的自我期許，也是他學生們對他的讚揚，強調他在文字學上的成就，不在倉頡之下。先生疏狂自負，俯視萬代，氣象雄闊，此語可以見其豪情，亦可以見其幼稚。弟子奉師若神明，以洞見文字本源祕奧之功推美之，足以彰師弟之誼，而亦可見其適量。因此，這整件事或這句話，未必要從客觀學術意義上看，未必眞要以魯先生之說爲不刊之論，而應注意它所代表的師生形態。

魯先生之所以受學生這樣歡迎，不是修讀了什麼教育學分、學會了什麼教學方法、採用了什麼測驗評量、根據什麼教育原理，他只是以他的生命力和學問在盡情演出。才人揮灑其才，揖踊蹈舞，頓挫瀏灕，神妙不可方物。它具有高度的表演性。所表演的，都是高難度的動作，如曆法、古文字學等等。魯先生所自負者，在於此等高難度動作，並不像江湖賣藝人走繩索呑刀吐火那樣，「難能而不可貴」。對於他的文字曆法之學能通見中國文化之本原，他是擁有高度自信的。但這並不礙於他教學的表演性。不只以學問本身在表演，也以身段、口氣、姿勢在強化其表演功能。講書時甚至會跳到桌子上去。學生從他那兒，既能享受到聽課觀講的樂趣，進入書中去沉醉癡狂；又從他浩博的學問中，窺探到中國文化的深度，獲得文化上的自尊自信；更能由他的自信自負態度裡，確定眞理已被掌握，大師即在眼前。怎能不爲之傾倒？

此等大師，所能給予學生的，基本上便是這些。學生們才學氣力均不如師，何能效其揮斥縱恣？學力未充，又何能稱情演出？亦步亦趨，謹循守之，便可謂無愧於師。這是學問傳承上自然之勢，也是自然之理。魯先生未嘗不知，但他一直想找傳人，希望學生們能發揚其學。學生想去找他做論文時，他會帶學生去看面相，看看是否是塊做學問的料、將來是否能有出息。學生要進博士班，他會替學生去爭，據說甚至曾爲此向所長林景伊先生下跪請求。有時嫌學生不能盡通其學，更會幫著寫論文。他太急躁了，不知師生雖是學問上思想上的眷屬骨肉，畢竟父子異體，其間仍有若干自主性必須重視，仍然要有分際。但當他覺得該要有所區分時，他又會爲了學生逕取其講義、援引其說法或應對不當而恚怒，動輒說要把某某逐出門牆。

在這些地方，均可看出他的率直，但亦毋寧說獨學自修成功的魯先生並不善於處理師生倫理。故魯門所表現的師生情誼最令人動容、最令人懷念，而其中也存在著許多使其學業門風不能持續昌大的因素，令人感惋。

相較於魯先生之門，瑞安林尹景伊師，是另一種典型。魯先生生長鄉野，自學成名；林師則爲儒學世家，又師事黃季剛。魯先生獨來獨往，在學界少友輩，亦少援翼，更因與董作賓交惡，深受某些人之擯斥。林師則與同門高明仲華、潘重規石禪諸先生相互合作，形成學界不可忽視的一股力量。在個性上，魯先生眞率疏狂，林師深沉機權。可說兩人完全不同。但是兩公同治文字之學，又都有豪情。與普通研究小學的人很不一樣。

治文字小學，世或以為乃刻苦工夫、枯淡事業，其實不然。治這套學問，非有詩性的想像力不可。試看王國維、章太炎、黃季剛、郭沫若、聞一多、陳夢家……等近世治小學之名家，誰非詩人？即如魯先生雖不常作，而其〈朱梅〉四絕，固亦風神秀敻，況又性近詩人。若既不能詩，又性非詩人者，在此道中便永遠只能做些技術性的工作，餖飣刻板，不會有什麼大成就。林尹師其實也是如此。本質上是個詩人。少年英特，詩酒雙豪。不僅在黃季剛門下受教治學，亦在抗戰期間從事諜報工作，繫獄幾死。來臺後，縱橫黨界學界，橫眉冷對，非一般規行矩步、刻畫蟲魚者可比。

我覺得林老師正是因為有這種性格，所以才能容得下跟他在行事風格、學術見解、乃至利益上都不免有所衝突的魯先生。個性中不乏豪情的林老師，對於疏狂者、自負者、才情縱恣者、有詩人氣質者，實在是頗能欣賞的。我在這一點上，特有感受。因為倘非他之憐才惜才，我及其他某些學長恐怕就進不了博士班，對我許多冒犯尊長的行為，恐怕也不能獲得他的寬諒與優容。

但是，師大國文研究所也因為林老師這種性格，而蘊含著許多發展上的不利因素。例如詩人之狂放自負，運用在學術及行政上，便可能會任情喜怒，隨意輕鄙某些人，而形成近乎霸道的處事風格，使被鄙薄者覺得受到壓抑，不免怨沮。林老師在學界曾得到「學閥」「學霸」的批評，與此很有關係。才人慣做青白眼，本屬行政處人之大忌，而林師不幸不能超越此才性之局限。

又例如他的肆才任性，在行政上也常導致漠視客觀性法制規範的風格。不但在甄舉人才、考試評量方面，他並未替研究所建立一套客觀化的制度規範；甚且他自己有時也不免不顧法制規範，做出些權巧之事。像其公子林耀曾先生考師大國文研究所時，應考資格、迴避原則，乃至於所出考題，都曾引起一些爭議。徐復觀先生爲此，並與林尹李漁叔等大打筆仗，談該年考題中有關杜甫〈戲爲六絕句〉的解釋問題。林公卒後，另一公子考文化大學碩士班時弟子們徇私之事，被翻出來，也對林師之令德有損。這都是他行事不甚考慮客觀制度的地方。也由於他不甚著意於此，門弟子才會想盡辦法親近迎合老師，以博得老師的好感，而形成不太好的風氣。吾等旁觀，偶見醜態，實所嘆息。

林師於此，或非無所知。但我以爲他也許是故意如此的。才人往往以雄譎自負，林師似乎即是如此。當時國家博士制度尚未廢除，各校畢業的博士，通過口試後，還得經教育部學術審議委員會組織考試委員再考一次。依例當然仍是通過的，但有一年林炯陽先生竟未獲通過。林師並不認爲這可能是因林炯陽先生的論文有瑕疵或應對未妥，他逕直判斷這是學術界的派系鬥爭。因此他的因應辦法，就是趁屈萬里先生因病辭卸學審會召集人的機會，推薦高仲華師去擔任這個職務。事成之後，他來上課，很高興地向我們說：「現在我們已經掌握這個位子了，以後你們大可放心，論文考試不會有問題啦。」可見林師有把學術問題朝政治方向去思考及處理的習慣，也善於把握機會、掌握權力。他早年參與情報及黨務工作，所形成的思維方式及行事風格，事實上也影響著他辦這個研究所的做風。

于右老曾寫過一幅對聯送給林師，聯曰：「蟠胸萬卷，在手一杯」。林師當年之才學，應該是很受老輩激賞的。錢玄同序其少作《中國聲韻學通論》時說：「景伊天資淵懿，善讀善悟。既受師說，復能潛心繹理，心得甚多。……綜合之功與組織之力，皆可贊嘆。」那時林師已在北平金陵等地方教書甚久了，所撰講義，連錢玄同都很欣賞，可見其才華之高與進學之猛。

但是，他這本書刊印於民國廿五年左右，一直用到他去世時。相距約五十年，迄無修訂增補。文字學方面，少年得窺黃侃手批《說文》而悟得若干條例，到教我們時，也沒什麼變化。一冊《中國學術思想大綱》，情況亦與《中國聲韻學通論》相同。所以林師的學問，其實與康有為類似，二十歲以後，即無進步。在臺出版文字訓詁之書，皆由弟子代筆。這在我們學生們看來，便不免惜其滯懈。

尤其他到了教我們時，身體已壞，手術過後，行動漸覺龍鍾。上課必遲到，必早退。課時話語甚緩，間則咳嗽，吐濃痰，舉講桌上菸灰缸唾之。許多人對此均表示不能接受。所講亦不出早年所著。至於講詩學等早年無相關著述者，本值得期待，然所講亦草草。除命我等集句、抄同韻詩之外，時提一錄音機來，放講桌上，使同學逐一坐前吟唱古詩。搖頭晃腦，周而復始。於中國詩學之精義，畢竟未甚言詮。

這或許是因他年事已高、體力已衰，但我又不免覺得林老師可能本來就不擅長教書。他是才子，他的老師黃季剛也是個才子。黃先生本來也就不擅長循誘憤啓，故林師之小學工力，原由他自己「善悟」和「潛心繹理」而得。其祕訣在於：「如果你能知道它的條例、瞭解它的公式，就等於幾何三角一樣，是很簡單，而且很科學的」（〈中國聲韻學研究方法與效用〉）。以簡馭繁，攝博歸約，故能迅速通貫這些學問。可是這些條例，用在自己治學上固然能見精采，舉以為教，其實幾句話就講完了。重點只在於學者依條例去推衍、去演算。結果林師為了強調這些條例，便不斷強調其學脈，把條例講得好像武林中的奇招祕訣。承學者又只知依條例公理演算證明。林師本身固無進步，整個研究所裡依循林師之教者，實亦無甚進展可言。懾於林師的權威，從也沒有人從方法論上反省其條例定理本身的合理性。而那些不能條例化、公式化、科學化的學問，例如詩，他便根本不會教，也沒有學生學到他什麼作詩法門。其中或有誤以為已獲其作詩法門者，其實只是誤入迷途而已。所作如「白白圓圓高爾夫，河灣盡是富人趨」「六旬方駕四輪車，亦可通街到處爬」「游泳高球群樂地，健身自在喜躬臨」「海灘一片白沙灣，中外遊人共往還」之類，蓋近於薛蟠體、張打油。

因此，無論從行政運作、師生關係、學術內容等各方面看，林師所主導的風格，雖是影響國文研究所最深的一支，其中仍難免有許多不周到處。

當時所長已經由林尹師而周何師而李鍌師了，在所中任教者尚有高明等師長。高老師頎長鶴立，笑語宏健，他只要在所裡，各處都可以聽見他呵呵的笑聲。教書甚勤勞，然亦略嫌枯澀。喜抄黑板。曾記其講宋明理學，竟談司馬光，兩節課僅抄《宋史・本傳》而已。所述治學方法，亦僅版本、校勘等等而已。所涉雖博，是否有獨特的一套方法與宗旨，我還未及細考。聞友人周志文在赴教育部考國家博士口試時，高師因其研究明末屠隆，裡面談及晚明文人一些問題，而勗勉道：「晚明文人，有些道德是很差的，例如有一位李卓吾，他就寫了《厚黑學》，敗壞人心不小。所以做學問仍應該注重道德問題。」可見高師確是謹愨君子，重視立身行品，可惜張飛大戰岳飛，將民國的李宗吾錯認做明朝的李卓吾了。

或問：高師爲黃季剛高足，主講上庠，栽育博碩士無數，號稱「國家博士之父」，豈能連這一小地方也會搞錯？殊不知這類錯誤是很常見的。簡松興考碩士論文時，因他執意兩年畢業，被痛罵：「要你多讀一年書，三年再畢業。你不肯。現在你看，論文寫成什麼樣？你看，自序開頭幾句話就錯了。什麼『春秋退天子、貶諸侯、譏世卿、討大夫』？《春秋》尊王攘夷，怎麼會退天子？你研究《春秋公羊傳》，連這個都不懂，還寫什麼論文？……」我們躲在隔牆房間偷聽至此，眞是欲哭無淚。不知簡松興坐在場中將如何應對。因爲《春秋》退天子貶諸侯云云，出自司馬遷〈太史公自序〉，乃其聞諸董仲舒者，正是公羊家之通義。以《春秋》爲尊王，則始於宋人。考官混矇不察，反以此質難好學深思的考生，豈不冤哉？似此之例，當時驚爲奇聞，久之也就慣了，習以爲常。

爲何對此竟能視爲常態呢？前文不是說過了嗎？整個研究所，基本上在學術方面是內斂而不外拓的，缺乏進展。師生之間缺乏對話與刺激，一種類型如魯先生，精進不已，日新其業，但學生追躡不及，只能景從贊嘆；一種類型如林尹老師，依傍門戶，日述其舊，學生循例推算證明，無多發見。而兩種都是單向的傳輸。不論學生從老師那兒能不能學到什麼，老師一定不能從教學活動中獲得反饋，教學無法相長，教者之學術功力或不免日益消索。久之，除了循誦其既定之若干材料外，常會日亡其所知。加上同儕間也缺乏砥礪刺激，彼此僅以友誼相維、以同氣相濡，知識上欠缺客觀辯難的氣氛，更使得各人可以各安其一小領域，不虞產生知識上的衝突。兼課又多，奔來跑去，老且不能退養，抑何能深入鑽研？這些，都是當時師長們屢在教學及考試時發生基本常識錯誤的原因。

現在我們自己出來做了事，也曉得做事之難。在學校裡掛一教職，理應認眞教書，可是社會上這兒拉你演講、那兒命你座談；一忽兒報章雜誌邀稿，一下子友朋學生找你寫序寫推薦書；教育部國科會，送來一大堆待審之資料、企畫案、升等論文、表格；文建會或什麼單位什麼機構什麼撈什子團體，又堆來成噸的廢紙，說是什麼文學獎，要評審，要審閱。這裡要開會，那裡有事命你捧場……。人生幾何？精力焉能如不竭之泉，可以不擇地而出？忙這忙那，能好好上完那幾堂該去講的課，都算不錯了，怎能奢求寫教案、準備什麼好教材？批改論文或作業，實在也是無暇爲之。

越是有名的先生，學生越多，事情越忙。一年畢業十來個學生，博碩士論文，加起來便有數百萬言，光看一遍，眼睛就得長出繭來。何況還得去各校考旁人的學生。各校自己總還得招生，幾十個學生來報名，論文資料又是千萬言。看罷尚須遄赴大學聯招、夜間聯招、各校轉學考、考選部所辦高考、普考、特考、甲等、乙等、丙等、丁等、郵政、電信、交通考試……等等考場奮鬥。如此折騰下來，更不用說還要有若干家居生活、社交活動、日常瑣事待辦了。坐在這個考場考著明代小說的論文，心裡還恍恍惚惚如在那個論唐朝古文運動的論文試場，也是常有之事。論文隨便翻兩頁，隨口問幾句，搞不清楚情況，更是常有之事。

當時張大春在輔大中研所，考試時，於論文中夾一紙條，說誰若看到這一頁，便奉送一瓶XO洋酒，結果果然沒有任何考試委員能從頭看到那一頁。大春把這事寫成一文在報端披露，眾皆詫謂不可思議。其實，若平恕思議之，則亦不難理解。

也就是說，在社會運作及研究所本身的學術風氣雙重制約下，老師們的學問，仍能保持在早年水準的，大概已稱得上是難得了。精益求精，談何容易？而學問一道，不幸卻是逆水行舟，不進則退的。他們有時並不能意識到自己名益高、位益尊、著作益富、門徒益眾，學問其實已益退，仍冀望獲得如以往一般的喝采，自然是較困難了。

這還是從自己跟自己比較上說，若相對照著外在環境的變化來看，情況就會更糟。在他們早期授業時，學生們只能仰望聽受，因爲他們就代表了當時最高的學術標準。但漸漸地，整體學術水準在調升、學術環境在改善、學術對話在增強，學生聽讀接受的新知日益廣深，對那些依然複述四十年前話語的教師，自必漸少敬意。老師們面對嘿默不再應和的學生時，恐怕也不曉得他們冷漠的表情和陌生的臉龐中，其實含藏著老師們難以理解及想像的新火花。這時，責備學生不尊師、不認眞做學問，是沒有說服力的。

更大的困境，在於學術本身的封閉性。由於林老師長期主持所務，他與高仲華師均出蘄春黃氏門下，由文字聲韻之學以上溯於清代樸學統緒，似乎就成了師大國研所的標記。即或並不鑽研此道，小學也被解釋爲萬學之本、必由之徑。其蔽也，正如魏源所云：「近儒遂欲以小學蔽先王造士之法，以六書蔽小學養正之功，形聲訓詁，童而究之，白首莫殫，終身無入大學之期，則又固之甚者也」（〈小學古經序〉）。

而且這對許多人來說，眞是苛政，痛苦不堪。沒有人能理解《說文》《廣韻》和明清戲曲小說有何關係，爲何小學竟是研究桐城古文或常州詞學的工具。但大家都知道在這種情況下，文學研究，已成了旁支。研究小學的人總覺得搞文學不如文字聲韻那樣，須下紮實工夫，故也不重視。幸而它尙不盡遭排斥，因爲林公喜作詩，高師及周何師能塡詞，早期汪經昌先生在所中任教，能度曲；後來汪中老師也在所裡執教，還與系所同寅合組了一個「停雲詩社」，詩酒唱酬。所以文學研究雖不暢旺，所裡總還有點文華氣象，不致盡成質木無文的樸學世界。思想性研究，情況就比文學更蹇困了。

樸學本來就是從反對宋明理學中發生的，發展到章太炎，本來大有思想性。無奈黃侃以後，又退回《廣韻》《說文》之中，以小學爲工具性學科，而亦僅止於工具。推其道以研經證史，或仿阮元傅斯年之疏證字義，即已未能，效法戴震疏釋《孟子》以講思想，更是愧乎前賢。可是它繼承了樸學反對宋明理學或怠於進行思考的姿態。對問題的分析，甚少概念抽象之力；對於邏輯思辨，頗爲陌生；對於形上學與知識論，缺乏興趣。因此雖也講時代背景、談政治主張，實際上對於社會分析，比不上社會學系畢業的學生；對政治理論的掌握，跟不上政治系；對思想內容的詮析，又無法望哲學系之項背，便成了我們國文研究所學生普遍的毛病。而對宋明理學的淡漠，則更是我們的傳統。

對新知不甚了解、對文學與宋明理學不夠重視，使得我們所中充滿了一種沉悶、古老、停滯的氣氛。偶然流露出一些談笑諧謔之資，如誤把李宗吾當作了李卓吾之類，亦輒使人不知如何是好。在這樣的環境中，師生關係自然會形成某些錯亂難理的糾結、矛盾或緊張。所出現的反抗，事實上也就發生在以西洋新知、文學研究、宋明理學來反抗國文研究所傳統的形式中。

以宋明理學來抗拒師大國研所的樸學風格，其實早在我讀大學時即已發生了。當時楊祖漢、廖鍾慶、李正治、萬金川等，在大學即讀熊十力、唐君毅、牟宗三、徐復觀之書。聯合了早期牟先生在師大教過的學生，如戴璉璋先生等，又結合了師大國研所較年輕、有思想性的學長，如王邦雄、曾昭旭等，創辦了《鵝湖月刊》。廖鍾慶師曾來淡江教了我半年多哲學史，憤世嫉俗，對師大國文系與國研所至爲不滿。上課時自購一瓶可口可樂，邊講邊啜，對著黑板大談佛學，以牟先生《佛性與般若》之見解爲主，同學們大多一頭霧水。後來他要去歐洲深造，乃由王邦雄師來接手。那時我已在《鵝湖》發表文章了。

《鵝湖》事實上就是一個綜合了文學、宋明理學、西洋新知，而從師大內部生長出來的反抗團體，想要替文化找出一個新的方向。原本並不專講哲學或宋明理學。所以不但我有文章在裡面，它第一次主辦講會，我記得就是由王文進主講黃山谷詩「谷口風雨留三日」。只不過後來牟先生的影響力越來越大，才漸漸變成一份專業哲學性文化刊物。該刊強調師友講習，反對對中國傳統只採取堆垛材料及小學考據的方式去研究，主張身心體驗，參用西洋哲學方法與概念來重新解釋中國哲學，無一不是針對師大國文研究所所代表的學風而發。現在一般人把《鵝湖》看成是新儒家的機關刊物，認爲它是因哲學界自由主義及士林哲學勢力太大而激生的，殊不確切。

該刊創刊時，實代表了國學界一股清新之風。王邦雄曾昭旭幾位老師藉由其教學與演講，廣為介紹，各校中文系學生幾乎都有訂購支持者。但寫稿子並無稿費。每至出刊時，許多人去當義工，打包付郵、套信封、貼郵票，坐在房間地板上論學。議論警動，讓人覺得中國文化有希望；行動熱切，使人覺得師友相聚有溫暖有道義。這些，都不是國文研究所體制裡能夠見到的。

可是，《鵝湖》對師大國研所來說，畢竟是體制外的東西，宋明理學對樸學專家來說，也可置諸不論不議之列。因此，《鵝湖》的衝擊，並不能震撼國文研究所的森森黌宇。依然故我，即可使這種分離出來的反抗力量終究與國研所分道揚鑣，各行其是。要撼動整個國研所的傳統，要等到我出來。我以文學研究為基幹，兼治思想，又消化了一部分西學，對國研所來說，不全然是異路另途上的東西。可是入室操戈，又不盡用他們熟悉的武器。對傳統的破壞力，或較顯著。

但這是後話。正在國研所中求學的我，其實本來無意反抗什麼。且我雖未必聽話、未必趨近逢合、常坐在辦公室裡大聲聊天故意不進教室、對老師們常刻意露出不在乎的神情，老師們總是對我很寬和的。除了林老師高老師以外，如葉慶炳、黃錦鋐、陳新雄、黃慶萱等老師，對學生也都很好。循厚誠篤，使我們有時也不免對自己之跳脫佚蕩感到不好意思。

整個研究所，氣氛當然顯得沉肅，規矩也較僵硬。禮俗規範不用說了，課業上的規矩就很不少，例如規定要圈點《十三經注疏》。碩士畢業點一部分，博士畢業須點完。又規定論文得用文言寫。縱使像鄭明娳那樣，研究《儒林外史》，也必須用文言。形成以文言寫論文探討白話小說的怪現象。諸如此類。我能寫也喜歡寫文言文，對此自不以為意，別人便或謂為苛政、為守舊。

直到我寫博士論文時，因希望將來論述能流通較爲廣遠，向汪中老師請求允許我用白話文寫，他也還不答應。可見規矩之嚴、把守之緊。而這個規矩後來畢竟不能維持下去，卻也不是因爲誰抗爭獲得了成效，而是個令人啼笑皆非的理由：因爲新一代的學生越來越不會寫文言文了，勉強要他們寫，寫得個柔腸寸斷、磔格拼湊，讀起來不但比老先生們所討厭的白話文更難讀，或許也此讓他們寫英文更不通。越看越難受，就不如廢掉這個辦法啦。

至於點書，本是好事。然凡好事，成了規矩就惹人厭。譬如吃飯，自是美事，人也不能不吃飯。但是若規定必須吃、不准不吃、而且有幾樣菜非吃不可，那胃口可就倒盡了。《十三經注疏》我早已讀過，現在命令我再圈點一遍，我怎麼會有興趣？所以我根本懶得點。畢業時，借得顏承繁的書，把最後一頁撕掉（因爲所裡檢查以後，會在最後面蓋上檢覈已畢的章子），補貼了一頁，把這一頁點好交上去矇混了事。碩士畢業時更是荒唐。我寫的是《孔穎達周易正義研究》，黃錦鋐老師指導。但那年黃師赴日本研究，囑我將稿子寫好後郵寄給他看。我急欲畢業，怕他看了有意見或要我修改，爲免麻煩，便不肯寄去。待將安排考試了，才寫信給老師，說草稿寄呈已久，今已提請所方安排口試，不知老師改得如何？老師大驚詫，以爲是郵路遺失。只匆匆在我考試前一兩天收到我已印好的論文，草草看了一下，就讓我又矇混通過了。

我所謂「有時也不免對自己之跳脫佚蕩感到不好意思」，即是此類亂七八糟的行爲。當時研究所誠然有不盡如人意的地方，我們這些學生其實也不乏失檢之處。生不生而師不師，究竟該歸咎於哪一方，有時是很難說的。而且，我隱然覺得：老師們對我這類荒唐矇混之行爲，也不盡然看不眞切。沒有人不曉得我驁桀不馴、沒有人不知道我對所裡並不十分滿意，但他們還是容忍了我一切冒犯、莽撞與唐突之舉措。這是今天我自己做老師時，對學生都做不到的。後來黃錦鋐老師在接任所長之後，曾有意找我回師大做事，黃慶萱老師更是長期關懷支持我。在外界認爲我和師長們關係極其惡劣的時候，他們都不吝於表示對我的嘉許與翼護，使我永遠感念。

故師生之際，實所難言。研究所六年經歷，老實說，學問上並無太大的收穫。然處在各種師生關係、倫理糾結之中，體驗觀察其間進退依違、人情物理、學術位權的變化周流之理，在錯誤的摸索與情理的焦慮緊張中成長，受用之大，實在是筆墨所難以形容的。

交友

在人的倫理關係中，父子、兄弟是天倫，夫婦等則屬於人倫。天倫是不能改變的，人倫則可由人來決定、來處理，決定彼此要不要發展成朋友、夫婦、君臣的關係。

人倫之中，有人認爲夫婦這一倫最爲重要，所謂「人倫肇端於夫婦」。但也有人覺得君臣這一倫更重要、更根本。可是，還有不少人把朋友這一倫看得特別重要。

曹丕〈交友論〉有云：「夫陰陽交，萬物成。君臣交，邦國治。士庶交，德行先。……《易》曰：『上下交而其志同』，由是觀之，交乃人倫之本務、王道之大義，非特士友之志也」。重視友朋交道，且推之爲天地萬物生存之原理，此爲代表。

把朋友視爲人倫之本務，也許太極端了，然而亦自有其道理。因爲朋友正是進一步發展成君臣或夫婦的基礎。豈不聞欲結婚者總是「先友後婚」嗎？君臣或不自朋友發展而來，但彼此總須是把對方當個朋友看，而不是當奴才或當主子看。所以君臣及夫婦相處，若不能合乎友道，則彼此對待，必有許多怨毒苦楚生乎其中。

而且，君臣和夫婦之倫，也都與朋友一樣，有相同的構成邏輯：基本上生於「遇」而成於「交」。兩個互不相干的人，在極其偶然巧合的狀況下，如佛家所云：「同船過渡，尙須五百年緣法」，忽然遇上了。遇上了，而又非眞如同船過渡那樣，立刻擦身而過，各自消失在紅塵之中。兩人忽然在事業、理想、性氣等各方面，發現有形成更緊密關係之可能，並經進一步深交，才能成爲朋友。否則即使同坐一舟甚久，在船上揖握談笑、甚或協力共抗風暴、共事相處多日，依然是下船後各奔前程、依然要感嘆「不遇」。

能不能遇，是命定的。故友朋遇合之難、遭會之巧，往往令人咨嘆。可是它又不像天倫那樣，人完全不能著力。對於友朋倫理，人可以經營、可以發展，也可以決定其形成和終止。這種自由與決定論之間的關係，正是它迷人之處。

還有。生命本是個別的、孤立的。與人相遇、相劘相切，而成爲朋友，便彷彿兩個物體經碰撞而產生物理或化學之變化，生命出現了激盪，行走的弧線發生了改變。朋友的眼睛，替我們發現了不同的視野；朋友的生命形態，讓我們得以對照、得以探索。如果沒有朋友，那麼，我們除了自憐以外，恐怕根本不懂得如何關懷生命、認識世界。因此，有時我們會計較友朋相處時孰欠孰得、孰是孰非。可是，說到底，連這些計較，也是朋友送給我們的禮物，讓我們增知識、長見聞。孔子曰：「獨學而無友，則孤陋而寡聞」，旨哉斯言！

大學時期，我基本上是獨學的。只在書齋中尙友古人，而對現實世界的友朋之道，則缺乏了解也缺乏經營。幸而同學朋友厚我，令我平白享受了不少友誼的溫暖。

我在班上，年齡最小，但不僅未遭欺侮，更得到許多額外的照顧，同學把我當小弟弟寵。記得有次生病腹瀉，不能吃葷腥及乾物，班上女同學竟然熬了一鍋粥端上山來給我吃。我性乖謬，言辭刻薄、舉止寒傖，又好張皇作怪，同學們也都不以爲忤，反而常鼓勵我、稱許我，認爲我讀書應該會讀出些名堂來。

當時班中有兩位老大哥，一是馬叔禮，一是陳豐沛。馬叔禮行三，大家都喊他馬三哥，大我七歲。老成持重，學思深沉，談吐不凡。他的演講，令我羨妒；他對新文學新思潮的吸收，也非我所能及。後來他參加校中「文社」，甚爲活躍。記得曾去聽他講電影「畢業生」，大階梯教室竟然爆滿，講完了群眾還不肯散，圍著他討論半天。後他又參加聯合報文學獎，和朱天文交好。兩人在校中攜手談藝，乃至後來共同推動《三三集刊》，俱爲舊時佳話。可惜我與他終究性氣不能投合。我欣賞他，但不能和他深入交往，成爲學業或生活上互相扶持的友人，至覺遺憾。陳豐沛比馬叔禮更大，長我九歲。係轉學來。曾經擔任過海員等，生活閱歷甚豐，小說也寫得好。畢業後隱居南投鄉間教書。我曾慫恿他上臺北替電影製片公司寫劇本，他則無意於此，挈妻子優遊林下。

其他同學，亦皆類似這樣，各有典型，不能一一詳述。僅擇與進學有關之若干事，略述於次。

大二時我搬出宿舍，賃居農舍中。同住在那座三合院裡的，有書國符、邱嘉良、謝碧紅、林明峪、楊連春、陳文虎等。我與林明峪同住最久。有陣子曾一齊打拳擊。我係玩票性質，稍玩便罷，他卻和楊連春參加了校隊。某次，赴臺中競賽。數日後，忽一大早，我尚晨酣未醒，竟有人推門跌跌撞撞踉蹌滾入，倒在床上。我驚起，視之，原來是他老兄勇奪區運銀盃而返。但肩掛紗布，吊起右臂膀，已骨折矣。其「師傅」楊連春也很慘，獲另一級銅牌，然耳鼓也被擊傷了。

練拳之下場如此，只好讀書。讀了幾年，畢業了。我去研究所繼續讀，他準備寫作，對研究所不感興趣。乃本諸大學時對禪宗之鑽研，弄了一本《禪機》，跑去找人出版。出版社對他毫無信心，也看不懂他寫的是啥，只覺禪如啞謎、禪師都是瘋子。他很氣苦。幸而折騰了一番，終得售出，我也幫他謅了一篇萬言長序。

這個模式，延續了許多年。他調查媽祖、廖添丁故事，整理中國笑話書、編名流趣談，探討臺灣鄉土社會、採訪民間禁忌，都拉著我一塊跑、一道討論，勒令我看稿子、寫序。我對臺灣之歷史與社會，本無所知，通過他，才得到了真切的體認與動手探索的寶貴經驗。所以雖然我在研究所另有課業，但我很喜歡和他一同工作，不以為苦。

所謂工作，其實說得太堂皇了。那些事，根本就是在玩，玩得個不亦樂乎。我們三不五時跑去鸕鶿潭夜宿、撈蝦、泛舟、喝酒、看花、跟鄉人與榮民胡扯。有時坐公路局的長途車去旅行，閒步在陌生的鄉野小鎮上淋雨或曬太陽。要不則趴在車站欄干上欣賞美麗的車掌小姐。後來他寫稿漸多，積錢買了一頭驢子，更是樂於邀我出遊。風馳電掣，快娛心耳。偶於市集中停下來，吃一碗肉羹或虱目魚湯，便以為人生之樂至此足矣。

不過因為他騎驢子跑出興致來了，竟跑去民生報當了記者，全省大跑特跑，專門報導各地鄉土事蹟，什麼摸乳巷、義民廟，以及老鼠、鐵蛋等各色小吃，無不溷集於筆端。各小吃店經其報導品題，立刻門庭若市。我曾隨他去了幾處，或見店中供奉林大記者玉照，如拜觀世音；或見店東千福萬謝，稱爲恩公。其實依我看，他倒也未必懂得吃。其品評之法，重在新鮮、原味，根本不貴烹調，純是鄉野純樸的見解，非可以語飲饌之道。唯現代人肥膩太多，對此反覺清新，故其介紹文章乃大風行。原擬寫小說、考民俗的林××，便因此而改弦易轍了。

他先後編寫過《廖添丁》《媽祖傳說》《臺灣民間禁忌》《近代名流趣談》等十幾種，我奉命寫序，有時也參加編務或出去推銷稿子。記得新編《笑林廣記》時，我找來民初上海石印本，因文字漫漶，必須重抄。恰好班上幾位女同學畢業後在臺北做事，就住在師大附近，我便送去請她們幫忙。孰料第二天就接到電話，把我痛罵一頓，要我立刻把稿子拿回去。原來她們秉性貞淑，看見古書《笑林廣記》裡居然甚爲淫穢猥褻，以爲我存心不良，進行性騷擾。我啼笑皆非，只得跑去取回，改往師大男生宿舍中找人抄。他們一聽見要抄繕的原因竟然如是，都極爲樂意。不但抄得很快、抄得哈哈笑，後來其中有人畢業考入研究所，更以笑話研究爲題，撰寫論文，得了個碩士學位。可惜這部重編稿，因卷帙較多，出版社慮其滯銷，且驚其淫穢，刪削了許多，致令版本毫無價值，僅我一長序，爲在臺研究此一領域之經典作而已。

其他一些書，在編撰時也總有類似的趣事，不及贅陳。因整理民俗史料甚久，漸與婁子匡先生熟。婁先生爲民初以來民俗學耆宿，所編民俗叢刊，收書近千種，老而不倦，對後輩亦極熱情。我和林明峪有時會去他士林山上老屋中小坐，他也常有書函來。每年端午中秋等節日，輒辦民俗聚會，邀我參加。我曾發一宏願，想替他所編及出版的書做一書目提要，而且體例別開。例如若出版《媽祖傳說》，則在提要介紹這本書時，就媽祖之傳說、媽祖研究之史與問題點，一一申論，再予評價位置。如此，每一則提要，便可爲一媽祖研究史、雷神研究史、孟姜女研究史、白螺精研究史……。讀者得此一編，不惟可以檢索歷來研究之成果，亦可爲民俗學之入門。這事做起來並不容易，並世學人，有此本領，能做得來的，恐怕也不太多。我係初生之犢，卻自以爲是能勝任的，欲以此向婁先生畢生之辛苦致敬意。惜此計畫終未能實現。後來我有意編民俗辭典，收集了若干資料，亦終作罷。

當時窮得慌，又曾與林明峪商量組一寫稿公司，包寫各類文稿。準備發函各寺廟宮觀，替它們寫志作傳。也接了幾個電影劇本，林明峪寫過幾齣，也找來張智清寫林投姐等故事。後來又擬開一裝潢店，專事貼壁紙。將古代書法山水劇跡，放大做成壁紙，貼在房子裡，謂可增加主人氣質。但資金與技術都不行，只好退求其次，準備賣書法，提供給建築公司裝潢或出口賣給洋人。去找王仁鈞、白惇仁等老師幫忙，他們也都答應了，而終究沒有辦成。想起來實在喪氣。後來林明峪作了記者，又在報社當編輯養老，民俗研究便也漸漸偃旗息鼓，收存起來。彷彿鮮肉風乾成了臘腸醃腿，只能留來下酒。

這時我的學問，除了民俗研究之外，當然也還有別的進展。關鍵人物是李正治。

我在大學時就與他相熟，他常邀蔡英俊、曹淑娟等來淡水找我玩。有時在山上坐談，有時去河邊，或在龍山寺喝茶。我的詩稿，也請他評閱。有次他偕吳秀餘到臺中訪我，坐我家麵攤上論學，走後家父很高興，以爲我交了位好朋友。正治之易獲人好感，可見一斑。他有親和力，善與人交，我考上師大後，所交往的朋友也多是他介紹的。

他比我高一班，課餘並在師大辦有讀書會，又參與「鵝湖」的講會。常來往的學弟妹包括張春榮、江寶釵、蔡秀女、林安梧、鄭志明、周益忠等。他與英俊則隱然爲核心。我到師大後，常與他們玩在一塊。可是我的路數跟他們完全不同：我不通新文學、不懂電影音樂繪畫等一切和西洋有關的藝術、不用白話文、對宋明理學不甚尊敬，跟他們在一塊，實在極不協調。而彼此尚能相處，大約純以意氣投合而已。我初由淡江來臺北，能得此輩友朋，談些學問，雖不甚符契，畢竟仍是論學、仍是以性情學問相交。這種感覺，可以安慰我飄蕩的靈魂，使我喜歡和他們一道玩。

而且，善於用情者，本當善於因境，我的個性似乎也頗易隨順情境。例如我本無意探索研究民俗、本無心關懷臺灣鄉野，但林明峪既是我的朋友，他對此有興趣，我就好像也該跟他一樣對這些有興趣。他要去研究這些，我彷彿也就理所當然應和他一齊去瞧瞧。友情，對我來說，可能較爲根本。既是朋友，只好並肩作戰，還有什麼好說的呢？前文曾謂朋友相交，即如兩物體碰撞後，會使生命發生激盪，讓行走的弧線發生改變。具體的改變，就是如此。

例如我本以遺老遺少自喜，逆世獨往，欲復古道。對洋文及西學，是不屑措意的。我英文原來就不甚好，大學既讀中文系，又抱持一付國粹派的態度，英文當然忘得更是乾淨。待大學畢業，便幾乎與從來不曾見過英文字的人差不多，字母都唸不齊了。

考研究所時，面對英文試卷，實在躊躇難以下筆。因為考題雖是選擇，但我看不懂試題的說明，不曉得該選多抑或選一，也不知是選對或選錯，不敢貿然亂選，只好全部填了「C」。兩題翻譯，中翻英，當然不會寫。英翻中嘛，我看了半天，除了The、it、a、of之類，只認得一個「醫院」。因我早晨臨出門時正好看過這個字。乃大喜，心想既有醫院，必有醫生、護士、病人等等。便據此撰了一篇三百字短文，權代英翻中。迅速交卷，第一位步出考場，不免洋洋自得。過了一陣子，才陸續有人出來。我聽見他們談剛才考試的狀況，都不曾講到什麼醫院病人之類，正感納悶。忽聞他們在談「歷史的文學」如何如何，始猛然憬悟：呀！原來並不是醫院(hospital)，而是歷史（history）！

我的英文程度，說來可憐，如此而已。後來我在社會上暴得大名，著作中又時時評述西方理論，偶或標注洋文，竟有不少人誤以為我精通西學。有次臺大外文系主任林耀福居然問我是否願去他系上任教，令我哭笑不得。事實上我從不冒充，絕不諱言我不懂英文，無奈人或謂我為謙虛，甚至還據此以恭維我，真是不知從何說起。

但我現在之仍然不懂英文，和大學時的不懂，卻是不一樣的。當時不懂，是不願去學，此我國粹派之特殊心理也。有一度，我甚至還認為喜歡看外國影片、聽外國歌的人，都是賣國賊。後來簡錦松在臺大時，依規定須修英文，他作詩，引《顏氏家訓》中批評北齊士大夫教小孩講鮮卑語之事來譏諷。同學以為笑談，我則是心有戚戚焉。因為那些蟹行蝌蚪文字，看起來就硬是不順眼。何況，我所鑽研的是中國的學問，又何必學什麼洋文？難道洋人讀中國書竟能勝過我嗎？我不懂英文，老實說，不僅不以為恥，還頗以此自負哩。就像簡錦松現在仍然御長袍、戴安全帽、騎機車，穿梭在現代化都市的大街小巷中，而心中不免升起一份洋洋得意之感那樣。

現在我的想法當然不甚相同了。我覺得學英文確實有需要、洋人之學對於我治國學也確實有幫助。我英文雖然終究沒能學會，西學倒是盡量吸收的。這樣的轉變，正是因為結交了蔡英俊這些朋友。

我大學時讀報，見顏元叔與夏志清筆戰，爭辯中國文學批評究竟該走什麼路。他們講的歷史主義、新批評、比較文學，乃至錢鍾書《談藝錄》，我一概不知。都是友人找書來給我看的。我對這些新學西學，本甚排斥，但因恰有這類論戰新聞，稍知其事之原委，可供談助，兼且好奇，便大略讀了一些。

入研究所前後，蔡英俊又正在和周誠真先生打筆仗。周氏曾撰《李賀論》，正是以新批評之法解析李賀詩的人，蔡英俊的解詩方法則不同，雙方在《中外文學》上論辯。當時我對新批評的知識，其實仍不足以知周氏所言之是非；對英俊的論詩角度，也不能盡曉，但覺其新穎深刻而已。只因朋友參加論戰，不免關心，所以就追蹤其說，找了點材料來看。如此漸漬漸染，竟也對所謂文學批評這門學問熱衷起來了。

蔡英俊治李賀詩甚深入，李正治論李白也很當行，兩位大學時代所寫的論文，至今仍為名作，後來又分別為偉文書局寫過相關的賞析專著。和他們相比，我算是晚成了。從他們身上，我逐漸發現西洋學問似乎並不那麼討厭，洋人所思考的東西，對我也能有啓發。而且中西比較文學的爭論與發展，就日日在眼前晃動，實在也無法假裝漠不關心。我所深愛的中國詩歌，究竟該怎麼詮析、怎麼理解，彷彿都成了個問號，我也渴望找出答案。所以他們說一塊來讀些什麼書時，我總樂於參加。但因程度實在太差，這方面沒有根基，讀了些什麼，已無印象。而且讀洋書新著，我是沒辦法的，故所謂一道讀書，不過是去聽他們討論，陪同聊天，偶發謬論罷了。

其間彷彿讀過劉若愚的《中國詩學》。後來蔡英俊翻譯西班牙哲學家烏納穆諾《生命的悲劇意識》、寫李賀詩賞析，李正治寫李白詩賞析，我也參與過一些討論，還替英俊的書寫過一篇書評。那是我生平第一次認眞讀完一本洋人的作品。

我們聚會時並無固定的場所，有一時期則在德惠街黃崇憲家。屋子裡厚厚的地毯、軟軟的沙發、水晶燈飾，雕琢典雅的裝潢，令我在其中產生了不少幻覺，感覺空氣中老是浮漫著奶油香味，又好像仍活在啓蒙時代歐洲貴族文化人的沙龍裡。高談闊論，說藝抒懷，聊人生、談學問，倦而後已。

這段生活，對我的影響是多方面的。它養成了我以論學爲友朋相處之道的基本模式。任何朋友相聚，我都習慣性地與之談藝論學。不談這些，我就覺語言乏味，不願多扯。酬酢應對，俱都免了。談學論道，起而爭辯，亦引以爲常。故可以剝開一切僞飾，直以性情學問照面；而以學問相砥礪，更是鞏固友誼最好的方法。子曰：「學而時習之，不亦說乎？有朋自遠方來，不亦樂乎？」朋友來訪，之所以會感到喜悅，難道是因朋友來閒扯、來拉關係、來送禮、來講是非嗎？讀書人自己治學時就很快樂了，有朋友來相與論學，當然更是快樂。孔子此語，定當如此理解。

而我，正是已充分享受了這種快樂的人。

論學之樂，沖淡了枯澀僵滯的課業生活，紓解了不少青年激憤怨懣之情，更打開了我新的視域，令我的人生與學問有了質的變化。並不是說我已從一個遺少國粹派忽然成了西學的崇拜者。而是說在漸漸薰染之中，一些現代性的觀念、世界觀、西洋學術規模、論述形態，在友情的包裝下，溶化在了生活的咖啡裡。逐漸和我的舊學根柢起了蜜水融糅的作用、刺激變化的情況、以及水油互斥的衝突，形成新的激盪，讓我展開了新的思考。如果沒有這段時期，我或許將再繼續走詩人名士或老國學家的路子。而不會試著進入現代、理解現代、吸收現代，然後再視現代爲我舊有國學知識所當面對之挑戰，設法超越之。

友朋互動，視域新開，當然不僅止於此。當時我們在師大辦了一系列講座，談人文思想；又在黃章明所編《愛書人》雜誌上策畫了讀書方法的專欄，推動校園中的思考及寫作活動。鄭志明、蔡秀女等人編國文系系刊《文風》與相呼應。我另在刊物上寫書評罵人，以「鍾馗」爲筆名，啖鬼而亦兼賺稿費外快也。彼此激揚風氣，竟有點「慨然以天下爲己任」的味道。有作品則相互傳觀討論。

如當時研究所中頗講究「世事洞明皆學問，人情練達即文章」，動輒以「讀書是學做人」相勗勉。有次已忘了是什麼事，傳言李正治如何鼓動同學輕藐師長以及其他，所裡傳李正治來詢問。正治氣極，又覺是非不明，以鄉愿之道爲處世眞訣，心情至爲灰惡。曾搬回東勢鄉間住了一陣，並考察中國此種民間處世哲學之淵源而予批判疏導，在紙上爲此鄉愿文化尋一定位與出路。

鄭志明讀後，大有感悟。他本治文學批評，乃一轉而以探索民間思想爲畢生學術方向。一路抽絲剝繭，窮追猛搜，至今已成書數十種，具一家之言。以民間思想爲基幹，攝宗教、民俗及思想史研究。雖學術界對此路向尚未全然理解，倒是有幾個民間宗教想找他去當教主。推源起始，即始於友朋間的互動。後來我涉足頗多宗教界之事務，對宗教及民間思想略有所知，轉又得力於鄭志明不少。這種面向，會在一般哲學系文學系教育之外，看見許多東西，相互參合印證，所見自非尋常文哲訓練所能及。後來我之所以能溝通三教，深入佛道藏海者，亦正由於有此一類機緣。友朋益我之妙，殆難言詮。

其時國文系及研究所，正是新儒家的大本營，好談思想文化問題。我喜歡這樣的氣氛與路向，袁保新等友人又與《鵝湖》關係甚深，自然也就與新儒家日益親近起來。

我於大學時，讀熊十力、馬一浮、錢賓四之書甚熟，但對新儒家第二代人物，如唐君毅、牟宗三、徐復觀很陌生。有次得讀蔡仁厚先生一書，開卷即痛責蘇東坡等文士，謂中國文化命脈逐漸斲喪，除清兵入關之因素以外，文士無慧解、無心肝，智識分子無良知亦爲原因之一。深不以其說爲然，覺得這是宋明理學式的偏見，夾纏於漢宋之爭和理學文學之爭中，故對清代漢學並不了解，對文人也不了解。後來又見一書，是牟宗三先生寫的，很詫異，道：「爲何這位牟宗三竟然抄襲蔡仁厚的書呢？」後來才弄清楚，原來牟宗三才是立言者，蔡先生僅係祖述師說而已。

入師大，又赫然發現師大這些講新儒學的朋友，幾乎人人祖述唐牟，令我很不安。一方面是自感於無知，一方面也因爲在治學上向以獨行創闢爲主，殊不能接受開口閉口唐先生牟先生的現象。取唐牟之書觀之，則又覺其所論之中國文化，與我所知頗爲不同。其論析，多取徑於黑格爾康德；所講道德主體性、無執有執存有論之類名相術語，看來也似懂非懂，深感苦惱。

我基本上是反對牟先生之講法的。他論孟子、論荀子、論陽明、論歷史哲學、論朱熹陳同甫、論魏晉玄學、論明末清初，我統統不贊成。我覺得他經學甚疏、歷史甚隔、文學根本不懂，詮解文獻，尤多偏宕，無法讓我信服。但我越讀越覺得其中別有一種引人入勝之處，思力透闢，架構謹嚴，令人無法漠視，而且事實上也極具啓發性。

這種發現，更使我困惑，覺得好像應該在「哲學」上下點工夫。當時簡松興正在讀邏輯，介紹我讀了些殷海光、何秀煌的書，漸啓我有關思維術、方法論之思考。唐牟諸先生書，則又引導我如何將西洋哲學與中國「哲學」關聯起來。這種關聯，是否諦當，我不能和唐先生牟先生去爭辯。唐先生已卒、牟先生常在香港。能和我爭辯討論的，就是李正治林安梧等人。

林安梧自中學起即深受宋明理學影響，言講良知學，說良知學即孟子學，偏偏我所知道的孟子和他們不一樣。他們講「應然」不重「實然」，我則覺得實然也很重要。他們說宋明理學才能上接孔孟，清學漢學徒爲餖飣，我則認爲宋學即源於漢學。他們講王學三變，我倒主張王陽明只是同質地進展，而非異質的變化。諸如此等，幾於針鋒相對。安梧對我頗不以爲然。但水火不相入而相資，我們的友誼並未受什麼影響。蓋旅人談事、酒人鬥口，若無論敵，路途上豈不寂寞？且也正因爲有這些爭論，才使我有了補習哲學思考、接觸西方思潮、深入認識新儒家的機會。

時至今日，我仍然覺得我是新儒家學派之外最能同情地理解新儒家的人。其學派中人，即未必有我之理解，在學派外面呰議誹笑之者，更是攻擊不到要害。大陸上海社科院羅義俊先生曾云：若仿《明儒學案》之例，可以稱我爲新儒家的「講友」。確實，我是他們非常特殊的一位講友，相與講論，二十年啦。

而此講論之功，不只在了不了解新儒家而已。我在大學時代，通過清學考據而建立起來的知識化與方法化本領，尙不能使我具有足夠的能力去辨析名相、詮解概念、建構理論。經如此與友人不斷切磋講論之後，才漸漸從哲學、從文學批評中學到一點這樣的本事。雖仍粗淺，總是有進步的。

可見大學畢業以後，實又開啓了我另一階段的求學生涯。大學時代所思所感，因環境變遷，驟遭震盪，不免如營巢者必須搬家那樣，經營了許久的巢穴既不能搬動，只好收拾了細軟、檢點好行囊，背在身上去奔前程。異鄉的風物、殊方的人情，初接觸時感慨萬千，百般不習慣。人前談笑，夜闌人靜時，便打開包袱，取出舊家當來把玩。挲摩舊物，擦拭董理之。住久了，才漸漸發現新的水土新的糧食我們對之也有了感情。對付新生活，事實上我們也逐步發展出了些新想法，構建了新的巢。而正在建著新的巢時，舊家當又不免漸漸荒疏了。必須等到新的巢穴建得牢固、理得完全了，才會再打開包袱，找出舊家當妥爲安置。讓新居新家具和舊物重新融爲一個整體，相輔相成。

故此時所學殊乏宗旨，只是盡力在新環境中找新材料、認識新事物而已。朋友權充鄉人，或如村嫗野老，爲我帶路，指點某處可耕、某地可漁，教我如何畬地、如何結網。閒話桑麻，偶就菊花。農政物理，即知之於溫言笑語之間。

此時除了對於臺灣社會有較廣泛較貼合的體會及認知外，所開啓的新領域，大抵包括了民俗學、文學批評、哲學這幾類。這幾類又可以錯綜交糅起來，做些諸如文學批評觀念史、宗教哲學之類的東西。此時，我在大學時代的詩與思，便漸漸隱沒了它們的面貌和氣息，或溶入這些學科的規格架構中，或成了此新鑄切玉刀所切的璞玉，或做爲我在這些學科上表現的基礎。

從朋友身上學到的，還不止這些。他們有的個性溫婉、有的甚爲剛烈、有人狷介、有人任俠、有些頗爲樸厚、有些特見靈巧。這些性格，往往與其所治之學問、治學問之方法、看問題的角度與思路有關。縝密的人，不可能在想事情的時候只重其大體；疏朗的人，也不會太在乎瑣碎的論證形式。生命和學問經常是合一的，性格往往決定了學問的規格。因此我越親近不同的生命，便越能理解不同的治學格局，越能發現治學的不同角度，使我有更多可資參照的類型。

這些類型，固然也可以求諸古書之中，或在老師長輩身上看到。但畢竟有隔，缺乏眞正生活性的了解。只有在和朋友一塊面臨生活的壓力、世俗的瑣屑、社會的衝擊、生命的無奈時，才能看見悲喜、摸著鮮血和熱淚、聽見歡呼與惡詬。在極限情境之中、在無所防嫌之下，朋友讓我們深入體會了人生和人性，而又使我們由此體察到知識與情感會在其中發生什麼作用。

這些作用，有時發生在非常小、微不足道的地方。例如蔡英俊喜歡喝咖啡，我喝這種洋飲料就是跟他學的。這種東西，如鍋巴水一般，實在難喝。可是一杯在手，醇郁滿室，整個喝咖啡的情調、感覺，畢竟有其特殊且非茶酒等物所能取代者。英俊的生活以及他的學問，依我看，就是能和這種情調氣氛相合的。這個道理，說來玄祕，其實就像人們總覺得詩人都該會喝酒一樣。詩人的稿子，擰一下，就可以搾出酒汁來。學者的論文裡，有時也會有咖啡香的。

不過眞正令人有所感有所思的作用，並不在這等小地方。例如李正治本是英姿颯爽的人，情理俱勝。在研究所中遭到讒沮後，極平和的個性竟起了些變化。我感覺他論世論事已漸憤激，對於這些學院中講究的所謂學術，漸生輕藐排斥之心。寫論文、求畢業，對他來說，成了極端痛苦的事。碩士論文，不去談文學理論，而寫《詠懷組詩研究》，原即有詠懷之意。但詠懷抒情，作詩或作曲（他當時頗寄情於音樂）似又已足，以此爲論文應付學位，便覺多餘。後來寫博士論文，更是厭煩，所以拖到八九年才終於交卷。他情感太直皓，因此也較容易受傷。生命直接要與險劣邪妄對搏，氣力縱能厭勝之，自己也總要受傷的。

且正人君子不比小人。小人輕於狎侮生命、輕於撥弄戲耍價值、輕於議論譖謗人物。因爲一切輕賤之，故亦飄浮游蕩之。譖議侮弄成不成功，也都無所謂，所以反而不易受傷。君子人立身持正，有其持守之價值、信仰之原則，見其狎侮戲耍，便覺已遭侵凌；若更受到直接的謗辱或誤會，便難以忍受。史上凡君子小人相爭，君子之氣都不長，就是這個緣故。然孤憤詠懷，既不能療傷舔血，又無補於蒼生世界，若君子而被小人欺之以方，就更令旁觀者扼腕悵悵了。我看正治的遭際及其學問發展變遷之跡，特有此類感會。

以上所談，其實還只是其中一小部分。我本是個書呆子，毫無應世的經驗歷練，雖說在進入研究所時即已窺入世之機、已知社會人情世故之奧，畢竟於應世之道，尚少體察。從這些朋友身上，我看到了許多事，也學會了許多道理。

這些事情與道理，不是書本上可看得到的。需要交往，須有感通。《易》曰：「聖人感人心而天下和平，是感之無窮而能至乎泰者也。感而不至，其道乃消」。朋友之道，緣於遇，立於交，而成於感。氣類交感，機息相通，生命與學問便能共生於此洋洋泰泰之境。我曾深刻領受到這種境界的奧妙，故不能不寫下我的感受、感動與感謝。

樹異

離開大學，進入研究所，生命有了新的進展，學問當然也就有了新的歷程。如民俗研究、文學理論、邏輯與語意分析、宋明儒學等，即爲此新路向也。然騖新者時復未忘其舊，積習漬潤骨髓，亦難湔洗刮除，故仍日與簡錦松、顏崑陽等相遊處。

然此究係結習難忘，故耽於吟詠，且依循舊日形態生活，做文化遺少狀；抑或別有理趣？

我以爲兩者皆是。從淡水到師大，脫離了山水、農村、漁港、宮殿式校園，事實上也就脫離了一種擬古的情境、擺落了彷彿生存於古代的情緒。憤世嫉俗，越世高談，也喪失了使之存在的空氣與場所。那種讓自己流放進入歷史中去浪跡、去追尋意義之家鄉的行動，自然就應有所變化。然而不然。因爲「脫離」所形成的距離，反而使得連那些擬古的情境，也變得令人懷念了起來，教我更深沉地耽溺了進去，望古遙集。

而且，疏離了現世，會形成一種具有美感的姿態，讓自己成爲時代的異端，不苟同於塵俗。我喜歡這種孤絕地棄世隔離之感，喜歡成爲時代的異議者。這是我的癖好。在我尚無法提出眞正與這個世界對舉的價值體系、建構另一個意義世界、成為一位眞正的異端者之際，不妨擺擺異端者的姿態。藉由「與眾不同」之感覺，來確定我生命存在於此世仍是有價值的。作舊詩、談國學、寫文言文，即是我用以證明我乃一異端者的手段，我自是不肯輕言放棄的。

在另一方面，我之從事於民俗研究等，也談不上驚新從俗。因為我所做的，有些在彼時根本尚未形成風氣（例如民俗研究，只二三有心人講之於荒江老屋之間，非今日人人高呼「本土化」的景光。後來我追隨申慶璧、白惇仁老師編《淡水鎭志》《花蓮縣志》時所遭到的冷淡待遇，便與今日各級政府之熱心編輯本土文獻、鄉土教材相去不可以道里計。昔冷而今熱、今榮而彼枯，而我則已不甚願意隨人作隊了）。又有些從整體學術界來說，固然是新潮流，可是在中文學界內部卻是異端的。例如文學理論文學批評，或研究宋明理學。

因此，異端精神是多面向發展的。相對於一個現代化的世界，異端者以其保守、復古、懷舊來逆反於其時代。面對一封閉的古老學術社群，異端者又以開發新領域新方法新觀念，來反叛其所從屬的群體。而在他所在的地方，他也必與其他保守者或新潮者有所不同。就像我講宋明理學，跟新儒家不一樣；講文學批評，頗汲取於西方理論與方法，而又與學比較文學、外國理論的朋友很不相同。對於左派來說，我像個右派；右派看我，又像個左派。

這樣的人生，豈不甚為孤涼？哦，也不盡然。和所有人都不一樣，我行我素，我用我法。但是復古保守者會看到我有和他們類似的氣味，雖然我之創闢開新曾令他們深感不快；新潮者也會覺得我在批判舊傳統方面常和他們屬於同一條戰線，雖然偶爾亦將疑慮我那濃厚的傳統情懷。兩不掛搭，卻又有彼此親和之處，既爲異類，又爲同族。他們都反對我，但也可能會從我這裡看到和他們氣味相投的部分。因爲在激進處，我與他們一樣激進；在復古處，我又深入於最遠最古最陳舊的地方，所以我洞燭並擁有一切新潮者和守舊者的姿勢、語言、心靈樣態，反而可以成爲最能與他們溝通且獲得了解的人。即或他們未能眞將我看作是與他們同一國的人，彼此也不盡爲一種決絕斷裂的關係。

所以孤獨者在現實人際關係上不但能夠群而不黨，有時反而具有比表面的緊張衝突關係更爲鬆緩的溫潤之感。

我後來和研究所裡的老師們有些爭執，在報端撰文批評研究所的學風，又公開檢討歷來的博碩士論文品質。從世俗層面看，我一定完蛋了。欺師滅祖者，自將被諸祖師號召雷部神兵燒戮痛剿之，在中文學界一定無法立足了。但實際上並不完全如此。痛恨我的人很多，忌諱和我來往、想辦法抑沮我的人也不少，可是彼此關係終未斷滅。老輩對我總存有愛惜之心。在許多地方，我和他們擁有其他叛逆少年所無的共同心靈與經驗，因此有時反而更爲親和。同理，我批判之鋒芒，所向無前，銳意改革者莫不引以爲同道。可是他們只曉得我是他們所反對那一方的異端，而不知道我與他們一樣有距離。我反對現代化，但在推動學界之現代化變革方面，卻同時獲得了許多讚揚。

也就是說，異端分子，並不如一般人所想像的，是個悲劇型人物，用力頂抗著壓力，面容有點紅脹、氣息有些粗重、脊梁隨時會被壓彎，而且負詬忍謗，千夫所指，不免踽踽涼涼，甚顯落寞。眞正的異端分子，不是這樣的。

因爲我所反對的不只是單一的某一方，壓力由四面八方湧來，異端者便會興起一陣喜悅，發現原來自己和別人這麼不同。而這一點小小的不同，居然會牽動這麼多人、這麼多力量，來對付我這一個小異端，受寵若驚，居之不疑，更是不亦快哉！

可是，壓力既大，人能受得了嗎？一般之所謂異端，多是單面向的反抗者，孤持一理，正面迎抗另一方，交鋒衝撞，殺敵一千之後，難保不會自損八百。但眞正的異端，反正方，也反反方，更反折衷綜合之一方，惹得諸方火起，俱來訶斥。然後引正以攻反，用反以駁正，合其兩端，再予遮撥，是非俱遣，盪抉彼此，挪移大乾坤，如封似閉，而實不迎不將，應物而不傷，又怎麼會受傷？

且於我引正以攻反時，正方誤以我爲袍澤；我用反以駁正時，反方又以我爲同志。撫劍獨行之客，實不乏謬託知己之友。而吾亦終不愧爲其友，蓋惟吾能深知彼此之隱曲。因爲眞正的異端，剛好就同時活在相異的兩個極端之中。孤獨的異端者，在現實人際關係上，乃因此而不太寂寞，有時甚且廣獲翼援，擁有比其他人更好的機遇。

不是嗎？

在我入大學之前，臺灣剛經歷過退出聯合國、保釣，入大學時又恰逢中日斷交。據說在此外交不斷挫敗之際，臺灣文化開始出現尋根以及回歸鄉土的思想潮流。例如詩歌，有了關傑明、唐文標對現代詩「惡性西化」的質疑，而誕生了《龍族評論》之類反思，採用古典題材、語彙、意象，企圖結合古典與現代的作品，如〈將進酒〉〈秋祭杜甫〉〈林冲夜奔〉〈妙玉坐禪〉〈續韓愈七言古詩山石〉〈招魂〉之類，也逐漸增多。舞蹈方面，林懷民創立了雲門舞集。「雲門」原本就是黃帝舞樂之名，直溯遠古民族洪荒之記憶，跳的則是廖添丁、白蛇傳、唐山過臺灣；雖然運用的肢體語言仍是瑪莎．葛蘭姆的，但加進了平劇與崑曲等等。科學界，也在推動科學中文化，和社會及行爲科學的中國化、比較文學呼籲建立中國學派等行動，互相呼應。《ECHO》英文漢聲雜誌也創刊了，以東方主義式的民族主義態度，向世界介紹中國的鄉土民俗，談媽祖、皮影戲、國劇……。

這些，像清夜大雨淋澤過的荒地，忽然生出一大堆總名爲回歸中國的花草。顏元叔的民族文學論、李雙澤的〈少年中國〉、溫瑞安的神州詩社，不都是這些物事嗎？余光中與楊弦的〈民歌〉云：「傳說北方有一首民歌，只有那黃河的肺活量能歌唱，從青海到黃河，風，也聽見；沙，也聽見」，寫的就是現代人對中國的鄉愁。是思鄉者的情愫。而在他們發表〈鄉愁四韻〉之後不久，淡江，這所我就讀的大學，也迸發了與《夏潮雜誌》相呼應的校園民歌、鄉土文學運動。

在這個大背景之中，我的民族主義文化態度，顯然是其來有自的。但實情卻完全不然。

保釣運動，我連聽都沒聽過。孤影〈一個小市民的心聲〉，我雖然曾經拜讀，可是它與《大學雜誌》集團的爭論，卻是茫焉不曉。臺大哲學系事件，亦不知與我意識之發展、生命之成長有何關係。余光中乃至任何人的現代詩，我都不曾讀過，所以也不知其西化或晦澀究竟如何。譜爲民歌，以吉他彈唱之，唱一種類似美國搖滾樂的東西，而竟號稱是「我們的歌」，更令我莫名所以。至於李雙澤的〈美麗島〉〈少年中國〉，我聽見時，他早已逝世了。坐在王文進賃居淡海的樓屋中聆聽這批業已沉入歷史灰塵裡的曲子，眞有白頭宮女話玄宗之感。因爲不但斯人已杳，校園民歌運動也早就異化爲世俗流行之商品了。

我與那些參與各種社會文化運動的朋友，多是相熟的，在校園中我亦爲一活躍分子。可是爲什麼他們做這些事時我都沒參加，甚至根本恍若未聞，實在是連我自己也不曉得原因。只能說我的生命發展自有軌道，自我佚離於時代潮流之外，故風潮波瀾，其浪花未能濺上身來。其中，有些我也聽聞了、見識了，但由於生命另有脈絡與輪軸，所以也激不起什麼感動、興不起什麼漣漪。

我跟大家實在是太不相同了。先是，民國五十年代美軍介入越戰而大量駐臺，美國文化強勢湧入，除美國新聞處所編輯出版之書刊、推動之活動外，美軍電臺、美軍俱樂部、熱門音樂樂團、夜總會、演唱會、翻版唱片工業，以及電視影片、好萊塢電影……，構成了青年文化的重要內容。大人們在報上熱烈討論大學生爲何不看國片。這時，我卻只看國片，尤其是要看李小龍。看他拳打日本鬼、腳踢西洋佬，覺得好不快樂。

此時，政府正提倡「中華文化復興運動」（民國五五年），似乎要面對西化狂潮，撥洋返中。然實質上卻是以復興爲名，以西化爲宗。何以故？此刻所謂之中華文化，乃被詮釋爲「倫理、民主、科學」之所謂道統。從蔣中正總統發表《科學的中庸》，到主持文化復興委員會、孔孟學會的陳立夫先生之《四書道貫》，都是把孔孟之道解釋成爲一種符合現代化民主科學精神之物。中華文化，根本喪失了主體性。而且，蔣總統幾度談話，也都強調「復興」中華文化的意義，不在復舊，而在開新。故此一運動，貌若返古，實乃曲折地附從於整個社會的西化現代化。洋人對中國文化的揄揚，也被汲引爲增強中國文化之價值的重要手段。陳立夫先生主持李約瑟著作之翻譯，即爲其中一例。大量古籍今注今譯工作，更表明了我們不是要重新進入文化經典之中，而是努力地叫古人穿戴起洋裝西服、說白話文、跳現代舞。

如此復興中華文化，識者固多哂之。但哂之者不過謂其爲保守復古、爲官方主導文化發展、爲藉此以對抗大陸之文化大革命耳。殊不知後來大部分文化人所投入的回歸中國運動，其實跟它也沒什麼太大的差異。

金耀基於民國五五年出版了著名的《從傳統到現代》，彼時透過大批歸國學人、留美社會及行爲科學學者生產並倡導的現代化論調，亦正籠罩一時。在此情境中講傳統與回歸，不過是說現代性的臺灣社會，應如何再接納、融合、保存傳統罷了。余光中所說：「我們要求中國的現代詩人們再認識中國的古典傳統，俾能承先啓後，於中國詩的現代化之後，進入現代詩的中國化，而共同促進中國的文藝復興」（〈古董店與委託行之間〉，收入時報出版公司《掌上雨》），不是已講得十分清楚了？如此復興，是站在已現代化之基礎上，回頭去找傳統，以「建立新的活的傳統」。這時，它所擷取之傳統，可能是高雅的文人大傳統，也可能是鄉土民俗小傳統。尤其是後者，從發掘洪通、朱銘、陳達，介紹民俗藝術、民謠、民間藝人、民間戲曲、民間故事、宗教儀式，到鄉土文學之提倡，回歸中國，逐漸落入「少年的中國有新的學校，她的學校是大地的山川；少年的中國有新的老師，她的老師是大地的人民」之符咒，回歸到具體的土地與人民，回歸到這個現時的、現代化的中國，也就是臺灣。中國化遂成了臺灣化，而謂之爲本土化。

所以，有一方是敲鑼打鼓，讓中華文化現代化；一方是讓西化現代化之社會能再認識傳統，把傳統接枝到新樹枒上來，免得它遂爲死物。二路略異，然其以現代化社會文化之價值爲基準是相同的；力圖使傳統文化能融入現代或被現代人所接納，也是相同的。如此回歸，或如此復興，舉世景從之矣，我則頗不以爲然。

當時一再批判西洋文化的價值，指出現代化社會之文化問題者，應推錢穆及新儒家諸君子。錢先生自港返臺後，著書皆以分判中西文化異同，揭明中國文化之優長爲旨趣，卻被余光中譏爲「儒家文化的鴕鳥」。徐復觀由臺去港，力陳西洋文明已入窮途，人類復性之道，正有賴於中國文化，亦曾遭劉國松等現代畫家痛駁。牟宗三先生居港，偶爾來臺，所講基本上是由康德進一解，謂中國儒道釋三教以「智的直覺」所開「無執存有論」，有勝於西方哲學者。他認爲中國哲學亦不悖民主與科學，只須以良知自我坎陷之方式，即可以開出民主與科學，也引發了無窮的詰難。

所以看起來他們好像是整個時代的異議分子。其實不。像牟先生的哲學，就是想用一個架構來安立中西兩方的。無論這個架構是「一心開二門」「執的存有論／無執存有論」「純粹理性／實踐理性」，皆無非用以區判中西，然後說西方無法眞正達致無執存有論、心眞如門、實踐理性之圓成，唯中國哲學能之。中國哲學中亦實有主知、邏輯之思路，不過未能充分發展之而已；且後來發展較爲偏勝的道德心性之學，只要能夠自覺地坎陷一下，依然可以開出民主和科學。這樣的論述，仍是以民主科學之價值爲基準，來衡量中國傳統哲學，並以西方哲學爲模型，來詮釋中國哲學。現代化的價值與意義，依舊是普遍性的，依然要求中國哲學進行現代轉化。它最後當然想要超越現代化，認爲民主科學及純粹理性等終非究竟義，仍只停留在執境、在心生滅門，故有待中國文化提供更進一解。但此東方主義之態度，與據西方現代性否棄中國傳統文化者，實無根本之殊。

東方主義，有兩個面向，一是視東方爲野蠻、落後、愚昧、僵滯的社會，有待西方來拯救、改善、教化；另一種則是把東方視爲西歐已失落的精神價值，或者說東方文明是西洋人心靈失落時的丹藥，動輒宣稱並引述西洋人說「文明的希望在東方」。錢徐牟唐諸先生所表現的，依我看，恐怕仍不脫此一東方主義文化態度。大丈夫立身自有本末，何須由西方是否重視我而見其精采、顯其價值？聖賢之道，如麗日經天，亦不爲堯存、不爲桀亡，斤斤計較其能開科學民主與否、不悖於現代與否，其志似亦小哉。

封存於校園圍牆之內，與外界隔絕，吟哦唐詩宋詞、考辨古音分部、辯論六書定義的國學界，則連中華文化復興運動那種現代化的姿態也無。和社會上整個現代化的氛圍，自然相距更遠了。他們也以肩承文化傳承之大業爲職志，但其所認知之中國文化、儒學傳統，又與錢唐牟徐諸公不同，更不關心民主科學現代社會乃至世界文化之前途。

此類態度，我也不能苟同。起碼對所謂清學漢學考據之理解，我即與大多數師長們不一樣。誦數服古，而彼此所知所服之古，實乃懸絕迥異之物，服古之方法亦甚爲不同。對於國學界無力回應外界輕藐中國學問、譏嘲國學界的情勢，我則深感焦慮。覺得國學界在思維形態、治學方法、表述方式等方面都未能充分現代化，都不能與整個學界對話，正是它生存發展最嚴重且迫切的難題。

我是如此地與眾殊途，想起來實在覺得慚愧，不知何以致此。或許負性逆俗，又少師友調伏，遂漸激矯而至不可收拾。又或許是知解偏宕，綢繆糾繚成了一團執僻不可究詰之生命。總之便是個異端。

這種異端的形態，在大學時尚不甚顯。因爲彼時多只是離世逆俗地生存於江畔田厝，尙友於古人，遠遊於大道本始杳冥之域，並未眞正與世相劘相切。對時代之氣息，可謂鈍於感受，對社會之機括，實在也欠缺體會。沒有眞正的對應，和世界的差異當然也就不那麼明顯、那麼刺眼。下山入世之後，聞見大開，身心所受之衝擊實甚激烈。我對歷史、文化的認識，我的價値觀、感物的方式，在在能具體覺察到它與世扞隔之處。久而久之，終於知道自己殆如天地之棄人，是萬方之異端。

異端就異端吧！我也不因此而哀傷，更不想掩飾我的面目，我覺得這正可以顯示我之所以爲我，故傲然孤立，獨行自恣。對於和我不同的東西，甚至還常要去撩撥撩撥它，詰難它存在的合理性。偏激的我，竟經常獲得這樣的結論：「它跟我不一樣，那當然是錯的」。

桀驁至此，學問的風格自然也就起了變化。

大學時期，我所寫如《莊子注》《謝宣城詩研究》《古學微論》《近代詩家與詩派》等，大體上是綜述性的。或針對一家一書，綜合其思理、彰明其價值，或總述一個時代。在寫作時，大體也是先吸收消化融合前人所說，加上自己的見解，予以綜述。因此我曾說此時治學知識化與方法化之特點，在於找到各家學說中可以縫合、類比、溝通、銜接、會通之處。論道亦取渾融，欲通貫諸子、會和孔老，以原道本。

現在，道術漸爲天下裂了。非求其綜合與渾融，而實欲著力於分析與辨異。知識化與方法化的特點，在於區判諸家持論的分異，並考其所以分異之故，進而提出我與各家俱異之說，並明我所以與各家俱殊之故。本領所在，在於找出各家學說間斷裂、隙罅、矛盾、不連續的地方，藉此暴露其窘況，逼使其互攻，然後我「獨標勝義於眾家之表」。

從碩士論文《孔穎達周易正義研究》開始，我就日益強化此一趨向了。該文第一章，先羅列過去所有研究漢魏思潮變遷者的論點，歸納爲幾種類型，逐一痛駁，隨後全部掃去，獨以我之異端爲正解。到了博士論文《江西詩社宗派研究》，也是一開頭就談歷來講宋詩、講江西詩派者如何如何錯誤，以及爲何有這麼多種類型的錯誤，洋洋數萬言，無非在告訴讀者：「我則異於是」「眾人皆醉我獨醒」。

其餘諸文，亦往往如是。以推倒萬古豪傑，自抒獨見爲慣技。其所以能夠如此，另有方法學上的問題與發展，這裡只是說此種爲學及論述之形態，剛好和我這種異端精神相符而已。

然此異端精神，往而不返，竟逐漸成了此後我爲文論事之基本形式。筆鋒所向，著力於破。的是見招拆招、遇陣破陣，仙佛神鬼，一概斬殺。對於前輩時賢的研究，不知爲什麼，我定睛一覷，便見得其中頗有破綻，而且不是枝節處、疑是疑非之處，而是在根本、基礎、關鍵處有問題，振劍一刺，則其學說其研究之堂皇巍峨、體系森嚴者，輒若冰消霧解，觸手而委散。打蛇七寸，老僧寸鐵殺人矣。

這種根本否定別人，三言兩語，就抹殺旁人一生辛苦，而且所有人都不對，唯我獨尊之態度，當然無法使人欽服。縱令口服，心下也不能接受。更愈顯得我狂妄、驕傲、目無餘子，把問題看得太輕易了。也頗予人「只破不立」之印象。

其實我何敢驕妄？「以其道與天下亢，身危而道不競」的道理，我也未嘗不知。我不是在心理上有了矜氣，故特顯其驕狂，而是我的學問形態使人產生這麼一種感覺。我亦非以否定、破斥他人爲樂；更不是爲了爭什麼眞理、辯什麼是非，基於道德勇氣、知識理性，故干冒大不韙，勇於指陳前人時輩之偏失。我只是生命性情自然使之如此。孤獨的人，自申獨見，本是最自然不過的事。我見事自然與人不同。看別人的見解，自然會發現它與我之所見頗多差異。我甚悼傷。很想知道爲什麼同一件事、同一本書、同一段文字，別人竟會讀會看出跟我完全不一樣的東西，他們爲何那樣想？弄清楚他們如何想之後，自然就又知道了他們爲何會有這樣和那樣的「錯誤」。結果使得我更爲孤孑，更顯得我是個立異以鳴高的人。

情緒在這個時候當然十分複雜。一方面頗感欣慰，證明了自己果然是一獨特之生命，無法效仿，也無庸複製，掉臂獨行，不妨自喜其獨。一方面又有點兒懼怕，擔心已入魔道，故性與俗殊。且不知如此下去，將伊於胡底。對於自己永遠無法達到「大浸稽天而不溺，疾雷破山而不震」

之境界，更覺得有無限的遺憾。另一方面，則是對我竟能如此辨異分析，輕易見人破綻，有些驚異也有些自負，彷彿如金庸小說《笑傲江湖》所述令狐沖學得獨孤九劍後，破槍破劍破刀破暗器，一切擊破，功夫之關鍵，端在他能見其能破之處。從前張眉叔師因學力深厚，所見各類著述，輒能隨手指瑕糾繆，金針度劫，故有人跟他開玩笑說：「你眼睛有毒哩！」現在我亦漸漸具眼，且由此發展出一套方法論，自亦竊喜積學有功。

但我為學，本非欲樹異幟而學，也不擬壓倒別人，發現他人的破綻罅漏，並不以為有何值得高興之處。相反的，我總掩不住有些難過。平時我們信以為眞之事、倚之為歷史文化基本理解的典範，往往經不起推敲。略一覆按，就會察覺到它大有問題，這種感覺並不好受。什麼都不能輕信，什麼都是錯的，一切都得靠自己來。我彷彿站在荒原上，如何理解這個荒原的古早歷史，全得靠我來開闢新道路、指點新方向。可尊敬的前輩們做了大量功課，結果卻走岔了路。我既為之悼慨，又有點恨他們教我人走錯路，浪費了不少時間，還累得我要耗費唇舌與之辯難。這些綜合起來，形成的感嘆，乃又蓋過了發現的喜悅，讓我在縱橫博辯時，不免怔忡，不免惘惘。

學問從吸星大法的形態，逐漸變化為獨孤九劍的形態後，論述方式亦大體形成了一種模式。我常會就一題目，先陳述過去對這個問題的各看法，然後將這些看法條理歸納為幾種類型，說明其錯誤，再申發己見，表達正確理解或解決此一問題之道。此一模式，用學術語言來說，就是研究者須有一明確的「問題意識」，確定要討論的是什麼問題，此一問題或為諸家聚訟之處、或為懸疑未理之案、或為昔人用智失察之所，論文的目的，就是要解決這樣的問題。

我自己喜歡或善於分析與辨異，飛鏃破的，遂要求別人也須如此，認爲論文就該這樣寫，只有這樣做才叫做學術研究。

而當時一般的研究卻正好不是如此的。例如研究蘇東坡詩，通常的做法總是先辨籍里、說生平，然後考著述、道交遊，再針對東坡詩言其體制、特點、風格、淵源、影響、評價。我則覺得這都是入門概論，都是研究前已經該了解的基本知識，不叫研究。所謂研究，是要問你究竟要了解什麼問題。東坡詩到底在哪一點上出現了你認知上的疑難，使得你必須花工夫來找答案？學術論文，所要論的就是這個「問題」。故不應泛述生平、交遊、著述及詩文概況，須直接就你所應處理的問題來展開討論。

我執此見解以衡鑒歷來一四九位國家文學博士，我之學長或老師們的論文，便發現它們大多不能稱爲「論文」。而學界對於論文居然不應再討論生平爵里及著作版本等，亦頗感不解，難以適應。經我強力推銷、示範演出，惹了不知多少是非，擔了不知多少罵名，現在才漸漸成爲論文寫作的共識和基本格式（起碼在形式上已經有了這個架式）。

其實，論文當然可以不如此寫。佇思抒感，申而論之，何嘗不是論文？學術研究，也未必出諸論文之形式，例如札記、注疏、校讎，都不是論文，也不可能論文化，何嘗沒有價值？昔日執於性氣之偏，矯俗立異，以我異端者之精神意態，貫注於學術活動中，故有此激僻之論，其非中道正行，確實不容諱飾。

然而此中曲折，他人何能知之？學界或知龔鵬程爲一叛逆青年，但不過謂我能反抗國學界之門戶、倫理與習氣而已。或知我好斥人非，但不過謂我恃學狂傲而已。或知我研究領域頗廣，但僅以爲我是泛濫雜涉，不知我一切理解都是自行建構的。或知我慣於推倒一切，獨示新路，但僅以爲我是想當導師，不知我正於此黯然神傷。

更妙的是：凡人見一異常之說，雖或能接受，接受的方式卻往往仍是套著舊的理解來的，即用舊知識來理解新事物。不然，則採取折衷的辦法，以減少內在的衝擊。對我的研究，學界有許多人是能接受的，但其接受之方法卻多是如此。他們不曉得我的許多講法，和典範舊說通常是涇滑難容的關係，中有斷裂，無可折衷，故爲異端也。用吾說，則必須排斥原有的一切講法。這是我學問的特點，旁人是不容易明白的。

我在研究所裡經常逆忤尊長，畢業後又撰文批評國家博士論文、檢討研究所教育，在中文學界自然被視爲一不折不扣之異端，學者不齒言其名姓。所以很多人被告誡不可讀我之書，很多人也不曉得我曾做過什麼研究。但只要眞想做點學問，眞想對中國歷史文化有所見，我的書畢竟仍是不可不看的。那些偷偷讀我書用我說法的朋友，處境就頗爲尷尬。因爲直接徵引，可能會畢不了業。所以很有一陣子，研究生的論文忌言龔某某。我後來曾奉命去考一學生，該生聞訊，連夜補印了一張「勘誤表」，指明何處參考、何處引用、何處援據我說。它原先是連參考書目中都沒列上我的書名的。其他明引暗用者，當然更多。

這些，我一眼即可辨識。因爲我的文章有些特點，一是所徵引參據之材料，都是自己讀書時找來的。我從不使用辭典、索引、資料彙編、目錄、電腦資料庫、學術網路，但文中運用之材料比誰都多。這些材料，許多是我第一次使用的。而且，因我之資料非由檢索而得，它與我的論點之間有緊密的有機關聯，無法割裂開來。許多人抄我書中的史料，倚爲談證，彷彿書是他讀來的，對之當然不難辨認。其次，就是我的論點常與他人之說不可相容。擷用者貿然襲取，不但對吾說頗有誤會，便易構成本身持論的矛盾。

這許多因我之爲異端而形成的曲飾、矛盾、支絀，都替我孤獨的人生增添了不少樂趣。孤獨者從不寂寞，此亦原因之一。那些避諱稱述我名姓的朋友，如果知道此一大異端，居然在人際關係上並不特別窘迫，恐怕也要咄咄稱奇哩！所謂異端者常能自知其爲異端，太正常的人卻難以理解我們這種異端畸行之士，這也是沒有辦法的。述往事、道異端、傷幽獨、感流年，而一切俱歸於無可奈何者，亦由此也。

主智

爲學日益，爲道日損。益之之法，則不外乎朱熹所說：舊學使加邃密、新知使漸深沉。

在碩士班階段，文學理論與文學批評可算是我增益的新知，是新開的路向。在這方面我進益修業甚猛。以舊日學詩之經驗及鑽研晚清詩家與詩派之基礎，來進行理論的反思，成效甚爲明顯。所談，後來大部分輯入了華正書局替我出版的《讀詩隅記》中。取這個書名，就可以看出此時理論性仍不太高，主要是從閱讀和創作經驗上形成對詩的知識，再運用此一知識來討論詩歌史上各種問題。

文筆生澀，思路不嚴密，當然是這個階段顯著的缺點。但裡面每個論題都是我自己找到的，在學界有開拓視域之功；評劉維崇先生的幾篇書評，對學術風氣亦略有補裨。在該書之序文中，我曾說「鉤弋全龍，尚期有待」，可見當時也確有本此伎倆以描述整個中國詩歌史的雄心。書後附錄一些詩作，則是創作與研究相互印詮發明的意思，也可顯示我從一位以學詩爲主的人，逐漸變成爲以論詩爲主的過渡性意義。

書中有許多文章，後來都進一步擴充了。如論清初詩壇比興觀、晚清詩人諷寓傳統者，後來擴充為〈論詩史〉；論江西詩社宗派之形成，後發展成博士論文。當然，仍有許多尚來不及擴充發展，而保留了它拙樸的面貌。當時這些拙樸的見解之所以能出書面世，主要是張夢機師幫忙，向華正書局郭昌偉先生推薦。郭先生鼓勵後進，故不計成本替我出版了。

不過，在此之前，我其實已經出過不少書。那就是故鄉出版社的《春夏秋冬》、惠施出版社的《千古詩心——蘇東坡》、蓬萊出版社的《釆釆流水》等。

更早以前，主要是編書。和林明峪編《歷代名流趣談》《笑林廣記》之類，頂多撰一前言導論，殊不覺得困難，與自己的學問宗旨亦無太大關係。到寫《春夏秋冬》時則覺得有些不同。

當時黃永武先生的《中國詩學》已出版了三大冊，運用中國傳統詩法修辭之學，結合現代性的表述方式，帶領讀者進行鑑賞，甚獲歡迎。長橋出版社乃委託吳宏一先生主編了四本詩詞賞析的書，取名《江南江北》《平林新月》《小橋流水》等。書名既雅，內頁又配有古典圖案，每選一詩，均附賞析，體例甚為新穎，故推出即廣獲好評。接著，民國六七年張夢機師也接受偉文圖書公司委託，編了一套。以詩人為主，陳文華寫杜甫、李正治寫李白、顏崑陽寫李商隱、李瑞騰寫白居易、蔡英俊寫李賀，也是選詩析賞。

這些賞析，訴諸市場，是為一般大眾寫的，所以文字通俗淺順，兼帶感性，和學術文章的寫法極不相同。故爾後亦無人由學術意義來看待它。其實不然，它們有極高的學術價值。

因為，「對詩進行分析性的解說，以說明詩之美何在」，正是新批評的目的。自顏元叔先生運用新批評來解析唐詩之後，那種通過創作背景去了解詩意，而對其詩形式之美又無法言詮的傳統中文系解詩法，便幾乎瓦解了。中文系師生雖普遍不滿顏先生的解釋，但讀詩時須「對詩進行分析性的解說，以說明詩爲什麼美」這個基本立場，其實已深入人心。這批著作，不約而同地，都是針對一首一首摘選出來的詩詞，進行解析，正是受新批評洗禮之後，強調作品，且以分析作品之美爲立場的徵象。

這些書的作者，都是中文系出身的年輕學人，可以顯示中文系的學風此時已然轉向。但是，他們畢竟與外文系的學者有些不同。例如此類書刊都不稱爲分析、論析，而叫做賞析。析而加一賞字，就可見它與顏先生那種新批評解詩方式頗著鴻溝。中文系裡對於文學作品，終究不能如面對一客觀解析物那樣，客觀地分析，而是要強調其「欣賞」的意義。欣賞，是有感情的，也是愉悅的。這些賞析文字多半帶點感性，亦不寫成嚴謹的學術文體，恰好就反映了這個態度。

又如張老師主編那一套賞析，以詩人來分冊，而不是以作品之類型，也可以顯示新批評以作品爲主，反對仍將作品與原作者關聯起來講的立場，已遭到質疑。這些中文系的論詩者固然相信解詩不必以歷史主義的方式，去還原作者的創作意圖；卻不認爲詩之風格會與人的生命無關。不同詩人，有不同的遭際及思慮、有不同的創作態度，於是寫出了不同的詩；讀詩者欣賞品味其詩，爲何一定無法知音默會其人？這裡顯然即有許多方法論的問題，可以爭辯了。

所以這類書篇幅雖小、言論雖淺，蘊蓄卻極富厚。後來顏崑陽的教授升等論文《李商隱詩箋釋方法析論》，我認爲即是由他那本賞析小書發展而成的，昔日只是如此說之，後再將所說予以方法論的凝定罷了。崑陽如此，蔡英俊的碩士論文也是如此。李正治碩士論文寫《詠懷組詩研究》，後來又研究意識批評、發展「生命美學」的講法，也是面對新批評，而從中國文學傳統再翻上去講的。

他們在寫這些賞析時，我常參與其議論，中國詩究竟應如何解析，往往成爲討論的重心。剛好，此時故鄉出版社正要創業，找崑陽主編一套書，由李瑞騰策畫了《喜怒哀樂》《愛恨生死》《青紅皀白》《春夏秋冬》四本，分論中國古典詩裡的情緒、生命、色彩、季節，由崑陽、英俊、蕭蕭和我執筆。這個系列，後來又出版了《興亡千古事》《采菊東籬下》《月是故鄉明》等，共十二冊，迄今仍在坊間流通，都是以主題來分冊的。我在《春夏秋冬》民國八三年月旦出版社新版的後記中曾經討論到這套書的意義，說：

本書寫於十五年前，寫作時的情境，不是遭遇到五四式的問題：傳統如何在西化的現代存活。而是：現代人如何重新認知並感受傳統。

這兩者殊不相同，前者是以現代爲正價值，探討傳統如何在整個存活的社會條件均已變遷之後，仍能變形地存留於現代。後者卻是現代化達某個程度後，社會心理普遍對於文化西洋化及生活之現代性感到疏離厭怠，以致產生了重新認知並感受傳統的需要。七〇年代興起的一些文化民族主義現象，事實上便呼應了這樣的一種心理需求與文化態度。當時如「社會及行爲科學中國化」「科學中文化」「建立比較文學中國學派」等活動，和雲門舞集、鄉土文學、校園民歌等等，殆均與此一需求有複雜的動態關聯。

但西化現代化太久了，我們在重新認知與感受傳統時，竟赫然發現我們可能已經喪失了認知與感受的能力。例如談「社會及行爲科學中國化」的先生們，擬擺脫西洋之認知模套與研究框架，重建一種中國式的社會及行爲科學，但他們談起中國人的心理與文化模式，往往仍讓人誤以爲是洋人在說話。講比較文學的朋友們，欲持中國文學傳統來和西方比較，也會發現他們對中國文學所知既有限又隔閡。於是比較文學乃不得不成爲用西洋方法與眼光重新解讀文學傳統的活動。

對此現象，那尚未充分現代化的中文系學人，便顯然占有優勢了。他們對傳統的理解與認同程度，恰好可以滿足社會之需，負擔起向社會重新紹介傳統文化的任務。但他們也有極嚴重的弱點，因爲其意識及語言均未充分現代化，所以他們向一個基本上已經西化了的社會介紹傳統時，人們並不容易理解，也難以接受。這時，我們這類中西新舊夾縫中的人物便應運而生了。先是黃永武等幾位先生，從傳統修辭學及詩格例法中，發展出新的解詩方式與語言風格。接著吳宏一先生以新的編輯策畫觀念，出版了《平林新月》《小橋流水》等詩詞賞析叢書。然後就是我們這一系列既依主題策畫，又嘗試由傳統發展出新方法及語言風格，更希望對治洋化學者「誤讀」活動的賞析叢刊。

本刊之執筆人當時都還是毛孩子，學殖未深，但豪氣萬丈。抖擻著我們的青春與熱情，向兩方面進行批判。一是外文系（事實上也就是深受現代社會意識洗禮的現代人）不再能體認並感受傳統的學人：二是中文系溺陷於傳統文獻及語言中，毫無生機的先生們。希望將我們所體察感知的傳統文學之美，傳遞給現代社會中的心靈。

因此，我們進行的是具有現代意識的詮譯，而又企圖經由解析呈現傳統的美感與文化價值。任務艱鉅，但學養有限，所以做得不算非常成功。然而十幾年來仍能不斷引領現代人去親近傳統詩詞，也可說是功不唐捐了。

在我負責的這一冊裡，我嘗試透過春夏秋冬四季之變化來勾勒中國詩人感知生命的方式與經驗內容。藉著《文心雕龍．物色篇》的分析，來構建我個人的文學審美理論，並舉與西洋神話原型批評相對勘。這個方式，或許仍將被堅持現代化偏見之讀者認為是僅把西洋學術資訊放在邊陲及貶抑的位置而感到不滿；但即使是只從對《文心雕龍．物色篇》和西方神話原型批評之比較研究而論，這本書雖僅為一通俗讀物，其分析卻領先學界十年。十年之後才有黃維樑先生試圖進行類似之研究。

故吸收西學，非以能將西學奉為中心尊崇之地位為貴，貴在能消化之，且能藉而開展之。或藉西學以開展傳統之視境，或藉傳統以開展西方的學術論戰。而此種展開，不是隨著學術行情去追逐，而是切應於時代，從我們自處的文化脈絡與存在境遇中，依我生命主體之期盼與需求，眞誠地展開的。這種展開，雖或寂寞於當世，然因能眞正切應時代，所以活力無窮，生機盎然，自會在歷史幽暗甬道的前端，呼喚導引著後來踽踽探究生命意義的人們。

寫完《春夏秋冬》之後，李瑞騰介紹我幫榕榕圖書公司也編一套詩歌賞析。我策畫了一組，三位詩人：陶潛、王維、蘇軾。找李錫鎮寫陶、林保淳和蔣秋華寫王、我自己寫蘇，重點在於通過賞析，讓人獲得生命的反省和情境的感受。不料，此書竟有與《春夏秋冬》完全不同的際遇。

先是出版社對李林蔣諸兄的文字不甚欣賞，接著是付給稿費的方式，大家有點爭執。後來人事變遷，其編輯部人員多異動，該公司亦遷址，幾乎不知所終。許久之後才得到支票。誰知我放在桃園龜山家中還沒來得及去領，居然有我妻所教國中的學生去家中盜竊。追贓許久才得索回。又拖了年餘，方能兌現。可是書仍無消息，直到民國七一年八月，我在淡江城區部附近閒逛，偶在一小文具店中見到我寫的那本蘇東坡，已由惠施出版社出版。但其他各冊則一直未見到。彷彿遺失了小孩，迄今尚未尋獲，心中殊爲惦念。

這是我第一回當主編，也是不小的挫折。幸而不久李瑞騰又找我寫書了。原來他與友人陳信元辦了蓬萊出版社，故邀我編選一冊《采采流水——小品文選注賞析》。把賞詩之手段拓展到文章的分析上，其中一些小見解，後來則對我的晚明研究頗有幫助。

此類工作，後來當然也還有延續，例如聯亞出版社也找我們編了一套《中國古典文學精華》，我負責寫了詞的部分，取名《重樓飛雪》。後來此書版權轉售給遠景，現亦仍在市面上流通，繼續和愛好傳統文學的朋友交換著文學體驗。

在編寫這些書時，我們這群朋友，儼然形成一夥小小的傳統文學詮釋團體，包括張老師、陳文華、顏崑陽、李正治、蔡英俊、曹淑娟、陳啓佑等等。李瑞騰則是我們與出版界最重要的聯繫者，企畫觀念也最強，對出版很有了解。那時沈謙先生在《幼獅月刊》負責編務，提倡文學批評，出版《期待批評時代來臨》。我們便是這個時代的熱情喝道鳴鑼者，經常聚在一起，討論中國文學批評究應如何進行的問題，或分派寫文章的任務。寫畢之文稿，或相傳觀。我對中國文學批評之方法論反省，即萌芽於這個時候。吸收西洋文學理論新知，融合我對詩文的傳統性理解，再以較具現代性的方式表述出來，也經這一連串寫作之鍛鍊而漸漸成熟。

師友們一塊，做著這些論詩賞歌的工作，除了偶爾被他們的菸氣熏得發嗆之外，是很快樂的。可是這時我也不能不照顧一下我的學位論文。

碩士論文，我並不想做文學理論或批評。我仍然志在求道，仍希望舊學能愈加邃密。謂為學須通古今之變，究天人之際。故幾經斟酌，決定對十三經注疏中的《周易正義》進行研究。

此乃新知與舊學之分途使然，但又何嘗不是生命之畸裂使然？自大學以來，騁才使氣，興於詩而感於物者，與運思構知且逐知索道者，即一直不能合而為一。學詩與問道，分裂成兩種行為，或偏於思、或偏於詩，至此仍無改變。在做學問時，以新知和舊學來分別位置詩與思，以社會性通俗寫作和學院論文寫作兩種形態，來分別安立詩與思，恰是在不自覺中符應了生命的畸裂，欲於分裂中兩行其是。

可是，這時詩之一部分，實亦已發生了變化。興觀群怨，抒情發感者，漸漓漸隱；學詩之生命，轉而成為用知思詩，並著論以言詩。因此，思與詩，均漸為知所攝。在詩這一部分，雖仍強調賞析時應融合感悟和知性分解，但實際上進行賞析時，我卻越來越朝向知識體系的構作和論詩方法的探究去發展。以致論興越濃、詩興即日銷，生命益趨於主智之一面。

而此智，亦非嚮之智也。昔日用智，雖憑理證，然多直尋。逕湊單微、遂與道合，通道體於玄眇幽遠之域，恍兮惚兮，與道為一。故所見渾融，如執原始。現在則是分析性的，著重在解析、在方法、在知識。

在當時，我尚不能自覺到這樣的轉變，我仍以為我是在叩求道本，所以選擇了最古老的一部經典《易經》來研究。《易》為書之最古者，《五經正義》又為今《十三經注疏》之最初樣態，吾欲追問道原，沒有比研究孔穎達《周易正義》更恰當的了。

我早先論儒道同源，說它們均出於古道術，均有得於《易》。但《易》理究竟為何，尚乏論釋。亦曾蒐索先秦史料，論述連山歸藏及周易之分合。稿呈李爽秋師，他認為不能這樣胡搞，介紹我讀了些論《易》的書，尤其是戴君仁先生之《說易》，他覺得頗能藥我膏肓。但我對戴先生及屈萬里先生破斥漢易之立場，不能完全歆服。謂《易》以道陰陽，立象以盡意，若捨陰陽意象，何以見易？孔子五十知天命而後學《易》，尚且韋編三絕，易道亦必精微廣大，必不如屈先生戴先生所言那麼簡單平易。因此我仍覺得此中大有幽玄，必須鼓勇一探。

孰知選擇孔穎達《周易正義》仔細讀下來，原先的想法卻有了絕大的變轉。

《五經正義》是唐太宗時詔命修撰的，主修者是孔子的後裔孔穎達。既代表當時經典解釋的權威，又是科考的標準本。後人在五經之外，加上其他經解，才合成十三經注疏。在這部書裡，解《易》的部分，孔穎達採用了著名的王弼的注，並發表了自己的看法。我選擇這個權威與標準本，原以爲由此探尋《易》義，最爲直截。但讀來讀去，發現孔穎達的意見，和王弼根本就不一樣。這個發現，在經學研究上實有如雷轟電閃一般，令我困愕莫名。

一般人對經學史不熟，不能了解這個發現對我的震撼，讓我稍微解釋一下。

《詩》《書》《禮》《易》《春秋》，在戰國時期已被尊稱爲經。至漢魏，則對經典做了各種注解，如《易經》即有鄭玄、王弼等各家之注。到了唐朝修《五經正義》，又稱爲義疏。義疏是根據著注的解釋，對經文做更詳細的解說，注文中有需要補充說明之處，也予以疏釋，所以叫做疏。若經文看不懂，可以參考注；注還是讀不懂，即可看疏。經、注、疏之關係如此，故經學史上向來有句話說：「注不駁經、疏不破注」，替經典和注文做解釋的人，當然不可能故意和經文注文唱反調。

這是幾千年來中國讀經書的人之基本認識，對唐人義疏之看法，尤其如是。所以皮錫瑞《經學歷史》說有許多人批評孔疏，謂其盲從注文，而皮氏替它辯護道：「著書之例，注不駁經，疏不駁注，不取異義，專宗一家。曲徇注文，未足爲病」。

千餘年來，讀書人誰不讀《五經正義》？誰不覺得它是根據著王注而發揮經義？爲什麼我竟處處見得孔疏與王注的不同？不但明顯駁王，其理路思緒亦有根本性的差別。這不是太奇怪了嗎？還有更奇怪的事：孔穎達既不同意王注，爲什麼又要順著王弼（輔嗣）的注來講經典，說：「義理可詮，先以輔嗣爲本」？

循此而考之，我乃發現歷來對經、注、疏的關係，根本就全弄錯了。疏既不爲解注而作，亦不可能不駁注。其次，孔穎達在疏釋《易經》時，應是以南方之學爲基礎，來調和南北朝學風，而開一代之新格局。因此其中頗有用到漢儒言十二月消息卦、卦氣、乾坤當十二月、大衍之數、初上無位等說法，形成一種「觀象論易」「觀易取數」的形態。此即其所以異於王弼也。三，孔穎達之所以如此論《易》，據我研究，與其特殊的時代有關。唐初南北朝已經一統，南北學術亦正需要新的綜合，《五經正義》即爲應合時代需要而編。且當時儒道釋三教之間，講論辯難之風氣正殷，孔疏在解《易》時會較偏於有玄理性格的王弼注，並在序文中強調：「《易》理難窮，雖復玄之又玄，若論住內住外之空、就能就所之說，斯乃義涉於釋氏，非爲教於孔門」，正顯示了他結合玄儒以對抗佛家的立場。

理解至此，我想推原道始，究窺易理的希望便也破滅了。因爲就像解經者各有體例，或稱注、或稱章句、或稱義疏那樣，各個時代不同的解經人往往也有他們自己及時代關心的問題。他們讀經典解釋經典，其實是透過經典在表達自己對這些問題的看法。因此魏晉時的王弼，不同於漢朝的京房虞翻鄭玄，唐朝的孔穎達也不同於王弼。我們讀王弼孔穎達，所讀的，其實不再是《易經》的道理；而只是王弼孔穎達的見解。歷代解經者這麼多，我們都以爲通過詮釋，經典的原義本旨即會被充分揭示解明出來，攤示在我們眼前，可是誰又曉得這其實只是歷史長流中一段段根據著同一「文本」而各自發聲之不同話語呢？

經學研究的路向，於是轉而成爲思想史式的。所謂經學，是以經典爲眞理之源，聽受者雖亦有理解程度上的差異，但意義既來源於經典，也回歸於經典。解經者跋涉過各種對經典的理解之後，仍希望最終能回到經典上頭，找到最安心的意義，讓眞理之源繼續發光。我本來即是如此奢想的、原先即是以此自我期許的。可是，現在我發生了意義的大轉向。

我發現意義有源，也有流。發於源頭者，在時間的流衍中，自會推移變化，擴大或減縮。旁流之水，間亦入注。地貌又各殊趣，晴雨雲霧，相與配合者也頗不同。是以或瀦爲淵、或激爲湍、或懸爲瀑、或淤爲洲、或廣爲川、或竭爲澗，此即眞理之流，而亦古今之變也。觀瀾者固當索源，爲學則宜原始而表末。且河源難溯，本意難知，意義對人之所以重要，或許不在源的部分，而更在意義的擴散、脹大、減縮、曲折與變化。

我的爲學宗旨，乃即於此轉而朝向探究文化變遷。碩士論文《孔穎達周易正義研究》則是我轉向之後的第一步探索。

大學時期寫《古學微論》，考較周秦學術，推原於古道術，對於春秋戰國之變局，不但沒有討論，且用心所在，在於因其已變而觀其傳承於古者，在於原九流之始。現在既欲觀化論變，允宜由此再做推敲。但我覺得周秦之學術，夙曾究心，可以不必複習，逕從漢代講下來即可。因此，我這本書雖談唐初，其實是從漢代講起的。先談漢至魏晉南北朝的學術文化變遷，再談孔穎達這本書所代表的由南北朝至隋唐的文化變遷，再其次，才談由孔疏所能觀察到的從唐代到宋明理學的學術變遷。

在討論這些時，我的立場，是「觀變而知常」。不但要說明歷史之變，更應找出歷史非斷裂性的承遞因素。因此我不只在研究孔穎達的部分，獨力開山；在解釋其前之魏晉南北朝一段、解說其後之宋明一段，亦均須提出與前賢不同的詮釋體系。

過去談魏晉，都是斷裂性的講法。謂魏晉爲兩漢之反動，兩漢以儒學經學爲主，魏晉乃變而爲玄學老莊、反名教貴自然。經此變動之後，南北分裂，北朝尚衍經學之緒，南朝則玄言盛行。我反對類此說法，一一摧破之。過去講宋明理學，也都是斷裂性的。道統之傳，自孟子之後即直接至北宋濂溪伊川。理學之起，與漢唐經學亦無關聯。我又反對，反覆陳明從孔穎達到宋明理學，中間實有一連結之線索。孔疏氣化宇宙論的義理結構，在宋明理學，如張載、伊川、朱熹、船山處，都不能說毫無關聯。

如是云云，在當日俱爲異端妖言，故我恣肆筆鋒，夾敘夾辯，眉目有些不清爽。後來我未將此書正式出版，即是這個緣故。但此類洞見，一點也不錯。例如友人唐翼明在民國八一年出版的《魏晉清談論》中，最主要的發現就是：歷來認爲漢末清議，本議政治社會問題，後乃轉而談抽象玄理，成爲清談；唐先生則發現不是的。因爲漢魏晉時所謂清談，只指一種方式。談的內容，則包括經義、時事、玄理等等。而此清談講論辯難的作風，可能是由漢代經學之論難都講等發展來的。歷來研究清談者，都把談的方式和內容混爲一談，所以越講越糊塗。他的講法很對，我當年也就是這麼說的。時嘗云：「論清談及漢魏學術者，不自談論本身之考覈始，而專意於玄言與否，汨其先後，畸零無歸矣」，卻誰知要十幾年後才有同志。但我的寫作方式太精約了，他用一本書才講清楚的問題，我只用了幾百字在講答案，讀者當然要摸不著頭緒了。

又如我認爲孔穎達這本書有氣化宇宙論的義理性格。氣化宇宙論這個詞，我已記不得是否係我之杜撰；但如此論孔疏，其實是爲了反對牟宗三先生的講法。牟先生謂我國人性論有兩路，一順氣言性，是材質主義的，屬於古典唯物論；一逆氣顯理，孔子言仁即是如此。後者才被視爲正宗。我不認爲如此，不但主張漢宋言氣性者，多是即氣即理，故非所謂材質主義所能概括；且順氣言性才是中國經學哲學一般的講法，牟氏所謂逆氣顯理，在中國傳統中其實反而是極特殊、居少數的講法。

我以孔疏爲例，上連漢學、下貫宋學，來宣揚我這種看法，新儒家他們都很不以爲然，說其中許多地方值得一辯。但至今哲學界除了講道德主體性、心即理之外，也開始重視氣的地位與價値了，也開始召開氣的研討會。對此風氣之變，我沒什麼功勞，但很高興當年早曾注意及此。

呀，關於碩士論文，不能談太多，否則又會再寫一冊了。在寫論文時，黃錦鋐老師適在日本訪問，我寫完即付印，沒敢拿給他看。怕他要我修改，延遲了我想兩年畢業的打算（當時所中規定毋需讀三年）。故騙他曾寄去日本，說可能郵路遺失了。黃老師知我妄誕，一笑置之，仍讓我提交口考。

由於論文寫好後沒請老師替我斧削裁正，我送去文史哲出版社請彭正雄老闆刊印時，他便發現我的格式體例並不符合現代學術論文的規範，才指導我修改調整。當時我很覺得不好意思，也很感激他。且知市井多高手，各出版社老闆其實都不簡單，我們學院中人不能自以爲是，時時虛心向各行各業人士討教，是很重要的。

在安排口試時，校外委員請了胡自逢先生。考前據說所裡習慣於要考生在考畢請考試委員去用餐，以表謝悃。學生們對此或以爲理所應然，或以爲不堪負荷，很有爭議。我也很緊張，不是緊張要口試，而是不知吃飯要花多少錢。只好帶上所有的錢，又向同學借了一筆，帶著準備應付。

但考試出奇順利。老師們覺得論文寫得人好了，文字贍麗，析理明銳，易義精熟，可以給最高分。考畢，黃老師說要請客，謝謝胡老師，胡老師說要請客，恭喜黃老師收了好學生。李爽秋師說不用爭了，我來請，鵬程你一道來。於是一同驅車去羅斯福路吃了一頓。我第一次吃到什麼腸旺、牛尾湯。土包子開眼界，印象深刻，難以忘懷。當然最高興的，是不用我花錢。

我沉溺在此等漫畫式的滿足中，並沒有充分意識到此時我已走上了一個新的嶺脊，正要步向一段新的旅程。但事實上，《春夏秋冬》是我第一本出版的著作，架構了我的文學理論；《孔穎達周易正義研究》是我在學院裡獲得學位的第一本論文，開啓了我的思想文化路向。二者雖分別以完全不同的語言（一白話、通俗、感性，一文言、典雅、理性）體例，訴諸不同的聽眾，討論的也分別是詩和經學義理，但都在進行理論化的工作，試圖將知識體系化。達致其體系化理論化的工具，則是我本身對方法論的思考。

我會考慮到中國傳統詩歌的詮釋解析，應以何種方法爲之；西方現代文學理論，做爲方法，而非做爲一種理論，用來解釋中國文學時，其優劣得失究竟各如何；我看詩，其理解如此，我之觀析角度與方法則又何在。經此思維，才試圖從所謂「生命情境」的角度來談，說明生命落在具體之春夏秋冬諸境中，有何情境關係生發其間。把傳統的抒情理論和情景理論，做一新的綜合與推衍。

此種思考形態，和我思考孔穎達《周易正義》之問題時並無不同。在討論孔疏時，我曾涉及詮釋史的問題，所論亦爲孔穎達對《周易》的詮釋。而在寫《春夏秋冬》時，我只在提出自己的詮釋。可是我對詩之詮釋依然建立在消化與批評他人之詮釋上。故對於經典文本進行詮釋脈絡的疏理與還原，已成爲我方法論思考中之重要部分。

前文曾云此時主知用智，已逐漸偏於解析，有知識化方法化之傾向。又云此時詩之生命亦漸融會於思之一端。即指此而言。這就學術研究來說，誠然越趨於精密，越能契合於現代性學術研究的需要，但是越來越客觀化了。就像我從前讀莊子、讀李義山詩，雖亦博知各家注解，但通過這些注解，猶如過了橋，我是要走向莊周李義山的世界，去領略那逍遙於廣漠之野的滋味，或體會一下春蠶絲盡蠟炬灰乾的痛楚。所謂「多識前言往行，以畜其德，以潤其身也」。一切知識與情感之增多積厚，是作用在生命上的。現在，我看莊周李商隱，則知某甲如何說、某乙何所見，其所以見與所以蔽者各如何。

從前王僧虔曾教訓他的兒子說：「見諸玄，志爲之逸、腸爲之抽，專一書，轉通數十家注。自少至老，手不釋卷，尙未敢輕言。汝開《老子》卷頭五尺許，未知輔嗣何所道、平叔何所說，馬融鄭玄何所異，指例何所明。而便盛於麈尾，自呼談士，此最險事」。我之所爲，即符合王僧虔的要求，亦即符合做爲一名談學問的人的資格。可是這僅是能談學問罷了，並不是自己有學問。知道王何馬鄭怎麼說，而不知其所說與我之生命究竟各有何等關係；知道這些等事，亦與畜德潤身無大關係。

此所謂知鶩於外，而用志愈分也。莊子曰：「用志不分，乃凝於神」。凝神故能技進於道。

我則混沌破鑿，開始下墜凡塵，準備歷劫應世了。

卷二

事

困境

考得碩士後，我立刻準備著考博士班，並沒依父母的要求去找份工作。事實上我也不知該去何處找職業，我只懂得讀書，所以儘可能再繼續讀書。

我擬了一份研究計畫，以晚清詩人為研究對象。這當然是取巧，因為這樣的研究我老早做過了，相關材料及內涵重點，我頗為熟悉，故洋洋灑灑，寫了萬把字。當時考博士尚不時興這種辦法，論文計畫之寫作亦未形成風氣，大部分考生根本不會做計畫。所以我這份計畫後來在所裡很流傳了一陣，擬考博士班的學弟妹以此為參考藍本，越寫越詳密周備，風氣乃為之一變。

轉變，實亦時代為之。在我之前，本不甚需要研究計畫。考試或淪於形式，大權或秉諸一二人之手，既不用筆試，也不必審查計畫或大綱；老師沒叫你來考，赴試多半也不會上，故應試者並不太多。到了我們這幾屆，情況有了些變化，考生人數增加，客觀性的呼聲逐漸被提出。考生自己準備論文計畫以爭取獲選，其實就代表了對傳統挑戰的意義。後來才漸有筆試等等客觀化的制度設計，但那是在我博士班畢業「大鬧天宮」以後的事了。

考試時，也並未針對計畫問些什麼。考試委員是林尹、高明、華仲麐、臺靜農、李爽秋等老師。考試一共問了三題。臺公問我碩士論文的封面是否是自己題的，我答：「是」，他頷首表示嘉許。華師即云：龔鵬程頗有才華，書也讀得不壞，但「雖有周公之才之美，使驕且吝，其餘不足觀也已」。林景伊師隨後倒過來說：此子雖狂，然詩文不錯，尚堪造就。我聽得大呼了一口氣，知道我被錄取了。

既然考上了，自然就準備結婚啦。我妻高寶琳，乃我大學隔壁班同學，亦爲影響我最大之友人，但相愛相折磨，所以準備結婚。可是要結婚，結婚後要維持家用，仍不能不面對工作的問題。張之淦師要我去看成惕軒老師，問問他找工作的事。

成老師係湖北人，擔任考試委員數十年，名哲學家成中英即其哲嗣。玉尺掄才，久著盛譽，其《楚望樓駢文》時稱第一，詩亦格老功深，與眉叔師交誼邃密。故我雖未親承教誨，也執弟子禮，常去他木柵考試院宿舍拜謁。

成師知我考上博士班，十分高興，要我好好讀書，期許甚摯。臨告別時，他要我等一下，入內取了信封，封了幾千塊錢給我。說他老耄了，無法替我介紹工作，特以此祝賀，讓我去買書。我幾乎呆住了，至感厚意，訥訥而退。

成老師是循篤君子。有一年，諸弟子擬爲作壽，群議集稿編論文集以祝嘏，由文史哲出版社印行。我也寫了一篇〈讀荀子札記〉表達我眞誠的敬意。不料惕老見到論文集後，覺得不敢當，竟要求全數收回，不必發行。其謙撝之風可見一斑。他早年在總統府負責文役，後與張默君等任考試委員，求才若渴，嘉話甚多，而自奉實極儉樸，操守又極嚴正，從他那裡得到濟助與鼓勵，在我，認爲是很高的榮譽。

後來王甦老師知我已獲碩士，便找我回校教書。他當時接手系主任不久，對我原本不甚熟悉，但很放心地把「讀書指導」「論孟」兩門必修課給我上，對我之獎掖，可見一斑。他大概也曾詢問過學生，覺得我教得還好，所以一直未調動我的課，後更逐漸增加了「歷代文選」等課程。對我顯然意在栽培。

其實我根本沒有教書的經驗，年紀又輕，班上學生和我一般大，上起課來，彷彿風乾了的南京板鴨，掛在講臺上，手腳不知該怎麼放。準備了一大堆，不過十幾分鐘就全講光了，又急得不知如何是好。而且，我要講的課都極枯澀，《論語》《孟子》與國學導讀，不知該如何發揮？受了五四運動荼毒過的現代學生，啥也不懂，卻個個瞧不起傳統，打從心底厭斥傳統；說起國學常識、經文典籍，學生則又十九茫然，害我連舉例都無法舉。因此，與其說我在教什麼，不如說我在講臺上發窘、生悶氣，或藉著獨白來打發時間。

我很懊惱，找上了這種職業，實在無聊。在家裡把自己早已知道而根本無記憶與抄錄之必要的一些材料，耗時間抄寫在講稿及筆記本上，再花幾小時搭車去淡水，抄到黑板上；同時講一些彷彿很有學問而實極稀鬆極平常之常識。還要故作誠懇狀，故作神聖狀，故作有學問狀。喊個幾節下來，言語乏味，面目可憎，嗓子倒是全啞了。只好每堂課泡一盅彭大海，一邊潤喉一邊嘶喊。感覺與我小時候在夜市裡看那吹牛賣膏藥的走江湖藝人也沒啥子不同。人家是「黑貓三姊妹，流浪走天涯」，我則是龍困杏壇，度日如年。

我的經濟狀況，並不容許我辭職不幹。我已成家，三妹那年剛好又燙傷了腿，醫療要錢，後來讀大學也要錢。我是長子，似乎也該負點養家的責任，所以只好繼續嘶喊下去。

那時我住桃園龜山，有時去淡水上第一堂課，出門趕車時，但見滿天星斗，或殘月半妝，感覺備添淒涼。披星戴月，趕至淡水山上，升座準備開講，才發現學生有的高臥未醒，根本爬不起來上課；有的睡眼惺忪，不斷抱怨課程安排得太早；有的須待第二堂已過中場，才盥洗初畢，姍姍入座。課中則或繼續去周公爺爺家玩，或嚼麵包喝牛奶，如逛遊樂園中。每見此等景致，都令我有不如歸去之感，直覺得那一幫公子少爺大小姐們的父母親都有活該糟蹋的冤枉錢，所以才養出這批小王八蛋來教我們伺候。

終究苟延殘喘下去，是因爲即使我如此努力，每月亦只有三千元收入，而我的房租就需三千元。爲免流落街頭，呑刀吐火賣藝，只好繼續委屈賣嗓子。

當時我家門口有一菜販，我每日去買兩塊錢豆腐。回來蒸豆腐、煮豆腐、炒豆腐、滷豆腐、湯豆腐、煎豆腐。老闆有天實在忍不住了，問我：「你先生豆腐吃不膩啊？」哦，當然，不敢膩。我不吃豆腐，難道吃得起雞鴨牛羊嗎？

申慶璧老師素來曉得我的情況，所以有天忽然找我去，說：「鵬程弟，我在張校長祕書室須要個助手，你來幫忙好不？」我當然立刻就答應了。

申老師在祕書處辦公，我大學時曾去拜訪過。臺北金華街城區部一小間房子，祕書們擠在一塊。中有一大木桌，據說還是由居正老先生家中搬來的。淡江是居正、于右老等人創辦，校中這類古物甚多，例如教室、休息室、圖書室牆上隨便掛的，就不乏戴傳賢、鄒魯等黨國元老之墨寶。這樣的歷史與文物，自然襯得有些黝然古穆，氣氛顯得較爲凝肅。可是我去上班時，辦公室已遷移到樓上了，窗明几淨，新式辦公家具，辦公室之氣氛爲之丕變，年輕人也添用了不少。

但除了工友及一兩位職員外，我還是最年幼的。且職位本係申老師替我額外爭取來，故亦無編制。我名義上擔任他的助理，其實類似工讀生，撥用工讀生之經費給我。凡我之福利，皆老師親筆爲我寫條陳、親自爲我奔走。所以我資歷最淺，職級最低，竟也分得一張祕書辦公桌，正式上班「辦公」了。

我的辦公桌後閒空著一張桌子，那是前任機要祕書楊芝的座位，他因操勞成疾而逝，故這張桌子許久都無人坐。主任祕書時爲曹文超先生，與申老師同爲國大代表。豁爽健談，常執一摺扇在辦公室開講。機要祕書爲周新民先生，與我同爲江西人，很照顧我。另有祕書數人。

申老師負責張建邦先生的文稿，白惇仁老師則負擔應酬文書。白師之文牘極爲典雅，書法極爲渾穆，乃白香山後裔，故屬文往往自署「香山後人」。但書學顏魯公，大字略覺拘謹，八行書行楷草稿則秀麗端莊，不可方物。他與申師時就文字商略得失，斟酌用字輕重，辭氣之間，揣摩進退、拿捏尺度，我隨侍聽之，眞覺受用無窮。他們偶爾也要我參與意見，但大部分時間是沒什麼具體工作分派的。好像只是叫我坐在那兒，聽他們討論、觀摩他們寫文章而已。我可以隨興讀書、養氣。有時他們命我執筆試作一兩篇，大抵也不能用，要害申老師再替我修潤一遍，或乾脆重作。即使如此，他也從未責備我，或令我難堪。他們總是讓我覺得很受欣賞、很受栽培。彷彿如古人之養士，養著待我成長，徐待大用。

因此，我在祕書處雖每天必須上班，得像植物一樣，栽種在我的座位上，可是感覺很自由。在辦公室看書寫稿，累了就溜到樓上圖書館去找書讀，或聽曹公等人擺龍門陣。後來混得熟了，漸漸跑去別的辦公室聊天。又漸漸去校外的咖啡館泡時光。

有一陣子，王樾來編《淡江周刊》，後又接我之工作，我們和編《明日世界》的陳瑞貴，文章都拿到咖啡店去寫。辦公室有事，才掛電話到咖啡館來找人。其中有一家店名「海鷗」，老闆換了若干人，而我們去喝咖啡如故，號稱海鷗之戀。又有一家「忘塵軒」茶館，吾等與之廝混亦極熟稔，日日坐其間燒茶、做陶、寫字、聊天，與老闆成了好友，我也在其處辦過幾次個人書法展覽。

這是上什麼班呢？

這還不打緊，後來我主編《國文天地》月刊時，祕書處的工作並未辭去，同時兩邊跑，老師們也不以爲怪。

從行政管理的角度說，或許會有人要覺得如此管理實在太鬆散了，簡直不成體統。可是我們也沒有誤過事。張建邦先生當時用人的原則，是相信某人，就指派任務由他去做，只要能達成目標，怎麼做並不過問。所以做事的人空間彈性很大。只要對自己的工作結果負責，也沒什麼人要來管你。我喜歡這種可以恣情、可以揮灑的氣氛，也認同這種行政運作方式，它對我後來辦行政工作時的行事風格，影響至鉅。到現在，我仍然討厭別人管我，我也不喜歡管別人。

除了享受生活、學會辦行政以及增進爲文知識之外，祕書處的工作對我還有更難言詮的巨大助益。

我在大學時代，是傳統形態的文人，是個國學家，古貌古心。入研究所後，漸漸接上西方現代思潮，但仍只局限在文學及思想領域。對於社會固無接觸也無了解，政法社會之學亦頗陌生。精神翱翔於眞、善、美的境界裡，熱衷形上的探索與心靈內容的研究。思想之資源，則主要來自中國傳統詩文。經史諸子之學，雖亦不乏政治社會的思考，可是傳統中文系在這方面的訓練不夠，我也未曾就此用心。直到進祕書處以後，情形才有了改變。

張建邦先生時任淡江校長，但他同時在北市議會做議員十數年，接著做副議長、議長。社會關係複雜，兼了蘭陽同鄉會、警察之友會、蘭花協會……等民間團體的職務達五十幾個。這裡找他開會、那裡邀他致詞，一下須發表什麼談話，一下又要替這本那本書題詞作序。市議會之例行文稿雖另有人處理，但涉及市政理念及都市發展的理論問題，仍須由學校這邊來執筆。他又是大學校長，校內舉辦各式會議，少不了要表示一下態度、參與一點意見；辦學之理念，亦應廣爲宣揚。因此有關大學教育行政之規畫、高等教育的問題、世界高教趨勢之類文章，也是不可少的。張先生是有理想的人，原本學農，後來回國接辦淡江，一心想使淡江和國際高教之發展接軌，所以譯介了不少教育理論的書，又在學校成立了教育研究中心。這是師範院校之外僅有的，每年做了許多教育研究，配合張先生自己的理念，向外推廣。後來張先生五十多歲了，還去美國伊利諾大學攻讀博士學位，研究教育行政。故他對教育，可說是位有心人。

此外，張先生對「未來學」也情有獨鍾。創辦《明日世界》，設立未來學講座，討論未來社會發展之趨勢，成爲淡江的特色，許多東西都是由此延伸來的。例如淡江的資訊學科辦得最好，技術先進，每年國家所辦大學聯招的電腦作業，多由淡江電算中心負責；辦公室自動化、圖書館自動化也發展得最早。這都是因爲未來學中有「第三波」之說，謂人類社會在農業社會、工業社會之後，即將邁入資訊社會，如何因應並發展之，便爲一大課題，故張先生於此三復斯旨。

依我大學及碩士班階段的訓練，我哪裡弄得清楚什麼資訊社會第三波？我只懂歷史，活在過去。市政建設、教育問題、社會各行業之發展與困境，一概茫然。平時大家都說我會寫文章，可是碰上這類東西，我實在是搔耳撓腮，痛苦萬狀，不知如何是好。至此始知作文章非辭藻之工夫，工夫全在對所欲談事情的了解上。

我初入祕書處時所寫文稿多不合用，就是這個緣故。幸得申老師之優容與指導，才漸漸摸著門路，也曉得怎麼樣去找書來看。圖書館在樓上，《明日世界》月刊社在樓下，都很方便去找書找人諮詢。以致平時主要的工作，就是讀書或與人閒扯。碰上張先生要一篇稿子，則窮搜搏採，找資料來看，苦鑽死啃，在最短的時間內勉強消化、綜合，然後想法子謅出一點新意來。文章是千奇百怪的，一下談蘭花、一下談銀行、一下談保險、一下又要談化學，限期交卷，字數還有規定，該多少字就得多少字。這有多難呀！故在祕書處，看起來很愜意，每天坐著看書喝茶，或溜出去泡茶館喝咖啡，其實壓力很大，常感沮喪窘迫。索稿猶如逼債，在我典當淨盡也擠不出一點腦汁來塗鴉時，內心的苦悶，誠不足爲外人道。

張先生是積極的人，並不只是被動地應付外界索稿，他會主動想譯書、想介紹新思潮新觀念、想將其政治及教育理念推廣出去。其思路，在申老師的長期經營下，也顯露出一種結合中國傳統文化、三民主義學說及西方未來學等新學科的三位一體特色。我必須揣摩此一思路，掌握其特色，並追躡張先生積極創新的精神，自亦爲一大負擔。我最怕每次假期結束，張先生從美國回來。他一回來，必有一大堆新點子、新書、新觀念交代我們處理。屆此，便需惡補一番，才能了然其所說。

我即是在這種情況下，囫圇吞棗地K了不少法政經濟社會學科的東西，對西方非人文傳統所發展出來的一些思潮，也略有接觸。具體撰寫這些與市民、醫生、農夫、警察……們對話的文章，對時局社政，自有一種間接而又直接的體認。這些理解和訓練，實在太珍貴了。我能從一位傳統式的文人，逐漸轉型，具有對現代社會的認識，多虧得這一段可貴的經驗。不至於像我一些文人朋友，雖甚不滿於時局社會，但談起時務，議論往往迂拙可笑。

其次，我在祕書處工作七八年，工作使我漸漸懂得如何與人相處。我本孤僻，又乏涉世之歷練。倘或於畢業之後驟然進入社會工作，必因桀亢莽撞而僨事，或必因疏於處理人際關係而自陷孤孑。幸而是進了母校的祕書處，在自己的師長們翼護下做事。魯莽滅裂的行事方式，因爲是面對自己的老師，往往會自我調節克制；縱使眞有不妥，老師也會替我擔代；即或教誨開導一番，語亦溫潤，令我不能不歛服。這對我性氣之調理，實是大有裨益。

祕書處又是個最複雜的地方，是董事會及校務運作最核心之處。各種利益之衝突、協調、交換，都在此進行。時而在此中大吵大鬧，攘臂相向；時而在此酬酢謔嬉。理想與現實，在此交錯。人與人，在此申展他們的溫情與刀斧。我在此，冷眼觀之，平情默識，去一一體察每一件爭執的來龍去脈與是非高下，去一一辨識行事風格及辦事方法之利鈍得失。人情之冷暖、行政之機竅，領悟於不經意之中。

且先後幾任主祕，如曹公、許智偉先生等，待我都很好。申公溫厚、白老師疏憨、周新民兄則甚直爽，他們經常討論行政事務該怎麼辦才較圓滿，我有不懂之處，則一一爲我開釋。因此，既有得諸默會者，亦有來自教益者。漸使我熟於人際運作，並曉得怎麼辦理行政事務。

後來我離開了祕書處、主持中文系務、開辦研究所、任職文學院長，做書店總編輯、報社總主筆，辦國際佛學研究中心，辦道教學院，又入政府機關，現在再回教育界辦學，十幾年來，一直在做著文化教育行政的工作。行政風格雖然頗引起爭論，但每一個崗位都還能辦得像個樣子，都是這段時期磨鍊學習來的。

而且，因爲太熟了，怎麼在行政體制及行政運作中，不斲損自己的個性與理想，我也早有認識。這也使我從事文化教育行政工作雖久，卻能無風塵俗吏之態，更不至於像那些一向疏隔此道而又遽操權柄者，對行政權力反而有攫持不忍釋手之感。我知道行政工作就是這麼回事，既不神聖，也不卑瑣；既能束縛性氣與理想，也可實踐它。如何因機行權，以盡其理，需要智慧，亦需經驗（唯我在此間，不免賣弄，或故示拙稚，或趁隙用巧行險，在行政工作的呆板中，覓些樂趣，以致貽人口實。有些人認為我少年老成，有的人則懷疑我缺乏行政手腕。這是性格使然，倒不是來自祕書處諸位師長的教育）。

事實上，祕書處的工作，除了知識的擴展與行政能力的培養外，影響更深的是我人格的成長。

我孤傲橫桀，一向自以為是。大學時讀古書，又抗志希古，卑視塵寰。性氣乖張，尤常以異端自喜。可是在祕書處工作，卻使我不能不歛才就範。因為從知識上說，我深深體會到所知實甚有限，且文筆蹇澀，不堪荷負。從辦事處人方面看，我也日益了解其中之曲折艱難，不敢小覷。辦公室裡，每個人都各有一套，非我所能及，亦都值得我觀摩學習。而申老師等人之辦事精神，更把我經常荒嬉頹墜的性格往上提舉起來。

老實說，我只對做學問有興趣，做其他事都不經意，吊而郎當，大而化之，漫然輕率對之。可是祕書處裡其他人可不這樣。張先生對文稿很有要求，有時他交付之文件要斟酌再四，想隨便謅謅也難。周新民兄忠誠敬業，每日幾乎都在辦公室忙到夜晚。申老師，誠篤執著，每天也不斷進修，有詩文，都取以示我，要我提供意見。白老師亦然，他除了草擬文書之外，當時正在做詩經音樂的研究，已成書，仍不斷補苴修繕。其他著作亦積稿盈篋。我坐在白老師旁邊，申老師坐我後面。每天我面對他們，都必須提攝起精神，肅勵起氣志，不敢荒忽。

在我進入祕書處後不久，即有一件特殊的文稿要處理。原來張先生要修族譜。初稿係唐羽先生手筆，復轉回交我們續改。我們接手後，因原先均無修譜經驗，所以可說是邊修邊學，找了一大堆相關資料，商量體例，斟酌筆法，考訂去取之際，殊盡周章。待《宜蘭張氏族譜》修罷，我們都成了小小的專家。陳捷先先生主持聯合報國學文獻館時開始舉辦亞洲族譜學會議，便常邀申、白兩師和我發表論文。我寫博士論文《江西詩社宗派研究》以及後來寫的〈唐宋族譜之變遷〉〈宋代族譜與理學〉〈族譜與政治〉等文，也可說是拜此工作經驗之賜。

但申白兩位老師的敬事精神就在這兒可以看出來了。申老師覺得有關族譜這門工作既然做了，那就不如把它做徹底，而且應關聯著方志來做。所以他發函給各地方政府、議會、鄉民代表會、基金會、文獻會，徵集地方文獻與耆舊資料。徵集的情形很好，資料幾乎把我們在圖書館裡的一處研究間塞破，所以決定另外成立一個專門的方志譜系研究室。白老師還不滿意，自費去了一趟美國，在普林斯頓大學搜集了些資料，又一趟則去聯繫拜訪了猶他州的族譜協會。回來以後，我們接下了《淡水鎮志》《花蓮縣志》的編撰工作。我跟他們一道，但基本上是申老師白老師在做。

這些工作，都是在祕書處常態業務之外的。當時他們只是覺得該做，便花大氣力投入去做了。根本不像後來我在政府機關所看到的，行政人員往往推拖，不歸他職掌的事，寧願在公文上打筆仗、踢皮球，也生怕多辦了一件。其實兩位老師本有的工作就極煩極忙，增加這些事，對老人家之精力實爲嚴苛之考驗。我見此景，自亦不能毫無所感。雖說尙無力盡祛荒忽頹唐之習氣，但起碼對著兩位老先生時，不能不稍自戢飭，打點起精神來。

後來編《花蓮縣志》，進展並不順利。申老師領我們去了花蓮幾趟，白老師也率我去過。當時白師負責寫〈語言志〉的部分，爲了增加了解，還特地自費在當地請了一位教師，教他阿美族語，他乘飛機去上課。時白師已病，不久即檢查出是患了癌症，住臺大醫院治療。我去看他，猶諄諄以縣志爲念。又不久則辭世矣。遺言把藏書送給我。我悲其事，且覺得在喪期間也不便去捆載圖書，重增家屬之哀傷，故終未要。白師卒後，申老師主持修志工作，其力益孤，我又在校外事情越來越忙，根本無暇輔佐，反而拖下了不少進度。看著申老師髮益蒼白、精力益減，實有說不出之憫痛，也有難以言宣的敬意。

我好嬉弄，凡事不在乎。若不是有這些師長向我示範做人做事的榜樣，則我學問越好、知識越多以後，順性而流，眞不知會鬧到什麼地步，搞出什麼亂子。在祕書處這些年，收攝我的性志，讓我對辦事有點起碼的章法與責任感，不致太不守繩墨；也讓我學會了對人的尊重，漸漸懂得如何與人相處，獲益實在匪淺。

影響我的，還有另一個特殊的方面。

我碩士班剛畢業就出來做事、辦行政。當時仍在讀博士課程，又要教書，除了淡江，並在成大、高師各地兼課，還要寫各種學術論文、做研究。初極不習慣，覺得時間被割裂了，辦公室的事又和所學無甚關係，不知如何調理。有時要趕一篇論文，資料無法搬到辦公室來，坐在辦公室裡，電話聲、交涉協調聲、談天嘻譁聲、論事析理聲，吵成一團，也不知如何下筆。回到家中，時間既極有限，辦公室的情緒亦不免影響研究工作。左右交衝，困頓不堪。始知許多學者學優而仕，既仕之後，便學問日退，不旋踵而成一廢人，實在也是情有可原的。

這種辦事和爲學之間的矛盾，我花了許多氣力，才終於將之調和。其祕訣無他，在於辦事時敬慎其事，並把這種事當一門學問來對待。我稱此爲：「因境爲學、即事窮理」。

所謂辦事時敬慎其事，是說我們在接到一個行政工作職務時，要知道這是在辦事，不是去當什麼職務的官。其次，既是辦事，則行政工作便不是技術操作與手腕賣弄的問題，對所欲辦之事應有一通盤之了解，方能衡估利弊，不爲人情及立場所困。換言之，做此事時，應即此事而窮其理，據其理方能斷其事。

我本不曾研究過教育問題，但既在學校工作，且擔責討論教育之發展，那我便不能搪塞了事。與其怨天尤人，覺得浪費了時間，何不藉工作之便，因順情境，進行學習？我本沒辦過刊物，既當了總編輯，只好邊做邊學。本沒參與報業，既然做了總主筆，只能趕緊去研究。每一個工作，對我來說，都不只是工作而已，我均可因其情境、順其處況，藉著做這件事的機會，去體驗去磨練，深入了解它。但此與老於公務者純秉經驗法則不同，我會藉此以究其理趣、觀其理據，把它提舉到一個學術的層次，以做學術研究的態度去對待它。而且，更進一步，我會把它和我原有的研究工作結合起來。如修張氏族譜，即與我的宋詩研究、宋代理學研究、唐宋文化變遷研究產生了複雜且出人意表的結合關係。

如此，既能滿足我學術的興趣，使工作和治學合而爲一，又能讓我對我所從事的工作，有一學術上的了解，清楚地知道我在幹什麼、又該怎麼辦。而且，這樣做，我的職務更換越多，學問的積累就越富厚，不會因爲幹行政，而耗損了學術的工力。固然人之時間精力有限，行政事務占用了許多時間，使我之研究無法盡時盡力為之。但它瓜分的只是有形的時間，對我論事析理之識見與知識資源，卻大有增益。事上磨練與理上探求，合而為一，相即相融，更非尋常書齋中之學問所能及。

但無論如何因境為學、即事窮理。我做學問之主要重心，仍然在於探討中國文化問題。討論這些問題時，太半仍與現實之工作職掌無直接關聯。仍不免是分裂的。既要做事，又要窮古冥索、要寫論文做研究，兩者仍不免於矛盾。我要活下去，即必須培養出新的做學問寫文章方式。

我有不少書，但整天在辦公室裡，事實上並不能充分使用我的書房。公務羈絆，亦不可能如一般研究人員那樣，經常鑽進中央圖書館、中研院、政大社資中心去查資料、看文件。最初，我是利用淡江城區部的藏書，並在家中搜檢相關資料，揹到辦公室來，配合著寫論文。但淡江城區部是商學院，我要用的文史資料並不多，揹書也實在辛苦。臨時寫至某處，無書可用，便只能廢然枯坐，仰天長嘆。調整了很久，才慢慢鍛鍊出在辦公裡找時間寫學術論文的本事。

我的論文，向以引證豐贍見長，東引一書，西引一說，且不乏罕僻資料。可是我在寫這些文章時，桌面上常是沒有書或只有一兩冊書的。如此寫論文，且是寫需要引證、帶點考據，而非純理思辨的論文，我自信天下無雙。從前吳梅村贊嘆黃道周注解《尚書・洪範》時：「在空几上成書，而雜引經史百氏之言，原原本本。……殆神人也！」（談遷《北遊錄・紀文・黃石齋先生遺事》引）我當然不能到此境界，因我並非眞以博聞強記為之，只是懂得取巧。是我在不得已的環境下，逐漸揣摩練習而來的。後漸純熟，只要找到一點點空檔，我不但在辦公室可以寫，在開會無聊時可以寫，乘車坐飛機也可以寫。要在批公文、草條陳之際，隨時擱下來就能寫論文，才使我的研究不再受到行政工作的時空切割，而得以延續下去。

此事說來不過幾句話，當初熬過去可眞是談何容易！我沒有一般學人的幸運，可以坐擁書城，從容落筆。我的研究，迄今成書三四十種，近千萬言，都寫於時間的夾隙、公務的繁瑣、心情的促亂中，無論我如何彌縫，總顯得潦草，我甚哀之。但我也有尋常人所無的幸運，偶因機緣，得到祕書處那樣陶育成材的機會，使我因順情境，即事窮理，而獲有難得的磨鍊與體驗。故對此，我不僅不以爲悔，且深覺慶幸。

執教

常人之患，在於好爲人師。我無此癖好，故無此患。我的痛苦，是相反的，在於不能不爲人師。

做人老師是極困難的事，不說古代之所謂人師，境界尚在經師之上。就勉強要當一名經師，也不甚容易。我曾獲益於許多師長、見識過許多經師人師之典範，故深知我的學問與修養，均不足以爲人師表，不夠資格教導後進，更不懂得如何教。因此，擔任教師，內心不時充滿了驚懼、猶疑、羞慚和罪惡之感。這種感覺，自己很難啓齒，外人亦不易覺察。

且我雖倔強跋扈，但面對公眾，實甚羞怯，無表演欲，也無表演之才能。性頗孤涼，喜孤芳自賞，而討厭走入群眾。久而久之，竟有點怕面對他人。直到現在，每次我要上講臺，或將輪到發言時，都還會不由自主地渾身發熱，血液逆衝，心臟劇烈跳動，呼吸困難。要仔細調息一陣，才能控制，使聽眾不太聽得出我的聲音在顫抖。說話，已經如此艱難，對於說話的本領，我更是缺乏信心。每次都覺得沒講好，語無倫次，條理不清，該講的沒講而浪費許多唇舌在不要緊的地方，聲調語音也不理想。如此不擅長表達之人，要教書，事實上也是樁苦差事。

因此，我終於以教書爲職業，實是不已的。平生除能吃飯，只會讀書。老師們垂憐，說：那你就去教教別人怎麼讀書吧。於是竟以講授「讀書指導」開啓了我教書的生涯。

但我能教嗎？老實說，我甚爲懷疑。幸而我一向很佩服朋友們的表達能力，每次開會，他們上臺發言，我都坐在臺下仔細觀摩，漸漸學得不少技巧。有次我向張夢機師贊嘆李瑞騰的口才，夢機師安慰我說：「其實你也不差」。讓我增加了不少信心。

可是眞正登講壇、說經論，仍不是容易的事，我在開始講「讀書指導」時，同時也講《論語》，看著孔子師弟之間熙和悅樂之狀，追躡無從，實是感慨至深。

當時我先講爲何要讀書、宜讀何書、須如何讀之。針對中文系學生說，讀書自然與其他科系學生之目的宗旨不同。非只是知一些技術、曉一些所謂專業，以備將來職業市場之需；乃是求其能知類通達，彊立不返，能爲大人之學。故讀書者，宜先立其大。日日誦數服古，亦宜問問：讀聖賢書，所學何事。學生對此，驚其河漢，駭然莫可適從，覺其汗漫高遠如隔雲端，不食人間煙火。雖若可以開濬耳目，高大其心志，然提控乏力，四絕倚傍，不免望洋興嘆，廢然而返。

其中亦有願意循我南針，一問學海涯涘者。則我開列四部，示以百家，以張之洞《書目答問》爲底本，羅舉目張，恢恢若布天網，都是應該讀的書。可憐這些學生，尚是十八九歲少年，剛從無聊的中學教育中升上來，受的是「小貓叫，小狗跳」「排排坐，吃果果」之類訓練，驟然見此，簡直驚怖莫名。不是駭恐入海滅頂，就是鴨子聽雷，瞪著一雙雙失神的眼睛，悲苦地望著他們即將要讀的這些有字天書，不知所措。

我甚憫之。又教以如何讀書，利涉大川之法，取舟楫、架浮梁，不遺餘力。但莘莘學子，俱爲呦呦鹿鳴之鹿，只能在岸上叫著，對這些舟楫橋梁，既不了解也無信心，更不知爲何治學之法會有這麼多。既可刳木爲舟、可紮竹爲筏，亦可鼓氣爲囊、繩皮爲艇；既可操楫、可搖櫓，亦可以張帆、可以升火。目迷五色，歧路亡羊，遂致徒呼負負，越上讀書指導，便越來越糊塗，越來越不曉得該怎麼讀書。

而我見其如此，當然越來越著急，越來越想告訴他們讀書之道甚爲廣大深邃，所以越講也越繁複。何況，我初教書，不能讓人覺得我太年輕，可能沒啥學問，而對此課程生了輕藐之心，也必須把它講得深刻複雜些。且也唯有講得深入龐雜，才能顯得我學問確實博大，顯得我確實是想要傾囊相授。是以講來講去，這門課越來越煙波浩淼，迷離萬狀。學生上課，彷彿周穆王西征，駕八駿、逐落日，精神周流乎上下四方，漸漸不知所云，入於虛無縹緲之域。

其他的課也好不到哪去。《論孟》義理本極深奧，一旦深入理境，學生便覺得是在談玄。放鬆下來，講講歷代釋解詮注，則學生一本也未讀過。不幸聖人言語，又極平易，學生在高中時，都讀過《文化基本教材》，所以均自以爲已經懂得，不耐煩細心體會咀嚼。又受五四運動以來一種浮薄風氣之影響，打心眼底視孔孟之道爲迂爲拙爲傳統老古董。告訴他們此中有眞意，他們都向我投以懷疑之眼光，彷彿我準備騙他錢，弄得我只好欲辨已忘言。

後來，系裡又安排我教《昭明文選》。此亦大書，古來已形成一種「選學」。以從前于大成老師的學問，尚且自號理選樓，擬於五十以後，如孔子讀易一般，致力於此書，以「精熟《文選》理」。可見其中大可深究，非同小可。但學生對此，亦只以爲是一般的文章選讀，漫然輕率處之。爲講釋義例、開明章句，均不以爲意。駢四儷六，胎息氣韻之奧妙，更是講也不能講，如水潑石，完全進不去腦袋裡。

如此教書，心情自然至爲困頓，毫無成就感可言。雖然學生們很捧場，有些課竟亦有趴在窗外或立在門口聽講的，但每次面對空氣，把聲音從喉嚨裡喊出來，都覺得生命正在浪費，氣力正在吐掉。一口口喝著彭大海、含著喉片，也壓不住嗓子撕裂的痛苦，故邊說邊咳。咳咳，咳嗽聲成了我獨白的伴奏，成了我的自憐自嘆。

我知道我不會教書，但教學效果並不全是教師的責任，學生們未必沒有可檢討之處。例如許多人總是藉口推拖，不肯用功。或云古人所讀較爲單一，現在則要學的東西太多；而且從前自小培養，如今入了大學才能眞正讀書，時間已遲；況又時代越晚經籍越多，今人所讀什倍於古，其不如古人，不僅必然，更是情有可原了。殊不知古人讀書何等困難，焉能有今日得書之方便、受教育之普及？我亦老大始知用功，何嘗太遲？讀書者不曉得不管遲不遲，讀一日即有一日之益；不管書多不多，讀一冊即有一冊之助。老去跟古人掙短較長，自己不用功、不去好好讀，卻找一大堆理由來搪塞、來自我安慰，到底有什麼用？又有些人說：「呀，中國書那麼多，怎麼讀得完？」感到惶恐沮喪、沒希望。這更是怪。譬如有一人，走進糖果店中，看見糖果那麼多，會說：「呀，糖果那麼多，吃也吃不完，所以我們不要吃了」嗎？又會說：「呀，糖那麼多，從何處吃起呀？我好困惑啊」嗎？吃糖時不會如此，為何一要他們讀書，就老來問這些無聊問題，老在那理喊：「書該從哪兒讀起？」

還有些學生，書不肯唸，好高鶩遠，一心以為鴻鵠之將至，或以為讀書之道，眞有祕竅口訣。這裡談談、那裡看看，東聽聽、西問問。某師云讀書該如何、某人云又該如何、某云何書須讀、某又云某書甚為切要，知道得很多，也經常來問你對此類說法又有何說法，可就是自己一本也未眞正讀過。如飲冰水，自己不肯去喝，聽人談冰倒聽得不少，而又自以為可以語冰。某書境界高、某說層次好、某說甚精巧、某某讀書有所見，聒語之不休，然實與目不識丁人無異。

又有一種可憐人，受中小學教育之毒，成了根本不能讀書之人，腦子早廢了。雖有我灌之以瓊漿、藥之以靈丹，終不能起廢疾而痊膏肓。怎麼說呢？試以中小學國文課為例，其課本提供之知識，頗多錯誤，暫不說了；整個課本的編輯就毫無理則，東一課〈原道〉、西一課〈歸去來辭〉，前面可能是〈劉姥姥遊大觀園〉，下一課忽然又是〈祭十二郎文〉。既無知識上的聯貫性，又無語文使用上的整體性，更不能令受教育者獲得中國語文學歷史的連續性認知，支離破碎，不見大體。實際教起這些課文來，受考試引導教學之影響，支離益甚，背字辭、背語譯、背解釋、餖飣格磔，毫無統體。學生日受此等教誨，自是全身經脈錯謬、骨節寸裂，焉能再練上乘武功？

藉口推拖者可厭，而好鶩高遠者可惡。我很厭惡此等學習態度，所以凡見學生如此，便難得給什麼好臉色，往往挫折摧辱之，欲令其幡然改悟。對於那些可憐人，則我覺得他們毫無希望，故雖傷憫之，而實有不屑之意。這些學生有的苦欲上進，仍來問道，我亦勉力接引。然言辭之間，終不免有下愚不移之慨嘆，使他們覺得我好像就是在說他們是下愚。

其實並不是我故意羞辱他們，我也不想傲妄，可是這種態度，許多學生確實受不了。巽柔者，自覺眞正淺薄無知，豬狗不如；狂桀者，則激而相亢，以認爲我也沒啥了不起，來保衛他們的自尊。因此，我和學生的關係，暗中一直有些緊張。而也因此緊張關係，構成了我特殊的風格。

我的很多話語，例如我會說：「要用功啊！人生能讀書，且讀書而能有成之時，皆在二十歲左右。待三十歲尚無所樹立，便再也沒有希望了。如康有爲章太炎，學問皆成於三十歲以前，三十歲以後，大抵活著等死而已。」學生們聽此，立刻會感到我這話有超乎字面的含義：含有一點感傷，慨嘆少年時光即將飛逝，我自己的學問亦行將大成；又含有一點自負，因爲我似乎有與康聖人章瘋子一較短長之雄心，且暗示能超過他們；但又有點輕藐，好像我是在說學生們已二十多歲了，還稀里糊塗，什麼也不懂，看起來將來也只能活著等死；然而，其中彷彿也有期許與鼓勵，希望大家莫辜負了年光。以致於聽聞者既受鼓舞又不服氣。

我之「博學」，對學生亦爲一大壓力。本來教師們就比學生們知道得多，這是自然之理，但因我與學生們年齡差距太小，學問的距離因此便顯得大。我又刻意彰顯此點，以爲可以激勵後學，卻不知更形成了鴻溝。我又無教學經驗，往往爲學生之無知所驚。在課堂上引書舉例，學生們不知道，其實是很正常的，因爲他不懂，所以需要我們教。但我有時眞沒料到一些我以爲是基本常識的東西，學生們也瞪目茫然。我因此會流露出驚訝、無奈、難以置信的神情，讓學生們心理上覺得也受了傷。

從學生們的角度看，這時我學問之好，當然無可置疑；所教之內容，則博駁深雜，難以理解。對學生，因年齡較爲接近，故彷彿不難親近，可以玩在一塊；但知識上卻冷厲孤峭，大干天和。有一年，我看考卷時失了耐性，一舉死當三分之二，然後第二年停開該課，讓學生連重修的機會都沒有。又有一次，一位學生來問我問題，我看著她，她竟噎住了，講不下去，繼而放聲號咷痛哭。這都可以看出此時我之峻厲。風格蓋如刀也。名刀雖可欣賞寶玩，刀光森寒，也讓人懼畏。

曾有同事勸我對學生勿太刻厲，不能以自己的標準來要求別人，更要「疼愛無知者」。我亦知此乃教育家偉大的襟懷，可是我做不到。我對無知有天生的憎嫌感。

教師本如醫師，須能愛病患，故才能不避病菌，到病患群中去施藥用術。倘他憎嫌病人，則雖其術如神，又復何用？然我能傷憫病者無知者，卻不能忍受無知。我不是對人的嫌厭，而是對無知本身的厭惡。亦正是因爲要使人脫離無知，所以我才願意教書、願意寫文章討論問題。但一旦面對無知者的無知，我又有說不出的厭煩。以致進退維谷，陷入絕境。

當年氣盛，處此絕谷，欲以大力摧破之，擬以大海潮音，作獅子吼，震聾發聵，破彼無知，豁彼無明。故精爽飛颯，氣魄亦甚動人，居然也很鼓扇了一些學生。可是整體說來，此乃幻景光波，非究竟實相。破棄無知之姿韻越美，棄絕無知者越甚。無知者終將自棄於無知。縱能體會、也能欣賞此破斥之氣力，卻不能自使其有知。我揮灑氣力於虛空中，久之而亦自厭，懶得再說什麼。

因爲人若知其無知，即非無知。唯其不自知其無知，故你若好意教誨之，他反要惱怒起來，謂你才是無知者，那便不能不辯。而有知者笨到去和無知者辯論，則他與無知者相去亦不甚遠矣。在我漸漸覺得我越來越像個無知笨蛋時，我就不再多費氣力了。示以正理，蘄其自悟而已。倘終不悟，而起疑情、發怨懟、強辯飾、欲自安於無知，我也樂得輕鬆，汝安則爲之，汝是則是之，吾不屑教誨之，是亦教誨也。

古笑話書上曾載一故事云：某甲與某乙談，讀太行山爲大行（ㄒㄥˊ）山。某乙糾正他。某甲堅持。某乙乃說：「那麼我們找一人評判好了，錯的人輸十塊錢」。於是便找了某丙來問。某丙說：「呀，當然是大行（ㄒㄥˊ）山」。某甲很得意，向某乙索了十元，揚長而去。某乙十分不快，抱怨某丙弄錯了。某丙乃跟他說：「你不過花了十塊錢，卻要他一生不識太行山哩！」後來我碰上喜談大行山的朋友，也總是讓他們一生不識太行山。

這樣的教師，集古怪、促狹、激切、峭冷於一身。既欲度人金針，又彷彿崖岸自高，或故示歧途。既鼓舞向道之熱情，又大潑冷水。既矜恤愚瞽，又頗斥鄙其愚妄。錯綜矛盾，不可捉摸，想必令我可憐的學生們大感困苦，不知該如何面對此年輕之老怪物。

然我亦因此而擁有特殊之風格與魅力，在學生間有一些傳說。有一年民生報選拔全國名師時，居然上榜，說我頗受歡迎，照片刊在頭版上。學校裡排給我的課也越來越多。先開專家詩，教李商隱、李白、杜甫。接著講詩選。傅試中老師又把詞曲選的課交給我。白惇仁老師出國，我也替他教《戰國策》。另如韓柳文、荀子、漢唐諸子學、中國文化史、文心雕龍、國學導讀、文學概論……等。一名兼任講師，一週竟然有時會有十幾個鐘點，同時開設六七門專門課程，可說是異數了。

這當然是老師們的愛護與栽培，系主任王甦師及後來的韓耀隆師，都以爲我眞能教、眞受歡迎，放心把系裡的專門課程都交給我去瞎整。其實那時許多專任老資格的教師都還沒課可排，尚徘徊於外系教大一國文哩。我也逞強，每年還要開新課；同一門課，例如詞曲選，教兩班，還故意一班教詞、一班講曲，以示博雅。講書時，如講《昭明文選》，也可以不用帶課本上講臺，隨口舉證，令人莫測。實則講前早有準備，已然宿構，但聽者被愚，不免愈驚浩博。

時唐亦男先生接掌成大中文系，北上邀張夢機師南下授課，張老師推薦我去。我便又每兩週去臺南一趟。每周日晚上，我妻送我至桃園火車站乘車。到臺南，摸黑抵禮賢樓，打門喚工友，來領我上樓。樓甚古，漆黑幽穆，老榕蔭蔽，洋樓的落地長窗，罩上大灰布窗帘，夜風吹來，便森然有魅影幢幢、古屋驚魂之感。有時去，都無人在，房間裡一床床白被單，如睡在殯儀館中。待天明，起食工友一家在禮賢樓前熬的豆漿，才去上課。上午三堂，下午三堂，上畢再乘車趕回桃園。

我很喜歡這樣的經驗。我的校園經驗太狹隘了，只在淡江。師大的校園太小，實無校園生活可說。校園，須是可以居、可以遊，生命可在其中自由生長的地方。我雖只每次在成大住一晚，但住一夜，早晨起來，走過湖邊露氣濕潤、水石清美的草地，穿著濕漉漉的布鞋去上課，生命彷彿就添了些重量。中午小睡過後，緩緩穿過西式洋樓的長廊，看著榕樹傘蔭底下綠草如茵，草地上有人著西洋騎士服在擊劍。我的腳步，則與午後熏風一齊飄過廊廡，一點也不驚動正在廊下臺階擁抱接吻的年輕男女。這是多麼美好的感覺！校園中的古砲、舊城門、石薜、蒼苔、老榕樹，以及老教師們，也都令我興發了不少幽情。於茲懷古，詩當然就教得特別好。

唐先生希望我能留下來專任。對一名私立學校的兼任小講師來說，荷蒙賞識，且能在公立大學專任，自是喜出望外。但古老的黌宇，在歲月中凝然矗立，是否眞適於年輕人施展拳腳？唐先生戮力改革，一舉聘了好幾位青年，調整課程，重訂架構，系裡便隱隱然風雷欲動。我無力介入，自然只能遠離，是以遜謝了唐先生的盛意，連兼任也一併辭掉了。第二年，果然起了些風波，唐先生亦解職矣。

等到我博士班畢業後，我才再度赴南部任教。時曾昭旭老師在高雄師範學院負責國文研究所，爲了提倡研究風氣，加強南部學生的對外溝通，找我去兼一門課。他又開辦系所學術研討會，自己提一篇論文，命我去「講評」。這都是創舉，頗動一時觀聽。曾老師與高雄文藝界很熟，我們每次去，都跑去茶館子喝茶聊天。故與其說是去教書，不如說是去遊玩。

這都可以看到當時我成長的氣氛。淡江的老師們縱容我、愛護我也就罷了；唐先生根本不認識我，一見即遽委以重任，又要聘我爲專任。曾老師自己擔任所長，辦研討會，爲了樹立典範，竟要我一個後輩去嚴格評論其文章，其胸襟氣量都不是現在一般人所能及的。

他們並不是從私人情誼上來做這些事，而是從「公」的角度來考慮。例如唐先生不只重用我，她還親自跑去聽顏崑陽的課呢！曾老師在系所師生面前，故意讓我來痛批，也不是爲了提高我的聲望，而是爲了使僻居南部的學人學子了解學術客觀化的意義。當時我仍依習慣，稱他爲曾老師。他則說如此不夠客觀，在臺上就應稱「曾先生」。可見其用心所在。

這是很容易的事嗎？我在十年後，主辦過一次美學研討會，請林朝成去講評劉文潭先生之論文。因擔心講評二字有人不能接受，改爲「特約討論」。林朝成又一直尊稱劉先生爲劉老師，其實他並未被劉先生教過。但劉先生仍然大怒，說：「我以爲主辦單位會請一位名望較高的前輩來講評，誰曉得找了一位這樣的年輕朋友……」，幾幾乎要拂袖而去。足證迄今學界中輩分與身段，仍是無法輕易擺下的。至於門派閥閱，更是眾所周知之事，誰能放心起用不相熟的人？

那時中文學界有此氣氛，正是中文學界能在人文學術領域中扮演改革者角色的主要原因。在中文學界內部也是如此。淡江在韓耀隆老師主持時期，起用李正治、曹淑娟等非淡江出身者。臺大師大在當時聲勢最大，卻因不吸收其他學校的人才，本身所培養之優秀人才又未必能留校任教，以致幾年後，氣勢便被淡江比下去了。故知學術之公，乃學術消長的關鍵；人才之栽育，則須有眼光識器，不能拘泥於倫理關係與人脈門戶。

我在教書期間，養成了這類看法，當然也就使我刻意不讓我之教學形成一個派別或門戶。讀書治學，我以「我用我法」自詡，也希望學生自用其法。這與教學的邏輯有時是相違背的。學生在我這裡，學不到一種比較明確、穩定、可以掌握的方法。我從不主持研究計畫，帶著學生做；也不指導學生怎麼研究。頂多是待他們自己磕頭碰腦，鼻青臉腫地弄一個東西出來以後，才指摘批評一番，算是「指導」了。如此指導，其實就是要其痛改前非，放棄了重來的意思。學生們對我之批評，或許尚能接受，對我何以有此見解、爲何如此說、如何得此結論，則大半茫然。我又經常改變，在覺得已形成一種模套時，即會故意改換，以使學生無從捉摸。或英雄欺人，故晦其跡，令學之者誤入歧途，達到「效我者拙，學我者死」的效果。

是以我在教學上，可能有點橫霸之氣，有彷彿教主的口吻與架勢；我的說話方式及教學內容，也多半是在指導別人該如何看書看問題。可是從客觀條件上，我已瓦解了因此形成一個學派之可能。我的方法，似乎很明晰，但因強調「主體涉入」，故實爲無法之法，非我之法，而只能是各人自己的法。我的觀點，又很龐雜，一直不使之系統化，故亦無從掌握。我更跳著開課，使學生們不易明白我在某一領域完整的看法。教書則從來沒有講義、教學大綱、預定進度及指定練習作業，隨興隨機而講，流轉無方。

這有點像我寫文章，寫前通常沒有綱要，不知會寫些啥。「放筆爲直幹」，寫畢自成格局。所以事實上我亦非故弄狡獪，我實在不曉得會講出些什麼。登臺後，語言流瀉，自成若有若無條理之一套。所以講課成了藝術性表演，而非知識的導引。如此教學，怎能把學生教會什麼？

譬如教拳，學生來此既不見拳譜，又不讓他學些套式；雖常示範，但僅爲舉例性質；凡築基、搬運、調息、行氣、移形、換位之法，俱缺講授，便只能期望門下忽出龍象，天開而心悟了。我之不會教書，於此可見一斑。教了幾十年，乏善可陳，所誤實多，想起來是很慚愧的。

但這種教學方式，狃於性氣、成於積習，又受到我做學問風格及成長經驗的複雜影響，並非短時間內說改即能改。在無力自我修正調整之際，我只有盡量減少授課。自七十四年左右，我便漸漸不太上大學部的課程，也不甚赴外校兼課，以免貽誤太多，傷了陰德。就像我從來不參加大專聯考的閱卷工作。這種工作，本是義務，在當年其實也是教師們清貧生活中不小的薪貼。每年大學聯招、夜間部、轉學考、高普考之閱卷，可以消磨掉整個假期，也可以籌到足夠的家養及小孩的教育費用。到我擔任系主任之後，仍有同仁向我提醒：絕不能剝奪他們批閱考卷賺取外快的權利。這是現今富裕社會所不能想像的事。我卻從來不去。並非我自鳴清高或不缺花用，而是早先伯父乾升公任銓部司長時，曾要我做過他的襄試委員。令我深知自己不會看卷子，分數拿捏不準，見到文筆不通者又會動氣，不能持平，所以嗣後便不再參加閱卷，少造點孽。減少授課，特別是少在大學部教，也是這個意思。大學學生心性尚未穩定，忽遇此索隱行怪、陰晴不定的老師，一定不是福氣。

此外，教學方式上也逐漸調整，稍歸平實。例如不再講我那一套套奇談怪論，而老老實實帶學生看點資料、讀點書，或根據著我已發表的一些文章來講，戢聲華以致渾樸。

這在我，乃痛自悔抑之後的轉變，誰知學生們似乎並不領情，他們有的覺得上起課來不如早年「精采」；順著文獻資料講，則上課也不如自己就在家裡看看。有時，我欲金針度予，將自己千折百轉、火烹水鍊之金丹舉出相贈。學生卻又覺得如此小小一粒、一言半語，樸素無華，毫不起眼，不免薄吾之寒儉。讓我也很疑惑，究竟書該怎麼教呀？

教學之利人者如此缺乏業績，其利己者，亦即教學相長的部分又如何呢？

教書本是心靈激盪的事業，教者以其心光映照學者，學者以生命成長的困惑來叩問，彼此共同探索，激揚以共成其美。但我之教學，未能達此境地，我只是因此抒情興感，表達我自己的生命困惑及理解之所得，既乏接引之力，又無耐心無興趣聽受學生之心靈波動。我與學生，一直是有距離的，輕其浮、傷其淺、薄其油、而厭其無知。學生的學習，有了困難與進益，也很少找我談，因爲那只會遭到更多的挫辱。不像曾昭旭老師他們，能眞正與學生有所感通。故所謂教學相長，在爲學生命之成長上，我可說寡有收穫。

那麼，在知識上呢？我之教學，是籠罩一切式的，充滿獨斷的氣味，剛霸而少寬柔，故甚少討論之空間，有講貫而無商兌。什麼師生互動、討論式教學、學生報告而老師從旁指導等新式教學法，我都很欣賞，因爲可以少講些課，保護一下嗓子，但我不太做得來。也因如此，學生能在知識上啓發或予我激盪者亦甚少。

不過，我開課既多，爲了備課，不能不把該課所涉相關領域之知識予以通盤掌握。課越教得多，各領域之相關問題當然越熟，這對自己總是有幫助的。我上課又不喜歡介紹別人對某一書某一作者某一領域之看法，我習慣講我對此一講述對象之研究結論。所以，每講一科，總會提煉出我自己對某一問題的一套看法來。這些看法，都是可以寫成書的，例如我的《文學散步》，是教文學概論之副產品；《思想與文化》，是講中國文化史的成果；《道教新論》，是教道教文獻選讀之產物；……。其中，《文學散步》還得過教育部的教材改進甲等獎。

有時，我也會惋惜咳唾隨風，不免遺憾，有心力浪拋之感。當年，錄音機使用尚不普遍，但已有學生把我講課的情況錄下來。我借得幾套，想重聽一遍，自己整理成書。可是聽到那裡面尚有風聲、鳥鳴、雨聲，一霎間勾起太多悵觸，竟是怔忡不能落筆。李商隱的幽怨、荀卿的禮義、中國人流離的感傷、文化生命的莊嚴，在錄音機裡吱吱呀呀，翻來覆去，絮絮叨叨，如歌如訴。我的華年，我的心力，即沉沉銷磨於其中。昔日少年，今未白髮，然而滄桑之感，亦未必非待白髮之後方有。

記得有一年在講臺上，隨口問那班大學生：「你們是幾年次的呀？」青春爛漫的少年們嘻嘻哈哈地回答了。我暗暗算了一下，什麼？我們相差竟已十幾年。我在上庠執教，居然已過了十年嗎？流水十年，呀，十載流光，就如此消逝了嗎？一陣昏眩，幾乎讓我掉下淚來。

現在距此感傷又欲十年，鴻飛東西，已離開淡江而去嘉義中正大學，行又將再赴宜蘭。兩肩一口，依然如賣藝人糊食四方。初登教壇時之青澀與豪情仍在，昔日聞法之人禽風雨則已俱杳，傷哉！

INK PUBLISHING

讀者服務卡

您買的書是：＿＿＿＿＿＿＿＿＿＿

姓名：＿＿＿＿＿＿　性別：□男　□女

生日：＿＿＿＿年＿＿＿＿月＿＿＿＿日

學歷：□國中　□高中　□大專　□研究所（含以上）

職業：□軍　□公　□教育　□商　□農

□服務業　□自由業　□學生　□家管

□製造業　□銷售員　□資訊業　□大衆傳播

□醫藥業　□交通業　□貿易業　□其他＿＿＿＿＿＿

郵遞區號：＿＿＿＿＿＿

地址：＿＿＿＿＿＿＿＿＿＿

電話：（日）＿＿＿＿＿＿（夜）＿＿＿＿＿＿

傳真：＿＿＿＿＿＿

e-mail：＿＿＿＿＿＿＿＿＿＿

購買的日期：＿＿＿＿年＿＿＿＿月＿＿＿＿日

購書地點：□書店　□書展　□書報攤　□郵購　□直銷　□贈閱　□其他

您從那裡得知本書：□書店　□報紙　□雜誌　□網路　□親友介紹

□DM傳單　□廣播　□其他

您對於本書建議：

感謝您的惠顧，為了提供更好的服務，請填妥各欄資料，將讀者服務卡直接寄回或傳真本社，我們將隨時提供最新的出版、活動等相關訊息。

讀者服務專線：（02）2228-1626　讀者傳真專線：（02）2228-1598

涉世

讀書做學問的人，最常接觸的社會，就是出版業界。

我從大學畢業起，便因與林明峪一道編書而開始與出版業有來往。當時林明峪先是主編一《新青年》雜誌，後再去聯亞出版社鬻稿，旋即任職於該社，負責編書寫書。我既常去找他玩，自然也與該社老闆張文宗先生廝混漸熟。後來同學張智清亦在彼處工作過一段，編書、弄劇本，我偶預其議論，對出版乃略有所知。且也因此機緣，由李瑞騰和我執行，請張夢機老師主編了一套八冊《中國文學精華》的詩詞曲賞析。

接著又有一段時期在《愛書人》雜誌上寫專欄，該刊爲臺灣少數書評刊物，黃章明、封德屏、游淑靜都執編過。李瑞騰、渡也陳啓佑都在上頭有專欄。瑞騰筆名李庸。所以渡也有次跟我說他準備自稱陳笨。

再接著就是許長仁先生主持故鄉出版社，請瑞騰策畫古典四書：喜怒哀樂、青紅皀白、春夏秋冬、愛恨生死。許先生原與李利國辦過《仙人掌雜誌》，發起鄉土文學運動。這四本書推出後也很獲好評，封面及內頁版面之處理均有新意，加裝書殼封套，亦為當時罕見之裝潢。但整個出版社經營並不好，不久即由高源清先生接手。

高先生把古典四書系列擴大，編了十二冊。後又配合此一路線，編了《實用成語辭典》正續編，邀顏崑陽和我主政。有一度，還準備編中小學國文教科書，要崑陽和我評估、規畫。時教科書仍由國立編譯館掌理，尚未開放民間編製。但我與崑陽都判斷教科書開放民營乃大勢所趨，主張積極投入準備。對中小學國文課本應如何改編，也提出了一套新構想。終因投資太大，又無法準確掌握開放之時間而作罷。

高先生另行開發牛頓系列，推廣科學普及事業。辦了牛頓、小牛頓雜誌與叢書。甚至還在全省辦小牛頓教室，從幼兒安親班、科學班、才藝班、作文班一路辦上來，成為龐大的社教機構。近來更出版總編輯劉君祖的《易經》論著。初輯三冊、囑我作序，推出時還拉我去參加新書發表會，向新聞界推薦。當時頗有人懷疑「牛頓」出這種書能銷嗎？因為牛頓本是做科學書的。但機緣湊巧，李登輝總統讀到此書，甚為欣賞。時正因他屢引《聖經》、自喻摩西而廣受批評。各界認為他擔任國家元首，卻欠缺對自己文化的認識，充滿了日本味或長老教派牧師的氣味，所以李先生也想進修一下，讀點中國書。於是便請君祖去官邸開課。講了一年，君祖又出了論《易》之書第二輯三冊。李登輝先生自願撰序，而文武百官上行下效，亦紛紛請君祖開班。君祖甚為煩惱，恐此帝王師之身分，士林別有臧否，曾來找我談因應之道。我以為無妨，說大人以正道，本是正理；李先生欲撰序以言其心得，亦甚好。若恐流派色彩太濃，同時也請他人撰序即可。後君祖果然另邀呂學海與高源清作了序。

舉這些事例，是想說明出版界的特殊性。它是一種商業行當，若市場的評估稍有閃失，立刻完蛋；經營手法亦甚重要，否則暴起暴落，易手轉讓，甚爲平常。且因出版從策畫、編寫、製作到印刷、上市、盤銷、布點、回收，流程很複雜，時間也很長，所以規畫須有較長遠的眼光，與新聞事業並不相同。其經營與回收，有時也要從長時間、大局面來考慮，如《實用成語辭典》就是成功的，牛頓雜誌在科普事業上也是成功的例子。預見未來，判斷教科書必然開放民營且早做規擘，雖終未能實踐，也不妨說是成功的。

出版又是一綜合之文化事業。一個出版社，可能同時發展好幾種系列的出版品，分別面對不同的文化消費群體。故鄉即是如此。這些不同系列或路線，並不是完全區隔的，其間有互補互通或相輔相成之處，如牛頓又出版《易經》的書。把這種綜合性擴大來看，出版社本身也往往有很大的彈性，能與其他文化事業聯結起來，形成一綜合文化事業，如牛頓又辦了小牛頓教室之類。在社會上擔負著文化教育的工作。

這些工作，並非商業活動所能完全涵蓋，故出版業又同時爲一文化業，與一般商業不同。出版人同時即爲文化人。像張文宗先生是藝專出身，醉心美術與設計，也兼授此類課程。高源清賣帽子起家，人稱高帽子，談《易》學竟亦原原本本，不在學院學者之下。劉君祖更是如此。他畢業於臺大環境工程所，卻組織「夏學會」，辦討論文化之講會，開過星宿海書店，專售文學藝術文化典籍。因爲書店就在淡江城區部旁，我常去找書。店中橫披胡蘭成所書「星宿海」幾個大字，氣味古茂，甚具特色。後呂學海與王鎭華來找我參加夏學會，我才認識他及其兄君燦。我主編金楓出版社經典叢刊時，邀他整理注解過《人物志》及《春秋繁露》；替幼獅書店編通識叢書時，也請他寫過《中國的工程——開物成務》。其爲一文化人，且爲一學人，是顯而易見的。

不是故鄉牛頓才如此。只因故鄉出版社與我結緣較早，爲了敘述的方便，即舉它爲例而已。後來我接觸的許多出版界朋友，臥虎藏龍，實是難以盡述。他們有商人的勢利與機敏，有文化人的疏豪與執著，有學人的書卷與文采，更有江湖人的氣魄，比學院裡的人有趣多了。

在我參加古典四書之寫作時，碩士班即將畢業。隨後黃慶萱老師找我做件事。原來時報出版公司準備製作一大套【經典寶庫】，把中國典籍用現代語言闡述一番，給青少年閱讀。這是震動一時龐大的工程，投資極大，邀集參與撰稿的學者也幾乎網羅了文史科系所有的專家。黃老師即被邀改寫《西遊記》。但他正忙於《易經》的校釋工作，無法分身，便徵得出版社之同意，要我和林明峪來寫初稿，由他修潤。

我初以爲《西遊記》文甚平淺，改寫起來很容易，孰知動筆後才大呼吃勿消。爲什麼呢？看人挑擔不吃力，且往往還可以恣意批評挑擔者姿勢不好看、用力方法不對。但要知道大作家之功力，最好的方法便是與他同作一個題目、同寫一篇。試試看，就知道爲什麼人家是偉大作家偉大作品，而我們自己寫的只是狗屎。我們把《西遊記》拿來，挑選了一些代表性的情節段落，照著原書的大體架構去改寫，卻越寫越氣餒。文字之轉折、情節意象之變換，要到這個時候才翕然嘆服，覺得原作眞有鬼神不測之妙。我們勉強追躡，猶如在地上追著天空蒼鷹的影子在跑，步法散亂，氣喘吁吁。好不容易才寫完，覺得受益匪淺，功力大進。

稿子寫好後送去。主持時報出版公司的是高信疆柯元馨夫婦，高並主編時報人間副刊。兩人才華震耀，正是文藝界的旗手。後來詹宏志曾說信疆是「紙上風雲第一人」。亦曾見顧重光畫一油畫，有戰陣衝鋒之景、疊上報紙影象，再畫一號角，題曰高信疆時代。可見此時他們的地位與影響力。但因信疆夫婦極忙，這套書的編務瑣事則多由周安托先生分勞。

安托乃著名之詩人，右腳略有不便，然詩情俠氣，肝膽照人。我送稿子去他住處，他極客氣接待我。離去時，則拄枴立送。不久，他打電話給我，謂出版社對這部稿子很滿意，希望我能再幫忙，把其他各冊已交稿者也看一看，提供點可再修改的意見。於是我又兼職審稿，看畢提出若干修正意見，由安托去與原撰稿人溝通修改。

當時我只是一碩士，撰稿者則多爲成名教授學者，高信疆周安托委我審稿，可謂膽大，其識人之眼光亦不可及。事實上這也確實需要，因爲這些教授們有些地方弄錯了，有些則因疏於此類表達方式而文筆欠達，多了點商榷，總會好一些。此書推出後，佳評如潮，即與製作之嚴謹有關。

我之受惠亦極大。因經常跑出版社，元馨大姐及安托兄時與閒聊，開益甚多。出版社本身即多高手，又在時報之體系中，高大鵬、詹宏志、張大春、陳雨航……俱在其間。得見當代文彥，又間接對時報之業務及運作有所體會，皆由此機緣。後來我《少年遊》散文集即由時報出版。信疆夫婦離開時報後，我仍與該社有不少往來，主編過一套《國史鏡原》，也出過一本《文化文學與美學》。與時報系一些朋友認識，都在那個時候。

那時我仍是非常稚嫩的，沒見過什麼世面。記得有次「江南書生」謝文孫剛出版《劍俠李白》不久，返國。高信疆夫婦及安托宴之於財神酒店，要我去隨同採訪，寫篇報導。我第一次走進大飯店，吃大餐，有侍者來服務，不免踖跼不安。謝先生談他新的研究，即清末珠江三角洲「絲與槍」的發展，我也不太懂。回去後勉強謅出一篇採訪稿，根本不能用。信疆只得另找詹宏志寫了一篇。

十五年後，我接到聯合報蘇偉貞轉來的一封信，是謝先生寄給她的，說：「航空擲寄〈讀書人〉版兩期，今日收到。謝謝。該刊每周新書金榜，偶見龔先生評介黃仁宇著《中國大歷史》，頗爲欽佩評者的見解。尤其嘆服書評的文筆，在極短的篇幅裡，竟包涵了那麼多的評斷與分析。眞好！眞好！這是遙居海外、素昧平生的一名讀書人的直接反應。剛剛讀完，要對貴刊的成績熱烈鼓掌。也盼望龔君筆健，多寫書評，嘉惠許多讀書人」。我毫無心理準備，忽然得此謬賞，不由得又想起當年那頓晚餐。謝先生一定不曾想到他與我並非素昧平生，也不可能想到今日被他評爲健筆者，昔年有多麼稚嫩。想到前輩的掖助與自己的成長，怎能不感慨繫之？

這時我與報社的關係已逐漸展開了。除了時報之外，民眾日報那時也正在提攜新人。副刊主編鍾肇政先生用了我一些稿，卻引來一大堆批評我的文章，論點集中在有關白先勇《臺北人》的評價上。我覺得參與討論的人都思路混亂、文筆不通，所以後來的答辯多只談邏輯與語意問題，而未意識到這已是臺灣文學界批判現代主義、揭舉本土精神的號角。更沒想到直到今天，談臺灣本土文化及文學者仍然一樣思路混亂、文筆不通。但鍾老提挈後進，不遺餘力，對我甚爲優容，不僅仍刊我文章，還讓我闢了幾個專欄。小說家吳錦發及評論家高天生也常來我處聊天。大抵當時所謂「臺灣結」與「中國結」之糾結及畛域尚不明顯，大家也還沒有替自己找到一定的陣營與立場，所以文學人文化人並未因此而形成壁壘。較明顯的界域，反而不是意識形態上的，而是刊物版圖上的。每一刊物，都有較常騁馳於其上之作者。相對於較不能躍馬涉足於該刊之寫稿人而言，那就是個明顯的封疆了。

然而刊物之版圖與人民並不穩定，因爲編者會去其他陣營中拉稿，也會開發新的寫作群，否則刊物即無競爭力。當時詩人章益新（梅新）主編臺灣時報副刊，便急著想找這樣一些生力軍來擴大軍容。謀諸黃慶萱老師，黃老師乃推薦我去。

梅新先生策畫了一系列訪談，第一位是古龍，要我去做紀錄。我仿古龍文體整理了當日之訪談內容。黃老師與梅新先生很滿意，古龍更滿意，還派人來取了一份。不久之後，古龍即因酗酒而死，該文成了古龍晚年最重要的談話。也是在十五年後。早期出版古龍成名作《大旗英雄傳》《楚留香》等書的眞善美出版社少東宋德令先生，由美返國，重新投入武俠小說出版事業，找到我爲這一系列作品重寫導論，並製作電腦遊戲版楚留香。即是這段因緣的後續發展。

訪了古龍之後，接著訪李敖胡茵夢、高陽、牛哥、顏元叔，談歷史小說、偵探小說、文學批評、漫畫、治學、愛、性等等。稿子後來都輯入漢光出版社《歷史中的一盞燈》。只有古龍一篇，因漢光老闆宋定西不喜歡古龍而未收入。宋先生是張夢機老師的「兄弟」，依輩分，我應喊他師伯。碩健朗銳、亦理平頭，但蓄鬚，有威儀，曾是拳擊國手，亦為江湖好漢。有次乘計程車，與司機發生爭執，司機邀他下車單挑，他一拳就把對方打暈了。聘張老師為其公司顧問，張師中風後，振濟恤贍，尤見古俠士風，我甚景仰之。他對我很賞識，屢邀我去主持其公司編務，我都不能應命。如此豪俠，卻對古龍不欣賞，也是趣事。

這些訪問，鄭明娳曾推許為是她所見過最精采的訪問稿。其實不全是我的功勞。訪問時主要當然是我，但不只有我發問，梅新大多參加，也邀一些藝文及學術界朋友蒞場，許多有深度的問題是他們提的。我只是費了一些氣力予以整理罷了。唯整理亦非易事，當時我尚無力購買錄音機，借別人的機器與帶子錄好，帶回龜山去整理，翻來、覆去，拼起、刪掉，組織成文。於整理中體會受訪者之思路、欣賞其語言運用、回憶談話時之氣氛，而以文字追蹤之，是非常難得的經驗。所訪問的這幾位，也都是罕見的人物，我從他們身上學到了許多東西。

其中最特殊的是高陽先生。他原本是準備招徒的，曾由汪中老師介紹了王文進，二人不契，他又另行物色。梅新要我訪問他，本亦有意撮成此事。但訪問過後，他一直喊我鵬程兄，常邀我去吃海鮮、談清史、論紅學。一杯在手，語驚四座。我順其談鋒，隨處貢疑獻證，他便越談越起勁。有時來函論學，亦累累數頁。在聯合報寫《曹雪芹別傳》時，更指定要我寫篇訪談，以當前言。後他又發現靖應鵾藏脂批本可能是贗品，我也附合寫了一篇〈靖本脂評石頭記辨偽錄〉，刊在成大學報中。當時他很欣賞邱世亮先生在《紅樓夢解》中認為該書係影射雍正奪位之見解，由我找到邱先生，三人談了一次，準備合作寫個東西。後雖亦不果，然我之紅學知識，實由先生啓之。其他所談，當然亦不限於紅學。

他每次打電話來，都是：「鵬程兄！高陽，哈哈哈」。約見面，縱酒傾談。高睨雄文，固一世之豪也。然時愈久，飲酒愈多，先生之體力乃愈衰，終於八十一年六月因心肺功能衰竭而逝。那天我去看他，適巧其女公子剛剛走開返校，醫生電擊心臟搶救無效，先生唇角鮮血溢出，未及與我交談便去了。我大哭，通知了聯合報、中國時報與中央日報，回去趕了幾篇追悼文字，紀此緣會，並誌感愴。

這也是訪談的續曲。在訪談以外，我並幫副刊寫些稿子。例如錢鍾書《管錐編》新出，我讀後有些意見，寫了書評。卜少夫（無名氏）適來臺，見之，大為欣賞。常對人說：大陸上捧錢捧上了天，龔鵬程一篇書評就將他打倒了。其實我沒那麼大本事，只是大陸學界哄抬「錢學」鬧過了頭，易惹人厭而已。

又如我為了研究汪榮寶，曾去拜訪其哲嗣汪公紀先生，獲贈其《思玄堂詩》《金薤琳琅齋文集》及清史著作，回來草成〈汪榮寶的歷史形象與地位〉。待民國八三年，又是十五年後，汪先生忽賜一函，謂「久儀清望，無緣識荊，悵恨，悵恨」。且云當年我那篇文章在報上刊登時，他只剪存了上半篇，希望我能再將下半篇寄奉。我很惶恐，忙將文章寄去，並回函說其實他見過我的，我就是當年去麻煩他的那個年輕學生。汪先生又回信說：「家大人思想，蒙代為仔細剖析，使其偉大處完全明瞭，俾益後人，使得留名千古，胥拜先生之賜矣。公紀不學，先生所遺諸書不能盡識，況今已屆耄耋之年，又患中風。而今能遇先生，使其略能領會先人之偉大，眞萬幸」。

我還沒來得及遜辭，他就抱病枉駕親來致謝。使我非常慚愧。其實童子何知？汪公紀先生曾任駐日代表團公使副團長，學貫中西，而對後輩如此，正與高陽俯與我等後生交友，或卜少夫先生不吝獎飾末學一樣，都是老成儀型，足堪式範。我以文字因緣得此殊遇，頗感榮寵。

後來梅新先生離開臺時，副刊由周浩正先生接手，我也寫了一陣。待梅新轉至正中書局時，他便來邀我辦《國文天地》月刊。

辦此刊物，是他的理想。構想的來源，是從前開明書店的《國文月刊》。他認爲這類刊物既能做學校師生修習國文之參考，又可提供社會語文知識，而適爲臺灣所無，故積極遊說正中書局辦。先與師大談合作，未談成。七十四年他又拿了計畫給當時國民黨祕書長宋楚瑜先生看。因正中是黨營事業，宋先生支持這個計畫，撥了半年一百二十萬經費，所以就開辦起來了。

正中總經理是蔣廉儒先生，他很支持這個刊物，但其他人則未必。梅新時任正中編務，兼任社長，我是總編輯，另聘原在救國團的楊俊先生爲總經理。總共就這麼三個人，沒有兵，唯有一兼職美工，是聯副的陳泰裕。辦公室，則把正中四樓會議室隔了一小間給我們用。人員與經費不屬於正中編制，只提供一些桌椅設備。所有編務、印務、業務，都得靠自己，但整體方向及運作，卻須受正中之節制。

這是多麼奇怪的體制？正中是黨營事業，有其特殊之文化，副總經理陶佩瑚先生有次舉了首打油詩告訴我這種文化乃是：「一枝鉛筆五顆章，等因奉此無事忙，只見橋梁不見水，沒有子彈空有槍」。公司員工一百多，出版量大約與後來我任職之學生書局相埒，但學生書局總共不過十二人。這麼多人，出了些堆在倉庫找也找不著之書，而門市、業務、編輯各自爲政，日子倒也過得不錯。我從私立學校來，處此眞是大開眼界，極端不習慣。幸而月刊社與正中關係曖昧，在半獨立狀態中，稍事忍隱，尚可相安，但精神上是痛苦的。

編務也不容易對付。我前此在出版社編過東西，也擔任過採訪工作，但編雜誌是另一套，我毫無經驗。從策畫內容、安排段落大要、約稿、設計封面、催稿、改稿、發排、校對、配圖、計算欄位、補白、貼版、清樣、曬藍，到印刷、上光、轉送書報社，一步步都要學過。我號稱總編輯，其實是校長兼撞鐘，全得自己動手。我不怕動手，只是不懂，不知如何動手。陳泰裕這時幫了我最大的忙。我其實是在跟著他學，然後找市面上其他的雜誌來研究，到底雜誌該怎麼編。眞不懂，也只能旁敲側擊地問，否則總編輯不知如何編刊物，說出來不唯笑死人，也影響士氣。

這眞是打落門牙和血吞，強忍硬撐著做。那年端午節我就沒回家，睡在編輯桌上。當時正中因屬黨營，門禁與公家衙門類似。夜裡來加班，會發現電梯鎖了，或鐵門關了。有時要從二樓一西餐廳的廚房鑽上去。有時加完班下來，準備回家，會出不去，只好在辦公室窩一晚。

刊物第一期於七四年六月推出，以小雞即將啄破蛋殼出來爲封面圖案，標榜「知識的、實用的、全民的」。因爲國文是一切人文知識的基礎，運用於一切生活之中，並非研習國文之老師學生才需要補充此類知識，每個人都必須注意語文能力的提升。《國文天地》之宗旨即在於此，偏向社會語文學的路線。故除了介紹傳統的歷史語文學知識外，更要結合社會，討論語文環境如何改善、語文現象如何了解、語文能力如何加強等。因此刊物一出來，大家耳目一新，覺得彷彿與一般講國文教育的老夫子面貌有別。創刊號一版印了一萬冊，迅即售罄，一週後即再版，共賣了一萬六千冊。半年以後，又獲得了新聞局的優良雜誌獎。

《國文天地》在創刊時，有人預估不會賣超過四百本，誰能料到居然還能再版？熟悉臺灣雜誌，特別是人文刊物市場者都曉得那是多麼困難的事。但要維持業績也很困難。刊物的劃撥、業務、廣告，在條件不足的情況下勉強發展，其實也非常吃力，這些我並不能不管。因編輯部後來陸續有王美琴、黃秋芳、林慧峰、蔡素芬君加入，分擔了許多工作，所以我便又策畫開辦「文化講座」。邀王邦雄、曾昭旭、康來新、蔡信發、顏崑陽……等人來講《莊子》《紅樓夢》《史記》等，學員須交費，以此挹注刊物收入，且擴大宣傳與影響。試辦效果甚佳，場地不夠用。正中便把二樓西餐廳收回，改裝成社址兼教室。當時此亦為創舉，後來曾老師他們也在《鵝湖月刊》開辦，也很成功，漸漸乃廣為各界所採用。

針對校園內部的國文教學，我又找了蕭麗華、陳賢俊等一批年輕朋友編了一套《國文教學動腦》，強調教育的創造性、思考性，並提供較豐富的參考資料。這就又使《國文天地》開始出版叢書了。不但雜誌已刊之文章可再結集重編為書籍，亦可另行策畫，與雜誌相互搭配。例如我就找了幾位漫畫家，編了四本《畫說成語》。

雜誌乃因此而亦成為一文化綜合體，有雜誌、有叢書、辦文化講座、結合國文教育界與各文化團體之力量，共同探討國文知識，多角經營，好不熱鬧。當時我已賈禍，抨擊過中文學界的各種弊端。執編上述刊物時，許多人認為中文學界應該會抵制我；此刊物之風格又帶有現代感，恐不易獲得支持。剛開始時或許是，但辦出氣勢來了。中文學界的人力反而被我調動起來，沒有了支不支持我的問題與權力。而我也恰好有此機會，把刊物辦得熱熱鬧鬧，表示我不是光會張口批評的人，也能辦點實事，具有實踐性。正中之態度，也逐漸好轉，蔣先生升任董事長、黃肇珩先生來接任總經理，書局經營形態有所調整，對雜誌愈趨於積極。

這時我仍在淡江校長祕書處上班，但張先生因已任北市議長，不能再兼校長，遂改任董事長，申慶璧師乃趁隙退休，又向張建邦先牛建議讓我回到系裡去，較能發揮。因我在淡江一直是以行政職員兼教鐘點的方式聘用，並未因我已獲博士學位而返系專任。經申老師爭取，張先生問了我的意願之後，同意我回中文系專任，改任教師，不再兼行政工作。董事長祕書一職，則把已離開學校，去了銘傳的王樾找回來做。

此時系主任係傅錫壬老師擔任，我覺得在系裡亦未必能發揮。曾昭旭老師已接掌中央大學中文系，顏崑陽準備離開淡江去中央，我便與他一道參加中央的甄選，獲得通過，正要返校辦手續。新任校長陳雅鴻先生找我，要我負責接手系務。事出突然，情不可卻，只好硬著頭皮接受派令，並回《國文天地》去向黃肇珩先生辭職。

黃先生希望我仍能留下來，並說正中總編輯也正好懸缺，屬意我擔任。正中總編輯，是有歷史榮譽性的位置，歷來都是有名望的學者才有資格擔任的。我有些心動。但仔細衡酌之後，仍然決意返回校園。

我像鳥，在外面飛翔之後，總還想回到巢裡。學校是我習慣了的巢穴。學術研究是我的志業或生活方式，教育則是我的理想。原本只是因在體制內部推動不了，故以社會教育的方式來帶動體制的革新，達成教育的功能。現在既有機會返回校園、實踐一些想法，當然還是回去了。

總計我在《國文天地》編了二十六期。把這個冷門的刊物辦到有口碑，也有實利，自認爲是頗不容易的；替國文教學打開了一條新路向，更是國文教育史上不可漠視的一頁。當時聯合報社長劉潔先生常在刊物上寫稿，後來慫恿聯合報系也辦了一個《歷史月刊》，亦可算我們有間接催生之功。我曾見李瑞騰有一文，把這兩個刊物合起來討論，其中評價《國文天地》說：「兩年多來確實做了不少事，其中還包括舉辦六期文化講座。在刊物上寫稿的，可說是中文人力空前的大結合，讓我們看到原來被視爲僵硬、枯燥的國文，更有它活潑的生命力」。瑞騰與我，是中文學界唯二提倡雜誌編輯學的人，後來他辦《臺灣文學觀察雜誌》還寫過一篇文章談：「什麼是文學雜誌學？」故他的評價應該是公允的。

不過，在我卸任後，刊物幾經轉折，由傅武光、林慶彰先生等先後接辦，因與正中發生齟齬，終至決裂，退出自組董事會。這本是可大展鴻圖、更上層樓的機會。但文史學人辦刊物，不知雜誌編輯學另是一門工夫。把刊物宗旨改爲「發揚中國文化，普及文史知識，輔助國文教學」，又廣用大陸文稿、辦圖書公司賣大陸書。我則以爲如此恐怕會越走越窄。在我離職時，刊物尚有盈餘百萬元，現在則或堪慮。唯我既不主事，自應默爾。天下事無經久不變者，績業未必能夠長保，此等遺憾，但能還諸天地。

回學校辦學不久，有天蔣廉儒先生忽邀我於福華飯店見面，說其友人劉恆修先生在高雄辦有

《中國晨報》，要擴編，增加北部版。並邀蔣先生出面，組織主筆群，強化言論陣容。蔣先生自己不便出面，囑我擔任。我在正中期間，先後兩任總經理蔣先生及黃肇珩先生都對我十分器重、十分禮遇，蔣先生既要我做，我自然不能推辭。況且我已涉足出版、雜誌業，報業倒還沒眞正參與，有此機會，也很難得，於是竟完全未考慮到我對報業的無知，便貿然接下了總主筆的工作。

中國晨報總社在高雄，臺北僅一辦事處，傳眞機又不普遍。要由我在臺北集稿之後，專人來取，或寄發，聯繫頗爲費時。主筆群則包括曾祥鐸、陳瑞貴、傅棟成、潘錫堂、徐定心等。每天注意時事，追蹤新聞，與編雜誌又甚不同。中國晨報言論傾向較爲關注南部社會需求，多社會面之探討，而較少針對中央政府政策法規之鍼砭，在兩岸關係上，則屬於贊成統一的。風格非常特殊。

可是，該報剛開始在北部發行，體系尙未建立完成，我買不到報紙，必須等第二天才能收到寄來之舊聞。如此怎能掌握言論導向？又無專屬之辦公室及設備，集稿或與主筆們討論均甚爲困難。再加上言論部門與業務部門，方向上頗有差異，更覺得苦惱。原因是晨報在高雄起家，業務與廣告必然受限於南臺灣之社會及商業特性，故色情業、六合彩之消息不少。報紙爲了促銷，也影射明牌，刺激六合彩賭徒之買氣。此與言論部門的端言讜論，殊不協調。幾經討論，無法改善，我只好寫了封信給劉先生謹辭總主筆一職。

雖然如此，這仍是個有趣的經驗。濾操筆政，譏彈時局，慨然有澄清天下之志。但言論代表報社，落筆自多斟酌，需從多方面審衡，相關法例、政策、組織及社會脈絡也要熟悉。且由此而對報業經營有了一些了解，收穫實多於投入。後來我又擔任過民生報、中時晚報、聯合報的主筆，也可說是這項工作的延續。

這時我與出版及雜誌業之關係也沒有斷。周安托離開時報出版公司後替業強出版社編書，出了我《文學與美學》《思想與文化》兩書。接著他自辦金楓出版社，又囑我企畫一套【經典叢刊】。選擇經典，予以標校注釋，加上導讀，連出了幾十種。我自己寫了十來篇導論，其餘請師友幫忙。書的開本很特殊，初出時配合一套「四九五系列」，每冊只賣四九元五角，超低價袖珍本，在各書店製作特殊旋轉架陳列，很有特色。

時方怡正在漢聲電臺主持「愛書人」節目，便邀我上電臺談「經典與現代生活」。我每週去錄音，隨興談講。節目做完後，她把所有錄音帶送了我一套。我偶然聽說有些人還挺喜歡這個節目，甚至逐次錄音。便找了幾位學生把它整理出來，由新未來出版社印行，以利有興趣者參考。

新未來出版社是洪俊賢先生辦的，由楊樹清、鄭松維主持，編雜誌與叢書，我是顧問。鄭兄是我在聯亞的舊識、楊兄則早在他任職《書評書目》時期即開始合作。他有「佞龔」之癖，常替我剪存收集文章，也替我編過幾本文集。所以這個出版社我介入頗深。每期雜誌都參與編務，也出版了《大俠》《經典與現代生活》等書。待民國七七年大陸開放，我與鄭松維即赴大陸，和中國社會科學院外文所洽談了他們所編《外國文學》的版權。當時兩岸出版尚未交流，外文所副所長呂同六特地從北京搭火車趕至上海與我商談，決議合作同步出版，每期北京編好後，將清樣以國際快遞送至臺北，同時出臺灣版。這當然是個重大的突破，但洪先生財務忽然出了點狀況，遂致延宕，最後並擱置了這項計畫，使社科院外文所蒙受了些損失，我這中間人也覺得十分尷尬。

失敗的經驗不止此一樁。稍早呂學海負責久大圖書公司，要我找人弄一套日本漢學譯叢。我即請張火慶兄來幫忙，邀了些譯稿，但周折甚久，亦迄未完成。出版事業充滿了不穩定性，於此亦可見一斑。

學生書局此時正好劉兆祐先生辭去總編輯工作，書局即找我去幫忙。因爲書局就在我家巷口，稿件都拿回家來處理，十分方便。這是家很有規模的書局，董事長丁文治先生曾任聯合報總編輯，歷任總編輯如吳相湘、屈萬里等亦皆士林碩彥，已辦了三十年，出書數千種。總經理鮑家驊待我至爲溫厚，副總經理黃新新目錄之學天下知名。我與他們合作很愉快，也學了很多，校印過《嘉靖徐州志》《直隸河渠書》等明清史料幾十種，改版《書目季刊》，策畫了不少書，還編過一冊《學生書局三十周年紀念集》，替出版史留點紀錄。

由學校伸出腳來，涉足採訪、出版、雜誌、新聞事業，並非學以致用，或以學應世，而是「入世爲學」。在工作與事務中學習，以逐漸明其術、知其理、達其體而能致其用。在商業利潤、人情世故中打滾，在文化理想與現實條件中折磨衝撞，這不是關在象牙塔中治學者所能了解的。

反之，我從前由張建邦先生處學習到了些有關資訊社會的理論，也要到眞正參與編輯出版工作，才能體會資訊傳播複雜化、多樣化、快速化的時代特性；也才能與工作經驗相結合，去考慮資訊倫理、資訊環境、資訊社會學之類問題。而這些，也不是一般新聞、出版從業技術人員所能理解的。現在我辦佛光大學，準備開創傳播學院、出版學研究所，正有得於這一段閱歷，方能徹底反省國內之傳播環境、結構與教育。發現出版與新聞有其不同之功能與理則，不能以新聞之角度來涵括傳播問題。出版在資訊時代，已發展至電子、音聲與文字交錯結合之境地，須予正視。同理，國內資訊業界與學界，只知電腦，以爲資訊就是電腦。資訊研究所，不是工程就是企業管理。最近才開始開展資訊社會學的面向，並試圖結合傳播、圖書館與人文學研究。我辦佛光大學的資訊管理研究所也即要在此貢獻心力。若無這十五六年來長期澤潤於此傳播環境中之體驗與思省，我是不可能有這些做爲的。

入世爲學，摸索試煉，自是諸苦備嚐。涉足既深，關係繇密複雜，江湖道上恩怨糾纏，也不是很好處理。但業界回報我的，也很富厚。例如我初接手淡江系務時，頗以私立學校經費拮据爲苦。周安托立刻送了我五萬元，說是捐助。這對我來說，是筆大數目。因爲我系辦公室每年辦公費只有一萬元，單是請系裡老師開會吃便當就吃光了，還能做什麼事？得此義助，軍心大振，後來政通人和，與此甚有關係。

待我受星雲大師之囑，籌辦佛光大學時，因我早年曾參與陳達弘先生環宇出版社所辦《大學雜誌》的編務，陳先生遂出面替我組成佛光大學圖書勸募委員會。出版界朋友結集組成此類團體，替大學募書，本是不可能亦無先例的。因爲大學正是出版界最主要的顧客，新成立大學之購書款更是出版界的救命金丹。現在出版界不但不向我們賺錢，更熱烈捐輸，且還要去拉別人來捐，天下豈有此理？但中華民國圖書出版協會、臺北市出版同業公會都出面勸募。九歌、文史哲、三民、學生、遠流……等書店也往往整套整套地送。如此厚誼，求諸當世，豈可多得？

同樣地，我在發表批評大陸委員會主管的文章而準備離職時，出版界朋友立刻來電致意，並安排餐敘，表示感謝我在任內替業界的服務。可是，我在任內花了同樣氣力爲之爭取權益的演藝界，卻等不及我離開，便立刻送來花籃，巴結尙未上任的繼事者榮膺新職。人情之冷暖，兩相對照，特別能感受到文化人的溫暖與文化素養。義氣俠情，皆見於此等處。

總之，理事相融，涉世有功，當可做爲這一段經歷的注腳。

試劍

民國八四年九月，聯合報刊一小文，題曰：「中文系老師混功一流」，謂中文系教師鬼混的本事：「保證你大開眼界。教室的黑板上三不五時便出現讓人精神振奮的字眼，諸如『某某老師今日病假一天』、或『請至某教室欣賞電影』。這些招數固然了無新意，卻是每個教授的最愛。另外還會發現，上課後半小時姍姍來遲根本不是學生的專利。戲劇課播錄影帶、小說課看電影、報導文學課欣賞紀錄片、文選課便是大家輪番上臺報告，老師則獨自體會『禪就在瞌睡中』的高深境界」。

看見中文系被人如此在報端公然羞辱揶揄，心中著實愧嘆萬分。這樣的嘲諷，發生在我博士班畢業十二年後，更讓我覺得我這十幾年來的努力，大抵只如一場春夢，並未改變什麼。

十幾二十年前的中文系，在大學其他科系人眼中或一般社會人士心目中，大抵印象即與上舉那篇文章沒什麼不同。古老、陳腐、保守，完全跟不上現代社會的節奏，而又崖岸自高；不斷抱怨社會不重視自己，卻又拿不出太多能讓人家瞧得起的貨色來。

這樣的印象，當然甚為偏頗。我深入堂廡，發現其中實不乏高明深邃非世俗浮囂所能企及或擬議之處。但世人之鄙視中文系，也不全是無的放矢、空穴來風。中文系的教育體制，確實顯得僵化呆板；其教學，確實有待改進；各系遺世獨立，狷潔自好，內乏聯結，外無競爭，又為整體學術文化界的化外之民。師教傳承，門風家法，亦森森然如某一江湖宗派。有創造力，或對整個社會脈動有所體會感應，對時代思潮、學術趨向有所認識者，居處於其間，便不免有些悒鬱之感或充滿了憂慮。

而我們是無力抗拒的。論文的壓力，如泰山蓋頂；生活上的柴米油鹽也驅迫著我們。且既入此一巢穴，心理上亦覺得能隨遇而安便好，不會有太大的衝動，非要去挖開什麼、顛覆什麼。因此，雖總是不太乖，卻也沒闖過什麼亂子。

七二年我畢業後，有一新成立之博士學會來邀我撰寫一篇檢討文學博士教育的論文。因為該會將於次年舉辦「科際整合研討會」，主題即是人文社會科學博士教育之檢討，分請文學、歷史、教育……等各領域之博士撰文。會議在淡江舉辦，故希望淡江能多派些人手來分擔工作。派給我這一篇，本是交由竺家寧先生與我合寫的。但我們一直拖著沒動，也不曉得這樣的文章要如何合作。直到快開會了，逼稿甚急，我們才慌了，相約動筆。而我忽得一空檔，居然就把稿子寫完了，於是竺先生便不再寫，即以我的名義送交大會。題目是：〈中華民國國家文學博士論文內容與方法的評析〉。

凡開會都不免要聯絡媒體，做點宣傳。當時民生報記者王震邦先生就把我這篇文章著重報導了一番，強調我對過去這些博士的論文之批判反省部分。例如我說各學校的師承系統，已影響了學生選擇論題的視野、研究內容及方法。又說研究者不斷重複格套，陳陳相因，導致研究形式化、機械化，缺乏創造力。而其所以如是，則是因為研究者沒有方法上的自覺、方法意識薄弱。缺乏方法意識及方法論的自覺，會令研究者無法發掘深刻的問題。在分析及思考架構的安排上，亦將趨於機械。在內容的理解上，則不易有埋論性的研究與建構性的處理，對資料也不夠敏感。針對此類弊病，我建議爾後應：加強系所間之交流、加強科際整合、課程設計應更求多元化、論文的指導與審核應予加強、取消一些沒有太大功能的作業（例如圈點十三經之類）、加強方法及思想性的訓練、調整中文研究所的倫理結構，不能再依循那種形式化了的師生倫理，應改以知識理性為依歸。

在我的文章中，當然也不全是批判，例如其中便有「不論我們在前面如何批評題目的選擇、方向的趨勢，對於論文的內容，我們仍應給予正面的評價。數十年來，文學博士的論文，確實在我國文科教育中扮演了重要的角色、引導了研究的途徑、提供了學術的成果」等語。可見我寫這篇文章，動機單純，持論平正，用語亦甚和恕，初無與中文系為難之意。稍有批評，亦皆點到即止，重點放在藉機舉例說明寫論文的方法上面。

誰知報導較偏重於我的批判面，大部分師長在未見到我論文時，即已怒不可遏。待訪得論文來一看，更是火冒七八丈，覺得我好像用幾句話就要否定掉他們的辛苦以及辛苦得來的榮譽。國家文學博士，凡一四九人，大都對我極表不滿。各研究所的老師們，也覺得我這小蘿蔔頭，憑什麼來教他們該怎麼開課、怎麼指導論文。

何況，我還直言中文學界有門戶意識，要求調整師生倫理結構。看我的文章，看至此，無不拍案而起，大呼：反了！反了！龔鵬程是什麼東西？我們這一百四十九篇論文，每篇數十萬言，上包天文，下涉地理，綜含經史子集，他都讀得懂嗎？都讀過嗎？學問不講師承，難道還是天上掉下來的？方法，方法，他那些什麼方法又有啥了不起？古代就沒有方法嗎？就算他學得一兩門邦番洋鬼子的奇招異式新方法，咱們這些舊方法便不管用了嗎？哼！這擺明了是他在博士班時，我們說了他幾句後，他就心生不滿，挾嫌伺機報復。他要有種，爲何在學校時不說，偏偏等到畢了業才到外頭去講？數典忘祖！混蛋！紅衛兵！

一些朋友及學弟妹看見老師們如此戟指痛罵、氣急敗壞，自極驚恐。或來抱怨爲何惹出如許大之風波；或暗通消息，謂我將遭誅滅。又或來表稱贊，認爲大快人心，確能洞燭時弊，吾等至感欣慶敬佩，但不便公然附和，在人多的場合，請原諒我們亦將表演大義滅親之戲碼云云。也有人來示關切，希望我勿因此打擊而灰心喪志、神經崩潰。有人則來殷殷探詢其中是否尚有內幕可以後續登場，再娛各界看倌。

到了論文發表那天，看熱鬧的、想報仇雪恥的、要澄清事實的、欲爲我收屍撫恤的，擠滿了屋子，報紙則以頭版頭條刊發了這個新聞。因爲經此一鬧，整個學術界都震動了，都開始關心這場中文系的革命事件。

在這次爭論中，我一個人面對所有中文學界，其勢甚孤，但氣很壯、理也很直。不僅我所批評者，皆有實據；我所揭櫫「論文寫作應有方法意識」之義，在中文學界亦爲對症之方。指摘我的長輩們，弄不清楚方法和方法意識、方法、方法論之間的關係，故反駁完全不切要點。說我未必能讀得完且讀得懂這百餘本論文，亦不能使人服氣。我嘻嘻哈哈硬說都讀了，而也都不難懂，他們便只能吹鬍子瞪眼睛。

更重要的，是我已明確認識到：在中文學界，雖有龐大的敵視我之勢力，社會上卻是同情或支持我的。報導這個新聞的民生報即曾刊文指出：「國內各大學文學院對龔鵬程批判的論點，資深教授中有不少人持相當反對的態度，而且就事論人。如果因此而導致失去中文系所自我反省及尋求改進的機會，從純學術批評立場而言，將是一項損失及遺憾。……至少，當前中文系所的師生心態、教育目標，及對學術批判的接受程度，都有必要重新考慮調整」。顯然輿論並不贊成中文系對此事件之反應，也認爲我所指陳之方向大體不誤。中文學界對我越打壓，越顯得它僵固無法通變，顯得它尚未建立學術客觀化的規範與風氣。而像我這樣的人和這樣的做爲，乃顯得越形迫切，越形需要。

在中文學界迫切需要改革之際，輿論也遂越來越覺得我能如此大膽出來呼籲，並與整個體制對抗，是英雄性的行爲。因此還期望有更多的人起來一齊改革：「瞻望中文文學的未來，國內少壯派中文學者似乎已不能再瞻顧遷延，有必要挺身爲自己的學術專業領域設想，謀求改革之道。」（七三年三月八日民生報）

有整個社會期望爲後盾，我自是有恃無恐，氣愈壯而理愈暢，鋒鍔不可當。但我在道理和氣勢上雖然勝了，與中文學界師長輩的情分畢竟傷了。畢竟師生之間，除了道理以外，還有情分。許多老師及長輩並非不同意我所說之理，然對我如此公然在報端指摘抨擊，終是難以釋懷，覺得爲人不夠厚道。我言詞爭鋒，務在勝人，亦輒使人覺得此君刻薄寡情，但知露才揚己，不顧他人顏面，時以令人難堪爲樂。後來我在中文學界活動，花了不知多少氣力，才逐漸消滅若干業障，而有些芥蒂，則是至今也無法消除的。這都是當日一時快意，少年氣盛所造之口業。

社會上對我的觀感也頗分歧。固然大多稱許我具有道德理性精神，爲建立學術規範立了大功。可是亢而犯上，總與中國人的社會倫理觀念有些枘鑿。因此或懷疑我的動機，或形成一種惡劣的印象，覺得此君乃譁眾取寵之輩。

民國八四年暑間，因臺大發表了〈哲學系事件調查報告〉，社會上很熱鬧了一陣。有天我有事與當年被臺大解聘的王曉波先生聯絡，他說有情治單位之友人提供給他一份卷宗，裡面載有他的資料，後面則是我的。送了我一個影本。我披閱之下，才知昔年此事，竟已驚動情治機關，有人針對事件始末，做了個報告。始而疑心我是思想有問題，所以故意來擾亂社會；繼而論斷我乃藉此沽名。而亦幸虧如此論斷，才沒被追究下去，否則，後果就難說了。這份文件，黃昆輝、周應龍兩先生都批閱過。後來我在陸委會服務，黃昆輝先生來做主委，一直對我不很欣賞，或許早肇其機於此。故此一事件，讓我聲名大噪，奠立了批判權威、主持正義、少年英銳之形象，卻也種下了不少地火悶雷，增添了我人生道路上不少坎坷。是福是禍，實在難說。

不過，我以無心，得此不虞之毀譽，細細思之，亦不可只從我個人之遭遇史上來看。

因爲很顯然地，社會上之所以對「中文學界改革」這等現今看來純屬學院內部之小事大感興趣，甚至產生了切身同體性的期望值，並非偶然。中文學界的犯上批判，能引起學術圈廣泛關注，也不只是爲了看熱鬧。臺灣在民國六〇年代發生了澎湃的文化民族主義浪潮，比較文學要中國化、科學要中文化、社會及行爲科學要中國化、現代文學也要關懷鄉土，整個社會之趨向如此，可是做爲各個學科趨向中文化的核心，那個中文學術界卻又如何？能提供各學科以強有力之支援或做爲歸趨嗎？在許多人看來，當時的中文學界，不唯無法達成學術火車頭的任務，恐怕還背負了拖累學界之名。民生報的評論，謂：「要使中國傳統文化成爲中流砥柱，並能發揚光大，似乎（中文系）也需隨時代調整步伐。……然而，中文系所學術活潑的動力，比較其他學科，要來得偏低，也是許多人共同的意見」，就是這個意思。

高度期望和現實的落差，一直無法調整，社會上對中文系所的改革腳步，便越來越不能忍受。這時候，忽有一白袍小將出來，舉義旗、奮長戟，衝鋒陷陣一番，自是大感快慰。

其次，我的批判，是原先各種中國化運動之進一步發展。早先的討論，主要是爭辯方向問題；我的言說，則同時指涉了體制內部的權力結構、倫理關係，和學術發展的方法與論述問題。對方法意識的強調、論文寫作及學術討論規範的重建，恰好提供了學界一個可以前進發展的論域，也爲學界適時之所需。過去當然也有不少人呼籲建立學術規範，但空陳理念，未能與體制內部權力結構與倫理關係之調整結合起來，理念怎能落實？我的批評，客觀符應了這種需求，也達到了顛覆既有體制與思維的整體效果，所以才顯得重要。同樣的文章，若放到不同的社會文化脈絡中，就不會有這樣的功能，不可能引發如此大的震撼。

我可沒被毀與譽沖昏了頭，我深刻了解到這其中一切曲折，也觀察到不少在事件中表現出來的人性幽闇隱微之面相。故許多人都斷言我完蛋了，今後不可能再在中文學界混了，我卻一點也不曾擔過心。不是因為我已畢業，已在淡江拿到了飯碗，而是我認清了這個「勢」，知道我只要趁勢而為，沒有人能擋得住我的刀鋒我的路。而根據我所了解的人性，我更知道：待我搞出點名堂來以後，現在抨擊鄙斥我的許多人，又必將轉過來依附阿從我。因此，我便也樂得照著媒體所賦予我的改革者形象，繼續批判改革下去。

批判改革，在學院內部既然不易發聲，且已有了這次經驗，我自然就迅速學會了運用媒體來表達意見，針對學術環境與學術風氣，不斷建議興革。刀斧鏗鏘，時人為之側目。

中文系的學者，向來講究皓首窮經，要青燈黃卷，孜孜矻矻，沒什麼人整天在報上說東道西，座談演講的。因此學界對我越來越不滿。即或承認我之批評不謬，承認學界確實應該建立客觀嚴格的學術規範及良好之學術風氣，但總不免質疑：你自己又做了些什麼學術研究？整天「作秀」，寫些報屁股的文章，卻去指責別人不做研究或研究做得很爛，眞是豈有此理！

對此批評，我從兩方面來回應。一是進一步強調時代社會已經變了，中文學界不僅應該自我調整體質以適應生存的問題，更應進而改造原有的學術方向及格局，對整體社會文化發展方向提供意見。也就是說，我不但不肯修正、減低我的批判性及社會參與度，更認為這樣的社會參與、學術文化批判才是中文學界應該走的道路。

性格偏激的人，行事之荒謬往往如此。彼此不犯，尚可相安。若你要說我錯了，我非但不會認錯，且將說其實你才眞正大錯了，非逼得你改過來不可。你不肯改，那麼，好罷，大戰一場，打得你屈服認輸認錯爲止。從前李慈銘舉試出林贊虞之門，中試後，循例謁林氏，稱老師，不失禮。其後某日造謁，林氏諄勸之曰：「賢契學問雖佳，而字殊欹斜，恐朝殿考差，尚須努力」。李慈銘唯唯，退則大詬，遂不復通問。即是如此。

此眞意氣之所激也！我也知它偏宕不近情理，無奈受形勢激揚而走上學術批判改革之路的我，又不能擺脫此才性生命的氣質限制，意氣鼓盪，自居異端，且以異端爲正理，挺而與天下抗，欲以力勝之，遂展開長達十數年的爭衡。

但此僅回應之一法而已。我非毫無理性反省能力之人，亦知只破不立並不能眞使學術有所發展。建立學術規範、改善研究風氣，還必須眞有些實績。學者運用媒體、參與社會、呼籲改革，固極重要，然其主要戰場確實仍在學院裡的學術表現上。如不能在學術研究上眞有些成果，學界焉能服氣？何況，我一再嘲侮別人不會寫論文做研究，學界也很希望看看眞正發自問題意識、本諸方法論思考的學術論文究竟是何模樣。我若拿不出東西來，豈非自打耳光？

要在學術研究和改革批判這兩方面都能有所表現，我立刻找到了一個最適當的舞臺，那就是古典文學研究會。

古典文學研究會成立於民國六八年，本身就是在面臨比較文學衝擊及社會環境變遷後中文學界改革之壓力而創立的團體。以黃永武、王熙元、張夢機、沈謙、李殿魁……等中生代爲主力，可說是中文學界第一次的大整合，也是中文學界學習以現代研討會形式進行學術對話的嘗試。從六九年起，每年除發行會訊之外，辦一次學術會議，可說是中文學界最主要的盛宴了。經幾年試驗，正由青澀漸趨成熟，學術論辯之風氣漸開。

我即於第二屆起，每年都提交論文，至今未斷。以旺盛的學術活力和持續的研究熱情，來回應懷疑我之學術工作者。十幾年來，批評我的人很多，但天底下沒有人做的研究比我多，這方面的閒語剩語自然就漸漸說不出口了。

而我每年提交報告之論文，也都不是一般的研究。往往是針對一個論題或論域，進行反省與檢討，掃除舊有研究模式的盲點，提醒新路向的可能。換言之，我將批判改革與我的學術研究結合起來，從學術傳統內部去進行思維與方法的革新。故幾乎每篇論文都砲聲隆隆，流彈四射，推倒一世之豪傑，以期開拓後學者之心胸。

我報告論文或參與會議討論時的態度，也很特殊。不論主講、評論或一般發言，我都熱切參與。提問尖銳，悍不容情，幾乎對每篇論文都有意見。以致開會成了打擂臺，顯得殺氣騰騰，一付磨刀霍霍狀。直到民國八十三年我風格業已轉變後，仍聽見熊琬兄稱我爲「殺手中的殺手」。可見昔年所給予人的印象多麼凶悍。許多老師宿儒，不願在開會時橫遭羞辱，便逐漸淡出舞臺，讓年輕人去施展身手。中文學界之新舊交替、世代轉換，即成於此無聲無息的競爭態勢中。

而打擂臺，向來又頗便於內行看門道、外行看熱鬧。對於鼓舞學術討論風氣，創造論題，也甚有幫助。記得有一年在高雄師院開會，最後一場時，我太累了，離開會場找了個地方打盹，結果會中居然冷場，勞動主席要人趕快去找龔某來開會。因爲只有我在，才會有人提問。可見當時推動學術討論風氣有多麼辛苦。學界大多數人仍不習慣在這種公開的、客觀的、受發言位置及時間限制的現代化學術情境中進行學術研討。如何在閱讀一篇論文時，迅速找到其中關鍵且有意義的問題，提出質疑，以促進思維的跳躍，均無經驗，亦無把握。故需要我不斷示例表演。

如是做爲，自亦有不少後遺症。論文越寫越多，罵的人也就越來越夥，會議中又縱橫博辯、痛下殺手。負謗賈怨，豈能避免？

這個道理，我怎能不知道？但我所要建立的，不就是這種被除情面，讓客觀眞理在論辯中自然呈現的學風嗎？既是自覺地要扮演這種角色，企圖達致這樣的功能，說不得，只好硬著頭皮殺將下去。好在我於研討會之外的場合，待人尚稱溫良謙讓，不盡以芒刺向人，大家久了便也逐漸能體會我的用心，不完全把我想像成一個生毛帶角的怪物。至於某些誤會與嫌隙，既已形成，我亦無力化解，那就只好聽任自然了。

此即歷世涉事之爲難處。凡有所成，必有所失，譽之所在，亦即爲毀之所存。事理人情，永遠無法兼顧。故與其求全，不若能捨。某些東西，要能割捨得掉，看得破、丟得開，在另一方面才能有所得。但所謂捨，也不是眞要我們丟棄什麼我所已擁有的。大部分時候，只是要放棄那些企圖擁有的執取妄念罷了。

例如我在學術界活動，我要生存、要有發展，常得罪人當然是很不利的。可是，爲什麼我要在這裡有所發展呢？讀書做學問，都是我自己的事，跟別人肯不肯定我有啥關係？人家不讓我升等、兼課，不給我獎助，又有什麼呢？別人本來亦無幫你或獎助你的義務。我既不企求人憐人助，根本無此念頭，則人之助我者，我視為額外之恩惠，如中彩券，本非我所應得。人若憎我、害我、妨我上升之路，我則視為當然。人生在世，本來即會有此遭遇。而其憎妨害陷，是否眞就能使我困窘難堪呢？那又不。因為我本來也沒有非在此領域此地盤此路徑上發展不可的念頭。陸象山嘗云：「某雖不識一字，亦須堂堂正正做人」。我無其氣魄，但我常以為某縱使不在中文系發展，甚至不在大學教書，又甚或乾脆回到街上去擺麵攤子賣陽春麵，難道我就不是中文學術領域中第一流的高手了嗎？學問在自己身上，別人既盜不走也搶不去，那又何需介意誰給不給我們舞臺？此即所謂看得破。了不起我回家賣麵或撿破爛，名位前途等等何有於我哉？

佛經有云：「由愛故生憂，由愛故生怖。若離於愛者，無憂亦無怖」。愛欲是生執著，執著乃起妄念。因為能捨此類執念，所以內心才能坦蕩無所掙扎，不致於瞻前顧後，既想論理，又處處擔憂到飯碗及未來名位祿利等問題；既想擁有聲名，又怕遭到毀辱。深知譽我之虛名固不可信，謗我之浮言亦不足慮，自能掉臂獨行，道法自然。

我非聖賢，故亦非立刻即能到此境界。早期遭到譏議謗辱，也曾忿忿，腦子中盤旋著反擊報復的策略，睡也睡不好。獲得稱譽，又會飄飄然忘了自己的斤兩。但毀譽交衝，如水火相煎於內，患得患失，忽喜忽怒，不多久便使我憬悟了，知我如陷於其中，必致神經錯亂，心神耗竭而死。不若清清爽爽，一切回歸本然。該喝采就鼓掌，該轟擊就放砲，當默而默，當語則語，行乎應行，止於所止。別人看得捏了把冷汗，而其實我是行所無事的。

也正因爲如此，路反而越走越寬。古典文學研究會在黃永武、王熙元兩先生之後，由張夢機老師擔任，兩屆理事長，我任祕書長，推動一切。不僅依舊召開年會，也籌辦主題性的會議。對於會議形式、進行程序的設計，更花了不少心血，影響國內學術會議的文化，我自以爲不小。民國七八年張老師卸任後，大會選了我繼任，請李瑞騰做祕書長。八十年我去陸委會任職後，則由瑞騰接手。八二年我辭官後，瑞騰不想做，大會又選了我繼任。對於我們的工作，除了我自己已有多篇文章述及外，瑞騰於民國八一年也有綜論，說：

近十三年來，歷經七屆五任理事長（黃永武、王熙元、張夢機、龔鵬程、李瑞騰），計舉行了十六次古典大學會議。其中包含一次大規模的國際會議，六次主題式的研討會：以《文心雕龍》爲中心的中國文學批評研討會、宋詩研討會、五四文學與文化變遷學術研討會、大陸地區古典文學的教育與研究研討會、二十世紀中國文學研討會、文學與傳播關係研討會。除此之外，舉辦兩次研究生論文發表會，協助陳逢源文教基金會舉辦多次青年詩人聯吟大會、古典詩學研修會，並遠赴香港進行三次浸會文學講座。由於所有的活動幾乎都與各大學的中文系合作，會議實況並有傳媒加以報導，同時大部分的論文也都結集出版，其所獲致的效用與影響，不言可喻。大體來說，十幾年來的中國古典文學研究會，在研究及學術論辯風氣的提倡上有很好的成績。在古典文學研究的論題上，比較有計劃地去發現，並試圖解決有關的問題。除此之外，在新一代研究人力的開發與培養上，它做了很多的努力。從時代的意義上來看，……過去文化復興運動的保守性與封閉性使得傳統文化機能日愈萎縮，甚至於逐漸被現實社會所遺棄。在這樣的情況下，中國古典文學研究會以比較積極的作法，使古典文學不斷再生，結合現代社會與生活，致力於有關古典文學的出版與研究。一九八九年，年輕的學術界新銳龔鵬程博士接掌中國古典文學研究會，以更大的視野、更彈性的方式面對傳統與現代、臺灣與大陸、中國與世界之間的各種文化性問題。……。

其實古典文學研究會還辦過一些其他的活動，例如曾與大華晚報合作編製了一個版面，跟許多社團辦過座談等。它在校園內部培養了新生的研究人力、建立了批評的規範、導引著學術的走勢、並帶著中文學圈走向世界。在學院之外，則結合學院與社會、傳統與現代，替中文學術打開了一個全新的格局。影響所及，亦不僅限於中文學界。

這個格局內部，也略有些演變。在黃永武王熙元先生主持時，係以結合傳統與現代、推動校園內部學術研究之現代化爲宗旨。張老師、我及瑞騰的時代，較偏於直接以我們得諸傳統者去介入現代性的議題，如召開五四文學與文化變遷、廿世紀中國文學之研討會，討論文學與傳播、大陸的古典文學教育等，都具有時代感及現代性。

當我們主辦五四文學之討論時，臺灣現代文學界或現代史研究界，其實都還沒能辦出這樣的會。我們研究大陸之文學教育時，臺灣的「匪情研究」體系及大陸問題專家，也同樣尚未能辦出這樣的會議。同理，瑞騰在上文所未談到的「區域特性與文學傳統」研討會，也是臺灣此類研究之嚆矢。後來瑞騰在他所主持的《文訊》月刊上辦了一系列環島研討，調查了廿二個縣市的藝文環境，發掘各區域的特性與文學傳統、刺激各地文化中心投入地方文藝史料之編撰與整理，即可視爲此類工作之擴大。

像古典文學研究這樣一個看起來應該十分古舊的社團，由我們這樣三十出頭的人領導，介入當代如此之深，甚且更能引領當代文化議題，開風氣之先，殊非易事。前既無所承，後當亦不可復繼。這裡需要有兩種力量來配合，一是要以具有時代感的文化關懷，做爲推動整個學會的精神狀態，而不能只是學院內部學術鑽研的興趣，更不能對時代、社會、文化整體發展漠無所知、了無所感。其次則是須有另一套觀點，來說明傳統古典和當代不應有所睽隔。

在黃永武王熙元諸先生時，曾提出「從傳統到現代」「結合傳統與現代」之觀點。我卻認爲這種講法，都是把傳統和現代視爲兩件事，所以說從甲到乙、要結合甲與乙。但從人的意識內容上說，人存在的本身就是歷史性的。人因其生存之經驗而有知，並以此知來知現在的一切事物，故其實是即傳統即現在的。我們對現在的一切理解與批判，都需來自傳統。因爲若無傳統意識，當然也就沒有了現代意識。

這種新的認識論、新的方法論，才可以建立以古典傳統介入現代的正當性。但這並不是防衛性的說詞。順著這個觀點，我更要藉此強力批判當代，說明當代「傳統／現代」的認識論區分根本是椿虛構或誤會；當代文化之發展，亦正因建立在這種斷裂的傳統現代觀上，故完全與傳統意識隔絕背離，以致亂七八糟。而這樣的批判，又不是冬烘老夫子那種一切回到過去，回歸傳統式的「世風日下，人心不古」之云云。乃是以我們活在當代，對當代具有具體存在感受之文化關懷，來申展我們的傳統意識，並對當代有所反省。

此一思想及路向，頗異時賢。世俗觀聽，不無感動。故除了批判當代學術風氣之外，對於教育問題、社會文化的發展、文學社群之動態，我也多所著墨，刀光閃爍，四處邀戰，批鱗搗穴，凌厲無前。

這些文化批判，大多收入《我們都是稻草人》《現代與反現代》《時代邊緣之聲》等書中。久大出版社曾把《稻草人》編爲【不可一世叢書】的第一冊。不可一世，是雙關語，意謂寫作者還年輕，是跨越兩個世紀的生活者；同時，它當然也想表示一下作者那種狂傲的態度，橫刀而立，冷然睥視這個世界。

我雖妄誕，何敢如是？但世既以此謬推，自亦有不少人以爲我眞是如此，稱許與批評遂亦日夥。或謂我這樣什麼都瞧不順眼，大概眼珠子長歪了。或云此君內熱，故汲汲表現，以弋時名。或則仍囿於聞見，不能明白我即傳統即現代的觀點，疑我爲復古論者。又或謂我常徵引西方論述，實乃假洋鬼子等等。

我的文章，又顯得尖銳刻露，令很多人不能接受，覺得罵得太兇了。其實我自己曉得我下筆有多麼溫厚。批評某人笨時，一定是其人已經非常笨了；指責某事很荒謬時，必然也是該事已經極爲荒謬了。故旁人見我舉刀亂砍，而實際上刀根本尚未出鞘。我曾在《文學家》雜誌寫一專欄，名稱就叫「刀鞘篇」。沒有人知道它命名的涵意，只是我以此自傷自警。傷流俗之易於眩惑耳目，且誌我欲橫刀以靖天下之志而已。因爲評論文字的功能，主要在於介紹點新觀念、揭舉些文化理想。抨擊責難，只是消極性的作用。文化評論寫得好不好，本來也就不在於能否針砭時弊，而更在於能否指出向上一路。

但在指出向上一路時，我的文化認識、文化理想及我之見解，與當代經常進行社會批判的學者們也很不同。記得有次《張老師月刊》舉行有關中國人性格問題的討論會，楊國樞、文崇一諸先生邀我預席。對於他們想從中國人性格之文化根源處來批判反省中國人之心理與行爲狀況，我居然完全不能同意。覺得他們所進行的那一系列著名之中國國民性研究，好像都是不了解中國歷史文化的洋人在做的。舉此例，並不是說我才對，別人都錯。而是說我在面對社會時固屬異類，故頗有不滿，屢屢爲文發牢騷；在社會文化批判者的群體中，我仍然是個獨行大盜。

但無論和他人的同與不同，我既表現得如此憤世嫉俗、好肆譏彈，許多團體便來拉我去說說講講，以求改善人文環境。我被拉來扯去，時間愈來愈遭分割、問題愈來處理得愈雜，東奔西跑，不遑寧處。漸漸才曉得所謂參與社會、投入當代文化之改造的運動中，不是說著好玩的，需要把整個生命攪和進去。正是，有詩嘆曰：

少小僻幽獨，端居自含藏；偶然驚天下，負劍走八荒。

感興

詩，可以興。興是不受理性、規律與秩序羈勒的，生命之本然亦是如此。故或因物觸物，隨物象而聯結，可以隨情肆其聯想，如〈孔雀東南飛〉所謂：「孔雀東南飛，五里一徘徊，十三能織素，十四學裁衣」，或古樂府〈雞鳴〉所云：「雞鳴高樹顛，狗吠深宮中，蕩子何所之，天下方太平」，皆前言可以不搭後語，隨意起興。又有因情觸情者，一時興起，千里命駕，如風水之相遭，偶爾相激，莫辨其來，不知其理。另外也有因物觸情，興感無端的，如所謂「公無渡河，公竟渡河，渡河而死，當奈公何？」或「閨中少婦不知愁，春日凝妝上翠樓，忽見陌頭楊柳色，悔教夫婿覓封侯」之類。生命也就是這樣的興。忽然而興矣，理發、文見、事生、相成，遂可以觀，可以群，也可以怨。

我回淡江教書時，距大學畢業只兩年。昔日同學弟妹，大多還在學校。而我在畢業讀研究所那兩年，其實也仍每週回淡江聽張之淦老師的課。故返校教書，角色調適雖感困難，環境卻極熟悉。不料生命流蕩，乃竟不能安其居樂其業，遊走於報社、出版社、雜誌社、電臺及諸社會活動間，觸物興情，生非惹事，殊覺無奈。

那時我在淡江校長室辦公，想脫離行政體系，回中文系好好教書亦不可得。傅錫壬老師要貫徹張建邦校長的高學位政策，堅持我須獲得博士後才能改聘爲專任教師。待我取到學位後，似乎一時間也還無法改。

生活上也不順利。我仍住在桃園龜山老眷村中。屋舍甚舊，地甚卑濕，雨過輒淹水。夜間老鼠總在屋子裡跑，到我書架子上去拉屎溲尿。書架，則是我去木材廠裡買了木板木條，扛回來自己釘的。雖搖搖欲墜而堆書不少。不刨光、不油漆，模樣不佳卻覺得非常實用。每天我坐在書架前看書寫稿，過往鄰人，視之或以爲是蠟像。

後來我桌前添了一小臺收錄音機，花去三千元，幾乎是全家所有的儲蓄。

我寫稿看書聽廣播之餘，也會去後院瞧瞧。後院瓦礫泥堆上長滿了雜草，雨滋露潤，漸漸高過屋脊。我們惜其荒蕪，且也實在買不起青菜吃，就闢了一小方地，種了些蔥韭紅菜。要吃時，即持刀剪去院子裡截些來炒煮。逢著下雨，竟自以爲有「夜雨剪春韭」之樂。

但此僅是苦中作樂而已。屋裡沒浴室，每要洗澡，都得在院子邊的塑料棚子底下，用三夾板把風隔住，提一桶水，蹲著洗洗。冬天寒風從夾板的大破洞中灌進來，幾乎凍殺。卻也只能拿洗衣板、水桶去擋擋而已。

岳父又恰好於此時腦血栓中風，在榮總住了半年。我妻每天要在桃園、臺北石牌間奔波，與我岳母等人輪流看護，精神體力，都極勞瘁。

有次我去榮總看他們，繞道三重埔先去看望我堂哥鳳飛。他孤寡一人在臺，派報爲生。有一天臺北排骨大王的兒子跳樓輕生，不想跳下來竟撞到他身上，人生倒楣，莫過於是。結果那人死了，他手也被撞斷了，獨自住在三重一小閣樓中。我去時他不在，我即往一藥房買藥。出來沒注意到鐵捲門已拉下，一頭撞上去，鼻梁裂開，倒在地上。爬起來後，裹了傷，遄赴榮總，臉上剛好用膠帶貼成個似王似八的樣子。看到的人哈哈大笑，我則哭笑不得。在醫院窩了一夜，與妻乘車返龜山準備收拾過年。誰知勞累過甚，上車即睡著了。待到站，匆匆跳下來，才發現爲應付年關而借得的三千元已遺失在車上。慌忙雇車追去，終究未能尋回。垂頭喪氣而返。我妻想起命運如此乖舛，不禁倒在床上痛哭不止。

此生活中之一小小事例而已。貧苦生涯，何堪殫述？而且，我們這一輩人，早年大多經歷過臺灣最貧困的年代，赤腳行走於山川大地之間，誰都有這些經驗，因此也不需特別拿出來說。只不過，我直到當了副教授，生活還是如此。至今家中客廳一套藤椅，也還是用了三十幾年的舊傢伙。清貧既慣，日子也就勉強可以挨得過去。

但不幸總是繼踵而來。我大女兒玄之出世才十個月，忽患病，醫生診斷以爲是出麻疹，又以爲是感冒，鬧了許久，後來才知是得了罕見的川崎氏症。時此病尚新，亦不知傳染途徑爲何，無藥可治，唯三餐須服阿斯匹靈。但阿斯匹靈是小孩退燒的主要藥物。她每天吃這種藥，一旦感冒發燒，就幾乎無藥可使之退燒了。每次都要燒到四十度左右。爲父母者，簡直五內如焚。

這也就罷了。川崎氏症治癒後，可能有後遺症，會導致心臟冠狀動脈擴大。玄之又不幸正是如此。每週我們要趕車抱她到臺北榮總去看心電圖與超音波，追蹤檢查。其間還做過一次心導管手術。日夕緊張，心甚惴惴。一次，她高燒不退，去桃園看，醫云無礙。夜中忽覺心臟跳動如擊鼓，立刻抱起喊車衝到榮總。醫生一觸診，斷定是肝脾腫大，立即住院治療。又一次，檢查說是白血球越來越少。又一次……。

我也不曉得她爲何如此苦命。自省罪愆，以爲是老天之薄懲，但又不知爲何要累她受罪。大家都說我替她取的名字取壞了。我自負星卜曆算雜於巫祝之間，怎麼會連個名字都取得如此凶險？自己也想不透，無奈，只好面對現實，跑去戶政事務所替她改名爲「元之」。後來老二出世，本擬取名又玄，也不敢再玄了。

可是她的歹運並未完結。我們發現她的腿上肌肉漸漸鬆弛，大腿處出現凹陷，越陷越深，彎曲已感困難。我們惶急無計，只知是治病時打針傷及肌肉與神經而造成萎縮，醫石罔效，僅能每天熱敷以盡人事。好不容易打聽到嘉義醫院院長陳活源先生發明了新的治法，可改善青蛙腿之類症狀，乃每週由龜山去桃園，轉赴嘉義。看畢，當天再趕回來。每出門時，天色迷濛，用毯子裹住孩子，去追逐希望。在醫院裡，看陳醫師用針扎入她腿裡，藉著挑激與藥物注射，來復活腿部的肌肉生機，孩子則輾轉號呼於手術臺上，則是又心痛又欣喜。然後再帶著孩子尿在身上的尿水、在車上餵食時打翻或溢露的乳汁，歡悅又疲憊地回來，繼續趕寫我的博士論文。這樣奔波了一年多。叨天憐見，也感謝陳大夫之神技，終於恢復了她的健康。

我妹妹及妹夫又去求了神符，要我煮水給孩子喝。我也不敢再堅持知識分子理性的驕矜。人窮呼天，命遇不可測，非吾智之所能知，但求盡我們爲人父母之情與義而已，所以也立刻煮了給她喝。

凡此周折，不能一一縷述。且談這些家庭瑣事有啥意思呢？我的用意是兩方面的。一是我「偶然驚天下，負劍走八荒」，三十歲升教授，然後當系主任、所長、文學院院長，主持古典文學研究會等等，一般人總覺得我是遭逢時會，暴得大名，一帆風順，少年得志。尤其是與我同輩的朋友，頗因此而有點心理不平衡，老覺得我也沒什麼了不起，運氣好罷了。我當然沒什麼了不得，但我又何嘗順利了？事業不遂、生活窘困、親人病苦，都壓擠著我的靈魂，要花氣力去面對，讓自己在命運遭際的磨盤上去慢慢地磨呵磨。

就連最簡單的上下班來說。每天從龜山搭公車到臺北，再轉車去淡江城區部上班或赴淡水教書，眞是長路迢迢。由臺北返龜山更慘。站在火車站前候車，在機油廢氣及吵死人的車聲裡，往往要鵠立一兩小時。車來了，又須衝鋒肉搏一番方能搶上去。搶上去又未必有座位。車經三重、新莊，一路搖搖晃晃堵回去，彷彿是要開赴月球。

有次在臺北橋頭，適逢三重大拜拜，等一紅燈準備轉彎，竟停了五十五分鐘。枯坐在車上體會生命的流失、感受離死亡越來越近的憂懼，爲每天必須耗費這麼多時間使我不能讀任何書、寫任何文章、想任何問題而煩躁鬱悶不已，隨時有發瘋的衝動。後來終於沒瘋，實可謂邀天之幸。此等小事尚且如此，其他各種生活上更大的困頓與磨難，當然是更難說得清了。

可是這又有什麼呢？誰沒有或大或小的磨難？因此我要說第二點，那就是「興」。人生遭際，正如風水相觸，毫不相干或毫無邏輯之事，觸情、起相、生感、成興。興不是命。命一般總被認爲是外在的，屬於生命的限制，或降臨到我們身上而影響決定我們存在的那個力量。興，則是說這個遭遇，正如「關關雎鳩，在河之洲」，接上了「窈窕淑女，君子好逑」，偶爾相遭，若有理若無理，若有意若無情，而一切即興發生成於此間。本非意造，然亦不盡出於意外。興成而可觀，則又未必純屬被決定被限制的。

只有從興上說，生命才能有氣力、有姿采、有可以興高而采烈之處。雞鳴狗吠，不妨接之以天下太平。所遭遇的，固然是風雨泥塗，我之觸情感物而興事成業，卻未必不能繼之以朗月麗陽。這不是面對逆境的動心忍性，承擔苦難；也不是要硬與境抗，奮鬥不撓；更不是去大力轉境，企圖轉劣境而生菩提。只此是興。如此興，如此感，而遂如此十三能織素、十四學裁衣。沒有嗟怨，也不必誇耀什麼戰勝逆境、迎向光明、志趣遠大、勇往直前之類。不受命、不認命、不順命，也不造命，自興自發，隨吾遭命而興作運動之。

當時我已兼差極多，博士論文寫了三十萬字，不想再寫，故積極準備畢業。所裡不同意，因爲在此之前從來沒有人博士班只讀四年的。中文碩士一般要三年，博士則八九十年不等。我找著教育部的規定，認爲四年即可提論文口試，希望所方能夠接受。黃錦鋐老師是所長，他同意了，幫我安排口試委員。

就在這個時侯，考試制度卻又變了。

說來有趣，我求學階段每隔一級的考試，都會碰上制度的變動。小學考初中時，居然加考體育，要我們翻斛斗、爬竹竿、跳繩、走平衡木，大大折騰了一番，使我差點沒有考上學校。第二年卻不僅體育考試取消，連筆試也不用了，免試升學，初中改制爲國中。我們初中最後一屆的學生，不但沒獲得免試升學的優惠，初中還不能留級或落榜，因爲課本全改了，再重讀就得重新來過。好不容易掙扎入了高中後，乃又碰上大學聯考改以電腦閱卷。欲哭無淚，只能無語問蒼天。現在博士終於要畢業了，竟又遇到國家博士制度要廢除，學校本身口試完畢即可授予學位。第一位新制度的受用者就是我。

只考一次，不必再由教育部組織考試，當然是簡化了。但舊制已廢，新法卻尚未能制訂。我畢業的事就被懸擱在那兒。我三月間已提交論文，滿擬可以成爲最後的國家文學博士。豈知五月廢舊制，直拖到七月才舉行口試。

原本黃老師已請得勞幹（貞一）先生來擔任我的校外口試委員。我去中研院拜望他。他對我能作點舊詩，表示欣賞；論文也還未汙法眼，頗獲嘉獎。但考試日期一直不能確定，勞先生終於去了美國，論文必須另找人考。黃老師又替我改請了陳捷先、管傳琛兩先生。亦幸而兩位憐我寫作辛苦，匆匆答應來指導。我十分感激他們，否則大概還得再拖上一年。

但此時不耽誤，另些時候自然就會有些耽誤。天理如此，人沒有永遠幸運或不幸的。後來我升教授，硬是因行政作業的緣故，晚一年送審論文。我感天理之昭赫，故亦不敢有所怨懟。

事實上我也無資格抱怨什麼。我小學跳了級。大學畢業，因近視太深不必當兵，因禍得福，向國家賺得了兩年，又減少了學問退步的危險。碩士班博士班又特別順利，在最短的年限中畢業。與時間競走，搶得了這麼些年，還能說不夠幸運？我的幾位朋友，有些人爲了學位，耗了十年。蔡英俊到現在還在與學位糾纏。周志文林安梧仍以尚未升等教授爲憾。更不用說周純一、陳信元這些現在還赴笈海外，爲一學位而折腰的朋友了。他們的學力均不在我之下，但世海沉浮，隨緣流轉，在學院的資歷與規格上，卻仍處在不能不受限制、不能眞正翺翔的境地。

未必他們眞在乎這個勞什子學位或教授名銜，但活在我們這個社會，名銜虛聲，卻有著實際的作用。有博士招牌、教授頭銜者，不僅薪資待遇好得多，辦起事來也方便得多。社會上認人只看招牌，也就罷了，橫豎他們不知學術知識爲何物，故以爲職級高的學問也一定更好，官越大知識也越大。豈知學院中此風更是熾烈得緊。

以教育部對大學的評鑑來說，教師中博士占若干，便是一項標準。逼得各校或發給博士薪貼以廣招徠，或乾脆規定非博士不聘。此非荒謬爲何？名校出身、博士、教授，與學問眞有必然且直接之關係嗎？縱或有之，爛學校出身、沒學位的市井豪傑、奇才異能之士，其實亦所在多有。我從民間來，深深明白這個道理。何況我正有許多朋友仍在這些名銜虛位的壓迫之下，爲了學位或升等而掙扎。因此，對學院裡這些虛矯的氣息、號稱學術的環境，殊覺不易認同。

所以我便去向眉叔師抱怨，說不想留在學校裡了，希望能轉到一個研究單位去，關起門來，沉潛做點學問。

張老師很欣賞我的決定。他老早不滿意我在文化界東摸摸西搞搞了；對於我在學院間廝殺衝撞，也不以爲然。覺得我還能讀點書，該趁早退出江湖，乖乖沉潛於學業。因此立刻與其老友黃彰健先生商量。黃老師是中研院院士，精研經今古學、《明實錄》及康有爲等，對我頗有了解，即邀得陳槃庵先生聯名推薦，進入中研院歷史語言研究所。

依黃先生想，兩位院士推薦，在美國的勞幹先生也可附署，當然不會有什麼問題。不料，案子根本尚未送審討論就被搓掉了。所方以龔某性喜惹事生非、秉賦偏激等等去游說陳槃庵先生，讓陳先生覺得他可能錯薦非人，願意撤案觀察。弄得黃老師十分不快。去中研院的事，乃作罷論。

待我送交教授升等論文而未能提報的那一年，伯父乾升公又希望我轉行去做官。我對此毫無興趣，但講不過他。他總是舉鄉先賢歐陽修做例子，說歐公之學術文章，炳耀千古，做官又妨礙什麼治學了？且吉安廬陵自歐公及文天祥之後，學術文章即罕有繼聲者，要我勉效古人。

他在考試院當銓敘部司長，常於下班時邀我去小魏川菜館吃紅燒魚及荷葉排骨，徐徐開導。有時也要我陪他去替人看風水。他與六十三代天師張恩溥先生誼契金蘭，地理絕學，尤勝於天師。各界經常來邀他去看陰宅陽宅。他看我寫過《易經》的研究，易理象數，尚不陌生，故命我陪他去，路上也好談談，解其岑寂。否則跟那些人講也講不通，豈不乏味？我看他打羅盤、定巒頭、點穴位，覺得非常有趣。認爲這也可以做爲一種職業，平日讀書寫作，暇時應各方敦請出來遊山玩水，觀地理之機竅，定吉凶之化權，實在也很不錯。

伯父見我很願學習，自然甚表欣慰，但他仍主張我要去參加甲等特考，以備入仕。甲考本不輕易開科，應試者多半是已占現缺而尚無公務員資格的所謂「黑官」，須考上才能正式真除。故一般都視爲黑官漂白的特殊途徑。且此科考上後，可直接擔任簡任十職等以上的職務。公務員最高不過十四等。從普考及格的委任、薦任科員幹起，幹到簡任十職等，運氣好的，約需十五至二十年。故甲考又被視爲直上青雲，一步登天之路。考試資格亦較特殊，例如曾任縣長之後，尚需另有工作歷練及著作，方能應考。唯爲鼓勵學者從政，具副教授三年以上年資，亦可入試。因此伯父要我掌握機會。

我對此毫無興趣，看伯父交給我的報名表，也看不出我能考什麼。直到報名截止當天，他問我情況，我推說尚未體檢，趕不及了。他大不悅，親自來「押解」我去木柵考試院報名。體檢未做，也由他向承辦人交涉，隨後補件。我還記得交了報名表後，伯侄倆坐在考試院長廊下聊天，談風水地理及藝文掌故的事。而伯父現在已歸道山，思之至爲緬念。他在大陸時曾任鄉長，詩書俱佳。來臺後，在鳳山中學教過一段書，現任中興大學文學院院長胡楚生先生就是他在那時教過的學生。後來由高考入仕，洊升至銓敘部司長退休。我對宗族譜系及道教之知識，多是他的啓發，詩歌也常經他指點。不幸他致仕後，忽病中風，纏綿數載而逝。善窺天機者，天實妒之，此其例也。

我拗不過伯父，報考了史料編纂與整理類，那是我唯一可以考的類目。但報名表交了，卻並沒做任何準備。直到考試那天，才隨手帶了一冊《中國史學史》去讀讀。坐在考試院前大樹下讀了一些，也不太讀得下去。適巧鄰座有人問我在看什麼，我便隨手又交給她看了。自己端坐「體無」一番，心中一片空明。考卷發下來，有論浙東史學、檔案史料編纂整理之法等題，我既毫無準備，又不抱任何希望，自然樂得大放厥辭，謂世上本無所謂浙東史學，出於章實齋之杜撰云云。縱筆疾書，率先交卷，一身輕暢，揚長而去。

榜發，筆試第一，輿論大驚。因該科久未舉行，本科開試，考試之結果，會立刻改變政壇的人事布局，是以眾所矚目。與試者又多名流，如總統府第一局副局長馬英九、焦仁和，文化界的漢寶德、趙淑敏，學界的臺大外文系教授蔡源煌、中興大學文學院院長余玉照、正擔任北市美術館館長而鬧了許多風波的蘇瑞屏等等。焦、漢、蘇諸位都未獲雋，更引起了許多話題。論者或質疑甲考乃特爲黑官漂白而設，另外一些人則認爲連焦先生等人都未考上，可見此科水準特高，也特別公正。故隨後之口試亦格外受重視。

我考的史料編纂與整理類，應試者都是史學界的先進，其中大概原有國史館準備來此「漂白」之官。結果竟是由我這個史學界的局外人搏了頭采，文史界均極感意外。文學界的朋友很奇怪我爲何會去考這個試，史學界則普遍不服氣。我嘻嘻哈哈，說因爲博士畢業後曾去函臺大史研所，請教能否與試入學，未蒙允可，所以現在來考著玩，以償鑽研史學之夙願。聽者知我胡扯，本不相信，認定我是官癮犯了。

口試，由成惕軒、高仲華、陳槃庵三位老師主持。獎飾逾恆，教示甚多。所以最後仍以第一名特優等錄取。後來我去拜望成老師，他告訴我這不但是本科所有考生中最高的，也是歷來最高的，鄭重勉我應存心爲國爲民，將來才不辜負他們幾位老人家對我的期許。我汗流浹背，惶悚不安。而今惕軒師亦歸道山矣，仰止風德，無任思之！

榜出後，我被分發至國史館，余玉照去新聞局任處長，蔡源煌也在新聞局做顧問。我想起唐人所說平生大願，在於「娶五姓女、入史館」的故事，覺得能去國史館，預修國史，眞是件榮耀的事，所以就去報到了。

可是我搭車從臺北往新店，一直開上北宜公路，山路盤紆，九轉八彎，繞了半天才找到國史館。原來館在山中，四山環之，路在其上。路旁全是冥紙。因道路甚險，車禍甚多，開車過路的，都是一邊開車一邊撒紙。風紙飛揚，氣象蕭森。

循石級而下，入館往謁館長朱匯森先生。朱先生時正卸教育部長任，來此供職。承其介紹館況，並做參觀，我即決定打退堂鼓了。爲什麼呢？國史館雖有處長缺，但似已有預擬人選，如今遭我這個局外人橫刀奪了位子，館中人如何想？我將來又如何自處？國史館，隸屬總統府，但位尊而祿薄，地又僻遠，現實上說，實在也不及在淡江教書。何況館局執事，多爲長者，氣度凝重，未必可以容我小子來此撒野。蓋衙門本不畏冷，然須坐冷椅而可以做熱活，否則即不見得非要在此貢獻精力不可。

離開國史館後，我離開校園、找研究單位做研究的希望也沒了，只好再乖乖返校執教。但在校園裡，也看不出有什麼發展性。王邦雄老師率先離開淡江去中央大學了，接著顏崑陽也準備走。遊說我，謂曾昭旭師主持中央中文系，若轉赴彼處，或許可以更有做爲。我遂亦起興動念，同意離開淡江。

時中央爲了推動校園民主化，規定聘人均須舉行公開甄選儀式，除了送交著作資料，尙須舉行口試投票。我們爲表示尊重體制，選了一個上午，同去中壢接受測試。反應良好，獲得通過。下午我便匆匆趕回淡江上課。

不料剛進系辦公室，助教即告知陳雅鴻校長找我，要我立刻過去。我不明就裡，到校長室進謁。陳校長才說：「傅錫壬先生已任期屆滿，我們要考慮繼任人選。你在學校服務多年，又是校友，能不能接手？」我說：「我還沒向校長報告，我正準備辭職，已擬就中央大學聘了。」他很詫異，說：「決定去中央了嗎？如果還可以轉圜，請你考慮！」我知道不能不識抬舉，乃即應命了。回去跟崑陽說不能同他一道去中央啦。崑陽嘿嘿冷笑，說我畢竟還是想做官，所以一有官做就走不動。我也懶得跟他辯解，去正中書局把《國文天地》的編務也一併辭了，打理起精神，好好應付這個新運命。

淡江是臺灣最老的私立大學，規模也大，有學生幾萬人。當時號稱是全國最大的大學，連大陸也無人數如此多之學府。但私校本不比公立學校，一切資源均極缺乏，學生素質、教師條件、圖書設備也都比不上公立大學，其財務，更是拮据。我中文系日夜間部，有學生千人，等於半個中山大學，每學期僅有辦公費用萬元。系上教師八十餘人，開兩次系務會議吃便當就吃光了，還能做些什麼事？崑陽只知幹系主任是做官，卻不知當家之難，巧婦需能爲無米之炊。

我先去向周安托商量，他義助了我五萬元。我成立了一個六朝文學研究室，開始辦小型研討會，把教師間的討論風氣炒熱起來。接著擴大辦全系教師的「茶與學術」聚會，既溝通情誼、遊山玩水，又談點學問。然後定出重點發展方向，開始舉辦全國性學術研討會，以「文學與美學」

「社會與文化」爲兩大範疇，再搭配以其他類型的研討會。同時向教育部申請成立研究所。

如此一來，全系教師立刻凝聚起來了，以學術爲主導，帶動教學。同僚相處，也可以有些學術性的議題可以談談。藉著這些議題，又可以聯結或溝通外校的同行，整合學界之資源與力量。整個系就因此而顯得有活力、也具有號召學界同道的氣勢了。

但這並沒有任何勉強或爭霸的意味，仍然是興。一切都顯得興沖沖、興頭頭的，充滿了感興、興發之趣味。例如我們第一次辦社會與文化研討會，以「晚明思潮與社會變動」爲主題。沒錢，恰好鄭志明正在幫一個講五教合一的教派弘化院辦些講座，學生高大威又在那兒主持出版事物，所以論文集得到弘化院的贊助，會便順利開了。開到中午，吃了飯後，我一時興起，提議上山去玩玩。於是呼嘯了陳萬益、林玫儀等，幾輛車衝上七星山去。誰知山路難行，大夥兒又貪看風景，尙未抵達于右任墓園，下午開會時間已到。陳廖安來問我：「要不要回程？」我說：「遊興未盡，豈可半道而廢？不管它，再上去逛逛吧。」結果山下開會者面面相覷，不知發生了什麼事。主講者、講評者各有一人不在場，亦不知會議要如何進行。後來才曉得主辦人發神經，一票人跑去山上玩了。接著又一票人一齊嘻嘻哈哈衝回會場，繼續談學問。

如此瘋瘋顚顚，而學術卻也並不因此便荒忽了。這就是我們辦事的風格。每次辦會議時，都是玩。有時在茶館、有時去同事家，情誼既洽，又益多聞。十年後，曾偶爾向張子良先生提及某次在他新店燕子湖畔舊居聚會的事，他也還甚爲懷念，彼此興感，悵觸不已。同樣的，開系務會議也是玩，有時在新北投禪園、有時坐淡水河邊、有時去外雙溪山中。有次在溪邊跳石塊，我還把腳扭傷了，開起會來有些呲牙咧嘴。

平時我們也總是三三兩兩邀了去吃飯或喝咖啡，聊著聊著，便聊出了一些新構想。或開些新課、或修改一些制度、或調整一下做法。談的人高興，我做事的人也做得很快樂。

因此，那幾年，是整個中文學界變革最多的年代，淡江中文系扮演了幾乎所有新典範、新思維的角色。風雲飆湧，氣象萬千，隱隱然被視爲一大學派。

在系裡，我們每年辦師生書畫藝術聯展，別的學校當然也可能會如此辦，可是我們可以把作品義賣了做爲獎學金。我們每年辦主題性中文週、文學週，別的學校或亦有類似之法。然我們策畫「情色文學展」，把大門扮成陰道口形狀，展出各種情色書刊及相關資料，配合舉辦座談、電影及文學作品討論，別的學校辦得到嗎？若干年後，友人杜潔祥印出高羅佩的線裝本《祕戲圖考》，卻被查禁。周安托到民國八三年編譯《世界性文學大系》，也仍遭禁。我還以古典文學研究會理事長的名義，爲他去法院接受詢問，作證表示此類書刊應可流通哩。十幾年後的社會尚且如此，當年我們在戒嚴時代辦這些活動，在中文學界能說不激進嗎？此外，我們也辦過道教文物展，請我堂哥龔群提供三十六道天師符，請道教會張檉副祕書長提供道教法器，配合做了解說與演講，這也是大學院校中首見的。……。

學生活動方面，我們開始舉辦大學生論文發表會，其形式漸爲其他各校所採用。後又創辦臺灣文化研習營，也影響深遠，爲後來各地此類研習營之先聲。

所開課程，我會先找瑞騰等人商量，據其意見，斟酌情境而推動之。中文系學生向乏思考訓練，我找夏學會友人陳明福等來開「思想方法」。將「中國思想史」改成兩年。「中國文學史」也改爲兩年，「小說選」等則移往大一，以培養學生興趣。在這種新課程架構下，又開設了「文章寫作」「文學社會學」「臺灣文學」等新課。這些課，無一不是前所未有的，連我們也只能試著開。例如文學社會學，由我和施淑女、何金蘭合作試講；臺灣文學，由李瑞騰和施淑女分講。臺灣之能有這兩門學術領域，我們其實都是奠基者。蓽路藍縷，今則居然顯學矣。

後來創辦中文研究所，開設的新課自然就更多了。辭彙學、文藝行政、美學……，陸續推出。格局閎闊、創意不斷。又配合新課程而舉辦「三〇年代文學研討會」等，以創新的精神，向禁忌領域或遭遺忘的國度挑戰。

這個階段，眞可謂風生水起、浪湧波興，氣象萬千。我在一本學生所編的論文集《問學集》的序文中曾自誇道：「在過去兩年裡，我們辦過許多次學術研討會，規畫了許多新課程，對於研究方法之更新、中文研究未來發展性的開拓，自信在整個中文學界，包括臺灣和大陸，是沒有其他機構能相比擬的」。但是，這一切，都不是勉強衝撞，如一般人所理解的那種苦心經營所得。只是遭逢時命，遂爾興發，正如雞鳴樹顚而吾蕩子興之以天下太平。

這不是玄理，更非妄談。在面對人生的命遇時，我們既不能挑選，也無從迴避，與其嗟嘆「古來才命兩相妨」，或努力做「君子居易以俟命」的工夫，終不如順情、因境、承命而起興。貞下起元，否則有泰，情往如答，興來似贈。生命乃於此生姿采、動觀聽，而也因此才有了趣味。所謂興趣，趣即生於興之中。魏晉時有悅鄰女者，每對之囉嗦；鄰女不勝其擾，把織布的梭子丟過來，打斷了他的門牙。此公居然不羞、不怒，仍復怡然，曰：「猶不廢我嘯歌！」這就是興！對生命有點幽默、有點瀟灑、也有點無賴，所以才顯得出魏晉人之有趣，所以生命才能有些詩意，不像「打落門牙和血吞」的人生那樣悲壯呆鬱。天命固然森嚴可畏，對我如此賴皮，恐怕也會有些莫可奈何罷。

而且，從我的經驗來看，凡我自己想去謀什麼差事，如想提早畢業、想回淡江中文系、想入中研院，或去中央大學之類，總是不順利的。我沒想要的吉凶，卻又常常不虞而至。而所謂吉，如擔任什麼世俗人豔羨的職位之類，其實也都是苦役。要以極有限的資源、在極艱困的處境中，辦成一點事。不僅須爲無米之炊，還得炊得好。辦《國文天地》時如此，辦淡江中文系所時如此，後來供職陸委會文教處、現在辦佛光大學也是如此。但吾既承此命，當此境遇，若不能繼之以興，豈能開物成務、觸處成趣？因此，這是生命磨難中得來的體驗，對之足以興感的。

卷四

史

困知

涉世行權，因境爲學，我俯仰興感之生命，其底裡實在是蘊涵不少悲哀的。

爲什麼？

首先，這個「境」本身就很可哀。在我們這個生存的情境裡，甚少涉目成趣的佳境，多的，則是醜陋荒唐愚昧之境。

例如什麼呢？例如後來在民國八四年，中共因李總統訪美而對臺灣近海試射飛彈時，李總統爲緩和兩岸氣氛，表示兩岸領導人可以見面談談。隔天，新聞局胡志強局長便修正謂：兩岸領導人見面只宜在國際場合。又沒幾天，江澤民也表示他既願來臺看看，也願邀李總統去大陸。陸委會則隨即回應：我方一向只主張在國際場合會面。我既是個因境爲學的人，自須關心我們存在的處境，不像一般學者可以不問世事，埋首於書堆。所以我就寫了一文討論此事，舉出證據說：其實李總統早在數年前就一再表示希望大陸領導人來臺灣看看了。新聞局與陸委會不可繼續欺瞞民眾，說我們只主張兩岸領導人應於國際場合見面。且兩岸領導人之所以需要見面商談，乃是基於處境的需要，從政者不可以死要面子，而忽略了實質的問題。

從此行政機關爲之語塞，不敢再申談兩岸領導人只宜在國際場合見面之說。但我旋即接到一封信，其妙文曰：「你喜歡中共你可到大陸長住，爲何在此批評別人？你是白癡是嗎？比如共方要三通，不是爲大陸人民三通，而是爲共軍三通，爲了得到我方情報而要。共方說過：他是代表中華人民共和國，飛機帶旗可來臺灣，可是我方飛機不可有國旗。記得八十年六月十四日李總統提兩岸領導人互訪共方說他是代表中國合法中國領導人訪中國臺灣省領導人見面意見是把我們李總統變成省長你知道嗎？你媽個老屁！共匪飛彈不可怕，最怕是你們這幫狗賊賤人。我問你共匪有好多飛彈，如果共匪眞的把飛彈打過來，臺灣傷亡很少，房屋損失也不多，但是共匪又失敗了，共匪再失敗是要共匪的命，飛彈不敢輕易發射，共匪除飛彈外，共軍不會飛，他沒有那麼多飛機和船運輸過來有什麼好怕嗎？……」

這類信，自然不會署名。執筆人並未針對我批評政府對兩岸領導人見面之事的政策游移之論點進行辯難，卻聯想起興，嘩嘩啦啦大罵了我一通。想來此君寫這封信時，必然甚爲快意酣暢。據他的邏輯，共方實應立刻對臺灣進行飛彈轟炸，或乾脆開戰。因爲炸臺灣或進攻臺灣一定會失敗，失敗了就會要它的命。所以李總統根本不應講什麼兩岸領導人互訪，應該呼籲中共趕快來打臺灣。不是嗎？如此愚人，居然敢來罵我是白癡，且口出穢言，顯示了什麼呢？

其實這還不是最笨的一個例子。我在江湖行走，因機涉境，多有是非。經常接到這類黑函，也有些是署名叫陣的；或朋友反目，來肆詬辱。這些惡嘷粗口，早年我都會保留下來，扔進一個牛皮紙袋中，題爲《是非集》。準備將來寫傳記時，好好用它來談談文壇學林之掌故。不料積久漸多，收不勝收，乃知天下妄人之無窮也。

妄人不自以爲妄，反而常像這封信的作者，動輒說別人是白癡。這就是我所涉之世與所處之境。遙想孔子當年，雖也曾碰到桓魋這樣的人想殺掉他，但終究不過鋸了一截樹而已。且縱使是桓魋，恐怕也不敢自以爲聰明，罵孔子是白癡。我們這個時代，卻是個大顛倒大虛妄之世。昔黃鐘毀棄、瓦釜雷鳴，三閭大夫尙且爲之痛憤不已。現在則是以瓦釜爲鐘鼎，以鐘彝爲瓦礫。吾人居此，能無感乎？

我主要生存的學術文化界，情形當然不盡如上文那封信所顯示的。無論如何，它仍是整個社會中最具理性的地方。但是，其理性化畢竟也還是很有限的。學術文化界的朋友，爭閒氣、搶位子、擺身段、裝門面，非但常與世俗無異，且或更有勝之。原始昏昧的欲望，混雜著學術文化的裝飾與姿態，乃益顯其猙獰、詭譎或可怖。而所謂學術地位、著作水準、論文體例、引證資料、發表處所……等等。規格、儀則、形式，與創造力往往也無甚關係。號稱研究，半屬垃圾。

這裡面當然也有好的。但綜括我所見之人物，固有才情飆舉者，則丰姿雖美，學力多苦不充；若有學問巧密可觀者，則雖可以嗟賞欣羨，而其智亦非不可及。

此語頗爲傷人。但我縱橫三教，奔走南北，邇來足跡且遍神州，所會高手，何可勝數？然僅見似我者，未覩勝我者。或有一二獨門精到之處，足堪敬慕，終不能令人畏嘆。一般名家，不客氣地說，無論其爲人文抑社會學科，倘給我三個月時間，與之同撰一題，討論彼所精擅之領域的學問，我不以爲會遜於當今任何人。許多人在我面前，擺出一副學問了不得狀，我實暗暗哂之。不知其一孔之見、一得之愚，爲何竟就使得他自我膨脹到這個地步。也有不少人批評我，認爲我的學問有這樣那樣的問題，文章有這樣那樣的漏洞。看他們自以爲逮著了我的毛病、自以爲能了解我武功之底蘊，自以爲能超越我，又實不免竊竊笑之。我雖不才，亦曾博涉四部、兼通三教、平章古今，欲衡吾之是非，豈容易哉？是以有時也只好故示愚拙，露些空門與破綻，以娛論者。

呀！不要責怪我這些近於用智傲人以玩世的話語和舉措吧！我之用智傲人以玩世，不正是受此等無智之情事與反智之處境所激嗎？與世激揚，以致不得乎中行，思之益覺可傷。

在世俗層面上，我要跟學術文化界的朋友們在所謂學術的規格儀俗中播弄耍舞，競其後先，當然沒什麼困難。可是眞要做點學問，這樣是不行的。而可悲的，就是我之才智又不夠眞正做些學問。我讀古人書，見王弼注《老》注《易》，陸機撰〈文賦〉、鳩摩羅什弘開大乘，都在弱冠少年。其超悟智解，實非我所能夢見。每思及此，輒爲氣沮。

憶昔曾在故宮博物院見董其昌墨蹟，看得「啊！」一聲，胸口如遭棍擊，一霎時萬念俱灰。這才懂得虯髯客見到李世民時，「見之心死」，是什麼意思。董其昌的字，傅青主很瞧它不起，謂其俗媚。可是以我的本事，要到此俗媚之境，這輩子是沒指望了。

這種絕望感，常裹住我，拉著沉沉跌入沒有光的深淵裡，徹底明白人生無奈的命限，也讓我謙卑遜愧不已。從前鄭板橋亦曾被時人目爲狂者，屬於揚州八怪之一，然其驕妄之氣，在面對眞正的藝術、眞正的才情、眞正的學問時，即彷彿面對狂風，一切吹走、颳去，剩下來的，只有震愕、只有懾伏、只有深自畏嘆，頂禮膜拜。所以他面對徐渭，就甘願自稱「青藤門下走狗」。我之才情智力，實又遠遠不及鄭板橋。誦讀古人之書，隨其上下議論，而漸漸追躡無從，似乎從紙上眼睜睜地望著他們絕塵奔軼而去，揚起的灰塵，捲起衣角、撲上臉頰，心中不由湧起一片悵惘落寞荒寂。此君子之所以畏天命、畏大人之言也。小人不知，所以不畏。

若說不管如何，不以古人之高標準自許，只求盡其在我，勉強窮極思力，自造一小小局面小小境界，以無忝吾所生。那麼，以我奔走塵俗、流轉困頓於人事的情況來看，我又豈能專靜純一，以積久用功，補天資之不足，徐待義理熟練、系統圓密乎？

眞要做點學問，不是簡單的。舉凡誦讀、解義、構說，除了要有才智悟解，還得有歲月的烹煉。要弄到眞積力久，義理純熟，足以自闢門庭，眞是談何容易？我的許多著作，都只是頭緒初明，未遑引申；或據理懸斷，尙乏詮解。欲如古人之始終條理、備體明宗，既無時間，又受我涉世因境之爲學形態所限，而無法辦到。因爲這種學問形態，本來就需「應機」「當境」，隨順情境，因其所體驗者而思慮之，故亦不甚可能閉關斷緣，專尋理境以造論。人生的無奈，就在這個地方。人都有其有限性，循一道則於另一道便不能不有所遺也有所憾，思之自傷，而亦無可如何。

一般治學者，蓋如聚水，盈科而後進，積久漸多，遂渟蓄爲湖、爲淵。我則如大禹行水，導之入於川渠、散於田疇。又如風揚水氣，亦可以有所積，但積而爲雲、凝而成雪、降爲霜霰、飛爲雨露，因機揮灑之後，彷彿便自無所有了。學界對學者學問的評斷，要看的，是固定可以客觀評斷的東西，如湖泊淵藪之形狀、面積、水質、深淺、色澤、物產等等，而不是我這樣面貌不明確、宗旨不清晰、體系組織又看不太出來，東踼一腳西打一拳的模樣。這個道理，我當然明白。我也很羨慕那些能沉潛專致的人。每遊名山大澤，我都會興起「結廬於此，閉門讀書」的念頭。特別是開放赴大陸那幾年，走了許多地方，曾發願辭去淡江教職，準備通讀所有大陸各圖書館的藏書。乃天不從人願，旋入陸委會供職，依然奔走於世務。凡發願，多如此。勞碌已成性命，焉能再效太平閒人，從容於學問？此所以每觀他人之宏文巨著，輒深嘆惋。

如是種種，也就罷了。最可哀的，還不是這些。

我是讀孔孟之書的人，幼受仁義之教，長而欲以聖賢人格爲依歸。可是，老實說，涉世行權，往往以才情氣魄摻合擬議運通變化之，距聖人之中道，恐怕甚爲邈遠。而處世對境，亦不能無私欲愛憎行乎其間。且嗜欲冗雜，諸多邪妄過惡，不勝痛悔。可是雖痛悔而又無力湔祓，無明惑業，糾纏不已，輾轉乘除，隨時會不期然而然地迸發出來。以致因循牽延，沉湎於昏習惰氣之中，無法升拔，更遑論什麼聖賢境界了。清夜捫心，諸多慚疚。深覺愧對祖師，負我宗傳。

平常學者只管讀書，不涉世務，雖閉塞，卻也省卻了不少危險，正如王龍溪所謂「欲根潛藏，非對境則不易發」。既不對境，無明嗜欲便常隱伏不起作用。不見可欲則心不亂也。因機對境者反是。嗜欲全部被鼓弄搖蕩出來，在身心內部翻騰攪和不已，帶著我們跑。一點靈明，有時尚能辨識其爲邪妄謬行，有時則根本也遭遮蔽了，情識熾然，欲火焚身，自己則束手無策。讀傳統書的人，個個談「踐履」，其實踐履多麼困難！平時說要脫屣富貴，講得瀟灑，彷彿容易。富貴儻來，心中懸懸，忐忑徘徊，瞻前顧後，縈縈擾盪一番，至少要有幾天不能寧定。平常罵別人擁權怙勢，那是因爲自己沒有權勢可以濫行非爲，一旦有了可以揮霍力量的時侯，頭面嘴臉，又往往不同。走江湖涉紅塵的人，事實上就日日處在這類必須進行道德踐履的考驗中，神魔交侵，水火激迸於體內。

我乏內聖工夫，考驗殊不合格。有時發人隱過，有時揚人隱行。有時行不測之權，有時走非法的門路。常自以爲得好惡之正，而不免於安排做作。又有時落入格套，有時則妄動意氣。有時口中說得十分明白，紙上寫得十分詳盡，實際只是播弄語文，非眞有境界。人情嗜好，亦不能免俗。浮囂戾氣，頗見於言行。如此之人，乃竟亦妄稱爲孔孟學徒，妄自尊大，妄登壇坫，妄爲人師，慚惶愧悚，曷何勝言？

從好的方面說，我亦可如陸象山一般，自稱：「吾於踐履未能純一，然一念警策，便與天地相似」。但我非象山，亦不能及象山，雖常一念未泯，卻往往只是一念。忽爾踐仁知天以後，多未能繼之而善。所以終成凡夫，迷情荒欲，流遁不已。可見此事不能只說一念、只說良知，須做工夫。

工夫，若依劉蕺山《人譜》所說，則在於「懍閒居以體獨、卜動念以知幾、謹威儀以定命、敦大倫以凝道、備百行以考旋、遷善改過以作聖」。不能做此等工夫者，劉氏謂其爲「祟、妖、戾、獸、賊」。我大概就屬於這些妖獸之類。人而爲獸爲妖爲祟，劉氏認爲根本之病在於妄，「妄無面目，只一點浮氣所中，如履霜之象，微乎微乎！妄根所中曰惑，爲利、爲名、爲生死，其粗者爲酒色財氣」。我大約也就是如此妄，如此浮，且如此而生惑，如此而與無明惑業、多生罪愆一時俱發，不可收拾。

有些時侯，自己也很痛恨。感覺像溺了水，沉下去，既起不來了，就任它再沉下去些罷。又似乎人就在情欲愛憎中肢解寸裂了。一寸寸、一段段，鬆開，斷去，通體透明，漸至於無，全被欲嗜所浸潤、所銷解。此中實有魔業，有孽障，有無窮吸引力，拉著我，讓我耽溺陷落進去、進去，玄冥森黑之中，大神祕大恐怖大美感召喚著我。而此似亦涵蘊著大解放大自由。情欲吞噬了我，我也化爲情欲，橫流肆恣，縱任所之。

唉，此處寫得實在太潦草太凌亂了。或許大多數人看不懂我在說什麼吧。有天我看見電視報導前財政部長某先生，謂某先生十年前遭「十信」弊案牽連丟官後，甚善於自處，故訪問某先生，請教安心之方。某先生云：當時黯然離職，極爲淒涼。無官可做，幸有友借予一辦公室，得以每日去辦公。孤寂一桌，下俯北市紅塵，感觸萬端，「還要自己倒茶。若有朋友打電話來，還得自己接。要記電話號碼，也要自己抄在筆記本上……」，某先生如此說。語氣之間，認爲此眞人生至淒黯悲涼之境矣。呀，像這樣的人，就不能懂我在說什麼了，就連我之虛妄浮惑亦不能及了。

既已去職，即爲平民。既已無公可辦，尙需一空辦公桌幹嘛？古人有笑話，說某大宰退休後，猶每日命老妻送菜單來批。昔以爲過分誇張，今乃見諸實事！至於說飲茶尙須自斟，我亦以爲乃大苦事。但人生尙有一苦事：飯還得我們自己吃哩！爲宦宰者，役使人僕，視爲固然，偶然失人服侍，便引以爲奇恥大辱。其嗜欲之迷亂，何嘗自有體察？

世俗人之昏昧，往往如是。但如此卻也有愚昧者的快樂，因爲不知，所以不覺。我的痛苦，便在於與世俗人一樣沉湎流遁於嗜欲中，無法自拔；又總有一念惺惺，能知其爲妄謬、覺其爲邪僻。

可是，我不能如古聖賢大德一般，良知發用，立地成佛，立刻轉生滅爲眞如，頓然斬盡虛情妄念。也不能存天理去人欲，克己以復禮。因爲這個「己」或「人欲」，對我而言，也就是生命本身，拋不掉的。生命的存續，本於食色諸欲；生命之活動，根於血氣知見；生命與世界遭遇，不能無情欲之感；情欲發湧，生命也才有丰姿之美可言；才情氣力，更是我之所以爲我的要素。何況，實際生活中，嗜欲拉扯，誘惑至多，何敢奢言頓去人欲？勉力克己，尙不免時傷淪墮，且亦喪失了我之所以爲我的特色，故總也不能持久。我又非閉關斷緣的學者，可以隔絕欲望之牽引，靜專以持養。我流落人事，歷涉諸方，權機生發於心，利私鼓盪於中，良知靈明，倏興倏滅，夜氣尙存，然平旦常不能守之。如此之人，要想克己復禮，實極困難。

尋常人又往往依世俗生活，世俗社會的制度教化以及生活中形成的規矩，就成了人所依循的軌塗。眞正越軌畔亂、豁決無度者，畢竟屬於少數。也就是說，一般人的嗜欲，在社會性軌範約束中，已得到了適當的節制與調理。我卻是個逆俗激矯的人，少拂師友之教，長而亢對世俗儀軌，任性用情，蔑視此等制度教化及規矩軌範，以自顯其獨。這樣的個性，實在害慘了我。使我徘徊於叛世棄禮之邊緣，理智上或許知道禮度儀俗亦有其客觀意義、或許質疑其價值，已有不少內在的掙扎與矛盾；情感上則又總無法安居於禮式規矩中，老是會隨情佚盪，不由自主。

歌星王菲有首歌曲，唱道：「我願意為你，被放逐天際，失去世界也不可惜，什麼都願意」。這個你，就是情，以及由情而生之欲想、由欲想所變現而成之對象。情一旦有所觸動，有所感發，眞是烈焰焚身，一切在所不惜。一般人雖亦沉湎於情欲嗜利之中，但束於禮度規範，尙不大流蕩。世俗社會所形成的名位等等，其實亦詭譎地構成了對人性此種幽闇嗜欲的一些牽制，例如為了保住聲名和地位，許多人就不敢太放縱。可是，放縱，對我而言，是有美感的。生命之好奇與善於用情，即在此顯出作用。一旦任情順情起來，什麼都不顧了。

但這種「不顧」，不是決裂式的，而是「不暇思慮」或「雖存思而仍然繼續用情」的形態。這即是我的悲哀。不能遂去為惡，又不能導情歸仁、克己復禮。以致依違流走於兩者之間，享受著人天破裂、神魔同在的痛楚。禮，對我而言，其實也是眞實的，也是有美感的。對於這些習俗規矩的傳統性格，我亦深存敬畏，亦能深刻理解其意蘊。夜仰蒼穹，見星斗布列於天，胸中便湧起一片莊和肅穆之感，天地悠悠，樞機主之，此即禮也。天地人文，無此秩序，不成世界。吾居世界，乃又輒欲拋棄世界或被世界拋棄。嗚呼！此天刑我也、天刑我也！嘗作詩曰：「智與情仇最可哀，自憐自憎自驚猜，我生定有幽憂疾，野水春潦日暮來」，又曰：「苦證無生為有身，輒憐風雨釀春深，春深亦有頑癡恨，寂歷江湖惘惘吟」。徘徊往復，束手無策，往往如是。

故曰：我有疾，我有憂，一力證道，而頑癡如故，纏困不解。飄飄江湖，踽踽行路，仰諸天神佛、歷代往哲，觀吾生之進退，念風雨而生悲，大道茫茫，不知終將安歸。

如此之人，其所以成學者甚謬，所成之學，蓋亦爲一極特殊之形態。

友人袁保新曾寫過幾篇文章討論新儒家對孟子學的理解。他認爲以牟宗三先生爲代表的解釋路向，把孟子「盡心—知性—知天」云云，朝道德實踐的內在主體性方向去詮說，恐不盡合於孟子原旨。他引用海德格的基本存有論（Funcamental ontology），謂存有不能再從本質上說，而應從「存有在此，且顯示於此」說。依此一在世存有（Bring-in-the-world）之看法，自我並非一獨立自存、不食人間煙火的先驗主體，它總是存在於世界中，並通過世界來達成對自身的領會與詮釋。在與世界諸般事物交接過程中、在與各式各樣其他「此有」的互動中，此有會受到誘引、牽連，變得盲目從眾，以他人（they）爲自我。這時，就需要此有有所醒覺與扭轉，例如通過憂懼、對死亡的預期、良心的召喚、以及決斷，來體現人「本眞的存在」。

海德格這一講法，凸顯了人只有通過情境世界（Situation-world）才能讓自己成爲在世存有的事實，而且把存有論帶進「存有亦即存有的歷史」之路向。在西方形上學發展中有重大意義，而用其說以論孟子，則袁保新發現：只說心性是人在進行道德實踐時的主宰，是不夠的。所謂「明於庶物，察於人倫，由仁義行，非行仁義」，可見人必須在生活世界中明之察之，方能成就人之所以爲人。所謂仁，應是指我們關聯世界時，可以起現其明察作用的「感通原則」；義，則是指具體性的「情境化原則」。至於天，一方面可說是一切存有物的意義基礎，一方面也可具體化爲和人休戚與共的歷史。

對此說法，我並不甚理解。例如海德格所謂「本眞的存在」究竟何指？人的本質嗎？如不能確指人之本眞爲何，人又若皆以在世存有之方式存在，其本眞者何在？良心的召喚，又如何在在世存有中起現，並發生作用？人於在世存有中變成非本眞的存在，眞的只出於外物之誘引嗎？存有自身之性質，如其才情稟賦等等，於此不生作用嗎？知之蕩者、欲之狠戾者，未必是以他人爲自我，乃是在與物相劘之中，其某種自我便槎枒撐長而成了惡獸。故於海德格之說，吾尙存疑。但用之以鬆解孟子學的解釋空間，則是我所歡迎的。

我自幼熟誦《孟子》，仁義之教根於心，幾乎是習與性成的。但對孟老夫子所說，一直不能完全契合。他論性不論情，強調人只要擴充其大體，盡心知性，即可踐仁知天。這點我能了解，也有眞切之體驗。然而荀子云：人若順其情，必至於邪僻放軼惡亂，也是眞實的。何況，論性不能僅從超越面說，僅講超越的本心本性，更要顧及才性的問題；養氣，不能只談浩然之氣，要更注意血氣的部分。人秉其血氣才情而動，縱爲聖人，不能斷其情，亦不能轉其天生之才質。故伊尹之任、柳下惠之和，同屬聖人，而才性不同，境界互異。孔子云「上智與下愚不移」，此即天生之才性也。荀子云人若不以禮法教化之，必至於惡濫，即是就情之感物而動說。天命之謂性，則指此天生包含氣性才情的生命，既有良知良能，也有才情。在這個基底上，才能講繼之者善、成之者教。

這是我綜合孟子、荀子、告子而成的人性論立場。由這一立場，我自然能同意人是「在世存有」的，因爲存有必須活動，活動即爲情，即須與物相感，即須在明於人倫、察於庶物時斟酌合宜，隨順情境而得其義。我自己的學問形態就是如此。非默識存察、逆覺體證、驗諸本心、良知發用的路子，而是順氣言性、感而應物，用情因境，在情境中，不斷面對自己是什麼、將會成爲什麼之問題，經由自我領會、自我詮釋，而讓自己呈現爲這個樣子。我，就是我以及我所做的。

我的才情性氣，即是我這個生命的「本眞」「屬己」部分（這是我與海德格見解和體會不同之處）。依此我，我才能有所做爲。但只依此本眞，我並不能成爲合理合誼的存在，往往會在情境之中墮入「飲食之人」的領域。因此我必須再藉助於一種類似天臺宗所說：「性雖本爾，藉智起修，由修照性，由性發修」的方法來提住自己。

此乃天臺荊溪《法華支義釋籤》所謂「修性不二門」之說。當然我藉之爲喻，並不完全採用佛家義。我只是說我嗜欲太深、才情太偏，良知照察之功甚少，較不易由良心的召喚來覺醒靈明。故須透過藉智起修的工夫，以聖賢法語及思智之辨析識解，逐漸照明，熏起良知，再彼此印發。在這其中，師友護惜、教導成善，自然有重要之功效，否則焉能「童蒙以養正」？

從這一面說，我重學、重師、重禮樂教化，都近於荀卿而較遠於孟子。注重存有的歷史，更與宋明理學家式的孔孟學說，有根本的差異。歷史，正如袁保新所詮釋的天、命，既是一切存有物的意義基礎，生命也即在歷史之中，具有歷史性。

這不能簡單稱之爲歷史主義，亦與復古不復古無關。我的工作、職業、著作、言談，無一不透顯這種歷史性。天命在躬，論詩，則言詩史；論小說，則談天命觀在小說中之體現：擬入史館、癖於考史、在歷史系教書；述史、論史、證史，而亦自己作史，前溯諸古，上究乎天。歷史即在我之本性中，所以與一般史學研究者不同，也與宋明理學家或當代新儒家之缺乏歷史性不同。

但人既必須通過當前的情境世界，才能讓自己成為「存有在此」（The "there" of being），這個情境世界卻是個世俗界。在世俗界中依違流轉之日常生活其實多是無聊的、嗜欲流蕩的，故海德格也說「非本眞的存在」是日常生活的常態。人在隨順情境之際，怎麼能超越世俗、擺脫欲私呢？

這也就是我的問題。但若僅從理上說，則我可以再藉用天臺宗的講法來做點解釋。

天臺宗所講的心，是一念無明法性心；所說的斷煩惱等，是「不斷斷」，而非斷煩惱以證菩提。因此彼所修之止觀，是從陰界入境的，稱為止觀十境。一、陰界入境，人在行坐住臥飲食言語見聞嗅嘗知覺中。二、煩惱境，由陰界入，往往牽動煩惱，生起貪、嗔、癡等。三、病患境，三毒煩惱即是心病，往往衝擊脈臟，致生身病。四、業境，善惡諸業攪動。五、魔境，諸魔留難以壞其道。六、禪定境，修習禪定，以超魔業諸境者，往往陷於耽著，被它縛著。七、能見境，若成就禪定，必於觀支生起邪慧，於諸法推度計較。八、增上慢境，若能識得諸見邪非，輒以為已證涅槃，即成增上慢。九、二乘境，諸境若息，仍著於空，墮於二乘。十、菩薩境，不著於空，不墮二乘，乃能善權巧方便而為菩薩道。十境其實都是障，即於此觀之，便是工夫。所謂：「行於非道，通達佛道」「於蔽修觀」。

這是詭譎的講法，用我自己的術語來說，即是「不離世而超脫」。超越者，不能脫離世俗而得，就是「不斷斷」。業、報、煩惱諸障，陰、死、天諸魔，固然障塞菩提道，但離開煩惱，斷離陰界，也無所謂菩提。人活在塵俗中，行住坐臥視聽言動及各種對應的情境，增添了我們的罪業，令我們陷入煩惱汩亂裡，淫怒疾蔽，與世沉浮。但捨此世，去除此與世相感之情，也不成其爲人。只能即此止觀，在事上磨練、在理上觀境，因順情境而得超越世情俗境。

此順俗而逆俗之路，理上說說，大抵如此。可是實踐工夫，眞是難上加難。我病庸弱，實難躋及。然而，若仔細看看我面對這個世界的方式，或許也還能看出一點這套學問的端倪來。

例如我之反世俗，並不採取一般反世俗的方式。遜世避居、杜門謝客、寡交遊、屛世務、厭酬酢、不達人情、不綜庶物、不任職事……等均爲我所不取。我積極奔走，廣交遊、好攬事、善用資本主義現代社會之特性，也努力推動各種傳統事務的現代化。但我厭惡世俗，不能認同這個資本主義社會消費化庸俗化的邏輯。什麼民主、自由、科學，一切現世價值，我都是質疑的。現代化，更被我視爲中國文化的災難。這難道不與我順世因境之做爲相矛盾嗎？我實耽僻靜、性甚孤涼，卻四處交際，彷彿熱中名利之場。不少人來拉我去參加競選，或暗嘲我意在鼎爵。不也顯示了同樣的矛盾嗎？幸而這些在我都是不矛盾的，順世因境，即是逆世轉俗。我之批判世俗，不是逆行的，乃是即世俗而反世俗的。

在一篇〈中華文化／大眾社會〉的文章中，我曾寫道：「大眾文化中庸俗化、世俗化的文化走勢，的確令人詬病。不過問題的解決之道，不該是逆反大眾化，走少數人菁英路線。而可能應該是利用大眾社會形成的基本工具：大眾教育體系與傳播，積極將舊日精英份子所擁有之物，更予大眾化。亦即以更進一步的大眾化，來反大眾社會。……」這就是即世俗而反世俗的一個例子。類似的例子，可以說通貫在我的所有論述及行動中。天生才性上的逆俗者，現在，從理論及實踐上，用情、因境、順世而逆俗了。

故又有詩嘆曰：「小樓獨坐夜蒼蒼，思人玄冥雨亦涼。豈有人間悲往事？漸驚神韻近滄桑。詩書未補情爲累，時世何妨巧作妝。喜與春寒同寂寞，平生迂怪即尋常」。

得法

在世存有的生命，不自量力地想要轉俗逆世，這種形態，大約在我博士班畢業後才逐漸確定。

早先我只能算是個天生的反叛者，以背離世界自矜自喜。好古獨尋，雖說是冥契於道眞，其中卻不免有些玩世的成分；或雖悼世感傷，亦雜有若干自炫博古多聞的心理，以能讀古書治古學驕人。採摭雖廣，自得之境界其實甚爲淺薄。那時我所讀的，當然集中於我國古代典籍，但此種心情與治學方式，大概和現今學界一般人吸收西洋新知，稗販知聞，以描繪西方極樂世界，沒什麼大不同。

但我不是學究型的人，很早我就想確定我自己的一套想法。我能玄思，也有點建構力，可惜就像個瞥腳的作曲家，創調之才尙少，故只能依著前人的論述，予以編織串組，集腋成裘，百衲成衣，勉強建構成個體系。大學時注《莊子》、寫《古學微論》等，大抵即是如此。此等組織與體系，自然頗爲可笑，但僅僅如此，便已確定我與一般學者要走上不同的道路了。

可是我對這個路向並無所知，也並非自始即確定要這樣走。我乃是依氣性之流蕩，以及理性思維的逐漸開展，來逐步凝定此一路向。彷彿自然而然，又彷彿若有理則、若爲刻意塑造追求而致。

從大學到研究所，混沌漸鑿，嚮之冥契於古、汲摭於人者，漸次釐析分判，序列位置，才形成「始條理之」的境地。而形成這些秩序的，則是漸萌漸滋的方法意識。

大學時期，我即注意到民初常熟一帶孫德謙、張爾田等人所講的方法學。這套講法，大抵是發展章學誠的目錄校讎之學，以「辨章學術、考鏡源流」，下接俞樾《古書句讀釋例》那種仔細重讀文獻的方法，予以綜合，而談太史公書之「義法」等等。我頗得力於此，故與尋常堆資料、考字句者不同，逐漸養成了觀察思想脈絡、學術發展的習慣和能力。

蓋章學誠之所謂目錄校讎學，並不是拿甲乙丙丁各本互相校對，或圖書館學式的目錄學，而是企圖延續劉歆〈七略〉、《漢書・藝文志》的做法，針對每一人每一書，我們如何確定其宗旨、分辨它的思想傳承、安立其學術譜系與地位。我寫《古學微論》時，分別原儒、明道、詮法……，事實上做的也就是類似的工作。

但不論是劉歆、班固、章學誠或孫德謙，其論方法，均是「鴛鴦繡出從教看」的形式，縱或巧度金針，亦只屬於指點性質。學者如何能如他們那樣，一見某人某書，即能判斷它是法家是儒家，源流又是如何如何，畢竟講不清、說不透。故如俞樾之論古書疑義，孫德謙之論古書讀法，皆只成爲他們的一種「說法」，而未能提舉爲方法論意義的一種「方法」。猶如教人擲鐵餅者，他們大多只是示範投擲。碰到某某問題，他們這樣處理；遇上某某問題，他們又那樣處理。吾人觀之，亦能學習而模擬其伸腿、轉身、出手。可是他們所舉之例、所歸納之「條例」，出諸經驗，不免瑣碎。爲何能於此等處產生「疑義」？既爲有疑義之處，各家釋解及處理方式必多分歧，盤根錯結，糾繆必甚，如何比較估衡彼此釋解處理方法之是非？如何知某法不適用於此而必用另類方法處理此一問題，某類問題則又爲何需用某些方法？

爲何讀書時，有人能讀書得間，看到疑點，大多數人則否？這是「問題意識」的問題。爲何用此法不用彼法，此法與彼法又如何比較權衡，是方法意識和方法論的問題。從古代的條例、讀書法、釋例，到含有問題及方法意識之方法論意義的方法之建立，其實還有一段距離。以我的學力與悟解，並不能立刻跨越這個距離，所以還需要時間來逐漸烹釀。做學問沒有捷徑，這是沒辦法的。

考上研究所後，我和簡松興共同賃屋住在師大分部旁，見他讀邏輯和語意學，覺得十分好奇，遂隨著他一道讀。又與他及陳正榮等策畫撰寫了一個談讀書方法的專欄。邏輯和語法語意學本身是門獨立的學門，但當時我們只將之視爲方法來吸收。此亦彼時之風氣使然，以邏輯等爲「思想解析術」也。

自殷海光先生提倡邏輯實證論以談思想方法而降，論此思想解析術者頗不乏人。我循誦其書，揣摸其法門，覺得受益無窮。因爲一般講這些學問的人，皆只能就其邏輯語意等等而言之，最終亦僅能依傍英美分析哲學之門戶而已。我則腦子中充滿了中國傳統的經學條例、詩文格法以及前述清末民初人所說的方法等物，與相激糅，參會辜衡之，大有啓悟。

因爲這不但讓我逐漸開啓比較方法學的探索，也越來越能清楚自己的問題意識及方法運作。恰好我那時正在吸收西方文學理論以從事文學批評，故這樣的訓練，使我更能從開闊的視野上思考「人應如何觀看問題、探索世界」的問題。且依邏輯實證論者的想法，文學語言是沒有認知意義的。但文學顯然對人生有其重大意義，那麼這種意義究竟爲何？其語言之狀態又爲何？這個問題，我當時並無能力處理，須待後來的《文學散步》一書才能探論。然而我從日本人早川的《語言與人生》找到線索，上探到卡西勒的《人論》及其符號理論。此亦影響我極深，十幾年後寫《文化符號學》，即濫觴於此。至於中西方法之方法論比較，更成爲我在這十數年間思維的主要線索。

例如我在碩士班時寫《春夏秋冬》，運用了傅萊的神話原型批評方法，但一方面將此方法和《文心雕龍・物色篇》結合起來，一方面反省此一方法之局限，而以中國材料、中國理論修葺增改之。雖只爲解析詩歌之小書，而實欲藉此提供一觀看中國詩歌及中國人思維方式之角度也。

其後我又花了不少時間談〈傳統天命思想在中國小說裡的運用〉〈唐傳奇的性情與結構〉〈以哪吒爲定位看封神演義的天命世界〉等，後來與張火慶兄的作品合編成《中國小說史論叢》。在這本論叢的序文中，我吹牛道：「目前的小說研究，也還沒有人能超過它」。這眞是初生之犢的狂言啊！但我說得也沒錯，因爲它和其他研究小說者站在完全不同的層次。我所想討論的，是我們應如何研究中國小說的問題。與西方小說及悲劇傳統相對照，在中國，被稱爲「小說」的東西，其實頗與西方小說戲劇之悲劇意識及敘述結構不同。對這樣的東西，我們該怎樣辨識其結構原則和意義取向呢？我一直在討論這個方法問題，並建議從「天命」這個觀念來切入。

西方文學，在悲劇之外另一大傳統即是史詩，我也由辨析史詩與中國詩史觀念之不同，而擴大探討了詩、史、史詩、詩史的問題，後來發展成《詩史、本色與妙悟》一書，做爲教授升等論文。

在其中，我一面釐析中西詩歌性質之異同，一面討論中國歷代「詩史」之觀念的衍變，展開文學批評觀念史的架構，一方面則企圖建立「重建中國文論的方法」。因爲我發現臺灣的學術界，事實上已經不能使用中國的語言與方法思考問題了。哲學暫且不說，於文學領域，談起來總是古典、抒情、浪漫、寫實、悲劇英雄、情節、唯美云云，把中國文學，講成一套套有系統的偏見，觸處皆誤。因此必須重建，從廢墟上重新搭鷹架、蓋房子。

這種工作，就如我論小說一樣，指摘從前所有的討論和詮釋都是可悲的浪費，「觸處皆誤」：唯有盪抉盡淨，方能談到重建的問題。故筆鋒刈伐斬殺，如怪手軋軋亂響，逐一破鑿各種權威詮釋。大樓因而轟塌，瓦礫橫飛。不免令觀者愕然震駭，紛紛責難我胡做非爲。而具體冒犯了前輩，亦使我背了不少謗名。例如論小說，得罪樂蘅軍先生；論史詩得罪齊邦媛先生，均令我在學界行走增添了許多荊棘。而盪抉一切，更曾使人覺得莫可適從，茫然若有所失，不知我在搞什麼鬼。

然此非破棄所有而已。破壞，爲的是重建。但所謂重建，並不是說用西方的或現代的語言與方法既不能眞正處理中國的材料與觀念，那就乾脆回到從前，仍用「氣韻」「沉鬱頓挫」等語言及觀念來表述。而是要「一方面使用現代的觀念和語言去解說古代文學批評，一方面又能避開典範錯置的危機」，不至於以西方文學爲典範，胡亂解釋中國物事。

這個詮釋與重建之方法的提出，就是順俗而逆俗的。順俗，是說我仍然須用現代經過西方理論方法及意識浸潤過的語言，甚至也要使用西方的論述形式。逆俗，是說我透過順俗的方式而想要推介並說明的，卻是一套與現代或西方不同的價値意義，及依此意義所開啓之人文世界。

此一格局，比提出「天命」來和西方悲劇精神相對觀，又進了一步。因爲這種「重建」不代表回歸舊世界，它不只可以恢復中國的視域，對中國的傳統，達到方法性的理解、語言性的理解與本體性的理解，更是有發展性的。不只是說：「你們都搞錯了，中國文化不是那樣解釋的」。更是說：我如此解釋中國文化，其解析方法本身就有價値，而所解釋之中國文化與此方法，在現代也有開展性。

因此，在《詩史、本色與妙悟》中，我說：面對歷史，不僅須做資料的文獻分析，亦應進行處境分析，了解一位文學批評家「提出一個理論、一個觀念、一個術語，爲的是要解決什麼樣的難題。他們遭遇到什麼文化的、歷史的、抑或是美學的、創作經驗的困難？想要如何面對它、處理它？爲何如此處理？有什麼特殊的好處，使得他們採用了這樣的觀點或理論？」將此處境分析，運用於歷史，即是擴大了「考鏡源流」的路向，而發展出對文化變遷的觀察。對文化變遷的理解與時代文化處境的分析，運用於理解研究者自身的處境，則亦可以發展出對自己時代的反省與批判，了解自身所處時代在文化變遷中的價值和定位。

於是，方法論乃通向文化論，歷史研究乃聯結於時代之感受與批評。後來我之所以寫《文化、文學與美學》《傳統、現代、未來：五四後文化的反省》《現代與反現代》等書，皆由此導出。

當然，開展是後來的事，在當時，我只是先從「尋繹中國文學批評語言的發展與衍變，以洞察文學批評的觀念內涵，達成語言詮釋學的理解」做起，最後企圖說明中國文學批評的意義和價值。

除了討論詩史、本色、妙悟幾個關鍵詞之外，我曾擬與蔡英俊、顏崑陽、黃景進等人合編《中國文學批評術語辭典》。後來書終究沒寫成，原因是逐漸體認到學力實在不夠，每個人能眞正掌握得住的術語不過幾條，所以僅在李瑞騰主持的《文訊月刊》上闢了一個專欄，大家輪流執筆。我寫過「家」「奪胎換骨」「句眼」「活法」「正宗」「文筆」「正變」「性靈」「句法」等，把久遭現代人漠視誤解且橫加貶抑的批評語詞，重新說清楚。這些術語，其實都是可以和我們沿用自現代西方的一些術語，一樣運用於當代之文學評論的。這個道理，當年沒幾個人弄得懂，現在經後現代、後東方主義、後殖民論述之衝擊，海峽兩岸的論者才開始大談文化話語與語境的問題，反省西方主流論述的支配性。但意擬建立自己的文化話語之論者，依然只能借助洋人的理論、視域和術語來發聲，眞有本事建立自己的論述者，又有幾人？

因此，當年我所開的這一徑路，確是蹊徑獨闢，足以自負的。然此路向之所蘊，又殊不僅止於是。

在方法論部分，我同時還要做幾件事，因為對傳統的語言性、方法性、本體性了解，既是要達成語言詮釋學、方法詮釋學及本體詮釋學的理解，則對詮釋學本身便須再有些方法學的說明。我的詮析，與其他（歷代及當世）各種詮解之差異與優劣，亦須透過方法學的檢查與說明，方能呈顯出來。而且，我的詮釋，又是由中國傳統詮釋方法中發展出來的，當然更應整理歷代之詮釋，闡明其詮析路向、理念與方法，再由其中籀繹衍申之。

在這方面，我綜合了早期注《莊》的經驗以及讀李商隱詩的體會，糅匯經學箋注條例之學，寫了許多文章。積功發覆，甘苦自知。有些人以為我是受了詮釋學的影響，其實當時詮釋學著作大多尚無譯本，亦未流行，我的理論也與詮釋學頗有歧異。只不過詮釋學係由《聖經》解釋學發展而來，我也恰好從《五經正義》及《公羊傳》等經學箋注傳統中發展出來罷了。且詮釋學後期較偏於哲學解釋學，具體之詮釋，發明無多。我則穿穴寢饋，創獲不少。在經學部分，我主要集中於《易》與《春秋》；諸子部分，做得較多的是《論語》《荀子》與《莊子》，後來也處理過一些道教典籍的詮釋問題，例如《太平經》《陰符經》之類。詩歌部分，主要探索歷代對「唐」「宋」詩歌形態之理解及價值抉擇，並具體檢討李白、李商隱詩歌之詮釋史。小說部分，則以討論《紅樓夢》《西遊記》的解釋史較多。

這些都不是輕易弄得出成績的。須知經典多奧義，各家釋注亦非偶然而作，各有理則，難以檢別。如《陰符經》僅三百字，而釋者或以之言兵、或以言神仙、或以論丹法；義山詩「一篇錦瑟解人難」，而注者紛紛，千差萬異，何由質正？辨章學術，考鏡源流，正須於此盤根錯節之處，尋其腮理，施吾斤斧，以使之怡然理順，於茫然紛如中見其條理脈絡焉。這裡，需要極其縝密的工夫，一一比勘，詳爲推考。又需有超越其上的識見及後設的方法論思索，方能不迷墮於其中。把歷代釋解理出個頭緒，判爲幾種詮釋路向之後，觀者視之以爲當然，以爲容易。反而常說我只是通論大勢，未深入研究。不知此與司馬談論六家、劉歆論九流，或莊周論天下學術同工。非眞積力久，且具大眼光大識解，曷能臻之？吾於此實殫心力，未可爲不知者道也。

何況，我的氣力所詣，並不只在於條理這些詮釋方法與路向，乃更要尋檢其詮釋間的矛盾、裂罅與空缺之處，找到超越突破既有詮解，回答疑難、近逼本眞的道路和方法。本眞如道，即之難窮，叩之愈遠；其是否爲「眞」、究竟有無此「一」，亦不可知。然凡我論過的書、談過的人，探討過的時代，我可以很有自信地說，很少人比我知道更準確、理解得更深刻；而且我之理解並不只是提供「另一種說法」，往往是超越性的。

超越的方法與形態不一，較常見的，是在兩種主要詮釋類型間，取兩用中，不捨兩邊而又不落兩邊。由其不捨，可說亦是順俗的；因其不住，則可說是逆眾的。此理並不容易簡單介紹，在我寫這部稿子之初，原本就想先說說這個道理，以論清初之顏習齋爲例。不料竟寫成另一篇東西，改輯入《晚明思潮》一書。在那篇文章裡，我提到：

以上之論述其實並不是以菲薄古賢時賢爲宗旨的，我其實只是舉了個例子，用來說明我慣常處理問題的方式。例如：我似乎常像此處論顏元這樣，針對一本書或一位作家，指出歷來習見之盲點所在，並區分歷來評述茲人茲書之主要觀點爲幾大詮釋脈絡，然後提出超越的辯證之道，以解決歷來之詮釋困難。因爲重點在於詮釋方法的辨析，故很少追究該人該書本身究竟是什麼，而喜歡討論歷來觀察該人該書時的系統觀點及詮釋角度，說明這種系統觀點及詮讀角度在歷史上固有時代之變異性，卻也有其內在理路上的連貫性。由其變異性，可顯一思想史之意義；由其連貫性，則具解釋學的方法學意涵。至於我想超越歷來眾解而標舉的辯證之道，亦往往非僅破斥兩端而已，乃破斥之後，俱存二端而得一辯證之綜合也。

如此辯證綜合者，通常並非一種「主張」，而仍爲觀解問題之方法——對於這些問題，我何以能超越歷來習見，破斥眾說，獨樹此觀解呢？原因無他，所破斥之說，即是我對問題原先的理解。也就是說，我在對某事尚茫然無知時，必會接受某些見解而逐漸形成對某事某物之看法。常人成學而有所主張時，即屬於這個層次。我所做的工夫，則在於既有此看法後，我通常會默察反省我形成此一看法之故，並對我如此觀看事物之法進行後設思考，漸漸發覺原先所主張者，固基於某些「洞見」，然亦自有所「不見」；而異於我之所見者，亦別有洞見在焉。何以此一事，我如此看，他人卻如彼看？彼此之短長是非安在，固應辨明，彼此俱是俱非者又豈可忽略而不予處理？如此層層辨析，往覆思量，漸知今是而昨非，乃或雙遣是非而得乎中觀。故就文章筆鋒所及，那種破斥眾說的形態看，似乎歷詆往哲時彥，目無餘子；其實皆自傷自悼，不惜以今日之我與昨日之我戰耳。所有的文章，皆存思錄，亦皆爲自反錄也。我很慚愧，一向缺少道德修養的存省工夫。我的工夫所在，即只以此存思爲主。故雖超越辯證以得中觀，工夫仍未窮盡，仍要繼續自省自反。它往往不是一種主張，而只指出觀解之法，原因也在於此。

由此處的解說，即逼顯了我方法論的另一個面向：我在前面曾說我方法論之所蘊，不只在於釋古或開今。因爲釋古乃至於開展出面對當代的批判性方法，仍偏於知識、技術面。對某一書、某一人、某一時代之研究，了然所有關於它們的詮釋，且能進行「判教」，又且能提出一超越辯證的綜合解說，畢竟仍是知見的、言說的。但超越辯證，並不是知識上的綜合，乃是內在心靈層次的提昇，只靠拼湊輯合諸類言說，焉能自詡爲超越辯證？故在知解層面之辯證綜合，實即內在心靈境界之顯露於外者。方法論，於此便不能僅是一種知識或技術的性質，須同時成爲人存在且彰明其存在之一種方法。用傳統術語來說，即是工夫論。因此，在前述那篇文章中，我繼續言道：

這種治學方法，學思與個人生命是分不開的。生命的氣力就在不斷存思察省之中，一旦停止了這種存察，生命立刻陷落於虛乏無知、茫然無以自立的狀態，惶惶若有所失。故讀書、撰文以凝構思慮，對我而言，它只是如此。生命存處於此時空之中，觸境生感，感而思之，靈魂在此獲得安頓、但也享受著折磨、體驗了糾纏。專業學人或某科專家之名，皆非我所追求；所思所學，旨在增進我對世界的了解、探索生命存在的問題，故也從不為某一學科所限。感生涯、哀時世，徘徊惆悵，宛轉用思，以茲為養生主，亦以此為逍遙遊。所謂為學，如是而已。

古之學者為己，讀書人誦數服古，本擬藉此以德潤身、以智益思，乃我竟只能如此以存思為工夫，想來眞覺慚愧。但我工夫所到，目前亦僅止於此，這是無可奈何的事。

在此中，研究本身不是外在於己的一件客觀知解工作，而是主客交融、境智合一的。在方法上，亦復如是。我強力批判那種客觀實證的學風。堆垛史料、貌若客觀，以重現古史原貌眞相自詡，雖迄今仍然是許多人的信念及工作準則，依我看，卻是根本不能成立的。

但我也不是虛無主義者。近幾年受西洋解構主義以後思潮影響的朋友，把什麼都看成「論述」，什麼都朝「權力構作」去解釋，我認為那也是忽略了客觀面的問題。認知活動，必是根識與境互動而生的。因此理解與意義，必生成於對象和理解者之間。理解者本身的情境與存在感受，必影響著他的理解活動，而理解對象之性質與結構，亦制約著理解的性質和範圍。此處實涵有一個主客互動相融相盪的關係，顯現著「性情與結構」的聯結。

也就是說，中國傳統文學觀念或藝術精神、文化形態，被我解釋為主客合一的；我自己的研究，也是主客合一的；所使用以詮解之方法，亦為主客合一。此主客關係，又可說明文學與歷史。

我於一九八六年出版了《文學與美學》，後來在其修訂版序中談到：「我自己的美學研究，是在七〇年代中期以後逐漸發展而成的，冥搜盲索，默契於生命美學之路。通貫歷史、文化、文學、美學，而認爲整體人文學之意義即在於強化我們對生命意義的理解，因此美學情境就存在於人的倫理關係和價值抉擇之間。在這本論文集裡的各篇文章，雖然論旨甚爲繁歧，或談書法、或論詩歌、或講戲劇、或說小說，但基本上我是從各個角度、用各種方法在說明人存在的自覺與價值的選擇。文學美、藝術美與生命美，相浹爲一」。這表明了我早年的文學與美學研究，較偏於生命、性情的部分，只在第五章〈小說創作的美學基礎〉中討論到形式的問題，如空間、時間、結構、圖式等。說明寫作者如何透過對此形式問題之處理來構造它不同於現實社會的作品世界。

但與此同時，我已在發展這種對形式結構的探討了。一九八三年我博士剛畢業，瑞騰即介紹我替俞允平先生主持的《文藝月刊》寫專欄。俞先生筆名「愚庸笨」，好鼓勵後進，承其掖右，讓我放肆了二十個月。後來稿子輯成《文學散步》一書。蔡英俊替我作序，稱此乃「一本眞正的文學理論導論」。唯因本書痛詆坊間既存的各種文學概論書刊，而引起張健等前輩先生之不滿，喧嚷過一陣。幸而此書後來獲得教育部教材改進甲等獎，才逐漸被一些學校採爲教本。但這本書的重要性並不在於它能成爲話題或教本，而在於它討論文學並不從文學之定義開始。該書直言文學無法定義也無庸定義，其本質是一種特殊構組的語言。面對這種特殊的語言，我們需要對之形成一套知識，尋找了解它的方法。這本書就是爲著建立此一方法及有系統之知識而作。

也因爲如此，一九八八年我第一次赴福州參加文學理論會議，拜讀黎湘萍兄所寫對臺灣「語言美學」的研究，即見他將我歸類於語言美學的陣營中。他的觀察很敏銳，這時我確有偏於語言美學的傾向，而且隨後續寫的〈論法〉等文，批評歷來對中國文學僅偏於「抒情傳統」的解釋，質疑徐復觀先生對《文心雕龍》文體論及對中國藝術精神的研究，謂文體論所論者爲「關於形體的知識」，魏晉南北朝文藝思潮亦不當由人物品鑒、人的自覺等緣情的路子去了解，並逐漸開拓出從文字與符號論中國文學藝術發展、論中國文化的廣大疆域，也都可說是側重於語言結構面，而較少談生命性情的。

可是，這僅是論述上側重點的不同，在整體理論上，應仍是性情與結構、生命與語言合一的。《文學散步》從「欣賞文學作品」開端。欣賞者爲審美主體，作品爲審美對象，文學作品又爲一特殊之審美對象，故有「如何欣賞」之方法問題。而「文學」這一欣賞對象，則被我視爲以其形式探索存在的意義之物，因此繼之申論「文學的形式」「文學的形式與意義」「文學的意義」「文學意義的認知」。所謂形式與意義，並不同於一般人所說的形式和內容。我認爲一切意義都不能脫離其語言形式，反倒是語言形式可再細分成可以獨立討論、不涉及內容意義的結構形式（如平平仄仄平平仄，前有浮聲後需切響等等），和經作者處理題材、賦予意義之後的意義形式。

這樣，當然有點形式主義的氣味，但這又何嘗不是意義論呢？又何嘗不是形式與意義合一的理論？在臺灣，眞正構作一套觀點明確、系統圓密，不抄撮稗販、套裝拼組的文學理論，王夢鷗先生《文學概論》之後，並不多覯。我這本小書雖爲體例所限，採較鬆散的筆調來「散步」，但其價值自不可掩。

寫這本書時，我博士班畢業，仍在淡江祕書處上班，擠在辦公室撰文稿的空隙中抽暇散步，逋追促迫與舒豫優游之心情交雜，可是那也是我進學最猛的時段之一。那同時，我也展開了對中國文化史的體系建構。從九月起筆，一個月間成稿十餘萬字，先討論文化史的方法問題，談〈危機時代的中國文化史學〉〈觀乎人文：文化的形式與意義〉〈察於時變：中國文化史之分期〉。後面才具體鋪展我對中國文化史的說述。但後來忽覺我所採取的中西對比論述實不能成立，所以這部分雖已成稿，卻廢棄沒有發表，只將所爲與其他論宗廟宗族及祖先崇拜者併爲《思想與文化》，由周安托交業強出版社出版。

此書認爲整個五四運動以來中國人都處在「意義失落」的危機中，因意義失落而導致文化危機。要拯救此文化危機，即必須建立新的文化史學。建立之法，則從觀人文、察時變著手。觀人文，在我的想法中，是要觀察一個文化在形式與活動中，表現其精神與價值追求。形式，指典章文物制度及生活行爲方式，只有通過形式的建構，才能表現精神、完成意義。故文化史之工作，即在於探索某一文化團體如何通過價值之思考、建立、選擇、轉變、順成及判斷，而在生活形式上表現其精神動向、展開其意義之追求。針對不同的民族，進行此一觀察，是爲「別族異」；針對不同時代，則爲「察時變」。

在文化理論上，我提出形式與意義之說，以此說明人文歷史之內涵；在文化史分期上，我斷中國文化爲五期（西周宗法封建以前、秦漢大一統政府成立以前、魏晉九品中正制度成立以前、中唐以前、五四運動以前)，均可以代表我的基本觀點。聖人云：「三十而立」，在即將邁入而立之年的前夕，我的思想體格與框架，大體確立於此。

在此之前，我碩士論文談魏晉至唐初之發展，博士論文寫中唐至北宋一段之文化變遷、並因研究族譜而探考宗法制度。在此之後，我藉主持學會及淡江中文系所教務之便，主辦「晚唐社會與文化」「晚明思潮與社會變動」「晚清文學與文化變遷」「五四文學與文化變遷」「戰爭與社會文化變遷」等，並通貫下及於當代之文化變遷問題，論題千變萬化、博綜廣攝，而實不越此基本架構與方法之軌衡。

這當然不是說學問業已成就。所謂三十而立者，人嬰少孩，受父母乳育、師保提挈，教誨顧視乃得成長。勉有所知，蹣跚學步，不免多有蹉跌，舉止生澀、步幅失中。必然需在人生的道路上走了一段，才能大體摸清自我生命之性質，找到眞能代表自己的姿勢、學會自己發聲的腔調，穩穩地站立在山川大地之間，以待將來繼續發展，走出自己的局面來。

吾非天才，不能直直透顯天地之清氣，超然自聖。只能藉智起修，徐徐醞釀。十年辛苦，千折百轉，反覆錘鍛，在自我否定的憂疑困塞裡徘徊，如飄盪在中國文化中的幽靈，尋尋覓覓，哀哀怨怨，用心血去催叫那一朵朵的杜鵑花，慰撫自己失落的存在意義，找尋文化理想與生命價值通往現實世界的契機。所謂方法，不是學究們寫論文、爭取研究補助、謀求職位的手段，而是探索我可以站在這個世界並進入文化意義領域的方法。方法論乃因此而同時是人生論、價值論。

混沌解破、道為天下裂之後，我用智起思，從分析性、方法性、理性的角度去逼顯道眞，其進程與途向，大體如是。這種方式，切開了情與理的生命整融性，偏理而忽情。對生命來說，自屬一逐漸佚離本根、騖外求學、博取知見之形態。然而，失道者孺慕道本。在方法上，我逐步講出一套主客交融、境智合一、形式意義合一、古今一體的方法論，擬由分而合，渾淪大通，與道合一。此眞能復合於道乎？

當然不行。僅能存道之影子而已。「牧童遙指杏花村」，活在人天破裂、中國文化之價值與意義已經荒失了的世代，我不就也只能如此遙指，示人以道之姿影而已嗎？

歷事

在我邁入而立之年，學術方法與風格大體確定之際，其實也正是我學術上有新開展的轉向時期。

怎麼說呢？早先我原儒原道，實欲超世獨尋，遙契於古；其間亦流湎於詩，在審美活動中開發生命的美感意識。形上學存有論的體驗與認識，成爲我學問的基底。此時「究天人之際」的態度，實即含藏於我之知解與創作行爲中。例如吟詠詩篇，往往在含毫搦管之頃，跌入思維冥玄之境，體驗到花謝花開、物在人非等各種經驗，思省各種生命存在的樣態及其意義之間題，阮籍的詠懷、郭璞的遊仙、李白騎鰲、李賀上升白玉樓，詩人憂生之感，所撼動於我者，實遠多於憂世。或者說，此時之憂世，乃本質性的，是順著詩人之憂生而帶出來的生命蒼然幽涼之感，覺得斯世寂寥，昏茫無可告語，其理則亦悖於生命之本源，故備覺可傷可哀。

所以我才會由此發展出著重存在之感受的歷史方法論，批判客觀主義實證史學；所以我才會著重討論中國小說裡的天命思想，討論天人之際的各種觀點；所以我才會鉤聯於西方存在主義，發展生命美學的論述架構。

但這個基底，在碩士班博士班階段，卻因知性化理論性的逐漸加強，以及通過語言學方法論的洗禮，有了些轉變。一方面漸啓語言美學之規模，一方面朝「通古今之變」去發展。

這當然不衝突。因爲生命境界本來即須凝型於語言之中，語言所建構的意義之網，亦即爲人安居之處所。這些處所，具體說，便可見諸歷代之典章文物制度及著述中。故通古今之變，實乃究天人之際的具體化。對於在歷史變遷中，人如何確立其生存的意義，尋找他所依憑的價值，建構他的文化體系，越能有通貫的理解，自然便越能窮究人存在的實質。

我碩士論文寫《孔穎達周易正義研究》、博士論文寫《江西詩社宗派研究》，均本此宗旨而作。許多人以爲我是江西人，所以研究江西派。其實毫無關係。我的論文更是努力破斥此種以地域觀點論江西詩派的主張。謂江西乃以黃山谷爲宗祖而分衍的廿五派，風格本於山谷，故稱江西，猶如王氏宗族皆稱山西、李氏宗族稱爲隴西、崔氏宗族稱爲清河。曰江西者，祖源也，其派則未必爲江西人，而且當時這廿五人也未眞正組織成一個實際的社集。呂本中以宗族及社集組織的觀念來看待當時的詩人群，寫作〈江西詩社宗派圖〉，本身即可觀世變。因此我從這張圖上，一路追索到唐宋文化的變遷，泛濫旁搜，綜論唐代中葉以後世族結構的分化、會社組織的發展，以及宋文化的形成，成書卅萬字。在具體的問題上，我當然提出了許多新見解，破斥舊說，雄辯滔滔。這些見解，未必均爲確論，後來也有許多人跟我在這些地方爭辯，以爲可以正我之謬。但本書格局雄開，由一圖而通論一代詩文學術思潮及時代氣象之變，因小即大，他人誰也做不出來。

後來這本書得了中山文藝獎，參加甲等特考也以這本書。但眉叔師嫌這本書的學位論文氣太重，未甚許可。我也深知此僅是我摸索出來一條新路上的嘗試之作。在那裡，我主要想說的，是宋代人面對社會文化變遷時，他們如何進行價值的選擇與創造。宋詩之風格，即是此變遷時期通過價值之選擇與爭論，逐漸創造成型的。整個宋文化也顯示了這種「知性反省」的精神。

在寫這本書之前，聯合報聯經公司聘請劉岱先生主編《中國文化新論》，蔡英俊主編文學分冊，我參與撰稿，已提出宋詩具有知性反省風格之說。但彼僅爲風格上的分類，到寫這部書時，才從審美的討論進展到有關文化價值之探索上。我認爲宋文化相對於唐文化，自是一種新變。然宋人之變，不僅有一變之過程，且在此過程中，處於變局裡的知識分子如何處變開新，實有極多不同之面貌。而仔細觀察他們開新之途徑，也會發現傳統與新變之間，並非斷裂的關係。新時代的知識分子，往往會從傳統的再解釋以及對價值的再選取，來開展出新的綜合與創造，故復古與開新，實有一複雜的動態關係。

這是我當時對文化變遷的基本理解，隨後所撰〈唐宋族譜之變遷〉〈宋代的族譜與理學〉等，發揮此義，亦偏重於思想和價值觀的探索。但時代的變遷，並不只涉及思想價值的問題。我的討論，重在文化面，對社會部分，只開了個端，尚未深究，顯然是不夠的。因此，後來我從宗族組織上補論唐宋文化的變遷，也具有補充社會面分析的意思。

於是，爲學乃由存有論取向，經思想史取向，轉而有了社會學的取向。

這一轉變，與我的生活經驗歷程自亦頗有關係。

我本生長於樸塞之域，入大黌，一頭鑽進書堆裡，上下與古人同遊；偶爾仰頭看看天上的浮雲，或兀坐燈下，靜對「浩浩宇宙陰陽移」，生命存在之感興，即生於其中。雖誦聖賢遺教，頗以開物成務自期。但與社會睽隔不通，重開人文世界之宏願，便僅成一玄思，在身體內部燃燒成一種生命悲劇性的美感。待知識漸積，又進入研究所，開始練習著與社會相應對，才逐漸發展我對社會的具體感受和理解。碩士班畢業，進入淡江大學祕書處工作，體驗社會性的生活，藉著撰擬文稿，間接觸探社會的脈動，對我影響尤為深遠。虛渾上通的精神，必須凝而下注，進入到社會各階層之生活及各瑣細的事務中，考慮到具體的利益與權力分配問題、討論公義在現實社會網絡中如何實踐。政治、經濟、法律及諸行政事項之相關知識，乃必須補充吸收，囫圇吞棗。

這種理解，當然是間接的，但我也很慶幸有此一過渡期，且能讓我從理論知識面先去了解社會，而不是像一般人從經驗上逐漸有所體認後，再尋求於知識上歸納總理之。由經驗來的，雖親切，卻多局限，往往不能照攬全貌，更難析擘其原理。我幸而能先從分析社會之原理脈絡起始，由探尋社會之問題出發，去了解其實況。例如教育，我替張建邦先生撰稿，或聽張先生講論，發言必然是針對一個個當前教育發展之歷史與趨向、眼前問題之性質與相關環節，有一通盤之理解，才能下手開立藥方或評析議論之。凡論教育、市政、國家發展，均需如此。後來我實際從事教育、政治、社會工作，行事出招、立腳換位，輒有看似莽撞隨意，而切要應機，可立於不敗之舉，正仰賴此一段機緣。但在當時，尚無此等功力，仍只在拚命吸收、理解的過程中。怎麼樣把這些新知和我的文學感性、歷史研究融合起來，更成了我絕大的挑戰。

寫博士論文時，我其實已在進行融合的嘗試了，論江西派，而從中唐社會變遷談起，關聯宗族結構、會社組織、莊園經濟、文教印刷等等而說。後來接著論文化史方法、談唐宋族譜、宗廟制度，也都強調社會面及制度面，主張結合思想與形式，並從制度演變上去觀察世變。

此時社會學之面向已經帶進來了。但就像我那本《思想與文化》書名所示，論文化仍以思想爲主，是以思想史爲內涵的文化史研究。

更進一步的社會面向開展，當然有待於我自己的進一步社會化。

恰好我畢業不久即因發表評析國家文學博士論文方法與價値一文而聲名鵲起，謗譽交雜。許多談教育改革、學生運動的場合都會來找我去。淡江本是學生運動的大本營，是鄉土文學起源之聖地，學生不免也以我爲「青年導師」之一。當時我和王樾是最活躍的所謂校園意見領袖。因爲年輕，與學生思維、性氣、行事方式均較接近，易於溝通；又精嫻各類理論，使得造反彷彿有理；性喜生事，更會帶著學生去衝。我們在祕書處工作的身分，也有利於我們的做爲。各級行政人員都不會懷疑我們對學校的忠誠，所以學生們來找我們幫忙推動什麼活動，協調上甚爲方便。這一陣子我參與學生事務、討論教育改革、出席演講座談亦最多。《我們都是稻草人》一書所收許多論大學改造之文章均寫於此一時期。

可是，逐漸我發現我與當時許多從事教育改革者並不相同。他們所關切的，是校園言論自由、政治力退出學校之類問題。這些問題當然十分重要，但整個大學結構性的問題殊不僅止於此，只知關注此類大學之「去政治化」，必然導致整個大學的進一步政治化。十年後，馬來西亞中華大會堂聯合會邀我爲「邁向廿一世紀的教育發展」擔任主題講演時，我回顧這十年來此輩人士之改革，正可謂利弊互形：

> 所謂學術自由、校園民主，意指國民黨的勢力應退出校園，使教育不受政治干擾，例如教師的忠誠資料應予銷毀，不因政治立場影響教師之聘任及升遷，教師在學校應有講學之自由，學生編輯刊物或邀請社會異議人士來校演講，可不受學校之干涉，學校行改人員不應由政界染指、學校課程可以自主安排……。
>
> 這個改革運動，聲勢極大，與政治民主化相乎而長，影響下及九〇年之「野百合」學生運動、大學教育改革委員會成立，以及九三年的「大學法」修訂案。直到現在，要求教官退出校園、教師不得兼任黨職、鼓吹公立大學法人化，都仍是這一波改革仍在持續運動的議題。一九九四年臺北市長選舉，陳水扁的競選總幹事，在選後出任臺北市新聞處處長的羅文嘉；和一九九五年十二月立法委員大選，臺北市北區第一高票當選人王雪峰，也都是學運出身的青年。可見此一教育改革方向與政治改革之關係至爲緊密，且至今亦未喪失其作用。
>
> 原因很簡單，政治改革的必要條件，就是言論自由。推動政治民主化的人士，除了要爭取開放報禁與黨禁之外，想凝聚知識青年、宣揚理念、鼓勵學術界討論現實政治問題，

就必須解開大學校園中的政治禁制。因此，政治改革，由教育改革吹起衝鋒號，一點也不奇怪。

在校園內部，進行上述各項改革時，一再揭舉言論自由、校園自主的精神，將政治與學術逐步釐清，建立學術的自主性，自是此一改革之重大成就。但在大學「去政治化」之同時，其實大學也在進一步「政治化」。因爲此類議題一定會碰觸到權利義務等問題。例如教師受政治干預而去職，既可以從政治的角度來討論，也可以探究教師與學校之間，彼此契約關係的權利義務問題，考慮如何保障教師之權益。於是，此一事件便可轉爲人權或勞資糾紛的問題。「教師人權協會」之成立、大學法修正案中關於教師能否組織工會的爭議，均由此而生。

教師爭取其權力與利益，學生亦然。學生逐漸認爲他們不是被管理者，而是整個校園的「主體」，所以不但須維護屬於學生自己的權益，更應參與學校的行政，擁有權力、享受利益。故積極推動學生政府（自治會），要求出席校務會議，可以評鑑教師、參與課程制定及教師聘任作業；認爲在學校處罰學生時，應建立申訴制度，學生也可赴法院控告學校……。

這一波撼動整個高等教育的改革運動，可說是校園內部權力結構的重組。學校的行政權業已分解，且下放到各級主管、乃至每一位教師及部分學生身上。舊的支配結構崩解了，校園內部的權力與秩序，乃成爲需要重新釐定之物，因此人人都來爭取了。

例如，從前大學校長是教育部派任或董事會決定的，系主任所長則是校長指定任命的，現在都要由教授們選舉產生，所以人人均可競選角逐，運作人脈關係以爭取之。聘請教師、升遷獎懲，從前是行政主管的事，現在也需教授或學生來投票了。自一九八三年起，臺大學生提出「還我學生權」「還我自治權」，並漸漸發展出「直接選舉設計及推動委員會」，發行地下刊物《自由之愛》，以瓦解校園內部「特別權力義務關係」以來，選舉已成爲大學的新文化。瓦解舊的結構與權力，目的是追求大學的學術自由與校園民主，但瓦解的方法是政治的；所獲得的，也是權力（學生權、教師權、校內行政權……）。

對於大學體制及教育精神，我之主張和他們很多地方不同。當年參加青年黨所辦座談，聽林玉體先生批評政治介入教育；參加社會大學基金會所辦講座，與史英先生共論改革之道，都甚惜其偏宕。我的興趣，在於文化，而不在政治，因此對於所謂「教改」漸漸也就失了興致，不願附從於鼓手旗隊之列中。

對教改失去熱情的另一個原因，是學生的表現。

原本我們是基於理想與熱情，且爲鼓勵學生，才協助其推動各種對大學事務的討論。不料漸漸才體會出來，學生根本不感激我們。他們自認爲是「主體」，故不可能接受領導或指導，亦不視我等爲共同奮鬥的夥伴。他們大體只是利用我們，以成就他們，饜足其虛榮與權益，彰顯他們做爲校園英雄式人物的價值。一旦我們的見解與做法，不能與他同調同步，他們可以立刻放棄謙恭，以正義的姿態、批判者的架式，指摘我們「保守」「虛僞」等等。而且他們彷彿充滿理想，實則滿腦子權力思想。爭的是這個權那個權，開口閉口權益，對學校人事與政策的看法，也總是由人事傾軋、權力鬥爭的角度去了解。他們之所以喜歡拉我一道做點事，未必是信服我的人與學問，乃是誤認爲我係張建邦先生身邊的人或紅人。

有次，我們很親近的一位學生，寫了一篇講他如何在大學裡思索並推動大學理念工作的文章，要在學校刊物中發表，與訓導處鬧得很僵，學校組織了一個包括我和王樾在內的八人小組去協調。從晚上七點，談到午夜一點半，才離校返家。學生在文章中把一切功勞都算在自己頭上，所有相關老師，包括我和王樾，都成了反面人物。協調時態度又甚傲倨，揚言其中如覺得有誹謗，一切法庭上見。我大怒，謂一切法庭上見，何需協調？師長不以學生爲卑下，來此好言勸解，平等商量，耗費唇舌數小時，乃竟不識好歹，不自省，亦不受教，今之所謂校園才子佳人即如是乎？學生見我發怒，知我若走，協調小組必解散，方才軟化。但這類事件，實在傷了我們的心。覺得這些學生並不都像我們。「水仙花情結」與權力意志攫住了他們，爲這樣的人去拚命，頗不值得，還是安心自己做點學問爲要。

然而，社會化並未因此而稍戢。我從校園轉了出去，編刊物、弄出版、追新聞，直接跨入文化界傳播界，參與社會活動竟越來越多。

初期對此，實極不習慣，處事亦極生澀。例如我初編《國文天地》時，策畫一個座談會，邀了許多人去忘塵軒喝茶。茶資當然是朋友付的，談話錄音時電池壞了，詹宏志還幫我跑出去買了一對。結果談完我向他們謝謝便走了。事後才曉得依例應該給出席者車馬費的，令我很不好意思。此類糗事甚多，幸虧師友朋輩多所擔待，否則眞要在社會上難以立足了。又幸而益友甚多，當面不教我難堪，但經常會找機會拉住我，說：「鵬程，有件事我要跟你講……」，以啓我茅塞。由於我對社會原本只有道理知解上的認識，此類人情世故，實不措意，亦無經驗，所以這些指導和錯誤的體驗，對我極爲重要，而且也從實務上補益增進了我對社會的了解。

這時，我即發現此由實際經驗上獲得的「知」，也可以和道理知識及推考上得到的「知」相互結合。例如我對文學的研究，便可不再只談作者審美態度及人生思想如何表見於作品中，或作品在美感類型、創作方式上有何特點，讀者又如何從作品中獲致審美之快感等傳統文學及美學研究之間題。而更從作者是在什麼樣的社會群體中從事創作，其文學活動之市場供需、社群組合、權力結構、政經關聯各如何等問題上探討其美感意識如何成形、作者權威如何奠定、讀者反應如何分歧。這時我在《文學界》雜誌所寫專欄，便以此「文學社會學」之方式來討論文學界的問題，後來又在淡江開這門課，到各校去宣傳此一研究法。這在尙未接觸到讀者反應論、後結構主義思潮的臺灣文學研究界來說，應該還是個新的路向。後來我請瑞騰開文藝行政與文學社會學，黃明理隨我做晚明文人研究，其兄黃緯中隨我做唐代書法社會之研究，我自己做唐代文人社會等一系列論文，以至於目前我籌備佛光大學，擬開辦文化及藝術行政研究所，也都是賡續擴大此一方向。在臺灣，能體認到應在學術上確立且開拓此領域的，只怕至今還不多哩。

由文學進而研究文人集團、文學界、文化圈、政府文藝政策，其勢順趨而不斷擴大增廣。後來我之所以能勝任陸委會文教處處長之職務，制定出到現在看來還不算太差的政策，就憑這些積累的工夫。

當然，做事得憑本事。但在逐漸朝社會學轉向時，我卻體察到：行走江湖，並不全靠工夫。就像開鏢局，沒一手硬紮工夫，難保得鏢貨周全。這是當然之理。可是總不能一路打著保鏢，那光是累也把人累死了。須仗著些聲威，讓尋常毛賊不敢來或不願來惹你。這些聲望威勢，有點廣告宣傳的性質，所以一半得自業績的積累，一半出於吹噓。有些人本領高強，而物望不孚，即因不擅於此等包裝、造勢、作秀、廣告宣傳之術。故凡局子大、生意旺，除了本事與業績之外，不能不講經營之道，否則不僅聲威不著，誰也會以為你好欺負，可以吃得住你。

有了本事，又有了聲望，眞能鎮懾得住場面，走鏢順利嗎？還不行。工夫一道，人外有人，天外有天；且宇宙之大，奇門異技，眞是無所不有。憑工夫，自己窮深研幾，閉門獨造，自無問題。在江湖上陸逢大敵，倉促接招，難免要吃點虧。縱負威望，亦總有不信邪、或故意來捋虎鬚以自樹聲名者。所以均不可恃。保鏢要平安，終究還得靠朋友。

平時就要廣結善緣，屆時大家才會礙著這點交情，高抬貴手。眞出了事，也不難找到朋友幫忙補救或助拳掠陣。俗語云：「在家靠父母，出外靠朋友」，是行走江湖的保命眞訣。一個人若不能謹記「多交朋友，少踢場子」的道理，任你本領通天，終將寸步難行。

但這裡又有兩個輔助性的原則。一是交友仍須有所別擇，且「廣結善緣」之眞正含意，在於緣須是善緣。許多人未能體會這一點，結果，多交朋友，竟成了個交際花、濫好人，乃至誤交匪類，爲損友所賣。甚堪矜憫。蓋交友若無所擇，則無眞能爲你披瀝肝膽之朋友，泛泛交遊、酒食徵逐，有何用處？一人在社會上做事，必得有一些在急難時能爲你盡心盡力，在順泰時能提醒你、在犯錯時能規勸且又能寬諒你的友人，要不然，事業是辦不成的。

但縱使是赤誠好友，彼此之協助亦須掌握「善緣」之原則，不能變成不講是非，只論交情。此君子之交，所以異於市井兄弟之任俠也。孔子云：「君子和而不同，群而不黨」，就是這個道理。朋友不能弄得彷彿一個幫派，共利害、同是非。而應成爲一種雖然親近卻保持開放性的群體，否則亦極易與其他群體產生衝突。

依此原則，當然可以「怨是用希」。然而想在社會上做事而不與別人起衝突是不可能的。資源、利益，必有競爭；人事相處，必有摩擦：所謂善緣，不同人來看，亦未必皆以爲善；我人能力有限，更不可能滿足所有人的需求與期待。至於「踢場子」，在成名的過程中，是免不了的。時或基於理念、格於形勢，某些人的場面，也不能不去鬧鬧。奪了他的光采、搶了他的地盤、傷了他的身心，實亦迫不得已。所謂人在江湖，身不由己。倒過來說，也是一樣的。誰能保證別人不來踢我們的場子、劫我們的鑣銀？

這就需要另一條輔助原則：不可記仇。古之俠客，講究報仇的倫理，睚眥必報，眞是不達事理。在江湖上走動，是是非非，恩恩怨怨，是很複雜的。有時雖甚嫌惡或輕藐其人，可就是不能不跟他打交道；有時雖有嫌隙，碰上某些事，還眞得同心協力合作不可。故旁人之恩不可忘，仇怨，只消不是殺父奪妻那類深仇大怨，則無庸惦記在心。且人之傷我，我即記之；我之傷人，人又如何？是不是要在座右銘中寫道：「不撲殺此獠，誓不爲人」？有時我覺得他人負我，甚爲怨怒，但想想這一點，也就心氣平順了。何況，江湖路遠，山不轉路轉，某人雖一時負我，誰知將來會不會有惠於我。若我銜怨不忘，只有逼得他採取更絕決的態度來對付我，把我消滅，以免未來遭我報復。故不念舊惡，似若寬惠於人，實是佑護自己。特別是在用人之際，倘能不避嫌怨，特懇幫忙；或給予機會，以德報怨，對自己更有幫助。

可是這都不只是道理上的認識。行走江湖，積聲望、廣交遊、釋怨仇，未必是知道就做得來的。因爲，走江湖還須要有江湖人的氣質。

在社會上做事，不比書房裡研究推考，可以十年磨一劍，詳爲勘較評析。利害生乎俄頃，言語應乎機鋒，要面對不同的人，處理各各相異的狀況，得有豪情、也要權謀，須有膽識，亦可見氣魄。此未必以學以理服人，也未必以位以勢以德以惠，而是氣質中生出一種吸引人的力量，能讓人樂於親近甚或效命，此即所謂俠氣。任俠者，飛鷹走狗，常不軌於正義，生命又無甚遠景可資期待，從客觀條件上說，憑什麼收攝徒眾？豪俠之魁桀，如劉邦、李世民、宋江之類，拳勇智術均不及其朋輩，處人有時又似乎也並不敬恕，爲什麼竟能得到大家的擁護？這就是俠氣。氣魄足以聚眾，豪情可以任事。缺了這些氣質與魄力，做學者、守世業固然有餘，卻不堪在江湖上張旗幟、立名號。

氣質多屬天生，如劉邦之箕踞溺冠，而豁達大度，既非僞飾，也不出自學習。但氣質亦有可以學得的部分，所謂「變化氣質」，非將天生氣質變而改之，乃是順其才性而修治陶養之，使形成一種風格。就像季布和他弟弟季心都是俠，而「季心以勇，布以諾」。又如田叔任俠好劍，爲人廉直；焦動爲輕俠，則以飲博爲務。其得人之道互殊，但皆順其才性能力而然，若反過來，恐怕大家就都要覺得彆扭了。

不論氣質如何，江湖人泰半講究膽氣魄力。事情可以失敗，但不能貪財害義、捨友保己，更不能懷憂喪志，爲一點點得失而斤斤計較。做事也不可以婆婆媽媽，謹循瞻顧，畏首畏尾。沒有放手一搏的習慣、意氣相傾的態度、悍不恤死的豪情，闖什麼江湖？創什麼事業？

這些譬況與說明，或許讀來像是教人走入黑道。其實在社會上做事，基本道理正與俠客之闖蕩江湖類似。唯其中亦有與俠客之道不盡相同之處。例如前文所述，俠者之氣義感激，往往不合於正理，睚眥必報的態度亦甚乖於通方。因此，辨儒俠之異同，究明吾人今日立身於社會之道，遂成爲此時我學術上也該致力的事。

我溯考俠之起源與流變、探索國人「俠客崇拜」的心理狀態、研究俠與文士之關聯、分析知識分子和俠義傳統的關係，成《大俠》一種，由錦冠出版社於一九八六年印行。自詡爲此一領域中劃時代之作。自吹自擂，當然未必讓人服氣。如葉洪生先生即痛責我：「明足以察秋毫之末而不見輿薪，且抱咫尺之義，讀書又不求甚解，或恐自誤誤人」「斷章取義，亂扣帽子，何以治學論劍乎？」田毓英先生也說我「膽大於學」。其實這皆無妨。因爲論俠義傳統，範圍之廣、義蘊之深、論史之確，畢竟宇內與我方駕者尙不多有。且我論俠，是與文學、文化史、思想史、社會史，及我本身從事社會活動之體會與處境相關聯的。對國人俠客崇拜的分析，也爲宗教研究另闢了一個視野。一個充滿祖先崇拜、俠客崇拜，及後來我所說文字崇拜的社會，正是中國傳統社會與西方文化社會不同之特點。

但俠是要遊的。遊走於社會各個階層與處所。而我此時交遊遊歷卻不甚廣，生活仍局限於辦公室到教室之間，接觸到的社會層面也很有限。最大的遊歷，只是在精神上神遊八極，遊心上古而已。

直到出版《大俠》之後不久，一九八七年二月，錦冠出版社讓我和林景淵、楊樹清、鄭松維去日本考察。這才有機會跨出國門，去認識另一個社會。

這是次奇特的經驗。出國門、適異邦，每一分鐘的感覺都是新鮮的。在飛機上，連用餐都不會，把胡椒粉倒進了咖啡裡。返程時，刻意留神，乃竟又把鹽巴加進了咖啡中。土包子出城，眞堪絕倒。

我曾寫了上萬字的遊記來記載這趟旅行。但文筆蹇澀，實難盡抒吾感。日本的文化，既傳統又現代，啓發了我許多思考；涉身處地的文化體驗，更與境外的評議理解迥異。我一向瞧不起小日本，又自認爲對中國文化有入乎其中的理會。赴東京京都，乃知日本文化自有其精神風貌，超軼處非今日中國所能及；即其沿襲於我國者，亦令我彷彿如見唐宋盛世，甚愧在中國已久不睹此才調。我至今仍然不喜歡日本，但我的內在實已起了絕大的變化。原先封閉於中國文化、臺灣社會中的靈魂，經此震盪，乃渴欲衝出地域及文化的限制，對文化和社會進行更寬廣開闊的觀察。

因此那年暑假，青溪寫作協會來邀去歐洲訪問，我即與妻同去。旅歐十七日，遍及德、法、荷、義、瑞士、英、比諸國，又開啓了我對歐洲西方文明的新認識。嬰兒新生、眼界初開，甚詫其世界竟然如此奇妙。

隔年春間，古典文學會和香港浸會學院有項交流計畫，讓我隨瑞騰、簡錦松、崑陽同去舉行一場關於文學批評的講座，再赴港大座談。我們幾人都是第一次蒞港，所以也是無處不感到新鮮。錦松則長袍飄飄，招搖過市，讓港人也覺得十分驚奇。我在某次他過街時，就看見站在公車巴士裡的一位小姐「啊」了一聲，下巴彷彿掉下來，再也合不攏了。

因適逢政府開放老兵赴大陸探親，錦松便打聽得如何去中國旅行社辦手續、如何過羅浮關、如何由深圳轉赴廣州，遊說我們一道偷溜進去大陸瞧瞧。這在當時法令上是不准許的，簡宗梧教授等人在香港擔任客座，講學了一年都不敢進去。我們卻在第二天就辦了證件，準備闖關。證件缺照片，去拍了張快照，很像通緝犯。不過很好用，花了點錢即辦妥了。由九龍乘火車入羅浮，進入一個傳說其中住滿了妖魔惡匪的黑森林。恐懼、驚奇、刺激，比去日本、往歐洲、或來香港都更令人震盪莫名。

我們在廣州火車站前即被嚇呆了。廣場上站著、坐著、躺著，全是人。或蜷曲著鋪蓋，或燒灶做飯，或賭錢、或濫睡，地上沒有能落腳的空隙。好不容易捱進站裡購買返程火車票，結果拼鬥了兩小時，汗出了一斤，看見幾次打架，還有幾次則是警察來維持秩序，把人揪出去、扔走，票卻仍舊沒買上。只好找到一家旅館住進去，才知櫃檯便可供票。錦松見有票，乾脆一傢伙坐去杭州，我與崑陽則在廣州既緊張又歡暢地亂逛了一天。

這是我第一次去大陸，也是更進一步深入了解「我的中國」的機緣。自此以後，遊福州、北京、杭州、蘇州、上海、湖南、江西……，東登岱岳，西抵天山，直至喀什，南泛瓊崖，遊息於「天涯」「海角」刻石之下。昔赴日本，僅爲列子之御風，去以七日；此則爲大鵬之沖舉，飄搖萬里。登臨覽古、摩挲滄桑；深入蠻荒，悼吾生民。感劫灰而哀世亂，起憂思而動悲情。文化之懷，古今之慨，制度典章，人情物理，眞是難言難盡。伏在曲阜孔子墓前，直欲放聲痛哭。

後來我以此經歷，及其他奇特因緣而入行政院大陸委員會擔任文教處處長，乃是後話。此處我要說的，是一種特異的感覺。我從一個固守於一方一隅的人，忽然在這一兩年間，驛馬星動，不斷遠游。飛東走北，一處處不同的社會組織結構、人群物態，展布於眼前，如觀戲劇。入乎其內，同其歌哭，而又出乎其外，論其是非，對文化與社會的理解，實又有遠遠超過從前之處。我看過東方，也看過西方，又看過被西方統治的東方，如香港澳門。看過現代資本主義的中國臺灣，也看過現代社會主義的中國大陸，又分別在其中看見許多古代的中國，更看見中國之中各種迥異於漢文化的少數民族，見其思維與社會組織自成邏輯。

在這些紛歧的社會之中，我逐漸找著了觀察社會的方法，也發展了我對大陸的詮析。後來結集成《兩岸文教交流的現況與展望》，由陸委會出版。

我覺得臺灣當時對大陸的了解至爲粗陋，只有政治觀點。談起大陸，總是從政治權力鬥爭、派系分合、人事問題上去掌握。因爲研究大陸的，主要是情治系統及國際政治學者。待兩岸逐漸展開交流之後，因經濟互動迅速，中華經濟研究院臺灣經濟研究所等經濟研究單位開始開拓，始漸漸出現經濟觀點。但在我主事時期，此一觀點尚僅在萌芽階段，仍是以政治帶著經濟在走的。我對大陸的研究，則特別顯示出一種社會觀點，能從其社會結構、發展趨勢上來看它政治經濟上的變遷。因此我對大陸的判斷，實較準確，非尋常套用政治學經濟學教科書之所謂學者觀察家所能及。對大陸文教政策、法令、體制、實況之了解，在當時更是僅有的專家之一。

不幸在政治場中並不需要學問。我乃得以稍斂經世濟民的奢想，仍然回到書齋裡來賡續我對社會文化的觀察，以窮時世之賾。

對了！窮時世之賾。通古今之變者，貫乎時間之流；究天人之際者，徹乎上下之分。但人立足於此一世界與此一時世，實有無窮之感應；攖茲塵網，又有無數的牽扯，欲通往古而究人天，自不能不窮此社會之賾隱。

吾學甚謬，曲曲而達之，其中經歷了甚多機緣，機事相發，乃臻於此，我的感想是什麼呢？今春我去馬來西亞參加上文所提到的那次研討會時，星洲日報有記者來訪問，謂：「龔先生，要怎麼樣才能像您一樣，這麼年輕就有這些成就，就能做出這麼多事來？」我看看她，微笑道：「哦，小姐，您要非常幸運！」

藏史

我去深圳廣州之後不久，即赴韓國參加李退溪研討會。遊三韓，坐退溪書院舊址上，神思爲之遠颺。隨後又接到北京社科院文學所的邀請，在福州召開文學理論與國際交流研討會，囑我參加。我即準備了論文，與鄭松維同去。

由香港轉機抵福州。大驚，機場極其僕陋，接機者圍塞喧雜亦令人惶懼不安。驅車往市區，沿途土暗塵昏，絕無古榕城富盛之氣象。開會時，我說：「臺灣只我一位來，但我一個人來也就夠了」。令與會各界大爲震動。

我以爲是由於我的狂言使他們有了受輕藐之感，後來才知不盡爲如此。因爲兩岸隔絕太久，對於對方，完全無法想像。許多人聽我開口說的居然是國語，頓感奇異。就像我去大陸，初臨廣州福州一樣。聽到小孩子在襁褓負育中，開口閉口竟然滿嘴土話，也感到十分驚奇。在我的經驗中，這些方言都是「老年人的話語」，從小只聽到長輩在說的。忽聞小奶娃也講這些方言，實有說不出的怪異感。大陸人士驟見一臺灣來的午輕人，大言盛氣，侃侃而談中國文學中國歷史，自然也十分好奇了。何況我方三十出頭，已是古典文學會的祕書長、淡江大學中文系主任研究所所長，和其老人社會之景況亦極不相同，頗使各界覺得新異。

在福州盤桓數日，便飛北京，訪社科院，遊紫禁城，游息於天壇、龍鬚溝。乘車往十三陵，並登八達嶺長城以當塞外寒氣，然後負書五十公斤而返。

越數月，又與周志文、周純一赴港開會，隨即轉杭州，訪問杭州大學。唐亦男先生後至，同遊於西子湖畔。登孤山，入西泠印社，遍訪靈隱諸寺，藏息佚樂於九溪煙樹、雲棲竹徑之間。觀錢塘之潮、升六合之塔，斷橋無雪、皓月無聲。夏承燾先生高弟吳熊和等，云：「何不往紹興？」乃赴會稽。於蘭亭仰修禊之風，入沈園傷放翁之事，遊三味書屋，而至其東湖。湖係漏鑿而成，曲折玲瓏，天工人巧，成此奇觀。泛舟其上，頗念章太炎秋瑾輩舊事。昔讀古人書，云行山陰道上，如在鏡中。不解其意。今始知此乃江南水鄉之景。紹興城中，一街一河，鄉里水道更如棋布。河水平流，兩岸林木交蔭。若於夏日遊之，恐蓮荇浮花，更將眩奪眼目。

友人許明由北京來，導我夜航大運河至蘇州。坐三輪車，裏寒遊拙政園、獅子林、西園、留園、網師園等處。又傭車往虎丘，立千人石，觀劍池故地。舊聞虎丘天池茶爲海內第一，未見。唯其水尚佳。陸羽所品，天下之水，廬山康王谷第一，惠山泉第二，蘄州蘭溪石下水第三，峽州扇子峽蝦蟆口第四，虎丘第五。劉伯芻〈水品〉，則謂揚子江第一，惠山石泉第二，虎丘石井第三，丹陽寺井第四，揚州大明寺井第五。今之虎丘水，亦歷盡滄桑矣。

自蘇州出閶闔門，至靈巖山，乃吳王館娃宮舊址。今佳人音聲俱泯，僅存靈巖山寺，爲印光法師宣教處。入其中，靜闃無人，闍黎焚化骨灰之爐在爾。立眺太湖平原。下經香雪海，至光福。鄧尉祠中有老道，指老松云：「此即清、奇、古、怪四松」。蒼鱗虬髯，莫可形狀。遂抵太湖。湖三萬六千頃，山環七十二峰，父老云其中有山，下有洞穴，潛行水底，可通九疑衡岳，號稱地肺，道書第九洞天。憶唐傳奇柳毅傳書事，湖多靈異，或即眞有其事，唯所見僅煙波浩淼而已。太湖之濱，有天平山，范氏莊園在焉。或云范仲淹墓即在此處。入山跡之。斷石殘馬，翁仲俯於墓道。捫碑而視，啞然失笑，原來根本不是小范老子葬處。徒望此山石骨峻立，萬笏朝天，遙想先生之風而已。

由蘇州抵滬，講學於復旦大學、華東理工學院。豐子愷先生女公子豐一吟來，領我遊黃浦江，觀玉佛寺、城隍廟、豫園等處。上海人喧馬疾，而荒陋特甚。徐娘既老，見之神傷。我病，周志文亦病，踉蹌返臺。於虹口機場見毛澤東草書〈沁園春詞〉大橫幅，頗爲哂之。此君好爲大言，文章政事，俱落下乘。而世或有譽其詩文書法者，嗜痂有癖，殆難理曉。

隔月，復奉岳母返湖南度歲，居長沙高等檢察院。長沙古稱卑濕，故賈生賦鵩鳥而死。歲暮苦寒，我又病，啖辣椒以禦之。侍岳母返鄉平江，村中皆於屋內燻炭火，燒壺水，煙氣上蒸，懸大肉以爲臘品。即茶亦用煙燻。

居數日，與妻覓車經萍鄉、蓮花而返我故鄉吉安。車行山野絕巘間，雲深水複，險阻萬狀。至吉安，已夜晏。於市街中訪得姑母宅。居者大驚，以爲神佑。謂所行途中多盜匪劫掠，早斷人行。遂由表兄帶領回値夏鎭龔家村。至則午夜矣。村中泥濘沒踝，村人燃炬來迎。燒水泡腳，雜沓相問，恍如隔世。並差人至城中尋我兄長歸來相見。次日，至祠堂拜祭，午后即匆匆返長沙。明王士性《廣志繹》有云：「吉安夙稱節義之鄉，然至宋而盛，……至本朝靖難，又有周紀善是修、曾御史鳳韶、魏御史冕、王編修艮、顏沛縣伯璋、王教諭省、鄒大理瑾、彭大理與明八人，良非他處所及」。但民國以來，此處爲四戰之地，共黨盤據，國府進剿，往來攻伐，復無建設，視長沙且滯後二十年，更無論臺港。豬雞奔走於祠廟間，堂宇或爲牛寮。自長沙來往吉安，途路之間，偶經村落，輒如廢墟。道路泥爛，往返一千公里，車輛幾乎報銷。我少年時魂夢數數縈迴於此父祖故鄉，而所見乃如是。

五月初，與社科院文學所合辦會議之議成，復與李子弋先生、王樾、王文進、陳長房、周志文、熊建成、王明蓀、蔡詩萍、羅智成、李瑞騰等赴北京，於香山臥佛寺召開紀念五四運動七十周年研討會。這是海峽兩岸第一次合辦的研討會，且係討論五四。香山山下，天安門廣場，學生又正在遊行，故意義至爲重大。

會畢，我與周志文、王文進等赴承德避暑山莊遊觀。王樾、王明蓀轉赴瀋陽。返北京後，又往北大，與哲學所合辦研討會，社科院哲學所協辦。北京學生運動則越趨激烈，滂沛浩蕩，氣盛膽舒。與會談論者對照今昔，自多感慨。我與周志文在燕南園見了馮友蘭先生，王樾等人去天安門支援學生。馮先生以「闡舊邦以輔新命，極高明而道中庸」自許，但耄耋重聽，終不能聞道，見而憫之。凡在北京十數日，始轉飛日本福岡，參加九州中國學會議。並遊鹿兒島。九州靜謐雅潔，與北京激昂亢烈之境適相對反，猛然對比，眞令人欲哭無淚。

返臺後，巡迴各地討論兩岸情勢、分析學運發展，呼籲奔走，張建邦、李子弋先生助我甚多。已而中共宣布戒嚴，大軍入城。至六月四日，則發生鎮壓，舉世震驚。我亦痛悼莫名。與李瑞騰合作，編輯學生運動之原始文件資料，成《哭喊自由》，以存歷史眞相。因事件發生後，舉世譴責中共，謂其草菅人命、血腥屠殺。中共則力辯在天安門廣場並未殺害一人，指責世界反華勢力造作謠言以藉機顚覆，學生運動背後亦有外國及港臺「黑手」從中運作。故不僅不肯停止行動，且更擴大搜捕。

當時有旅美華裔學者熊玠，我在北京時曾與一見，先返江西再赴北京，「六四」之後轉往美國，亦力主中共在天安門廣場未曾殺人之說。輿論大譁。忽然作家康白，即何偉康先生來聯繫，云中共另有人傳話，謂臺灣亦可組一團去北京調查「眞相」。何先生乃邀陳曉林、毛鑄倫、張曉春和我同去。一以考察眞相，二則擬趁機建言，勸中共暫停恐怖拘捕，釋放無辜，戮力改革。

我等抵北京時，政協派人來，由停機坪直接接走，宿於北京飯店。安排訪問首都鋼鐵廠、戒嚴部隊等處，與相座談，討論當時景況。我以爲此均一面之辭，故自行聯絡了北大、清華、人大及社科院等單位，前去了解。又經北京友人之助，與曉林登上了仍在戒嚴中的天安門城樓，並實地在天安門廣場考察。大雨滂沱，天地含悲，四周荷槍實彈之甲士如林。這是事件之後，全世界大陸以外人士第一次進入廣場。廣場中燒痕猶在，裝甲車履帶的痕跡、撞擊紀念碑的痕跡、子彈打在紀念碑上的痕跡也都還在。

但中共官方是蠻橫且毫無反省力的。王仟重在人民大會堂宴請我們，我們說鎮壓之是非姑且勿論，學生乃自己的子弟，若以爲他們有錯，教訓一下也就是了，不必深究，可以收手啦。他居然說：「是啊！我們也認爲學生沒有教好，是我們的錯。因爲過去我們的教育太注重知識教育了，缺乏德育。什麼是德育呢？就是要看他的政治方向！」我幾乎要腦充血了。強忍怒氣，沒把桌子給掀翻。對此等人尚能如何進言？調查又有何結果？不必待他們安排我去北戴河陪楊尚昆游泳，我便逕自飛去蘭州，進行我的絲路弔古了。

絲路之旅，本由李壽林兄規畫，明蓀夫婦、竺家寧先生等凡十餘人，已先至西安音樂學院訪問，我到蘭州與他們會合，並訪問蘭大。中文系主任柯楊擅民俗研究，相約赴寧夏調查，逡巡迄今未果。柯先生又精通醫學，替每個人開立藥方，皆甚對症，唯脈我時不明所以。謂我殆操勞過甚，瀕於油盡燈枯，須日服十全大補丸。我大笑。遂訪西北民族學院、中山學院，遊古甘涼故郡，觀河而嘆。

或曰：「何不觀乎海？」乃賃車往青海。過日月山，經通天河，直抵西寧，登塔爾寺。寺爲密宗黃教宗師宗喀巴誕生地，幢幡纓絡，酥油醍醐，大開眼界。西北土俗風物，迥異江南，塵土粗厚。山固土覆，絕少蒼翠；屋舍亦爲土坌泥塑，或竟土居穴處，所謂窯洞。人民土氣，水則流沙。又多回民，語言飲食俱勿同於東南諸省。佛教如密宗，亦沉厚雄武，金剛威德，不乏橫眉怒目猙獰作態者，梵唄更沉入氣海最低層。此土此民，當有絕大力量，惜乎至今猶爲貧苦所困。

自青海返蘭州，遄赴敦煌。敦煌在漢時與武威、張掖、酒泉、金城合稱河西五郡，南以拒羌而斷匈奴右臂。至今戰略地位已失，但以其石窟藝術聞名遐邇而已。我經嘉峪關至其地。出陽闞、汲月牙泉水，騎橐駝，於沙漠中見海市蜃樓，而訪敦煌藝術研究院。得院長段文傑之助，飫覽莫高窟繪塑諸藝，遍觀大小洞，心魂俱醉。

由敦煌復涉戈壁而抵烏魯木齊，何偉康先生亦來會合，遂遊此紀昀《閱微草堂筆記》的書寫地。登天山，俯瑤池，訪高昌交河之遺跡。並至吐魯番，遊火焰山。天氣酷炎，而泉冽瓜美，葡萄如酒，哈撒克、維吾爾之土宜民俗，尤爲動人。新疆畫會及新疆大學、師範大學之人文亦不甚樸鄙。欲更北，經天山北路至阿爾泰山，涌伊犁而達莫斯科。不果。乃赴喀什。此乃我國領土最西端。至則夜昏，市街無燈，人群集沓於清眞寺畔，魅異絕倫。婦女衣玄褐，著黑巾，覆頭面，亦不露眼，只利用眼部織得較鬆的縫隙觀視外物。但屋內布置皆極雅麗，喜以金絲紗巾飾物，風俗酷肖天方。

自新疆返臺已八月中，十月又赴北京，參加紀念孔子二五四〇年誕辰會議。這是六四以後中共召集的第一個國際性大會，楊尚昆親臨開幕，會後則安排遊曲阜。會議期間，得與江澤民晤談，對他提倡孔孟以對抗西潮，指主張改革者爲民族虛無主義的辦法，深不以爲然。

在去曲阜之前，我又去了一趟紫禁城。赭色的宮牆。琉璃瓦上長著一蓬蓬雜草。襯著鐵灰色的天，有點沉重、有些憂鬱。

曲阜當然仍是充滿光和熱的。但光與熱似乎每年也僅只一次。大部分時間，它都處在人們記憶和權力的邊緣。每年用盡氣力，跳舞歌唱衝刺一番；其餘的日子，則都要用來喘息，或者回味。

祭孔大典、八佾舞、孔府、孔林、孔子墓、孔府家酒，以及一切可以與孔子扯上關係的東西，構成了這座城市。這是一座符號與象徵的城市。其存在，就是因爲它具有象徵的意義，城市中所有生活及其具體構造也都表現出這種符號功能。

在此符號與象徵的城市中，現實被符號浸潤穿透了，生活成了抽象的概念。把我們的心、我們的靈魂，抽提起來，進入一個幽邈深邃的時空場域中，參與孔子及其弟子們祭燕弦歌的世界，沐浴在聖哲慧命流佈與傳承的德澤中。如飲芳醪，悠然忘機，沉沉然融入其中。亦不自覺地弦歌鼓瑟，浴乎沂，詠而歸。

我喜歡這種氣氛，也明白孔子墓就是我文化生命的歸骨之所。在墓前站立時，我深切感覺到我也正躺在裡面。但是，整個符號的城市仍然讓我不安，仍有生命歉虛的感覺。所以我僱了車，要再深入歷史與靈魂，再到孔子誕生的尼山去看看。

尼山書院孤獨地座落於城外小山頭上，長松落葉，闃寂無人。一切只能摩挲徘徊，無從叩問。聖賢遺徽，流連追思，而亦無法對話。爲此，我亦不免悵悵。

從尼山書院下來，有鄉人云其間有孔子洞，乃孔子母親徵在誕育孔子之處。導我去看。這當然是無稽之談。但使我瞭解了傳說的意義與力量。

坐在孔子洞前，長風拂草，四野荒寂，尼山靜立，宛如太古。時間一霎消失了，令人不覺漸漸入冥而去。彷彿我即孔子，少小亦坐此洞前，靜對太古以來就有的山巒。山前有農，正驅牛推犁，操持於隴畝間。

驀地，我忽大生感傷。因爲，這位農人耕作的方式、兩牛犁地的景象，我在漢代石刻上見過，料想孔子當年也見過。我今坐此所見，亦必爲孔子當年之所見。我與孔子，相隔二千年，而尼山如故，鄉人生活及耕稼方式也如故。

時間帶來的傷懷，一下子衝倒了我。符號的城市、抽象的人生，忽然被淚水滲透了。在精神層次上與孔子冥合契會的我，處在時間之流中，面對變轉流逝的時間和兀然無所更易的現實，竟令我有錯愕驚慌之感。

我又驅車往少昊陵。這是中國少見的三角形金字塔式陵寢。一路上經過的山丘，林木都斬伐殆盡，牛山濯濯，生意蕭索。路邊農家鋪麥梗高粱桿於地，車行軋軋，一路作響。房舍皆土石。農民以樹枝分叉者爲耙，以溪溝爲井、爲泉、爲浣洗之地。塵沙飛揚，大地一片灰濛土暗。

到達少昊陵時，只見墓門石陛地上鋪滿了棉花，有鄉女正在曬棉花。伶俜稚弱，立在「少昊陵」三個大字底下。

少昊見此，必當大哭。此，我心靈之故鄉曲阜也。

而這也就是中國。文化上精緻高窅，顯現了人類最寬博深厚玄妙幽敻的一面，令人品啜玩味不已。文字傳達著聖賢的智慧，傳說渲染著聖哲的行誼，遺址故居，鋪陳出一幅聖哲優遊息處於其間的生活世界。讓我們對之肅然、悅然。可是，這並非眞正的生活世界，而是符號與象徵的世界。在此世界中，我們享受著精神的盛饌，靈魂得到暖慰，覺得歷史與我人存在的當下，是可以通貫爲一體的，融洽無間。

但眞正的生活世界呢？窘迫、困頓、髒亂而且荒蕪的人生，總伴隨在我們周遭。符號與現實脫離了，時間，則是凍結了。從孔子到現在，中國，精神上殊無進步，其生活狀態亦無太大進益。今人與古人，乃竟也可以並置共存。

這等荒謬處境，其實至今並未消失。我想到：尼山腳下耕作的農夫，其生產方式固然仍停滯在孔子時代，臺灣的民眾又有什麼不同呢？機械或許改變了，街市或許面貌不再鄙樸，生活或許逸豫優渥，然做事的方法仍是兩牛橫犁式的。人生之窘迫困頓髒亂與荒蕪，亦未必不甚於曲阜的鄉農。

近百年來中國之失敗，正由此見之。大陸的社會主義實驗，是視此時間凍結之景況為「停滯於封建社會」，認為可藉由反傳統反封建的方法來改造中國，讓中國擺脫窘困。不料馬克思主義之實驗近八十年，中國貧困蹇窘如故。雖因擁有核武，為世所側目，然而文質彬龢的孔子，竟改造成了個西楚霸王。臺灣，號稱宗法三民主義，而居然以資本主義之成就竊喜不已。認為已替中國社會帶來了空前未有之繁榮。但人心憂苦，卻惶惶然如末世將屆，若孔子之困於陳蔡一般。

故百年中國，似變而實未甚變之局也。人人都說這是個千古大變局的時代，人人都覺得百年來中國有許多進步。但從社會內裡看，變了什麼呢？窘困的格局並未打破，百年之中國，仍如二千年之中國。要打開新時代的架構，還有待努力哩。

如何努力，我也還不甚明瞭，但這是個有待經營的時代，則無疑義。我讀聖賢書，能否賡繼孔子經世之志，不僅於「六經責我開生面」，而更能重開一人文世界呢？

隱匿於生命內部的經世精神，因不斷遭到這樣的撼動，漸次開啓了。撫世傷時，胸次充盈不忍之情，遂不免思開匡濟之政。於是，走雲南，續辦兩岸宗教文化研討會。臨滇池、觀石林，詫侗彝白苗之俗，考徐霞客之舊。入北京，商孫子兵法研討會，觀中共中央黨校之格局，訪中共軍事科學院，窺其電子兵棋模擬作戰之奧。我曾在淡江大學國際關係與戰略研究所執教，講授中國戰略思想，紙上談兵，善規宏謨遠略。今竟得一特殊機緣，取相印詮，兩岸關係大戰略的架構，始在我腦海中漸漸成形。

又至南京，大雪紛飛，拜明孝陵、中山陵，考隨園故地，遊秦淮煙景。乘車下揚州，低徊於瘦西湖、大明寺。金陵王氣已消，南都風致亦老。遂衝寒抵無錫，再觀太湖於蠡園，視黿頭渚無恙。飲惠山泉，遊宜興陽羨之洞府，而至蘇州、杭州。讀書於西湖之濱。計吾所讀《四庫全書》凡三部，文淵閣本，在臺已讀過。文津閣本，訪諸熱河，未見，見於北京圖書館中。文瀾閣本，則讀於此時。

自杭州出，再赴會稽，探禹穴。乃又遊中原。自西安，下洛陽，摩挲雁塔、弔懷龍門，伊闕白馬，少林香山，溷跡於騾馬之市，徘徊乎煙蒸塵飛之境。轉開封，入鄭州，迂道天津，以達燕京。黃河如帶，不足以觀水；岱宗則自南天門入，窮玉皇頂，亦不足以觀天下，吾懷浩浩，若將塞天地而涵之。

遂又南下至於海，竟抵海南。大海月圓，鮫人泣珠，東坡流居之地，衛公精爽猶存。檳榔、咖啡與蕉椰，對之難以爲懷。返臺灣，不久，又赴海南，再轉北京，然後便進入行政院大陸委員會去從事重構兩岸關係的工作了。

我去陸委會時，眉叔師及師母燒了個「一品鍋」預祝我仕途順利。但在陸委會工作不久，雷家驥和毛漢光先生即來邀我吃狗肉，並希望我辭官後能赴嘉義中正大學歷史所任教。大概他們已逆料我在這個位子上可能做不長了。果不其然，二年半後轟然辭官，終於去了新成立的中正大學。重開文化中國之夢徹底破碎，大戰略徒然成為大悲傷。痛定者思痛，卻對整個時局無可奈何。

為何經世之志無法實現？為何大戰略無法施用？為何重開文化中國之夢想會徹底粉碎？其中經緯萬端，錯綜複雜，難以盡述。我曾以日記為底據，大略反省記錄了這段時期大陸政策失敗的原因，總稱《從政瑣記》。因其中偶或涉及國家機密與人身批評，目前仍不擬發表，但其文開端有我〈甲戌雜詩〉數首，又有〈參與歷史〉一篇，略述心境，謹附於后，以代言說。詩云：

懷抱

但知懷抱存天地，豈就衽席肆甲兵。我自沉吟空色相，要書奇字問蒼冥。

夜夢

小樓微雨夜生風，夢入雲庭十二重。雲裡無人吹鐵笛，神仙攜酒在花叢。

販藥

河間姹女火而飛，還息精胎丹子微。吾藥甚奇誰敢用？夜涼今又踏莎回。

小休

風日清佳可小休，高臺兀坐對長流。卌緣銷盡長流裡，來看蒼茫天地秋。

問學

葵羹桂醑足風流，冷淡生涯我所求。寂寞之濱知識海，乘桴來問海之頭。

說鬼

談玄說怪夜昏昏，稍攝形神向酒尊。內聖外王都不管，明夷待訪鬼王村。

抄書

今日抄書勝作書，抄來萬卷眼模糊。人間殆欲添風物，校字燃藜入畫圖。

結習

結習纏綿去渺茫，三塗火宅嘆迷陽。進將死敵歸伏法，高臥元龍自可傷。

齊物

詼諧玩世即靈修，枯槁吾儒亦道流。更對明尊消苦業，吾生齊物便優遊。

工夫

人世從知絜轉圜，得名負謗兩無端。老大今日工夫熟，直透無情最上關。

詩有補記，略釋詩旨說：「雜詩者，情懷雜亂，不可以一端舉，故凌雜言之也。首云自存懷抱，原不屑屑於人世機栝。次言偶然入夢，得登青冥，乃知朝廷中歌舞昇平，頗乏鐵中錚錚之士。三則自傷未能應世諧俗，故四云可以小休。五、掛冠求去，還讀我書也。六曰如此時世，已非吾人所能挽回；明夷待訪，亦將何恃？不如滑稽談諧，詩酒自樂。七、抄書亦一樂事，何必著書？八、九、十，論內養事。蓋外王事業既已無可爲，內修以成聖成賢亦自惟不能，結習難忘，進退失所，中宵思省，輒多悔痛。然余縱橫諸大教間，平章儒佛，溝通釋道，齊物等觀，亦差堪自慰。若能藉此超悟，直入無情，則工夫精熟矣。書此，聊以示諸友」。詩是自歌自娛之物，雖示人，人亦不盡能識，所以還須再看我〈參與歷史〉一文。文曰：

民國八十年元月行政院大陸委員會正式成立，我被「網羅」於其中，於該年三月底就職文教處參事兼處長，著手規畫兩岸文教交流之進程與內容。殫精竭慮，宵旰匪懈。直到八十二年七月底卸任，辭職返回學校教書。其間歷時兩年四個月。

兩年四個月，在個人生命史上是非常短暫的時間單位。但這段時期，正是國府大陸政策具體成形、大陸工作體系建構方始的特殊時段。千載之機，在此一瞬，這時期的任何施爲舉措，必都將影響深遠。因此，這是個歷史性關鍵時刻，我能在此時刻，參與歷史的創造事業，深覺幸慶，亦頗有榮耀之感。

我原是大時代的小人物，生命彷彿蜉蝣塵埃，漂流浮動於風雨煙火之間。苟全於此不知究係盛世抑或亂世的靈魂，爲了排遣生涯之枯澀與無聊，必須自我說服，告訴自己：並不只是來此人間吃喝拉撒一番，我的存在，還有一點點超乎豬狗般動物性的價值與意義。而因爲我無權無勢、無任何依憑或任何立腳處去做出什麼實際上能影響社會的事，故我只能設想我的主要生存價值與意義，就是讀書。狗是不會讀書的，一般人也不太會，所以我能讀點書，便具有重大的意義。「讀書」所涵蘊的文化意象，諸如傳承文化、紹往聖而繼絕學之類，即內化成爲我的生命態度以及存在之理由。我也眞誠地認爲我所有的生命內涵與價值就在於此。中國文化即我之骨血，我若存在，文化也就存在了。

這當然是缺乏社會實踐能力者在無可奈何境況中的自我寬慰，彷佛可以此自喜自負，其實甚堪矜惋，生命內部也總不免仍有所遺憾。讀聖賢書，所學何事？未能替時代社會興利樹義，而徒以講習文化理想爲職分，似乎對人對己都還有所虧欠。子曰：「吾豈匏瓜也哉？焉能繫而不食」（《論語・陽貨篇》），文化理想非孤懸於想像境域之物，應予落實體現於生活世界中。何況，在一個政治分裂、價值紛擾的時代，憂世之情，事實上也壓迫著我，似乎對社會仍有些應盡的義務、應該擔負的責任，必須試著去進行些社會實踐的活動。

這些社會實踐性活動，係不得已而爲之。但實際上又無進行社會活動之憑藉，故只能表現爲一種願力、一種意志或一種態度，亦即從文化上提撕理想、貞定價值、論析義趣，聊存我濟世之心而已，事實上並未對現實世界產生什麼作用。我除了在學校教書以外，辦《國文天地月刊》，主持中國古典文學研究會，擔任中國晨報總主筆、學生書局總編輯、中華道教學院副院長、國際佛學中心主任等職，參與社會，不能說不黽勉；以推動文化活動爲事，也不能說沒有絲毫成績，但對時世大局，實乏影響可言。

此即我的處境與定命，我雖抱憾，卻不感傷，而且也依舊樂於繼續扮演這樣的角色。可是，因爲我有公務員甲等考試及格的資格，竟在偶然的機緣下打破了這種生命格局，進入文官體系中，參與政策的制定與推行，對國家和我個人來說，均屬意外。

我參加甲考，本身就是樁離奇的事。……無心應考，亦無意任職，但爲人生之一插曲而已。歲月飄忽，隔了一年，我老師張之淦眉叔先生忽問我是否有意去總統府做事。張老師在蔣中正先生侍從室任事甚久，故外界並不知名，然文章政識，時罕其匹。他待我如子侄，我素來欽服，所以便任由老師安排。後方知是第一局局長劉垕先生要找副手。劉先生乃我江西鄉長，然並不相識，經眉叔師介紹，在來來飯店晤談了一次。後來此事有了變化，我到歐洲遊歷，總統府方面，則是郭岱君、胡志強先後去了。

此事經過頗稱玄奇，然其爲人生之插曲則一，我同樣也不甚在意，因爲這時我的注意力幾乎全被大陸吸引了。

民國七六年底，政府開放老兵返鄉探親。七七年春，我赴香港講學，遏抑不住好奇，偷辦了一紙臺胞證，買了車票，與顏崑陽、簡錦松兩人溜進深圳廣州。故國河山，震目駭心。兩岸迥異的社會體制與文化發展，又激起了我更大的好奇。歷史、風土、時代、社會、感情，一時觸會，震盪撩亂，令人不知所以。中國苦難歷史的解答、中國未來命運的謎底，巨大的神祕，仿佛都將於眼前揭露，但又迷迷離離，窅窅忽忽，看不眞切，捉不確著。我若要揭開謎底，就必須走向神祕。所以從這時起，我飛福州，走北京，遊蘇杭，赴湖南，入江西，東登岱嶽，西循絲路，直抵喀什，再下雲南，南到海南島最南端。雲沙漫漫，海天蒼蒼，行路不止萬里，歷事不止萬端。悲情抑鬱時與清明神思相雜，欲歌無聲，將泣無淚，廣大悲愁脹溢於胸，幾於言語道斷，莫可言宣。

雖然如此，我仍盡量試著把所見、所聞、所思、所感說或寫出來。一部分見諸報章、座談、演講，一部分則送給特定的少數人參考。例如當時我任淡江大學中文系主任，董事長張建邦先生正主持亞洲反共聯盟，聽了我一些建言，認為不錯，非常支持我，在政策尚未開放的情形下，即讓我率團去大陸進行各種學術與文化交流、研究、考察活動。因他是國民黨中常委，自己不能去大陸，所以非常鼓勵並協助推動我的一些計畫。我曾做過張先生的祕書多年，與他有私人的情誼，也感謝他的優容，故每次活動後都會寫點感言請他指正，他也都很感興趣。恰好政府在「六四事件」之後，於行政院組成大陸工作會報，他覺得我的某些建議可能也值得政府機關參考，便逕向會報執行人推薦。又如我曾在淡江國際關係與戰略研究所任教，和李子弋教授相熟，他極為支持我的交流活動，出錢出力，奔走呼籲，由天帝教、戰略學會和蔣緯國將軍等處，獲得不少資源。

但我們的意見基本上並未引起政府部門的眞切注意。就像有一次，張眉叔老師聽我談了一番進行文化交流的策略後，也命我草擬了一紙計畫，洋洋灑灑，他抄繕後，親自袖交大陸工作會報召集人，同時也是行政院長的李煥先生。然李先生事忙，未及處理，而且內閣瞬即改組，計畫與建議俱成泡影。諸如此類，我知道政府機關辦事自有考量，政局變化又如此譎奇，書上不報或議不見聽，本是常事，故亦不以為意，只是盡點大時代讀書人的義務罷了。

七九年底，大陸工作會報準備改爲大陸委員會，由行政院副院長施啓揚先生兼任主委，研考會主委馬英九先生爲副主委。開始研擬組織架構、招募人手，以展開工作。眉叔師與張建邦部長大概都推薦了我。但我事前並不曉得，因爲我初任淡江大學文學院院長，兼職又多，諸事叢脞，正在焦頭爛額之際，雖極爲關切兩岸關係，卻並無放棄教職去謀個官位的想法。

忽一日，張老師打電話告訴我，陸委會可能要找我談談。隔了個把月，施副院長辦公室又忽然來電，約與施副院長面談。當時我是臺灣去過大陸最多次的教授，推動兩岸交流薄有聲名，政府官員約談並不稀奇。然施副院長與我談了些兩岸情勢與政策方向的事後，即垂詢是否有意轉任公職，到陸委會服務。因他並未具體說明係擔任何等職事，令我很猶豫，乃答以回去考慮。隨後大陸工作會報的人員又邀我去參加馬英九先生主持的座談。那是我第一次與施馬兩先生見面。嗣後馬英九又約了高孔廉先生與我去中山北路吃了一次日本料理，才大致談定了到陸委會服務的事。

我去陸委會，是主持文教業務，擔任文教處處長。但我妻對此極爲反對，她不同意我去做官。友人林郁方則謂擔任處長太委屈，至少應是副主委。我對職級是不在意的，眉叔師既認爲我該出來做點事，我也有理想，自應戮力，所以便答應了陸委會。誰知臨要報到時，忽獲人事室通知，謂法規初改，甲考及格人員不能立刻擔任主管，必須「試用」一年。因此他們跟我商量，是否可以參事名義就任，而實際主管文教處業務。雖然這樣的身分太曖昧，也不公平，但不影響實質工作，我仍然接受了。

我於八十年三月廿五日至陸委會報到，大吃一驚。因爲先前我從未進過行政院。施副院長接見時，係由正門直上三樓，入其辦公室坐談即出，但覺衛警森嚴，門牆肅峻。孰料陸委會是新增單位，暫置於行政院餐廳樓上，樓下甚爲煙膩，樓上極爲窄仄。我去時，人事主任屠豪麟先生領我至一房間門口，說：「這就是你文教處」，然後推開房門。走廊上的燈光即斜斜地照進房間裡，門框型長長的光影印在地板上，沿伸拉長，直到房內壁角。門影裡，兩條斜斜的人形，立在門口。整個房間是昏暗的，沒有光。大約只比我自己的書房略大些。四壁用三夾板隔住，空空盪盪，正中央歪放著一張小辦公桌。門的光影罩住了桌子。我則想起一幅圖畫：一個人坐在黑囚房中央，準備接受偵刑，燈束穿過黑暗，罩在他臉上。我站在門口，可是我同時也看見我坐在那桌前，垂銬著雙手，哀哀無告，一束光，打在我臉上。

這個意象，一直伴隨著我，無時或忘。從空無一人、家徒四壁的辦公間開始，寂寞、荒涼的情境即不斷壓擠著我。不僅在事務上獨力拚搏，在政策導向及理念內涵上，我也深覺孤露寡儔。踽踽自行，一種蒼蒼涼涼之感，緊緊地把我裹住，幾乎使我透不過氣來。

站在門口的我，看見坐在椅子上的我，是那麼沮喪又那麼鬱怒。手腳雖然銬住了，卻仍不免有衝揚而起的神情。對著刺眼的光束，努力撐開眼皮，想在光束之外深沉的黑暗與空洞中探尋到一點其他的聲音或影子。可是，無邊的暗，壓擠在寂寞與狹仄的牢房裡，我的頭髮漸漸散亂了，衣服漸漸垂垮了，瞳孔漸漸失去了焦點，只反射出光束後面打光者的形象。

當然，我又是亢奮的、激切的。我也努力爲我之所以銬坐在那兒辯護，爲昏黝的房間裡瀰漫的煙氣辯解。我沐浴在這樣的燈光、顏色和氣味中，我有被刺痛的喜悅。受虐的快感與自虐的怨懣，絞纏混成一種神經爲之麻痺的態度，讓我坐在椅子上手舞足蹈又動彈不得。我就這樣看著，看著我如此乖謬錯亂、矛盾淩雜。看著我以及我的政策步履蹣跚乃至昏然入睡。當然啦，坐在椅子上的我也是橫眉冷對的。我斜睇門口那個我，輕蔑地、嘿默地傷惜我站錯了位置。背對著光的世界，是那麼荒寒；站立者的姿勢，是那麼呆板；而冷靜，更顯示了我的無力與無奈。我們彼此瞧著，忽然都感到夾脊骨上起了一陣涼意，遂又驚透出一身熱汗。因爲，我曉得了，在荒謬的人生旅程中，分裂的海洋，業已孕育了分裂的人格。

於是分裂者龔鵬程，便一方面在陸委會文教處處長辦公室內攘臂揎袖大刀闊斧地俯首帖耳蚤夜從公，一方面在辦公室門外批評不已，指戟腳畫，傷其荏弱、責其矛盾、而恤其艱鉅。這方面的言論，除了一些反省性的研究論文之外，主要是發表在中時晚報、聯合報、聯合晚報、民生報的社論。我每日制定或執行政策，同時又撰文以公眾意志的姿態評議指摘之，境況當然是荒謬可笑的，從情感上說，自亦十分難堪。

荒謬之局，最終是以我在自立晚報署名撰文討論海基會與陸委會之關係落幕的。因文中對陸委會繼任主委黃昆輝先生的一些批評特別引人注意，所以引發了一場有關「行政倫理」的議論，以及「砲打長官」的印象；而又因我隨即去職，故亦予人以「士不遇」之聯想。

我當然不喜歡黃主委，就如他不喜歡我一樣。不過，我寫文章反省批判自己和自己的境遇，由來久矣，筆鋒霜鍔初不爲黃主委一人而發。我之憂心悄悄，也不是「士不遇」或「慍於群小」

的問題。生命在畸裂中沉淪，理想在實踐中喪失。我從一個沒有實踐力的文化理想主義者，於歷史的偶然中，進入創造歷史的社會實踐活動，而漸漸知曉我的宏圖遠謨原來只是一場春夢，我的生命，則只是一次莊嚴之鬧劇中一閃而逝且無足輕重的姿影。所謂社會實踐，更竟是在實踐中失掉了實踐性。

因此，這是具體存在被抽離了的失落，是生命意義徹底淪喪的哀傷。唯有重返文化內在虛提的理想域才能勉強保住生命、保住存在的價值。正如孔子自衛返魯，而後雅頌方能各得其所。我也在無比哀傷中輾轉徬徨，然後決意棄絕而去，離開現實、離開官府、離開臺北，進入歷史領域、返回學校、南下嘉義。「君平方棄世，世亦棄君平」，準備在絕對的棄置與回返中，重新開展我新的文化生命。

我五月底接了中正大學歷史研究所的聘書，隨即提出辭呈，六月廿二日發表〈政治需要眞情實義〉一文，七月底離職。此心境上之大波瀾大轉折，從來沒有人曉得。人隨塵俗轉，世亦輒以塵俗之見譽我毀我，其實何嘗知我？造成我心境偌大波瀾之時局世事，其幽微隱曲，外界更是難以體察。蓋善於談論兩岸關係之媒體記者、學者專家、政客官僚，不可勝數，然實皆爲霧裡看花、瞎子摸象，描畫萬端，罕得眞際。又或看人眼熱，殊不如我之對之齒冷也。我既離職，似乎便有責任把這段個人經歷和政策發展相糅相融的過程記錄下來。回首於不堪回首之處，固多悵悵，略說此不可說不可說之史，或非徒勞。這些紀錄歷史客觀事相的切片，與我早年希望進入國史館去修纂國史，實具有類似的意義與功能。國史褒貶，係在脫離具體的權力現實場域之後做出來的，故能超越一時之寵辱是非；而其褒貶判斷之依據，則仰賴存處於現實世界糾紛擾攘中的人們所記錄下來的史料。我何其幸運，身在局中，記錄了一些資料；又走出局外，進行一些歷史判斷。此上蒼之眷顧也。故雖傷時勢、感流光，仍不能不勉力勾勒這一段令人悵惘的歷史。

返本

備位閣僚，而自嗟自怨，牢騷滿腹，看起來實在有些窩囊。到底能不能在此不可說不可說的歷史中，講點可讓人了解的東西，看看我究竟有何大戰略，又到底做了些什麼事呢？

那當然也是可以略說一些的。

我在陸委會數載，逐漸了解到秉政者的用心，只在穩定臺海情勢而已。其思維略近於早期之「革新保臺」。亦即以一種開放的姿勢，來維持兩岸的和平狀態，儘量讓兩邊井水不犯河水。進而統一中國，根本不敢奢望；退而自棄於中國，獨立以偏安，又不能嘗試；若竟被大陸統一，則又深感畏懼不甘。故規畫了一套表示願意統一但實際上是逐步與之周旋以拖延的辦法，拖以待變。待什麼變呢？大陸局勢發生變化、或世界形勢起了改變，使得大陸共黨政權不能再以目前之統治方式掌政。屆時我們便可宣稱在兩岸制度性的競爭中我們勝利了；或者也不妨與大陸統一了；當然，也許有機會獨立亦未可知。

形成此一政策及思維的一個重要關鍵，在於政府原本採取之反攻大陸政策，在逐漸調整爲三不（不接觸、不談判、不妥協），然後又逐漸被迫開放兩岸人民交流之後，開放，一直是被形勢推著走的。故政策的重點，在如何將此不斷擴大開放的狀態穩定緩減下來，或維持在一定的規模與秩序中。其次，主政者憂慮交流擴增之後，人民會模糊了「敵我意識」而為中共所乘，也擔心交流之後不再能保持臺灣之安全與穩定。例如中共可能會藉機滲透、臺灣之經濟可能會太倚賴大陸等等。

因此，雖然形勢上已不能不與大陸交流，人民來往、經濟互動，許多權利義務之問題需要討論，卻仍延續著三不的政策，只是把戰線往後退了一點，說是民間交流，而官方不接觸不談判不妥協。民間交流，則亦不鼓勵，限制這限制那。如人民、財貨、資訊之來往，都有不少規範。必要擋到不能再擋了，才逐步放寬。成立海基會、訂定兩岸人民關係條例、制立大陸政策相關法規、審查赴大陸投資案、審核大陸人民來臺資格及事由……等，均為此而設。

此一政策，似統，因為有「國家統一綱領」。但又並不求統，說現階段並不適合統一，統一是將來的事。似獨，因為臺灣自存於天壤間，中共之力無法加諸我；卻又並不求獨，說未來仍願統一，不以國家領土分裂為追求之目標。一國兩區，各人自掃各家院，只有涉及雙方來往及法律管轄權起了衝突時，才協商解決。

李登輝總統當然與這樣的政策有直接之關係，但事實上形成此一思維邏輯及政策方向是極為複雜的，並不全出某一二人之意志。是國民黨的歷史、施政習慣、對大陸的認知、兩岸交往時的感覺與事件，政府機關運作之結構、現實臺灣內部之政治生態、對大陸無知的民眾以及具體操作政策的人，所共同凝結而成的。所以雖然旁觀者清，可以輕易洞燭其中思維之盲點，但身在局中，卻對這套思維與氣氛，會有不自覺的迷戀狀況，感到理直氣壯，彷彿臺灣非如此不可。

其中也有一二未完全陷入此一思維中者，例如海基會初期幾位執事者，陳長文、陳榮傑、邱進益等，尚未能領悟此中精義，就誤以爲海基會的功能是要加強溝通、推動交流，以致碰了一鼻子灰。更有許多熱衷於推動交流者，輒被懷疑是「中了中共統戰陰謀」「成爲中共同路人」。

我的看法，恰與當軸相反。我認爲兩岸政經社會文化互動之局已成，欲不接觸不談判不妥協，全無可能；欲維持兩岸各自發展、和平競爭之結構，亦不可能。即如商人，今限制其西進，謂西山有虎，赴大陸投資甚具風險；又鼓勵其產業東移、南向東南亞、投資中南美，都沒有用。因爲正如《西遊記》所說，何處有魔？東方南方北方都沒有魔，只西方有魔。何處有經？只西方有經。東方南方北方都沒有經，故只好冒險西行。今日商機在大陸，要臺商不赴大陸發展，是不可能的。既然如此，與其東限制西限制，一下哀嘆產業空洞化、一下呼籲根留臺灣、一下又懷疑他們會成爲中共「以通促統、以商圍政」的棋子，爲何不利用交流之勢，使臺灣的力量能進入大陸，主導其社會發展？

此所謂「交流以促變」，與當軸所擬「經營大臺灣，以待變待機」者迥異。經營臺灣者，耳目心志僅及於此一島。畏人之嗤其隘也，乃稱此爲「大臺灣」。又將此臺灣名爲「本土」，將土地神聖化，將「臺灣」及「二千一百萬人民」符咒化。不知中土固亦甚大也，固亦未嘗非本土也。又不知今日臺灣與大陸更早已聯結爲一命運共同體。臺灣的出路，唯在透過交流，導引大陸的發展變化；大陸的發展之機，也在於結合臺灣，而達脫胎換骨之效。

或曰：臺灣哪有這樣的力量？是呀，因爲大家都覺得臺灣只能是拖延時日，等著被統一而已，哪有能力去統一大陸，所以才沒有這種力量。因爲大家都不了解大陸，不知如何導引、誘發其內部之力量使之變化，故亦覺得以臺灣之力，不可能促令變遷。

我卻有此雄心，也有策略與方法。可是，在官僚體制中，我無法逼迫長官們依我的想法去做；也無法硬使其他部會的同僚，改變其想法。張眉叔師有一友人廖壽泉先生，曾在總統府任文役甚久，著有《不傳堂詩稿》，其中有句云：「乞食以坐曹，賦詩長官改」，活脫道出任公務者的悲哀。長官雖不通，但他有權改你的詩。他認爲他的見解才有智慧才有膽識，你能怎麼辦？

何況，廖先生另一首〈少年詩〉說得好：「男兒報國家，豪語一何美。飢寒仰庫藏，塗抹費官紙。長官好威儀，十九面如砥。而我舌不仁，艱難於唯唯。腰如將在外，磬折拙摹擬，但能令公怒，胡能令公喜？浮沉簿領間，微覺筋力弛」。男兒報國這樣的話，說起來漂亮，其實辦公只是在浪費公家的紙張。等因奉此，批來改去，簽注核轉，忙得不亦樂乎，而跟現實事務沒啥關係。我們民國八一年開大陸工作會議，光決議報告，就影印用掉六萬張紙。但那三七五項決議，丟進抽屜裡便了事了。長官們卻總喜歡擺架子，表情神聖莊嚴，重視儀注、程序、對等、尊嚴，甚於實際。吃飯開會，排位次，花的時間，恆多於正經思考戰略問題。要求部下的，也不是希望部下眞能提供什麼建議，只把人當成使喚的僕廝或工具。服從命令，敏於從事長官所交辦的業務即可。令我等腰骨較不柔軟、舌頭較不靈巧的人好生爲難。至於各部會間，講究的是和諧，要善於協調、要尊重業務單位的想法。大家都懶得增添業務，去管什麼兩岸交流。大陸會如何變化，更覺得與我們邈不相干，硬逼他們去推動交流，行嗎？

我當然明白這些道理，可是我不能尸位素餐，亦不忍見我們的大陸政策如此糊塗盲行，因此有時也不免要冒犯一下長官，說他作詩甚爲不通；不免也要逼其他部會推動交流。結果官場上普遍感覺我不擅處理行政，協調性甚差。而我又完全不能認同「建立交流秩序規範」的辦法，要我去訂立那些限制交流的法規，實甚勉強，所以大家又認爲我不擅長法制化作業。

其實，辦行政那一套，我十幾年前就曾了。但我所信守的行政原理，和現今官場上習非成是者正好相反。差幸我也無意久留於此，故依然我行我素，在惡劣的環境下，勉強推行我的構想。這個構想，大體上是這樣的：

文教交流整體策略

（目標）

交流以促變

（重點方向）（計畫項目）

- 加強兩岸歷史文化之聯繫
  - 加強文化資產之保存與研究
  - 推動兩岸文字統一工作
  - 加強民族技藝之傳習與發揚
- 促進兩岸社會之共同發展
  - 推動兩岸宗教交流
  - 推動少數民族之研究與交流
  - 加強兩岸國民體育交流
- 以教育推動大陸社會改革
  - 加強兩岸學生學人及社會青年交流
  - 研究開放教育訓練服務業赴大陸
  - 加強兩岸學術科技交流
- 改善兩岸資訊傳播環境
  - 擴大兩岸大眾傳播媒體交流
  - 開放文化出版事業赴大陸間接投資

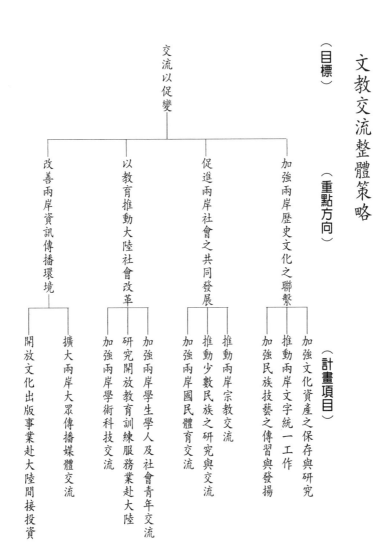

這些計畫項目，都經複雜的行政程序及政治折衝，納入了政府施政計畫與工作項目中。由此衍生發展出來的項目，亦難以數計。可以說，整個政府施政中有關兩岸文教交流之格局、法規、事項，都是我所建立及推動的。這是我這兩年勞苦所獲得的最大收穫。但這些成果，講起來甚爲辛酸，因爲距我理想實在太遠，凡所規擘，實現者百不得一。僅有的一點點施爲舉措，也都需要非常曲折非常小心，才能在既定的框套裡找到伸出隙罅的機會。

因爲在我們執政當局的思考中，從來不曾建立過以文化爲主導的觀念。需知「文化」與「政權」，是兩個不同的範疇，需要兩種不同的關懷。文化固然須生存於一現實政治世界中，需要政權來推動，但文化卻有超越政權的意義，顧炎武所云「亡天下」與「亡國」之分，正需由此見之。而我們的主政者，所關心的，就只是亡國的問題。對於文化，缺乏眞切的興趣與理解。因此，要不就只注意政治經濟軍事等問題，而對文教交流不感興趣。要不就推拖不以爲意。偶爾從事些文教交流，基本上也是以文化爲工具，希望藉著文教交流來彰顯臺灣的優勢、影響大陸。這與大陸運用文教交流，以達成其統戰功能，性質其實是一樣的。故雙方也不可避免地會在此較勁，開放或不開放藝人藝品交流，都成爲政治的策略與手段。臺灣擔心大陸會藉此統戰臺灣，大陸則憂慮臺灣以此搞和平演變。彼此攻防，一會兒關係弄僵了，就暫停文教交流，以示抵制。一會兒政治對立希望和緩，又呼籲加強或擴大交流。文化總是工具，總不能從整個中國文化的發展上來考慮現實政治應當怎麼辦。

我與當軸主政者之根本分歧點即在於此，我認爲文化不僅不能是工具，也不是在政治中的一部分，它應是主導者。在現實的兩岸關係中，眞正能解決兩岸之問題的，也是文化，而不是政治或經濟。因爲海峽兩岸的分裂，乃是清末五四以來整個文化衝突的結果。資本主義與社會主義兩種思想與制度的選擇，中國傳統與美俄西方文化在此交扭拉扯，構成了今天的這些問題。而這些問題，不是經濟搞好了、或兩岸都辦選舉民主化就能解決的。因此我構思了一套通過文化交流以重新整合兩岸社會的辦法，希望以文化來主導整個中國政治社會的走向。所謂「交流以促變」，只是這套辦法在現實政治格局中一種政治化了的語言。眞實涵義是文化的，說起來卻彷彿只是政治，甚且只是替我們這個政權服務的。

當時我又摸準了當局顧慮安全、不願擴大交流的心理，喊出「兩岸交流，文教爲先」的口號，說交流之前，宜多通過文教來溝通思想、減少摩擦。且文教交流唱唱歌、訪問訪問亦最無害，所以應該先做。我又明白當局既自卑又自大的心理，故又不斷強調中共最畏我文教交流，說明我方越開放他們就會越遲疑。如是種種，連哄帶騙、硬攻軟磨、死纏爛打，反正政府機關裡沒有人比我更了解大陸，也沒有人比我更懂文教事務，我總會有辦法的。

但大格局大環境如此，我所能做的，已達極限，一木之善，不能拯救朽爛的整座大樓。離去，正是我必然的選擇。

當然，在此中也不全是悲憤與挫折。政府的體制與規模，遠非一校一報一出版社可以比擬，千門萬戶，格度閎深。有幸一窺堂奧，如遊閬苑，如叩帝閽，增見聞、廣識器。這樣的閱歷與經驗，不是金錢買得到的。政府中亦不乏人物之美，如施啓揚先生有節有守、馬英九人中麟鳳，其他奇才異能、懷抱不恆者，臥虎藏龍，或堪禮敬，或可欣賞。至於黻黼文章、威儀制度，在在可觀。李義山詩：「上帝鈞天會眾靈，昔人因夢入青冥」，我因偶然入夢，遂得觀聽厥美，深感慶幸。

不過，夢總是會醒的，對於我的人生道路，我也不能無所徬徨。若繼續留在官場裡，以我之善於應機，不難有所做為。但是否眞要這樣做下去？屈原的〈卜居〉，讀來容易，自己面臨抉擇時卻不免於煎熬。做下去，圖什麼？理想、抱負？啊，誰不如此說？理想抱負的實現，是為什麼？為了證明自己、彰顯本領，然後繼續往上爬？理想與抱負中，有多少其實只是私欲、只是利益？何況，眞捨不得的，是理想抱負還是其他？退回來？退去哪裡？抽足再入，已非舊水，今之淡江，已非昔之淡江，還能任我藏息優遊嗎？心情遽遭震盪，又眞能澄定下來，古井無波，繼續安心於學業？學問已做到這個地步，若眞能還讀我書，自然是希望能在學問上眞能做出點成績來。可是，仍然只去董理舊業，有何意義？突破精進，又談何容易？我能突破之機何在？著力點當在何處？

前路茫茫，我眞是困惑極了！如涉大海，如墮霧中。吾十有五而志於學，三十而立，卻在屆臨四十的大門前大惑不止。居恆惴惴，想逃，逃開去，避開這些問題。可是往往沒由來地躁鬱、惆悵、驚恐、慌張起來。

用現代人的術語來說，或許這就是「中年危機」吧。少年子弟江湖老，今已中年，將遂老於江湖，或有啥子打算？

其實這樣的困惑，也並不是在陸委會工作不順利之後才有的。在去任官之前，這種感覺即已如烏雲淡淡地織布在頭頂上了。

民國七十八年，由鄭志明具體聯繫，我在淡江大學辦了中華民族宗教國際學術研討會，各民間教團均來參加，會後並安排去環島參訪。這些民間教派及宗教事務，令我深感好奇。

隨後道教會籌辦中華道教學院，因我家世之淵源，高忠信理事長、張檉副祕書長來邀我出任教務長。一同在臺北木柵指南宮試辦這個世界上第一所的道教學院。道教界夙無公開客觀講學之傳統，因此一切都要摸索試驗。當時請了李豐楙、王賢德、鄭志明幾位來講授教理，家堂兄龔群教符籙，我教道教文獻，張揚明老先生教老子，徐冠雄先生教道家哲學，張檉先生則教法務。學生訓導工作，委請指南宮的姚華生先生負責。姚先生係蔣中正先生侍衛出身，擅太極八卦，每天早起教學生練道家武術。另有馬炳文道長教內丹，張智雄道長教讚誦科儀，梁湘潤先生教星卜命理，吳彰裕教五術。甚為熱鬧。

我對教務雖稱內行，卻無在宗教學校教習的經驗，如何安排課程、敦聘師資、協調講授內容，都難以拿捏。在教史教義方面，我雖略能掌握，但從前並未深研，如今通讀《道藏》，頗有義尚難曉之處，遽登壇坫，心實忐忑。人不知我之底蘊，有疑輒來問我，以為我既是教務長，宜於道教事務無所不知。我則因已是教務長，有疑惑也不知能去何處請教，只好悶著頭硬闖此福地洞天，打通九九玄關，直透無上正一法源。害得我那些學生，據說頗有能通靈神視的，靈眼觀之，以為我是元始天尊應化。

這樣辦了一陣，學生或有欲來學隱身術者，或擬來學山一命相卜術者，或有通靈者，或冀望學得長生祕竅者。正忙亂間，陳瑞貴又介紹我認識了靈鷲山般若文教基金會的法性、大藏兩位法師。我建議他們辦一國際佛學研究中心，收集佛學研究資料、聯絡國際相關機構及學者、出版譯述論著、培養研究人才。兩位甚以爲可行，竟稟其師心道，要我來籌辦。

心道法師早年由雲南入緬甸，輾轉來臺，求學於佛光山，後在宜蘭等處修頭陀行，於基隆福隆覓地闢寺，號靈鷲山，與天風海雨相徘徊。然十年之間，竟發展爲一大基金會，信眾十幾萬人。承他們尊重我，完全放手讓我去做，我遂兼跨佛道兩教，同時推動著兩邊的教育與研究工作。

道教方面，我於次年出版了《道教新論》，正式踏入道教研究領域，蹊徑自闢，與世界道教研究學者分庭抗禮。佛教方面，主編佛研中心學術年刊、國際佛學譯粹，策畫主題座談，辦理佛學日文藏文班，委託研究計畫，也勉強算是入了行。

待我去陸委會工作後，分身乏術，兩邊都請辭，而皆不獲同意。只好仍然兼著，並分別請陳廖安、蔡瑞霖兩位來襄助，實際推動業務。兩兄都極幹練，把道教學院和佛學研究中心辦得有聲有色。香港青松觀、大陸北京白雲觀先後仿效我們的體制，也辦起了道教學院。香港並派學員來院接受講習，學院與大陸各宮觀及宗教研究機構之交流亦甚多。佛研中心則主辦數屆會議，在整合人力、創造議題、提供服務、類聚資訊方面，也有顯著的成績。後來雖擬擴大籌辦國際那爛陀禪學院而未果，但數載經營，卻也成爲臺灣重要的佛教研究單位之一。

在辦佛辦道之際，我除了覺得好玩，更隱隱然有一層新的打算：

在以儒學爲主要內涵的國學領域中，我已游涉略遍，所能接引借鑑之西學，亦已達某一限度，方法已立，格局已成。然此僅爲小成而已。欲令道勿隱於小成，即須更求突破。突破之機，可能須如康崑崙練琵琶，盡忘其故技，乃能大死一番而入於道。所以或許我該斷然捨去一切，赴異邦重新修讀新的學門，例如法律、經濟或數學。或決然由西學再重來一次，寢饋二十年，以與吾之中學相映發。這樣的念頭，不斷在我腦海盤旋，也試著去打聽有什麼國家什麼學校可以去。但總爲現實之事務所擾，彷彿仍放不下這些有責任去關心的事，出國再練武功，故始終遲遲無法遂願。因此，這時我西遊大陸，內心其實另有一種渴望：一方面企圖更深入了解中國，廣見人物風土山川圖籍以深造吾學；一方面也期望能以一身藝業遍會宇內高手，遭逢異數，如康崑崙之得見段和尚，再入新境。可惜這個願望迄未實現，令我每次旅行均甚悵悵。

故這時我所能找得著的突破途徑，似乎一是讓自己更徹底地進入中國，例如辭去教職官務，去大陸行腳遊旅，與山川民人同其呼吸。完全不做研究，只採訪、觀察，隨意漫筆、畫畫，讓自己融入其中，重新咀嚼生命、體會人生。或在臺灣，一鄉一鎮，每處都去跑到。從境界而非學科領域上去開拓我新的生命。另一種方式，則可能就是從儒家以外的領域，去尋找或開發資源，看看能否帶來新的契機。深入佛教道教，正符合此一方向與要求。

對於一個好究天人之際的人來說，具有宗教意識是再自然不過的事。每觀生命之憂樂，皆會觸動我的宗教感情，何況宗教所涉及的超越世界、非理性領域，又是那麼玄祕靈奇，令人難以抑過一探究竟的好奇。自幼我便曾佚遊於易卜星曆及雜藝祕術中，後來又曾摭拾禪宗話頭，自附於宗門徒侶。這都是好玩的，並無眞實之理解與體驗，但也不能說不顯示著彼此有些親近關係。但這些關係，大部分並不來自屬於我個體的生命問題上，而更顯現在我的整個歷史意識上。

因爲所謂「憂生」有兩種類型，一是出個人自我之生命起憂。古來許多人因此修證，斷多生之惑業、矯生命之病痛，以自證阿羅漢、上達菩薩道，或超越老苦死滅、長生化虛，即屬此類。二則是由人類普遍性的生命問題起憂，而希望理解整個生命與歷史的奧祕。例如佛陀提出十二因緣的緣起世界觀人生觀，或司馬遷所探問的天道施報問題，均屬於此類。天道是否循環、是否善有善報、是否有其目的、是否具有意義，都是形上學的問題，但也同時是歷史問題。一個眞正具有歷史感的人，所關心的，不只是過去某年某月某地某人做了什麼事，更想知道歷史爲何如此，如此如此又是爲了什麼？一連串殺伐爭戰、縱橫捭闔之後，難道眞如《三國演義》所說，只是「是非成敗轉頭空」的那一場空？而歷史中人與事的是非成敗，又是否是合理的、必然的，其中眞有天命、天數或神的意志嗎？

也就在這兒，歷史意識和宗教意識是合一的。早期我雖未必專力研究宗教題材與事件，但在我的歷史研究中，其實已一再呼喚或印詮此一宗教意識。而在我回顧自己的生命史時，也同樣想了解這種歷史形上學的問題。在這方面，我甚近於黑格爾，上帝與歷史在此有些糾葛不清。可是，我又不如黑格爾幸運，他太理性了。他認爲世界史乃是精神的發展，而其所以能發展是因爲精神之主體就是自由。精神依憑自己的本性且能實現之，此之謂自由，實現之曲折歷程則成爲歷史。精神在此，特能顯其獨立自主之性格。然而，對我而言，自我意識，雖生於對自我本性的識別，卻含藏了更多薰習學得的東西，「憑依自己的存在」中，有太多非我異己的東西，故不能不注意「學」。精神之實現更未必是自主的，此歷程中含蘊總總境、總總歷程，故亦不能只說精神之自由而不說「境」。由學由境看，歷史就非黑格爾所講那麼理性那麼必然，「偶然」也可以構成歷史的理則，「虛無」也可能成爲歷史的目標。處在歷史中，既欲探究古今之變的原理，說明事變之賾隱，又落入虛無與偶然的可能性，進退維谷，就成爲我的困惑。要解破此一困局，即須由歷史上探於宗教，直叩萬有之本源。否則焉能再透一關，突破以求進益？

在陸委會工作後，這些想法不唯未改變，反而渴求更甚。特別是原先支撐我整個文化生命的信念受了大震盪，經世閎圖俱成泡影，立命安身，不知何怙何恃。如何爲自己也爲文化重新建體立極，實在困惑極了，也茫然極了。

這是我自懂事以來最徬徨的時刻，卜居問天，煞費思量。躁慮到了極處，甚至兩度勞煩梁湘潤先生替我卜算，以指點迷津。

有時我也想懸崖撒手，棄絕一切，靜思一段時間，或乾脆去引車賣漿、屠狗鑄劍。跟老婆商量，她甚表同意，我卻仍在躊躇。又有時清夜捫心，籌畫生命的歸宿，而竟越想越迷糊，對自己也越來越覺得不了解，不能把握。這可怎麼辦呢？我越來越惶恐了。

安心之方，似乎首先需要重新面對自己，仔細回想生命的軌跡，發其隱曲，見其是非，梳理一過，然後才談得上如何再出發。這就是爲何動念寫這部自述稿的原因。但著筆以後，甚爲遲滯，東牽西引，旁枝斜叉，總未能專注地思考個人的生命史。整個生命，和書寫一樣，膠滯在困窘之中。

毛漢光先生與雷家驥乃又於此時一再遊說我去中正，虛左以待，令人愧謝。可是趙玲玲也希望我能到師大三民主義研究所去。淡江的感情，更不是隨便割捨得開的。

如此惶然甚久，兩岸的關係越來越壞，大陸政策越來越難施展，余懷黯然，知國事已不可爲，理想終不可行。將軍解甲，正當掛冠求去。便毅然電請毛漢光先生替我辦了手續，決意遠離。

遠離，是在方向上離開政界，在地域上離開臺北，在學術領域上離開我生存奮鬥了廿年的中文學圈，也離開與我骨血相牽繫的淡江。訣離一切，譬諸大死；情懷灰黝，將離世以絕俗，甚至還有出家的感覺與打算。

但這時我雖提送了辭呈，卻仍未獲批准，仍在上班。我便趁輔仁大學邀請大陸學者來臺舉行哲學研討會在花蓮開會，請假離開臺北去花蓮一座天主教修道院中參加會議。然後又在會議期間溜到海邊轉了一圈，回來在修院裡寫了〈政治需要眞情實義〉一文。藉著檢討海基會陸委會運作之問題，說明我方現今之政治與政策既乏人情之潤澤，又無眞實義理可爲依據。這篇文章，在我回返臺北當天就刊於自立晚報了。既刊，果然引起軒然大波，爲我離去的行動，奏了一齣響樂，頗具戲劇性效果。

更戲劇化的事，是佛光山星雲大師居然立刻打電話來，邀我籌辦他正申請設立之佛光大學，而我居然也立即答應了。

以我當時槁木死灰之心境，亦不知爲何會答應得如此爽快。只是覺得大師很大膽，把這麼重要的事，交給僅有一面之緣的人來做。而且這個人在江湖上結怨負謗如此之多，他難道不擔心因此而拖累了他要辦的大事嗎？既然他有這樣的氣魄，我也就可以有責任擔下來。反正不爲無益之事，無以遣有涯之生，何況是辦教育？不論我個人心境如何，此事在客觀上說是有價值有意義的，且亦爲我能力所能及，便不妨傾力爲之。

佛光大學預定校址在宜蘭礁溪，自民國八二年我參加籌建以來，辦到現在，方才整地施工。卻在大陸武漢黃石辦出了弘道大學，又在嘉義增闢了一個南華管理學院的校區，而且先行在今年即將招生。過程波折迭起，也是極戲劇化的。我另有《佛光大學佛光緣》在普門雜誌連載，略說此奇特因緣。

佛光大學宜蘭校區係在礁溪林美山上，三溪環之，面向太平洋，俯瞰蘭陽平原。嘉義校區在大林鎮中坑臺地上，三疊溪、葉子寮溪繞之，極目平疇，桉樹森森，布列其上。我常坐在山坡上，或在月夜徐行其地，玄林深草，仰視蒼天，平眺四野。風動水流，狗吠蟲鳴，萬聲相雜，而又若一籟無聲。山如太古，物似飄風，人來人去，倏乎之間即邈焉不見其形蹤。靜靜思之：這樣的草樹之中，即將起樓臺、建大黌，無中若將生有。數十年後，我輩闢地建築之人，又還體於太虛，有又何嘗爲有？而此中營營，實現了什麼？追求的又是什麼？吾生一瞬，榮利抑或困辱，也都不過只是如此，但我爲何來此一番？爲何在此興爲奔走，樂若不疲？

我乃漸漸曉得了，我的困惑，不只是中年的危機，而是生命的困惑。疑團未釋，惑業無明，裹滾繚絞，橫在眼前。昔若冥契於道眞，若知解於道理，若妙用於道要，今始知吾尙未能聞道。道不遠人，但即之難窮，叩之愈遠。窈兮忽兮，泊乎若存，而又難以鑿指。我由究天人之際，到通古今之變，以窮當世之賾，歷世涉境，因機通權，幻設雖多，而實皆無與於眞際。聞見雖博，終亦不知生命之歸嚮何在。

此生命歸嚮之問題，我嘗求之於宗教。可是諸教雖皆閎博深邃，足以安頓人心，我卻是知之不能好之、或尙不能安居之。我嘗禮敬世尊，但世尊教我以自知自證。亦嘗奉祈於三清，而三清欲我自責其生。我之觀我生、我之親行自證，乃又彷彿風雪迷途，尙未尋著回家的門。偶於道路之中，聽聞有振鐸來報福音者，云皈依懺悔便可得救，則只能微微一笑，側身讓那匆忙去報佳音的人繼續趕路。

在這樣的情境中，起樓臺、建大黌，爲的是什麼呢?

目前，教育改革的問題，沸沸湯湯。學校裡的糾紛，風波不斷。校園裡的朋友，人心惶惶。老友相逢，談起來，除了嘆氣，還是嘆氣。

學校，向來是濁世煙塵之外的安樂土。對時代失望、對社會不滿的人，在校園裡都可重新獲得對生命的信心，可再冷靜思考歷史及人類的命運。因此，它也是人們希望所繫的最後一個場所。對現世已無可奈何的人，至少還能把心血灑注到學生身上，寄希望於未來。或如孔子一般，在杏壇教學之外，尙能藉此整理古往今來之智慧典籍，令雅頌各得其所，爲後世提供幾盞明燈。

如今，這個希望破滅了。對政治與社會失望的人，不再可以像過去那樣，相信透過教育這最後一道丹藥可以拯救淪胥。因爲教育似乎正是造成這個社會如此敗亂的罪魁。校園學府裡的專家學者，也不再能提供什麼清涼散，以其知識力量、社會清望來制衡政經界的胡作非爲，振聵發瞶。

因爲現在已無「清議」，只有各擁勢力、各占立場的媒體在大鳴大議。現在也已無儒林雅望之士，政經社會更是根本不認爲大學有什麼知識力量。主政者自己就是博士、專家、哲人王；行政機關及政團各擁學者爲其智囊，爲其政治標語與政策背書、辯護、充當打手；財經鉅子與公私行號，則諷嗤學校裡講的根本不叫知識，或只是無用的知識，他們這些社會實力實權實利者才擁有知識上的霸權。

即或不理會學校與社會關係之變化，故做鴕鳥狀，專心教點書，希望栽培幾株幼苗，也常有不可測的遭遇。俄而學生說老師們不該行使威權，須由他們自行決定該上什麼課、愛上誰的課；俄而學生又云「消費者」有權保護其權益，故須由彼決定誰該續聘誰應解聘，或宜由消費者來指導老師怎麼教才能滿足其需求。繼而，又有人說教師無權管教學生。且凡學生不好，都是老師的錯，「苗長不好，豈能怪種子？」以致教幾堂課，弄得彷彿罪犯一般，自唯愧恥，生怕沒伺候好花錢來消費的大爺，並對自己居然也曾逼學生讀書上進而深感慚惶。橫下心來，不管學生死活，反正教書混口飯吃，講完課便收腿走人。校園也不再是人所喜歡去的地方了。學府中人人橫眉冷對，動輒有殺氣騰騰的招告、白布條、大字報，有時還會出現靈堂，宣告大學已死。教師間也不和睦，教師與校務行政單位更是齟齬時生。

抗爭，成了新的校園文化。學生向老師抗爭、教師向校務行政當局抗爭、校務行政者又和董事會抗爭，然後學生再向校務行政人員及董事會抗爭。學生與學生、教師與教師之間，也努力抗爭。又彼此聯手，結合社會團體向教育部抗爭。

抗爭，是爲了爭取權益、推動教育改革，期望讓教育能眞正發揮其教育功能。此無可厚非，而且誰敢非議這個時代的新符咒新術語新信仰呢？教育改革，那當然得贊成。可是，教育在抗爭之外，尙有方法；學校，在爭取權益之外，尙有道義。

老師與學生的關係，不是消費者與售貨員的關係，不是父子關係，也不是朋友。彼此相維繫者，在於道義之追求。一方傳道，一方受業啓蒙，以自覺求道。喪失了這種對於文化理想的追求，教學活動即淪爲知識的買賣。缺乏道義相維之情，學者便只關心學此究竟對我有何利益，校方是否影響我之權益；教者則只將授業視爲職業。

於是，我們看到這些年來所謂教育改革所談出來的議題，在教師方面，多是如何保障教師的升等與聘任等飯碗問題、如何組織工會來爭取退休與福利、如何運用罷工般的罷教權來抗衡校務行政單位。在學生方面，多是如何不接受被管理者之地位、如何免除選課、考試、處罰之壓力。在學校方面，則多是如何增加使用金錢、處理校務的權力。

凡此等等，自爲時代之需。但我們很少聽到一所大學在其經費、課程、聘任均能自主時，對自己在文化創造的地位上有何期許。似乎鬆綁就是教改的目的，奪權就是行動的理由。

結果，所謂「校園民主」、「教授治校」，有時竟使得大學更腐敗、更無效率、更激化了內部的衝突。拉關係、結派系、會議成災、杯葛抵制、訐告、申訴，層出不窮，令人不知究竟是來學校做學問、傳道業，還是來此協調人際關係、運作行政機器、平衡各方利益。

學校如此，自無怪乎其無法發揮道義力量，替社會貞定文化方向了。學校的行動原則，附從於社會。不是經濟的，就是權力的。沒有它自己的邏輯，沒有自己的標準。辦學的、教書的、讀書的，都不知所爲何來。官員發表一個「高學歷高失業」的荒謬言論，就把大家嚇得半死，好像辦教育只是爲大夥找口飯吃。政策可以這麼輕易地帶動教育的內涵和走向，大學還有臉面號稱它能導引社會嗎？還能誇口自稱它擁有知識之尊嚴與力量嗎？

在蔡元培辦北大時，校務行政可說一場糊塗。旁聽生隨意進出學校，有時一個班上，旁聽生可以比正式生還多兩倍。講義隨便流通，校規也不嚴密。又聘了一大堆資歷不符的人，如錢穆、熊十力、梁漱溟等等去教書。當時沈從文沒能考上北大，卻假裝某一系的學生去上課，也參加了正式學期考試，且居然及格，得過本應發給正式生的獎學金。這樣制度紊亂的學校，在今天一定要遭教育部糾正，或被熱心治校之教授痛批了。但北大之輝煌時期也即在此時。可見什麼申訴管道、制度化規範、升等聘任審查辦法、課業考核、學生治校、權益保護等等，都是次要的。喪失了文化理想與教育精神，空洞化的校園，只不過添加了若干遊魂，在扮演著熱鬧而無意義的戲劇而已。

而且，近代大學，正是構成現代化社會專業化分工的工具。現代社會的專業化，乃是透過學院的教育體制來體現和確立的。與傳統書院不同之處，就在於現代大學的宗旨，首重傳授知識，並培養各種類型的專業化人才。因此，它們所需要的，是各方面的專家，而非傳統意義的儒者。大學，所講求的，已不再是「大人之學」，只是一批批知識技術工人罷了。對於這樣的大學與社會，我是不喜歡也厭倦了的，我以我的生命來問道、求道，以期終能弘道。同樣的，大學，我也認爲那應是個師友坐而論道的場所。彼此講習，切磋問道。叩死生之大惑，求道義之所歸。

這是宋明書院的典型，更是中國傳統教育的宗趣。孔子自衛返魯，刪詩書、正禮樂、贊易而作春秋，豈僅爲知識整理、典籍編校而已乎？這是志於道者，用其心血以傳其道哩。我尚無道可傳，但將繼此更求吾道。新的大學，或許會成爲我新的起點吧。

文·學·叢·書

1.	吹薩克斯風的革命者	楊　照著	260元
2.	魔術時刻	蘇偉貞著	220元
3.	尋找上海	王安憶著	220元
4.	蟬	林懷民著	220元
5.	鳥人一族	張國立著	200元
6.	蘑菇七種	張　煒著	240元
7.	鞍與筆的影子	張承志著	280元
8.	悠悠家園	韓·黃晢暎著／陳寧寧譯	450元
9.	想我眷村的兄弟們	朱天心著	220元
10.	古都	朱天心著	240元
11	藤纏樹	藍博洲著	460元
12.	龔鵬程四十自述	龔鵬程著	300元
13.	何日君再來	平　路著	240元
14.	椿哥	平　路著	160元
15.	魚和牠的自行車	陳丹燕著	（待出版）
16.	唐諾推理小說導讀選 I	唐　諾著	（待出版）
17.	唐諾推理小說導讀選 II	唐　諾著	（待出版）

INK publishing

作　　者	龔鵬程
發 行 人	張書銘
社　　長	初安民
校　　對	張淑芬、龔鵬程
出　　版	INK印刻出版有限公司 台北縣中和市中正路800號13樓之3 電話：02-22281626 傳真：02-22281598 e-mail：ink.book@msa.hinet.net
法律顧問	現代法律事務所 郭惠吉律師　林春金律師
總 經 銷	成陽出版股份有限公司 訂購電話：02-26688242 訂購傳真：02-26688743
郵政劃撥	19000691　成陽出版股份有限公司
印　　刷	海王印刷事業股份有限公司
出版日期	2002年7月　初版一刷
定　　價	300元

ISBN 986-80425-0-X

國家圖書館出版品預行編目資料

龔鵬程四十自述／龔鵬程作.--初版，--臺北縣中和市 ： INK印刻， 2002〔民91〕

面 ；　公分

ISBN 986-80425-0-X(平裝)

1.龔鵬程—傳記

782.886　　　　91010029

INK INK INK INK INK INK
INK INK INK INK INK INK INK
INK INK INK INK INK INK
INK INK INK INK INK INK INK
INK INK INK INK INK INK
INK INK INK INK INK INK INK
INK INK INK INK INK INK
INK INK INK INK INK INK INK
INK INK INK INK INK INK
INK INK INK INK INK INK INK
INK INK INK INK INK INK
INK INK INK INK INK INK INK
INK INK INK INK INK INK
INK INK INK INK INK INK INK
INK INK INK INK INK INK
INK INK INK INK INK INK INK
INK INK INK INK INK INK
INK INK INK INK INK INK INK
INK INK INK INK INK INK
INK INK INK INK INK INK INK
INK INK INK INK INK INK
INK INK INK INK INK INK INK
INK INK INK INK INK INK
INK INK INK INK INK INK INK
INK INK INK INK INK INK
INK INK INK INK INK INK INK
INK INK INK INK INK INK

INK